# 筒井康隆 全戯曲 1

## 12人の浮かれる男

[編] 日下三蔵

復刊ドットコム

# 筒井康隆全戯曲1

## 12人の浮かれる男

目次

筒井康隆劇場 12人の浮かれる男

# Part1



# Part2 関連エッセイ

# Part3

# Part 1

## 筒井康隆劇場
## 12人の浮かれる男

「12人の浮かれる男」舞台から

「スタア」の舞台から

# 12人の浮かれる男

一幕

## 登場人物

陪審員一号（陪審員長。私鉄の駅員）
同　二号（内科の医者）
同　三号（生命保険会社の課長補佐）
同　四号（喫茶店経営者）
同　五号（銀行員）
同　六号（教材卸商）
同　七号（商事会社の社員）
同　八号（煙草屋の親爺）
同　九号（ガソリン・スタンドの男）
同　十号（小学校の教頭）
同十一号（散髪屋）
同十二号（小柄な男）

幕あがると、裁判所の陪審員控室。粗末な会議用テーブルがコの字形に並び、椅子が十二脚。ストーヴ。
廊下へのドア。
ドアが開き、陪審員一号（小肥りの中年男）登場。

**一号**　うう。寒い寒い。裁判所ってものがこんなに寒いところとは思わなかった。

続いてがやがや喋りながら、陪審員たち全員が登場。

**七号**　（金縁眼鏡をかけた若い男）裁判所だってお役所だものな。お役所なんて、みんなこんなものさ。暖房の設備なんてものには金を使わないんだ。ふん。国民を馬鹿にしてやがる。

**九号**　（色の黒い青年）だけど、この部屋は特に寒いぜ。

**七号**　（九号を軽蔑の眼で見て）だから言っただろ。ここは陪審員室なんだぜ。だから国民を馬鹿にしてやがるって言ったのさ。

**九号**　（ストーヴの前へ行き）また消えてやがる。

（火をおこしにかかる）

**十一号**　（頭をポマードでてかてかに光らせた三十七、八の男）こんなに結果のはっきりした裁判というのは、どうも面白くありませんなあ。

**四号**　（チェックの背広を着てパイプをくわえた、一見文化人風の男）あの弁護士がよろしくおました。あの被告がどれだけ親孝行やったかを、あれだけ証明してしもうたら、こらもう、無罪にせな仕様ない。

**一号**　まあ皆さん、掛けませんか。わたしが陪審員長ということになっておりますので、まあ、ここの真ん中の席に掛けさせて貰いますが、皆さん、番号順にひとつこっちから、ずうっとこう、お掛けください。

一号、舞台正面中央の席に掛ける。以下、下手へ二号、三号、四号、五号、六号、七号と順に掛け、八号は上手の端、以下、下手へ九号、十号、十一号、十二号と順に掛け、中央の一号に至る。

**一号**　（ストーヴにかじりついている九号に）さあ。あなたも掛けてください。

**七号**　（馬鹿にしたように）まあ、いいじゃないですか、この人は。一生けんめい火をつけてこの部屋を暖めようとしてくださっているんだから。あはははは。

**五号**　（神経質そうな蒼白い顔の青年）でも、どうせそんなに長くこの部屋にいるわけじゃないでしょう。無罪ってことはわかりきってるんだし。（腕時計を見る）ぼくはひとと五時に待ちあわせてるんですが。

**七号**　ほう。恋びとと、ですか。

**五号**　（睨みつけ）いえ。婚約者です。

**七号**　（大声で）それはご馳走さま。あはははは　はあ。

**九号**　（ストーヴに小さなシャベルでバケツの石炭を抛り込む。がちゃがちゃと音がする）この石炭、湿ってやがる。

**一号**　（立ちあがり）ええと。わたしは私鉄の駅員をしておりまして、こういう会議には馴れとらんのですが。（丸刈りにした胡麻塩頭を掻く）まず、おひとりずつ、ご意見を述べていただきましょうか。

**五号**　その必要があるんですかねえ。無罪に決まっているのに。

**四号**　討論の必要は、あると思いますなあ。あんたかて、見てなはったやろ。傍聴席に仰山来てたあの記者やらカメラマン。あの連中は被告を取材に来たんやない。わたしら陪審員を取材に来とりましたんやで。なにしろ日本で陪審制が採用されてはじめての裁判やさかいにな。

**十号**　（しかめ面をした初老の男）いや。はじめてではないのです。昔は日本にもあった。しかし昭和十八年にいったん停止となり。

**四号**　（大声で）ま、そんなことどうでもよろしがな。とにかくわたしらは今、日本中の注目を集めとるんや。そない簡単に判決を出してしもたらあんた、面白味があらへん。そうですやろ。わたしはまあ、しょうむない喫茶店を経営してるだけの人間やけど、陪審員になるなんてことは、平凡な人生で二度も三度もあることやない。せっかく国民の注目を集めとるこの陪審制再開の第一回の裁判の判決をやね、二分か三分の会議で出してしもたら、面白味が。

**十号**　さっきからこの、やたらに面白味、面白味と言っとられるようじゃが、ちと不謹慎ではありませんかな。裁判は面白がってやるものではありませんぞ。

**七号**　しかし、面白くないといえば嘘になるでしょう。（十号に）失礼ですが、あなた、お仕事は。

**十号**　（むっとしながら）小学校の教頭をしております。

**七号**　（大きくうなずき）なるほど。では裁判所なんてところへお越しになるのははじめての筈だ。わたしは商事会社の社員をやっていまして、民事訴訟では何度か来たことがあります。しかし刑事訴訟はこれがはじめてです。やっぱり面白い。たいへんに面白いですな。これが。（挑戦的に十号を見つめる）

**八号**　（ずっと眼を丸くしていたが、感にたえぬように吐息をつき）こんな面白いこと、わし、初めてだよ。わし、煙草屋やっとるんだがね。生まれてこのかた、こんな面白いことに出くわしたの初めてだよ。世の中にこんな面白いことがあったんだね。

十号、苦虫を噛みつぶしたような顔をし、七号はにやにやと笑う。

**一号**　（頭を掻き）ええと。それではですな。討議をするか、それともすぐ評決に移るか、そいつを決めましょうかな。ではまず、すぐに評決はせず、それぞれの意見を述べて討論をしようではないかというかた、ひとつ、手をあげていただけますか。

二号、三号、四号、六号、七号、十二号が手をあげる。

**一号**　（大声で）よござんすか。よござんすか。すぐに評決はしない、というひとですよ。

**八号**　あ。そうか。（手をあげる）

十号、十一号も手をあげる。一号も、立ったままで手をあげる。

**四号**　（十号に）ほほう。あんたかて、討論することには賛成ですか。

**十号**　面白がって議論するためではありません。たとえ無罪であることがどんなにはっきりしていようと、殺人事件という重大な裁判には、慎重すぎるということは絶対にない。討議に討議を重ねることがあくまで。

**七号**　（せせら笑い）ま、自分を納得させるのはあとでもいいでしょ。

**十号**　（睨みつけ）何をいうか。わたしは真面目に言っとるんだ。

**一号**　（なだめる）まあまあ。（ストーヴをいじりまわしている九号に）あなたあなた。手をあげるのですか。あげないのですか。

**九号**　（見まわし）え。おれ。おれ、どっちでもいいよ。（挙手が圧倒的に多いと気づき）じゃ、手をあげとこう。（手をあげ、すぐに手をおろし、またストーヴに取り組む）火つきが悪いなあ。

全員、ただひとり挙手していない五号の方を見る。五号、ちらと腕時計を見、しぶしぶ手をあげる。

**一号**　えと、皆さんも一度、はっきりと手を。はいはい。もう結構です。ええと。それではまあ、ご覧のような結果ですので、ひとつ順にご意見を述べていただくことにしましょう。えと。番号順に行きますか。陪審員一号というのは、これはわたしですので、議長ですから自分の意見はあとまわしにさせていただいて、それではまあこちらの、二号のかたから順にお願いします。あ、それからあの、わたし腰を痛めておりますので、失礼ですが掛けさせていただきます。

（腰をおろす）

**二号**　（立ちあがる。肥満した赤ら顔の男で、始終苦しそうに肩で呼吸している）ええ、わたくしは内科の医者をやっております、楠本という者でございますが、今度のこの裁判では。

**七号**　あ。ちょっと議長。ここでは自己紹介は必要ないと思うんですがねえ。単に番号で呼ぶだけの方が、先入観なしに意見が拝聴できるわけで、かえって正確な判断が。

**二号**　いやいや、わたしが自分の職業をいったのは、あとでわたしが述べる医者としての意見に関係してくるわけなのですよ。あなただってさっき、自分が商社の社員であるとおっしゃったじゃないですか。

**七号**　(声を疳高くし) それは別の問題でしょ。あなたはお医者さんだ。そうご自分でおっしゃった。医者は、そりゃあ、たしかにインテリですよ。医者だといえばほかのひとたちは、インテリだと思い、たしかにあなたの言うことを謹聴するでしょう。

**二号**　(興奮してどんとテーブルを叩く) 謹聴させたいために医者だと言ったわけじゃありません。

**七号**　(ますますヒステリックに) たとえそうでなくても、医者という専門家としての意見を述べようとしたわけでしょうが。そうでしょうが。しかし専門家の意見は、ここでは不必要だ。われわれはみな陪審員であって、専門家と素人の区別はなく、意見の重みは平等でなければならない。そりゃ医者はたしかに人間に関する、まあ、ある意味での専門家だが、しかしここでは(興奮して立ちあがり、二号に指をつきつけ) この席では、専門家としての意見を振りまわさず、もっと謙虚にですな、一陪審員として発言を。

**十号**　(大声で) やめなさい。見苦しい。

七号、思わずとびあがり、絶句する。

**十号**　たまたま陪審員の中に専門家がいた。われわれはこれを幸いとし、そのご意見を拝聴する。これこそ謙虚というものではありませんかな。

**十一号**　(迎合的に) その通りですね。さすがは教頭先生だ。おっしゃる通りだと思います。賛成。賛成。はははは。ねえ皆さん、その通りですね。

四、五人、大きくうなずく。七号、不貞腐れて乱暴に腰をかけ、ふんぞり返る。

**二号**　（苦しげに呼吸しながら一号に）喋ってよろしいですかな。

**一号**　あ。どうぞどうぞ。

**二号**　今度のこの裁判の被告は、たいへん真面目な男で、近所でも評判の親孝行だったということです。しかし一方、死んだ父親というのは、多くの証言ではたいへんな酒飲みで、これはむしろアル中に近かったということであります。これに関してですが、実は商売柄わたしのところへも、アル中の父親を持った息子が困り果てて相談に来たことは何回かあります。その息子たちを観察するにですな、真面目で親孝行だと世間から思われている息子ほど、実は父親への憎しみを強く心に抱いている場合が多い。父親のことを話しているうちに興奮してきて、殺してやりたいなどと口走る男もおります。で、あの被告はちょうどそういった連中とたいへんタイプが似ておるのです。あの腕ききの弁護士が、いかに被告が親孝行であったかを証明しても、いや、むしろ親孝行であったという証拠を出せば出すほど、わたしはあの被告が父親を殺したに違いないと思うのです。いや、思っていたのです。（残念そうに吐息をつく）しかしあの弁護士は、被告のアリバイをあんなに確実に証明してしまった。やはり無罪、というほかはありませんな。（大儀そうに腰をおろす）

**七号**　（ややあって、突然）あはははは。なあんだ。それだとちっとも専門家としての意見じゃないじゃありませんか。いや、失礼失礼。（わざと陽気に）わたしはまた、あなたが医学的な立場で何か発言なさるのかと思ったのであんなに反対したのですが、今のお話なら、まあ素人にだって、誰にだって観察できることで、たいしたことじゃない。いや、さっきはあんなに反対してすみませんでした。なあんだ。そういうお話だったのですか。あはははははは。あははは。あはは。あは。は。（誰も一緒になって笑おうとしないので、気まずく笑いを中断する）

**二号**　（腹立ちを押さえかね）だいたい君は。

**十一号**　（雰囲気を変えようとし）なるほど。先生のおっしゃる通りかもしれませんねえ。かえってわたしの家みたいに、わたしと息子がいつも怒鳴り合いの喧嘩をしている方が、ほんとは仲がいいんでしょうな。なに、わたしが息子に家業を継げって言うたび喧嘩になるんですよ。わたしは散髪屋なんですが、息子は工業デザイナーになるとか申しましてね。

九号、またストーヴをがちゃつかせる。

**一号**　もしもし。あなた。もう少しお静かに願えませんかな。それから、皆さんが意見を述べておられるので、あなたも席についてください。

**九号**　え。ああ。もう少しだよ。（にこにこして見まわす）やっと火がつきかけた。

**一号**　それでは次のかた、お願いします。陪審員三号のかた。ええ。あなたです。

**三号**　（立ちあがる。痩せて背が高く、ロイド眼鏡をかけ、作り笑いを絶やさない）裁判を見ていてつくづく思ったのですが、まったく人間の命というものはわからない。死んだ親父さんは気の毒です。しかし、それより可哀想なのはあの被告ではないでしょうか。まあ、おそらく無罪の判決が下るでしょう。しかし、ですよ。いったん親殺しの容疑で裁判沙汰になった人間を、世間はどんな眼で見るでしょうか。勤務先でだって白い眼で見られるでしょうから、居たたまれなくなるにきまっています。病身の奥さんをかかえてこれから先、彼の生活はきっと苦しくなるに違いありません。これはわたくしが保険会社の社員だからいうわけではありませんが、もし彼が父親に生命保険をかけていたとしたら、だいぶ助かることになるでしょう。わが社の生命保険は、被保険者が契約後一年以上経ってから自殺をした場合、保険金を受取人に支払うということにしております。裁判で無罪になったとしたら、こちらとしては保険金を支払わぬわけにはいかんじゃありませんか。皆さん。これはひとごとではありませんよ。人間、いつ、どんな目にあうかわからぬものです。近親者すべてに生命保険を一応はかけておく。これこそ現代人の常識というものです。そして皆さん。保険をかける時はぜひわが社にご相談ください。わたくしは三国生命本店の契約課長補佐をやって。

**十一号**　あっ。これは意見なんかじゃない。勧誘だ。

**三号**　（にこやかに）いえ。とんでもない。なにも勧誘するつもりは。まあ、もう少しお聞きください。

**十号**　（吐き捨てるように）聞く必要はない。このような、ひとの一生にかかわる重大な会議の席上において、尚かつ商売気を出すような人間がいるとはまったくなさけない。君。すわりたまえ。

**三号**　（にこやかに）おや。そうですか。皆さんがたが、わたしの話をそれほど聞きたくないとおっしゃるのでしたら。

**十一号**　誰が聞きたいものか。

**五号**　やめろと言っているのに。
**七号**　しつっこいな。もう。
（同時に）

**三号**　（平気で）わかりました。わかりました。そうですかそうですか。それでは。（落ちついて腰をおろす）

**四号**　（ハンカチでパイプを磨きながら）さてと。そんなら次はわたしの番ですな。ここでわたしらが討論せんといかんことは、あの被告が無罪か有罪かというようなことやないと思いますねん。なんで日本に陪審員制が採用されたかちうことをもっと考えないかんのと違いまっか。最初の陪審員として選ばれたわたしら十二人は責任上それをじっくり考えんといかん義務がある。陪審員制度に切りかわっても、わたしら陪審員が今までと同じようなあたり前の判決を出してたら、これまでとなんの変り映えもせん裁判やちうことになって、裁判を国民の身近なもんにせないかんちう国民大多数の声を無視し、マスコミの期待を裏切ってしまうことになるんと違いますやろか。

**十号** （叫ぶ）それはまるで本末転倒。

**四号** まあ、まあ、もうちょっと喋らしとくなはれ。陪審員には陪審員独自の考えかたがなかったらあかん。たとえ弁護士がどんだけ有能で、どんだけ完璧に無罪の証明をして見せたからちうて、陪審員までがそれに影響されて無罪の判決を出しとったのでは、これは今までの裁判と同じことですやろ。陪審員としての独自性が何もない。国民もマスコミも、なんやちうて舌打ちして、これはもう、ちっとも面白《おもろ》うないということになる。わたしらの名前もマスコミには出ず、あとに残ることもない。

**十号** （叫ぶ）あんたは陪審員に選ばれたことを、売名に利用しようっていうのか。

**四号** （全員を見まわし）頭のかたい人はこれが困るんや。わたしの話、最後まで聞いて欲しいんやけどな。

**七号** （にやにやして）議長。他人の発言中にやたら怒鳴るひとがいますが、なんとかして貰えませんかね。

**一号** （頭を掻き）あのう、教頭先生。すみませんが、のちほど発言をお願いしますので、ほかのひとの発言中はひとつ。

**十号** わかりました。わかりました。これはわたしが悪かった。（腕組みし、眼を閉じる）

**三号** （不満そうに）わたしは損をした。

**九号** （立ちあがり）やっと火がついた。（全員を見まわし、自分の席につく）

四号　ここでわたしらが考えないかんことは、陪審員の判決を目立たせ、その独自の判断でマスコミや世間を喜ばせるにはどないしたらええかということです。もう、おわかりやないかと思う。さっきこちらの、内科の先生が言いはりましたことに反対するようで、えらい申しわけないんですが、弁護士があの被告のアリバイを完全に証明してしもうたからというて、何もわしらが無罪の判決を出さないかんことはちっともない。それどころか、われわれがこの会議で、もしそのアリバイを崩して有罪の判決を出したとしたらですな。

二号　（眼を丸くし）たいへんな騒ぎになる。そうだ。わたしもさっき、じつはそれを言いたかったのです。しかしあの弁護士の証明した被告のアリバイを無視しようとまでは、ちょっと言う勇気がなかったし、だいたいそこまで徹底して考えなかった。そうだ。その通りだ。（テーブルを叩く）なにもあのアリバイを信じる必要はないんだ。

四号　（うなずき）そうですがな。そうですがな。もしわれわれが被告に有罪の判決を出したら、十中八九は無罪やと思うてた世間やらマスコミやらがわっと驚きよる。びっくりしよる。わしら陪審員の権威と力とを、あらためて認めよる。そうですやろ。わしら十二人の陪審員の名前は新聞に書き立てられる。わしらの名前は陪審制が続く限り、ことあるごとに持ち出され、あとあとまで残ることになりますんやで。

七号　（浮きうきして）それに、こういうことには意外性が必要ですからね。無罪に決まりかけていた被告を一転有罪にしてしまった。これ以上の意外性はない。われわれ大衆の見識があらためて見なおされることになる。法廷という一種のお役所に対しても一矢報いることになるんです。国民は快哉を叫ぶでしょう。

二号　（浮きうきして）そんなことよりも何よりも、まず第一に面白い。あの被告を一転して有罪にしてしまってこそ、こういう会議をやった甲斐があるというものです。無罪なんぞという判決ではみもふたもない。なんの為に会議をやったのかわからん。なんの効果もない。有罪にしてこそ意義がある。

**四号**　そう。そうですねん。それにやね、あの被告を有罪にしてみなはれ。殺人罪だっせ。しかも父親を殺したんやから尊属殺人や。

**三号**　いや。現在、尊属殺人というものはありません。

**四号**　あろうがなかろうが親殺しは親殺しや。えらいこっちゃ。あの若い男、死刑になりよる。今の今まで無罪と思うてたのがなんと死刑や。世間やマスコミもびっくりするやろけど、いちばんびっくりしよるのはあの被告や。大騒ぎしよる。泣きよりまっせ。わめきよりまっせ。こんな面白《おもろ》いことはない。わしらせっかく陪審員になってるんやから、それくらいの面白《おもろ》い場面は見な損やし、マスコミのためにも作ってやらなあかんやろし、その方が国民の期待に沿うわけですわ。つまりやね、そういう逆転劇で皆を興奮させてこそ裁判を国民の身近なものにせよという大勢の声に。

**二号**　（興奮し、大声で）そう。そしてさらに裁判を国民の身近なものにするためにはですな、裁判を公開してやる。さらには死刑を公開してやる。たとえばあの被告の死刑がテレビで中継されるのですぞ。あの被告はたいへん気の弱そうな男ですから、いざ死刑になるという時はどれだけ取り乱すことか。ひひ。ひひひ。腰を抜かしてへたり込む。小便を洩らす。ひいひい泣き叫んで命乞いをする。どんなに面白いことか。けけけ。けけけ。（ぴょんぴょん踊りあがる）見ている方だって、あまりの興奮と快感で失禁してしまう。アナウンサーが興奮して実況中継する。あっ。いよいよ首に縄がかかりました。殺人犯である死刑囚はまだあきらめきれず、泣き叫び、あばれまわっております。けけ。けけけ

けけけ。ぐ。（突然心臓を押さえて前のめりになり、腰をかけ、大いそぎで薬瓶を出し、錠剤をひと粒呑む）

**一号**　大丈夫ですか先生。

**二号**　（ちょっと照れ臭そうに）ぁ。いや。大丈夫。大丈夫。（呼吸をととのえる）

**八号**　（ほっと吐息を洩らす）わしゃ、まったく、こんな面白いこと、生まれてはじめてだよ。

**一号**　ええと。それでは。（頭を掻く）陪審員四号のかたのご意見は、つまりその、被告は有罪であった方がいいということですな。それでは次のかた、ええと、陪審員五号の。

**五号**　（勢いよく立ちあがり、怒鳴り出す）いったいいつまでこんな、馬鹿げたことで時間を潰すつもりですか。ぼくはこんなつまらんことで新聞に名前が出ようがどうしようが、ちっとも嬉しくない。こんなことで有名になったってしかたがない。あんたたちだってそうでしょうが。一文の得にもならんのじゃありませんか。ぼくは自分の仕事のこと以外はどうでもいいんだ。被告が有罪になろうが無罪になろうが、そんなこと、ぼくの仕事になんの関係もないんですからね。早く会議を終えてほしいんです。時間がないんだ。五時にぼくは婚約者と会うんだけど、それはぼくが勤めている銀行の、支店長のお嬢さんなんだ。待ちぼうけをくわすわけにはいかんじゃありませんか。彼女を怒らせたら、ぼくはどうなると思うんです。（次第にヒステリックになる）こんなことでぼくの人生のコースが変わったりしたら、こんなつまらんことはない。こんな馬鹿げたことで大切な時間をぼくから奪うなんて、これは暴力ですよ。もう、早く終ってほしいんです。こんなにだらだらしたことが続くのは、これは議長の責任だ。ぼくはあんたを恨みますよ。

**一号**　（立ちあがり）わたしゃ、なぜ恨まれなきゃならんのです。わたしゃ、最善を尽してる。そりゃ、最初に言ったようにわたしは私鉄の駅員で、議長なんてやったことがないから手際よくはいかない。だからこそ一生けんめいやってるんだ。一生けんめいやって恨まれたんじゃ、こんな割にあわぬ話はない。わたしよりも議長に適した人はこの中にいくらでもいるでしょう。わたしゃ、議長をやめますよ。誰か替ってください。(議長席をはなれようとする)

二号と十二号が立ちあがり、一号を押しとどめ、引きとめる。

**二号**　まあまあ。あなた。怒らないで。あんたがいちばん適任なんだ。みんなそう思ってるんだから。

**十一号**　その通りだ。続けてくださいよ。

**一号**　(泣き出す)あんなこと言われたんじゃやつまらないよ。わたしゃ悲しい。

**七号**　あんたは、よくやってるよ。

**四号**　こんなひとの言うこと、気にしたらあきまへん。(五号に)あんた。陪審員長にあやまりなはれ。

**五号**　(しぶしぶ)ちょっと言い過ぎました。すみません。(椅子に掛ける)

一号、もとの椅子に、二号、十二号も自席に戻る。

**六号**　(立ちあがり、どすのきいた声で)では次はわたしの番ですので喋らせてもらいます。さっきから皆さんがた、あの被告を有罪にしよう、有罪にしようと言っておられる。しかし、あの弁護士の証明をひっくり返して有罪にするためには証拠がいる。そこで、被告がたしかにあの父親を殺したという証拠があれば、これはあの被告が父親を絞殺し、しかるのちに首吊り自殺を偽装したということになるのです。

**二号**　おっ、そんなことが証明できるのですか。

**四号**　そんな証明ができたら、そらもう、たいしたもんやけど。

**六号**　（検事口調で）被告は、アル中の父親及び病身の妻と一緒に三人で住んでいて、事件のあった夜七時ごろ、父親とはげしく言い争った。病身の妻がけんめいにふたりをなだめた。この騒ぎは隣家の人が聞いている。やがて被告が、怒って家をとび出していく物音と足音がした。あとは静かになった。病身の妻の証言によれば、彼女はそれから二階の自室に戻って寝ていた。十一時ごろ、階下でにぶい音がした。降りていってみると、父親が自分の部屋で首を吊っていた。そこで、すぐ警察へ電話をした。事実、検死報告によれば死亡時刻はたしかに十一時前後だそうであります。ここまでは皆さんもよくご承知の通り。じつはわたし、被告と同じ町内、それもごく近いところで教材卸商をやっているものでありますが、先日、散歩がてらに被告の家まで行き、病身の奥さんに会ってきたのです。

**十号**　待ちなさい。ちょっと、ちょっと待ってください。あなた、ほんとに被告の奥さんと会ったのですか。

**六号**　（にやりと笑って）はい。

**十号**　公判中に陪審員が事件の関係者に会うことは、陪審法違反になりゃせんですか。どなたか、ご存じないですかな。

**七号**　（にやにやして）そりゃまあ、よくないかもしれないけど、しかし、事件の真相を見きわめようとする熱意のためであったならば、これは許されるんじゃありませんか。

**四号**　教頭先生。あんまり規則ちうもん、持ち出さん方がええのんと違いまっか。違反者が出たら、わたしら全体の連帯責任ちうことで、裁判が無効になってしもうて、新しい陪審員でまたやりなおしちうことになるかも知れまへんやろ。そしたらあんた、今までわたしらのしてきたことが全部無駄になりますんやで。

**十号**　しかし、違反者をかくしてまで。

**六号**　教頭さん。もしわたしが、規則に違反して被告の家へ行ったがために、法廷には出なかった新しい事実をつかんだとしたらどうです。

**十一号**　本当ですか。

**二号**　(おどりあがり) もしそうだとしたら真実が先だ。真実をつきとめる方が規則に優先する。規則違反は無視されてよい。

**一号**　ねえ、教頭先生。ここはひとつ、もう少しこのひとの話を聞いてみようじゃありませんか。

十号、憮然として腕を組み、眼を閉じる。

**六号**　わたしが被告の家へ行こうと考えたのは、まあ、ひとつには被告の父親というのが、証言をいろいろたくさん聞いた限りでは、どうも、世をはかなんで首を吊るといったタイプの人間とは思えなかったため、それに関して被告の妻からもっとくわしく話を聞こうとした、ということもあります。しかし (にやりと笑い) 法廷で見た、あの被告の女房、病身の妻ってやつがなかなかの美人だったので、あわよくばという下心もあった。へへへへへへ。(舌なめずりをする) おれは陪審員だ。あんたの亭主を生かすも殺すもおれ次第と持ちかければ、まさか会わぬとは言うまい。そう思って出かけたんだがね。案の定、うまく口説くことができて。えへへへへ。

**十号**　(立ちあがる) なんですと。まさかあんたは。するとあんたは被告の奥さんに。あ、あの奥さんと。

**六号**　(平然と) ええ。やりましたよ。

**十号**　(激昂し) けけ、けしからん。(テーブルを叩く) 陪審員であることを利用し、被告の家族を脅迫して手籠めにするなど、まるきり犯罪者のすることではないか。暴力団のすることだ。これは犯罪だ。

**六号**　教頭さん。ことばに気をつけてほしいね。あんたはわたしが被告の女房を脅迫している現場を目撃したわけじゃなかろ。それに、いつわたしが手籠めにしたなどと言ったかね。あくまで合意の上なんだよ。合意の上。そりゃね、たしかにわたしゃ昔、若い頃のことだが暴力団にも関係したよ。しかし今は家業に精を出している堅気の人間だ。真面目な市民なんだよ。これ以上、わたしを犯罪者呼ばわりして侮辱するなら、わたしにも覚悟があるからね。(しばらく十号を睨み据える)

十号、気圧され、絶句して椅子に掛ける。

**六号** (うす笑いをして全員を見まわし)被告の女房とそういう仲になったからこそ、法廷に出なかった新しい事実をつかむことができたんです。どうですかね皆さん。それでもまだわたしのしたことに文句がありますかね。(二号に)どうですか。お医者の先生。あなた何か、おっしゃりたいことがありますかね。

**二号** いや。そりゃもちろん、その、そうしなけりゃ新しい事実がつかめなかったというのなら、そういう手段も許されると思いますよ。とにかく、ことはひとりの人間の社会的生命にかかっているのですからな。それに比べりゃ、被告の女房の貞操ぐらい、あなた。(笑顔を作り)医学的に考えても、やって減るものじゃなし。あは。あはははは。あはは。は。

四号、十一号が調子をあわせて笑う。

**十号** 不謹慎な。病身の奥さんを。なんということだ。

六号、十号に何か言おうとする。

**一号** (いそいで)ところで問題は、その新しい事実というのがいったい何かということですが。

**六号** (にやりと笑い)勿体ぶって喋り惜しんでいたわけじゃありません。(十号を睨み)話している途中、あまりにもしばしば邪魔が入るもので。じつは、被告の女房が寝物語にわたしに喋ったところによると、死んだ被告の父親というのは酒乱であった上に色気ちがいでありまして、被告が留守の時を見はからっては被告の妻に言い寄り、手をだそうとしたそうであります。そしてある日、彼女が二階の自分の部屋で昼間、ぐっすり眠っているところへしのびこみ、なんということでありましょうか、ついに彼女を犯したのであります。（力をこめて）まったくなんて悪い父親だ。自分の息子の嫁を。しかも病身の女を犯すなんて。

**二号**　（また興奮し）まったくだ。そんな父親なんか、殺されて当然だ。そうですとも。被告が殺そうと決意したのも無理はない。女房を犯されたために怒って、それで父親を殺したんだ。あいつは有罪だ。もう、有罪に決まった。

**四号**　（二号を制し）まあ。まあ。（六号に）被告は、そのことを知っとったんですか。

**六号**　被告の女房は、亭主に、そのことを喋らなかったそうです。しかし、なんといっても同じ家の中に住んでいる家族のことですから、うすうすは勘づいていたに違いない、と、被告の女房はいっています。

**四号**　（うなずき）そらそうや。わからん筈がない。（全員に）これで殺人の動機がひとつふえましたな。

**六号**　（声を大にして）新しい事実というのは、まだあります。被告の家で、わたしは被告の父親が首を吊っていたという部屋、つまり被告の父親が自分の部屋として使っていたその部屋を見せてもらいました。この家はたいへん古い家で、被告の四代も前の先祖が作ったという屋敷なんです。ですから天井がたいへん高い。わたしはその部屋の天井を見てびっくりしたんですが、高さがなんと、三メートル以上は優にありました。

全員、ざわめく。

**十一号**　あの被告の父親というのは、たしか縁側にあったスツールを持ってきて、それを足場にして首を吊った筈でしたね。

**七号**　（興奮して）そうだ。証拠品として提出されていた、あの赤と白のやつだ。あれはたいへん低いスツールだった。

**二号**　（興奮して）被告の父親が小柄な男だったということを、証人の誰かが言っていましたね。ええと。身長が、いくらだと言っていましたっけ。

**十一号**　（興奮して）一メートル五十二センチ。わたしと同じ背丈だったので、よく覚えているんです。

**四号**　（興奮して）あのスツール、も一回見せてもらうわけにいきまへんやろか。

**一号**　（立ちあがり）請求して見ましょう。（ドアを開け、廊下の廷吏に）すみません。証拠品のスツールを見せていただけますか。はあ。あの赤と白の。

**六号**　一メートル五十二センチの小柄な男が、あの低いスツールの上に立って、三メートル以上もある天井に手をのばして天井板をはねあげ、紐を梁《はり》にかけ、首を吊ることができたとは、とても考えられません。部屋の中にはスツール以外、足場になりそうなものはなかったのですから、これはやはり偽装ということに。

スツールが持ち込まれる。

**一号**　（スツールを舞台中央に置き、天井を見あげ）三メートル強、というと、ほぼこの部屋の天井高と同じですな。（十一号に）ちょっとあなた、この上に乗って、天井の方へ手をのばして貰えますか。

スツールの周囲に一号、二号、四号、六号、七号、九号、十一号が集まる。

**十一号** （スツールの上に立って天井に手をのばし）まあ、なんとか指さきが届かぬことはない。

**七号** スツールが、思っていたよりも高かった。

**四号** そやけど、天井板をはねあげて梁へ紐かけるのは無理や。

**十号** とびあがれば天井板は簡単にはねあげられます。紐を梁にかけようとすれば、投げればよろしい。

**十一号** なるほど。それはたしかに、教頭先生のおっしゃる通りです。

**二号** いや。無理だ無理だ。被告の父親はアル中だったんだ。（あたりを見まわし）この中にどなたか、アルコール中毒のかたはおられませんか。

**七号** （嘲笑）そんなひと、いないでしょ。

**二号** では、二日酔いのかたは。あれも一種の急性アル中ですからな。

**八号** （立ちあがり、中央へ出てきながら）じつは、その、わし、昨夜、近くの屋台でだいぶ飲んじまったんだが。

**二号** どれくらい飲みましたか。

**八号** 一升は軽いね。

一号、四号、七号、十一号、おうと嘆声をあげる。

**二号** 気分はどうです。

**八号** 今朝はひどかったね。今はだいぶましになった。

**二号** この上へあがってください。

二号は十一号の袖をひいてスツールからおろし、八号をスツールに立たせる。

**八号** （ややよろめきながら）どうするんだね。

**二号** 両手を、肩の上にさしあげてください。こうやって。それから、真上を見てください。天井の方を。

**八号** （その通りにし）おお。（眼をまわし、仰向けに身を傾ける）

　落ちてきた八号のからだを、九号が抱きとめる。

**八号** （かぶりを振って）お、恐ろしい。眼がくらむ。頭がぐらぐらする。とても立っていられない。

**二号** ご覧の通りです。二日酔いの人でさえこの有様です。ましてアル中の人間が、スツールの上に立って両手をあげ、上を見あげるというような芸当をすることは不可能なんです。なにしろ直立させ、眼を閉じさせただけでぶっ倒れるんですからな。

**四号** （決然と）やっぱり偽装や。これでもう、偽装に決まった。被告はおやっさんと喧嘩して家をとび出して居酒屋行って酒を飲んだ。そのうちにだんだん腹が立ってきた。くそあの親父殺したる言うんで十一時頃家に戻ってきておやっさんの首を絞めた。それから天井におやっさんのからだ、ぶら下げよったんや。

**八号** 恐ろしや。（ふらふらと席に戻り、頭をかかえる）まだ、ぐらぐらする。

**七号** 現場を見た刑事が証言していたけど、このスツールは部屋の隅にころがっていたんでしょう。あれも被告の、父親が足で蹴ったように見せかけた偽装ですか。

**四号** そうに決まっとるやないか。この低い、おまけに幅のひろいスツールを、首吊ってる人間が足で蹴ってころがせるわけ、ないやないか。

**七号** （スツールを持ちあげ）ふん。そういえば、高さの割には直径が大きい。上の方を足で蹴っただけではころがらんでしょうな。

**十号** （いらいらして）そんなこと、やってみなければわからんじゃろうが。（立ちあがり、叫ぶ）人間のからだは、首を吊りゃあ、伸びるのじゃ。

**七号**　（鼻で笑い）ではあなた、やってみますか。

**九号**　（さっきから何かやりたくてむずむずしていた様子で）おれ、やってみようか。

**二号**　（驚き）やるって、何をやるんだね。

**九号**　何をって、その、首を吊ったままでスツールを蹴とばして、ひっくり返せるかどうかをだよ。（天井を指し）あそこに釘が出てるだろ。あそこからロープを下げて、首を吊ってみるのさ。

**二号**　馬鹿な。死んじまうぞ。もし死者が出たら、この中ではただひとりの医者であるわたしの責任になる。

**九号**　大丈夫だよ。手でロープをつかんでいるから。スツールを蹴とばしたら、すぐに皆で支えてくれりゃいいんだ。

**七号**　（にやにや笑って）支えなきゃどうなる。

**九号**　（真面目に）そりゃあ、まあ、手がくたびれてくるとロープをはなすから、本当に首を吊ることになる。

**四号**　このひとやったら、若いし、丈夫そうやから大丈夫やろ。やって貰おうやおまへんか。でけへんちう証拠がないと、いつまでもごちゃごちゃ言いはるひとが居てはるさかいな。

**十一号**　（眼を丸くし）やるんですか。ロープがないでしょ。

**一号**　（浮きうきと）ああ。それでしたら、証拠品の紐を。はい。（いそいそとドアの方へ行き、廊下の廷吏に）すみません。今度は証拠品の紐をひとつお願いします。はい。そうです。あれです。

**二号**　君、何かスポーツはやったかね。

**九号**　いや。スポーツって、別に何もやってないけど。

**二号**　仕事は何かね。職業は。

**九号**　ガソリン・スタンドのサービスマンだよ。

**七号**　（見くだすように笑い）ああ。サービスマンか。なるほど。

**三号**　（しばらく前から自席をはなれ、九号のうしろに来ている）ところであなた、もちろん生命保険には入っておいででしょうな。もし生命保険にも入っておられず、そんな危険なことをなさるのであれば、わたしは誠意をもっておすすめするのですが。

**十一号**　（噛みつくように）あんた、さっき皆から黙っていろって言われただろうが。

**三号**　（首をすくめ、うす笑い）はい。はい。はい。わかっております。わかっておりますよ。おおこわいこわい。

一号、紐を受けとり、部屋の中央に戻る。二号は、一号を肩にのせる。一号。紐の端を天井の釘にくくりつける。六号、紐の下端に輪を作る。九号、はりきって準備体操のようなことをする。

**十号**　そんなことをして何になる。だいたい、被告が家に戻って父親を殺したのであれば、もっと大騒ぎになっておった筈だ。父親だって、抵抗する。それなのに被告の妻は、ごとんという小さな物音がひとつしただけだといっておるじゃないか。

**十一号**　なるほどそういえばそうですな。教頭先生のおっしゃる通りだ。

**七号**　違いますね。被告の妻は証言で、小さな物音、ではなく、にぶい物音、と言ったんです。証言を引用する時は、ことばの正確に期してほしいですな。

**二号**　正確を期する、だろう。

**六号**　そのことですがね。わたしは、被告が父親を殺した時、女房に手伝わせたに違いないと思っている。だから被告の女房に会った時、そいつを白状させようとして、少しばかり痛い目にあわせてやったんだが。

**十号**　な、な、な、な、なんだと。（立ちあがる）被告の奥さんを拷問したのか。

**六号**　（十号に二、三歩近づき）あんたはさっきから、人聞きの悪いことばかり言うね。え。拷問なんかしないさ。ただ。ちょっとおどかしただけだよ。

**十号**　もう我慢できん。あんたたちのような、人間性のかけらもない連中と、これ以上同席することはわしの良心が許さん。あんたがたのうちの誰ひとりとして、陪審員の資格のあるものは居らん。わたしは陪審員のひとりであることをやめる。陪審員を辞退する。そのためにこの陪審員団が解散になってもかまわん。これから判事のところへ行き、あんたたちのこの出たらめさと規則違反をすべて報告する。（ドアの方へ歩き出す）

全員、しばし唖然と十号を眼で追う。

**四号**　あいつを行かせたらあかん。

**二号**　とめろ。

一号、二号、四号、七号、十二号があわてて十号を追う。十二号がドアの手前で十号の腰にとびつく。倒れた十号の上へ一号、二号、四号、七号が次つぎにおどりかかり、押さえこむ。

**十号**　痛いいたい痛い。くく苦しい。どいてくれ。肋骨が折れる。死、死ぐ。死ぐ。

この騒ぎの最中、九号はスツールにのぼり、紐で首をくくり、スツールを蹴とばしているが、誰も気がつかない。紐を持つ手に力が入らなくなり、九号は足をばたつかせはじめる。

**二号**　（十号を助け起しながら）大丈夫ですか。どこもなんともありませんか。

十号　（二号の手を振りはらい）暴力でもってひとの行動を束縛するとは、け、けしからん。
七号　ふん。それだけの元気があれば大丈夫だ。
三号　（九号を見て）あっ。スツールを蹴とばしている。この人は死にますぞ。
二号　大変だ。
一号　早く助けてやらないと。

一号、二号、四号、六号、十一号、十二号が駈け寄り、九号を助けおろす。

二号　（三号に）傍にいて、どうして助けてやろうとしなかったんだ。
七号　こいつが生命保険に入っていないからだよ。
一号　のびています。まさか死んだのでは。
二号　（眼をのぞき、脈をとる）いや。大丈夫。大丈夫。ちょっと眼をまわしただけだ。
八号　（吐息）わしゃ、まったく、こんな面白いこと、生まれてはじめてだよ。
十号　（胸を押さえ、びっこをひきながら自席にたどりつき）気ちがい沙汰だ。狂っとる。（ゆっくりと胸を張り）それでもまあ、スツールを蹴とばせることだけは証明できたわけじゃないのかね。
四号　（あわてて）あかんあかん。こんなこと、なんの証明にもならへん。死んだ被告の父親と、この若い人とでは、からだの丈夫さが違うさかいな。
十一号　じゃあいったい、なんの為の実験だったんですか。
七号　なに。こいつが首を吊りたいって言ったんだよ。

九号、意識をとり戻し、あたりを見まわし、照れたように立ちあがり、なんでもないと言いたげに腰へ手をあてる。

九号　（首の回転運動をして見せる）よっ。よっ。

よっ。（わざとらしくストーヴを指さし、大声で）あっ。こりゃいかん。またストーヴが消えかけているぞ。

九号、ストーヴに駈け寄り、また火搔き棒をとってがちゃつかせる。全員、苦笑する。立っていた者は自席に戻る。

**一号**　ええと。それでは会議を続けましょう。（六号に）あなたのご意見は、もうそれでおしまいですかな。

**六号**　ま、一応、喋るべきことは喋りました。まだ言いたいこともあるが、それはまたあとで。あっはっはっは。

**三号**　おや。あなたのお話はもうおしまいですか。それは残念ですな。被告の妻をどうやって口説き落したか、どんな具合にその、あれをやったのか、それを伺いたいと思っていたんですがね。わたしも商売柄、いろんな手練手管を知ってお

く必要がありまして。ひっひっひっひっ。

**十一号**　（激昂して）やめなさい。そんなこと、裁判と関係ないじゃないか。あんたは黙っていなさい。

**三号**　はいはいはいはいはい。わかりましたよ。わかりました。

**七号**　（いらいらして立ちあがり）よろしければ陪審員長、発言させてほしいんですがね。今度はわたしの番でしょう。

**一号**　あ、これは失礼。よろしくお願いします。ええと、陪審員七号のかた、どうぞ。

七号、咳ばらいをし、おもむろに金縁眼鏡をはずし、ハンカチでレンズを拭き、気障っぽくゆっくりと眼鏡をかけ、一同を見まわす。

**五号**　（どんとテーブルを叩き）早くやってくれ。

**七号**　（横目でじろりと五号を見てから）さて皆

さん。われわれは最初この部屋へ入ってきた時、あの被告を無罪にしなければしかたがないと思っていた。なぜそう思っていたかというと、あの弁護士があれだけ念入りに被告のアリバイを立証してしまったからであります。その後、弁護士の発言を無視してもよい、陪審員団独自の結論として被告を有罪にしてもよいという意見が出ているわけでありますが、しかし今、たとえ被告にどれほどあやしい点が多いかをいくら述べ立ててても、どれほど父親殺しの新しい動機を発見できても、また、父親の自殺がいくら不自然に見えようとも、やはりあの完璧に立証されたアリバイを崩さぬ限り、われわれの意見は陪審員団独自の意見としてあの弁護士の意見に対立できる重みを持つことはできないのではないでしょうか。

**四号**　（いらいらとテーブルを指さきで叩きながら）あのアリバイを崩せる、言いはるんかいな。

**七号**　（あやすように）まあまあ、あわてないで。話には順序というものがあります。もう一度、あの弁護士の主張した被告のアリバイというのを復習して見ましょう。（手帳を出す）

**二号**　そんなことしなくても、皆、ちゃんと憶えてるのに。

**七号**　（待ち兼ねていたように二号に指をつきつけ、ヒステリックに）何度もくり返して考えるところから、新しい発見が生まれるのですぞ。（ストーヴをがちゃつかせている九号に指をつきつけ、怒鳴る）君、やめたまえ。討議に加わるだけの知能がないからといって、何もひとの発言を妨害してまで自分を目立たせなくてよろしい。

**九号**　（怒り、火掻き棒を手にしたまま七号に近づいて叫ぶ）いつ、おれが妨害したんだよ。（ことばが出てこず、いら立って足踏みする）ひ、ひとを馬鹿呼ばわりしやがって。

**七号**　（冷笑）陪審員長。このひとを自分の席につかせてくれませんか。

九号　（火搔き棒を床に捨て、泣きながら七号につめ寄る）あやまれよ。あやまってくれよ。でないとおれ、あんたを殴るかもしれないんだよ。こいつ、こいつさっきから、おれを馬鹿にしたみたいな言いかたばかりしやがって。

七号　（あわてて）君。やめろ。陪審員長。陪審員長。やめさせてください。

二号　（そっぽを向いて）あんな言いかたをされりゃ、誰だって怒るのがあたり前だ。

四号　だいたいこのひと、ものの言いかたがにくにくしいんや。ひとを小馬鹿にしたみたいな言いかたばっかりして。

十一号　皮肉屋を気どってるんでしょ。

六号　（にやにや笑って）一度、殴られた方がいいんだよ。

五号　その通り。

一号　（九号に）まあまあまあ、あなた。そんなに怒らないで。さあさあ。席についてください。

九号　（涙を手で拭いながら）ひとを低能呼ばわりしやがった。（自席に戻る）

七号　（決然と）よろしい。そんなにわたしが気に食わないのなら、発言を中止します。

五号　ああ。やめろやめろ。

七号　（興奮し）あのアリバイを崩すつもりだったけど。いいです。やめますよ。

二号　それならそうと、最初からアリバイを崩して見せればよかったんだ。

四号　そや。もったいぶるさかいに、いかん。

七号　（きいきい声をはりあげる）だからもう喋らないと言ってるでしょ。（席に掛け、拗ねて）あのアリバイを崩す方法だって、も、絶対に教えてやらないんだから。きい。

全員苦笑。間。

八号　（吐息）こんな面白いこと、わし、はじめてよ。

一号　（頭を搔き）それでは次に、陪審員八号のかた、ひとつご意見を。(八号に) あなた。あなたですよ。

**八号** え。わしかね。(びっくりして立ちあがり、眼を丸くして全員を見まわす。やがて言うべきことを思いついたように相好を崩す) ええと。わたしゃまあ、ながいこと生きとるんじゃが、まったくもう、こんな面白いことが世の中にあるとは、その、ちっとも知らなかったわけで、こんな面白いこと、生まれてはじめてだよ。今まで平々凡々の人生で、なんにも面白いことにめぐりあえなかったが、これでやっとひとに自慢できるようなことに出くわしたわけで、これでまあやっと生きてきた甲斐があったといえるようなものじゃが、まあできれば、こういうことはできるだけながい間続いてほしいわけで。

**五号** (大声で) そんなこと、どうでもいいじゃないですか。意見をいってくださいよ。意見を。

**八号** わしはこれ、今、わしの意見を言っとるんじゃがね。

**五号** それは意見じゃない。(頭をかかえこみ) 誰かこのひとに教えてあげてくださいよ。

**一号** つまり、あの被告が有罪か無罪かをおっしゃっていただければいいのでして。

**八号** うん。それを言おうとしとったんだがね。つまりこういうことをできるだけながい間続けるには、やはりその、被告が有罪であった方がいい。いや、つまりその、被告が有罪であると、ここでわしが言った方がその、この話しあいはながびくだろうから。

**十号** なんてことだ。(嘆息)

五号、テーブルを叩き、また頭をかかえこむ。

**一号** はい。わかりました。では、有罪ということですな。では次。ええ、陪審員九号のかた。さあ、あなたですよ。

**九号** (勢いよく立ちあがり、腰に手をあて) そりゃ有罪だよ。有罪だよ。有罪有罪。有罪だよ。ああ。そりゃもう有罪。（わざとらしくストーヴを指し）ああっ、せっかく燃えかけてたのに、また消えかけてるじゃないか。（いそいでストーヴに寄り、また火搔き棒をとりあげる）

皆、顔を見あわせ苦笑する。

**五号** （立ちあがり）も、我慢できん。時間がない。ぼくは婚約者との待ちあわせに遅れるわけにはいかんのです。これで失礼します。

えっ、と、全員が五号を注視する。

**一号** まああなたお待ちなさいよ。本気ですか。評決は十二人全員が揃ってなきゃ無効なんですよ。

**二号** 国民の義務を抛棄すると、罰を受けるんだよ、君。

**五号** 知っています。知っています。罰金は払うつもりです。そんなことぐらい、なんでもありません。とにかくこんな具合に、だらだらと時間つぶしみたいなことを続けられたんじゃ、いったいいつ終るかわかったもんじゃない。あなたがたはこういうことが好きなんだ。しかしですね、ぼくの迷惑も考えてくださいよ。

**四号** ほかのもんの迷惑は考えへんのか。せっかくここまで、被告を有罪にしよ言う全員の意見がまとまりかけてるのにやね。

**十号** 全員の意見ではないぞ。

**四号** そやさかいに、有罪にしよ言う意見のひとがせっかくこんだけふえてきとるのにやね、あんたは今までの、わしらのこの苦労を、いや、会議を、全部無駄にする気かいな。今あんたに行かれてしもうたら、何もかもわややがな。陪審員全員が改組されて、わしら皆お払い箱になるかもしれまへんのやで。

**五号** わかっています。皆さんにどれだけご迷惑をかけることになるか、ぼくはよくわかっているのです。だからこそ今まで我慢した。しかし、行かなくちゃいけないのです。これはぼくの一生の問題ですからね。皆さんから恨まれるのも覚悟の上です。すみません。本当にすみません。行かせていただきます。すみません。（すみません、すみませんとくり返しながら、ドアの方へ足早やに行く）

**四号**　（悲鳴のように）そのひと行かしたらあかん。

　すでに立ちあがり、身がまえていた十二号が走り出し、五号の背中にとびつく。二人は床に倒れる。

**四号**　それ。

　一号、二号、三号、四号、十一号が五号の上へ次つぎととび乗る。

**二号**　（下敷きになり）痛いいたい痛い。死ぐ。早くどいてくれ。胸がつぶれてしまう。いのちが死ぬ。

　五号を除き、全員が立ちあがる。二号はふらふらしながら心臓を押さえて自席に戻り、錠剤を出して呑む。

**一号**　（大声で）死んでいる。大変だ。皆で押し潰してしまったらしい。

**四号**　いやいや、大丈夫。脈はおます。のびとるだけや。

**一号**　じゃあ、息を吹き返させない方がいい。このまま椅子に掛けさせておいて、ずっと抛っておきましょう。

**四号**　そや。その方がうるそうないし、第一逃げんでよろし。気がつきそうになったら、またどこぞどついてのばしまひょ。

一号、三号、四号、十一号、十二号が、ぐったりした五号をかつぎ、椅子に掛けさせる。

**十号** さて。(ゆっくりと立ちあがる)次はわたしが発言する番ですな。

**一号** これは、教頭先生。失礼しました。さあ、どうぞご発言願います。(汗を拭く)

**十号** (咳ばらいをし)皆さんがたは、そもそもの最初からたいへんな考え違いをなされておる。この陪審制というものは、裁判をショウ化するためのものでもなければ、陪審員がスタアになれるといったたぐいのものでもない。あくまで裁判の公平を期すためのものであるのです。と、いうようなことを今さらわたしが申しても、どうやらすべて馬の耳に念仏といったところらしい。皆さんわたしの意見を聞く耳など、さらさらお持ちではない顔つきですな。しかし、だからといってここでわたしが一歩も引くわけにはいかんのです。このままあの被告が有罪になってしまうのを見ているわけにはいかんので、なんとしてでもわたしは自分の信念を押し通すつもりです。さきほど皆さんは暴力でもってわたしの行動の自由を封じられた。しかし信念までを封じるわけにはいきますまい。この陪審制では、全員の意見が一致するまで討議を続けなければならない。わたしだけがあくまで無罪を主張すれば、これはいつまで経っても評決に到らぬわけです。いか様に言われても、どのように憎まれても、わたしは、あの被告が無罪であるという信念を絶対に変えるわけにはいかん。

**二号** 信念、信念と言われますがね、陪審員全員が信念でもって自分の主張を変えなかったとしたら、これは有罪を主張する者は最後まで有罪、無罪を主張する者は最後まで無罪のままということになって、すべての裁判が評決に到らぬということになりはしませんかな。

**十号**　しかし、この裁判の場合、あの被告は無罪に決まっているのだし。

**四号**　なんで無罪に決まっとるんでっか。たとえ有罪の証拠があっても、どうせあんたは無罪や言いはりまんねんやろ。（全員に）このひと、片意地になってはりまんねん。

**十号**　冗談ではない。意地になっとるのはあなた方の方ではないか。

**二号**　それならですよ、有罪であるという証拠さえあれば、あなたは本当に自分の主張を変えるのですね。

**十号**　（ややたじろぎ）そりゃ、もちろんだ。裁判に対するあなたがたの態度がどうであれ、有罪の証拠があったのでは、あきらかにそちらの方を優先的に考えねばならん。これはもう、しかたがないですからな。（背をのばし）しかし、そういう証拠はありますまい。有罪だという確実な証拠は。

**二号**　（困って）む。

**四号**　そやけど、無罪やという確実な証拠もおまへんやろ。

**十号**　まだそんなことを言っとるのか。あんたがたは。あんなに確実なアリバイがあるではないか。よろしいか。被告は七時ごろ家を出た。そして約一キロはなれた駅前の繁華街まで歩いて行き、「おはつ」という飲み屋に入った。それがだいたい、七時半ごろです。ここで被告は酒を飲み、酔っぱらい、真夜中の十二時、つまり看板近くまでいた。このことは飲み屋のおかみのお初さんというひとの証言で確かです。また、犯行時間の十一時前後、この店にいた客三人も、その時刻に被告はどこへも行かなかったと証言しているのです。

**七号**　（高笑い）わはははははははは。

**十号**　何ごとかね、君。無礼じゃないか。

**七号**　（真顔になり）その証言があてにならないのです。おかみさんのお初さんだって、他に客もいることだし、ずっと被告に注意を向けていたわけではないでしょう。それにその客にしたって、酒を飲んで酔っぱらっていたんだし。

**四号** （おどりあがるように）その通りや。酒飲みに来た癖に、ほかの客の出入りずっと気にして、それをまたいつまでも憶えてる、そんなけったいな客はおらへん。

**七号** （恨めしげに）さっき、ぼくはそのことを喋ろうと思っていたんですよ。なのにあなたがたが、ぼくの発言を邪魔するものだから。

**十号** 大きな店であれば、そういうことも言える。しかし、おかみは常にカウンターの中にいて、カウンター客全員と向かいあっとるわけだし、カウンターなどは客が五人もくればいっぱいになってしまう。そんな小さな店では、何時ごろ他にどんな客が来ていたかぐらい、わけなくわかるし憶えてもいられる筈だ。

**七号** （大声で）待った。これはおかみも言っていたことだけど、被告は小便に立っている。だいたい七時半からやってきて十二時まで四時間半もの間、じっと酒を飲み続けていられた筈はないのです。少なくとも二、三回は小便に立っている筈だ。だけどおかみは、被告がいつ、何回小便に立ったか、憶えていないと言ってるんですよ。

**四号** そや。それがもう、記憶のあやふやな証拠や。

**七号** （恨めしげに）さっき、ぼくはそのことも喋ろうと思っていた。なのにあなたがたが、ぼくの発言を。

**十号** そのことはわたしも法廷で聞いたから憶えている。しかし便所は飲み屋街になっている路地のつきあたりにあって、行って小便して帰ってくるのに五分とかからない。かりに被告が小便に行くふりをして飲み屋から自宅まで父親殺害のために往復したとしても、そんな短時間ではとても無理だったろうし、五分以上も戻ってこなければ、当然おかみや客にそのことを憶えられてしまっただろう。

**二号**　なあに、たとえ五分が十分でも、憶えちゃいないよ。

**十号**　（声を高くし）たとえ十分、戻らなかったとしても、そしてそのことをおかみや客に気づかれなかったとしても、一キロ離れた自宅に戻り、父親を殺害してまた引き返すのは無理だ。

**四号**　タクシーを拾ったら。

**十号**　あんたは証言をよく聞かなかったのかね。あの時間、駅前でタクシーを拾った客はひとりもおらんのだよ。

**二号**　自転車なら。

**十一号**　いやいや、被告は自転車に乗れないそうです。

**九号**　（ストーヴから身を起して全員を見まわし）おれ、高校の時だけどさ、走るのがずいぶん早くてね。百メートルを十三秒で走ったぜ。

**七号**　（苦笑し）十三秒なら、そんなに早くはない。

**九号**　でも、ほかのやつはたいてい十四秒だったからね。それが普通らしいぜ。

**四号**　百メートルが十三秒で走れるんやったら、一キロを二分とちょっとで走れる勘定になる。

**十号**　（驚き）そんな馬鹿な勘定はない。

**四号**　（眼を据え）なんでやねん。なんで馬鹿な勘定やねん。あんた、計算でけへんのか。そないなるやないか。

**十号**　（おろおろし）人間というものは、百メートルを十三秒で走ることはできる。しかし一キロを二分余で走ることはできない。

**二号**　しかし理論的には。

**十号**　（叫ぶ）理論はどうあれ、実際には、一キロを、百メートル十三秒の速度のまま走り続けることはできんのだ。

間。全員、冷たい眼で十号をじっと見る。

**四号**　このひと、片意地になっとるんや。

**十号**　（頭をかかえ）意地になってるのはあなた

がたの方なのだ。

**四号**　（してやったりという様子で）しかしまあ、これではっきりしたやおまへんか。被告は十一時前に、便所へ行くみたいな恰好して「おはつ」を出た。それから百メートル十三秒の速さで自宅まで。

**十号**　（悲しげに）被告は酒を飲んでいたんだよ。その頃には酔っぱらっていたんだ。

**四号**　そやさかい被告は、酒の勢いも手伝うて、百メートル十三秒の速さで自宅まで一キロの道を走って、父親絞め殺して、また百メートル十三秒の速さで一キロの道を。

**十号**　（絶叫する）五分や十分では無理だ。

**四号**　（指を開き、片手をつき出す）被告が、五分だけ店におらなんだとしまひょ。二分で行って二分で戻った。あとの一分で父親を絞め殺した。はっきりしてますやないか。

**十号**　（弱よわしくかぶりを振り）たった一分で、父親を絞殺し、そのからだを天井からぶら下げるなどということは不可能だ。

**四号**　むしろ、一分間もあるんやったら、それぐらいのことは充分できると考えてほしいですな。

**九号**　うん。おれなら一分間で、それぐらいのこと、できるよ。

**十号**　（叫ぶ）こんな非論理的な推理を、わたしは絶対に承服しかねる。

**四号**　（負けまいとし、どんどん机を叩きながら）一キロ二分。一キロ二分。

二号と七号、唱和し、机を叩きはじめる。

**十号**　（叫び続ける）わた、わたしは、最後、最後まで、た、た、戦う。こ、このような不合理なことは、も、もはや多数決ではない。多数決に、わた、わたしは、断、断固として、反対する。

ほとんど全員が、いっせいに机を叩きはじ

める。

——一キロ二分。

——わっしょい。わっしょい。

——一キロ二分。

——わっしょい。わっしょい。

九号、ランニング・シャツとパンツの姿になり、部屋の中を走りはじめる。

**十号**　（叫ぶ）いいですとも。いくらでもわたしを馬鹿にすればよいのだ。（ぐったりと椅子に身を投げかける）

**一号**　（さすがに、はっと気づいて）皆さん。静まってください。静まってください。ここは神聖な裁判所の中ですよ。控えてください。

一同、静かになる。

**八号**　（吐息）こんな面白いこと、わしゃ、まったく、生まれてはじめてだよ。

**一号**　さて。それでは次、陪審員十一号のかた、お願いします。

**十一号**　（うかがうように十号を見てから、おずおずと）ええ。ただいま、教頭先生のご意見をうかがったわけでありますが、被告のアリバイが弁護士によってあれほどがっちり立証されてしまっているわけでございますし、教頭先生がおっしゃるように、被告が犯行時間に、現場へ戻ってくるのはちと無理ではなかったかと、わたくしも思います。（いきごんで何か言いかけた四号を、あわてて制し）いやいや。ちょっとお待ちください。だからといってですね、被告が、飲み屋のおかみや他の客に気づかれず、店から抜け出すのも、まったく無理であった、とは、言えんと思うのです。あっ。これは失礼。（教頭に一礼する）これは決して教頭先生にさからっているわけではありませんので。つまりその、店から抜け出すだけなら抜け出せた。しかし、それだけの短時間に、自宅まで往復するのは、これはやはり教頭先生がおっしゃるように少々無理。

**二号**　（どんと机を叩き）いったいあんたは何を言っとるんですかね。被告を有罪だと思うのか無罪だと思うのか、それをはっきり言いなさい。あんた、自分の意見がないのですか。

**十一号**　（泣きそうな顔で）ええと。あの。それは、あります。あります。（何度もうなずく）内科の先生がおっしゃるようにですね、その、裁判を国民の身近なものにするためには、陪審員独自の判断がマスコミで騒がれた方がいいわけですね。だけど、教頭先生がおっしゃるように、あきらかに無罪のものを有罪にしてしまうのはどうかと思えるわけで。いやいや。もちろん被告が無罪に決まっているというのではありません。有罪の可能性もある。特に皆さんがたのほとんどのかたはそうおっしゃるわけですね。そうですね。ところが教頭先生は。

**四号**　教頭はんのことは、どうでもよろしやないか。あんたはどない思うんや。それを言わはったらよろし。有罪か無罪か。それだけを。

**十号**　（苦い顔で）かまわないから、自分の意見を言いなさい。何も、わたしがいつもあなたの店へ散髪に行くからといって、わたしの意見を気にする必要はない。ここでは、わたしはあんたの客じゃないんだから。

**十一号**　は。いえ。あ。あの。別にその、そういうわけでは。

**七号**　（笑い出し）なあんだ。このひと、いつもこの教頭さんの頭を刈ってるんだよ。

**一号**　（苦笑し）おやおや。ご近所でしたか。（頭を掻く）

**三号**　おーやおや。それではあなたは、そういう私的な関係をこういう公的な場所に持ちこまれるかただったのですか。ひひひひひ。

**十一号**　（三号を睨みつける）ほかのひとならともかく、貴様にだけは、そういう口をきかせておくわけにはいかん。

**三号**　やっぱりそうですか。（全員を見まわす）このひと、わたしにも何か、個人的な感情を持ってるんでしょうよ、きっと。それでさっきから、わたしに喋らせてくれなかったんです。といっても、わたしはこのひとを全然知らないんですがね。

**十一号**　（激昂し）だまれ。だ、黙れ。貴様なんかにそんなえらそうな、人間並みのことばを口にする資格があるか。保険屋なんて、どいつもこいつも人間の屑だ。生命保険のやつはみんな殺せ。お前らみんな、死ね。死ね。（握りこぶしを振りまわす）

一同、唖然として十一号の狂態を眺める。

**十一号**　（髪をふり乱し）お前ら保険屋にできることといったら、ひとの金をふんだくることと、家庭の主婦をだますことだけだ。

**二号**　よしなさいよ。あんた。特定の職業に、そんなに偏見を持つものではありません。

**十一号**　（わめき散らす）なにが偏見だ。その通りじゃないか。この野郎。泥棒め。おれの留守中に勧誘に来やがって。おれの女房を、色仕掛けで、た、た、たらしこみやがって。く、くそっ。（泣きはじめる）女房を返せ。どこへつれて行きやがった。くそ。ひとの女房と駆け落ちしやがって。泥棒め。

**三号**　（とびあがる）それはわたしじゃない。

**十一号**　だまれ黙れ。保険屋なんてみんな、どいつもこいつも女たらしだ。泥棒だ。お前だってそうだ。美代子お。（机に突伏して号泣する）帰ってきてくれよう。おーいおいおいおいおい。戻ってきてくれよう。おーいおいおいおいおい。おれは淋しいよう。おーいおいおいおいおい。

**一号**　まあまあ。あなたの気持もわかりますが。

（困って頭を掻きむしる）

**十一号**　わかってたまるもんか。おーいおいおい

おいおい。

　一同あきれて見まもる中、十一号の号泣がしばらく続く。

**四号**　陪審員長。このひと、これ以上自分の意見を喋る気ないやろし、議事進行したらどないでっか。

**二号**　そう。早く決議してしまいましょう。いくらなんでも、時間がかかりすぎる。

**一号**　あ、そうですか。そうですね。それでは次のかたに意見を述べていただきましょうか。ええと。それでは十二号のかた。あなたが最後ですね。どうぞひとつ、ご意見を。

　十二号、立ちあがる。

　この陪審員十二号は今まで一度も意見を述べていないため、一同、興味深げに彼を見つめる。

**十二号**　（一礼し、口をあけ、咽喉《のど》の奥を指で示しながら）あ。あ。あう。あうあう。あう。

**四号**　（とびあがり）このひと、唖《おし》や。

　騒然となる。

**七号**　唖のひとが、陪審員になることはできるんですか。

**六号**　そりゃあ、できるでしょう。でないと身体障害者に対する差別になる。

**三号**　だけどこのひとは、自分の意見を発表できないんですよ。

**一号**　裁判所の手落ちだ。えらいミスだ。いくらなんでも裁判所が聾唖者《ろうあしゃ》を陪審員にする筈がない。

**二号**　いや。このひと、耳は聞こえる筈ですよ。今までこのひと、何も言わなかったので、わたし、もしかするとこのひと聾《つんぼ》かなあと思っていたんです。でもこのひとは、ほかのひとの言うことには敏感に反応していましたし。

**四号** そや。部屋出て行こうとしたひとに、いちばん先にとびついてたのはこのひとでっせ。ことばがわからなんだら、あんなこと、でけん筈や。

**二号** （十二号に）あなた、耳は聞こえるんですね。そうでしょう。

**十二号** （眼を見ひらき、はげしく何度もうなずく）

**二号** 有罪か無罪かの意思表示も、もちろんできますね。

**十二号** （うなずき、手刀で首を斬る仕草をして見せる）

**四号** 有罪や言うてはりまんねん。（一号にうなずきかけ）これで充分やおまへんか。評決にはなんのさしさわりもない。

**十号** （大声で）いや。待った。たとえ有罪無罪の評決は可能でも、そのひとには討議ができない。陪審員団にとって大切なのは、評決よりもむしろ討議です。充分な討議を尽してこそ陪審員団独自の評決ができるわけで。

**四号** （げっそりし、ぱん、と平手で机を叩く）また、このひとや。

**十号** （決然と）いや。たとえなんといわれようと、あなたがた全員からいかに白い眼で見られようと、わたしはこのひとが裁判所の手違いで陪審員に加わっていたことを判事に報告し、この陪審員団が改組されるよう要求するつもりです。

**四号** おんどりゃ何を。（机を乗り越えようとする）

**二号** （四号を抱きとめ）お待ちなさい。気を静めて。気を静めて。今、殴るとまずい。

**十号** （悲しげに）そうですか。皆さん、そんなにわたしを殴りたいのですか。そんなにわたしが憎いのですか。（ゆっくりとかぶりを振る）しかしわたしは、自分の節を、大勢に屈して曲げることはできません。この会議はそもそもの出発点から間違っていた。対マスコミ的売名欲のため、被告をなんとか有罪にしようという議論からはじまり、さらに陪審員であることを悪用して被告の家族と接触することさえ違法であるかもしれぬというのに、あまつさえ脅迫し暴行するという行為を法廷に対して本人はおろか全員で隠蔽しようとした。さらにまたそれを報告しようとしたわたしの行動の自由を束縛するという無法。かてて加えて陪審員としての資格のない者が加わっていた事実を改組いやさに知らぬふりで押し通そうという、これだけの違法行為すべてを、わたしは到底黙視するわけにはいかんのです。よいですか。間違っているのはあなたがたの方だ。わたしを恨むのはお門違いというものですぞ。(腕組みし、天井を睨む)

全員、十号を、ある者は恨めしげに、ある者は困って、ある者は憎しみをこめてじっと見つめる。

間。

**一号** (頭を掻きながら) ええと。それでは、ひと通り意見が出そろいましたので、そろそろ評決に移りたいと思いますが、よろしいですかな。

全員、無言。

**一号** (うなずき) 異議がないようですから、それでは評決に移ります。評決は挙手でよろしいでしょうな。ではまず、被告を有罪とされるかた。

四号、勢いよく手をあげる。

二号、六号、七号、手をあげる。

十二号、手をあげる。

三号、おずおずと手をあげる。

八号と九号、手をあげる者が多いのに気づ

き、あわてて手をあげる。

**一号**　あ。そうだ。わたしもだ。（手をあげる）

十一号が、十号を気にしながらゆっくりと手をあげる。

**一号**　（二号に）先生先生。気つけ薬をお持ちじゃありませんか。そこで眼をまわしている、その五号のひとをそろそろ起していただきたいんですが。

**二号**　なに。気つけ薬なんかいらんでしょう。（机に突伏したままの五号に近寄り、背中を乱暴にどんと叩く）

**五号**　ぎゃっ。（意識をとり戻し、あたりをきょろきょろ見まわす）ここはどこ。（あわてて腕時計を見て、とびあがる）あーっ。もう約束の時間を過ぎている。（立ちあがる）あーっ。もう駄目だ。今から駆けつけても遅い。あーっ。おれは破滅だ。あーっ。（腰をおろし、頭髪を掻きむしる）あーっ。もう人生滅茶苦茶。あーっ。助けてくれ。助けてくれ。あーっ。（頭を起し、全員を狂ったような眼で睨めまわし、静かに言う）時間を返せ。

一同、ぎょっとして身をこわばらせる。

**五号**　（おどりあがり、絶叫する）おれに時間を返せ。おれから奪った時間を返せ。婚約者を返せ。課長の椅子を返せ。キンタマ返せ金返せ。おれの未来を返せ。

四号と六号、両側から五号をとり押さえようとする。

**五号**　（あばれる）お前ら、おれに何をした。おれの人生をよくも滅茶苦茶にしてくれたな。

**六号**　また痛い目にあいたいのかよ。え。もう一度気絶させてやろうか。

五号、椅子にくずおれ、両手で顔を覆い、泣き出す。

**四号**　わたしらを恨んだらあきまへんで。恨むんやったらこの裁判の被告を恨みなはれ。何もかも、あの被告が悪いんや。あの被告さえ居《お》らなんだら、あんたが陪審員として召喚されることもなかったんや。（大声で）さ。あの被告は有罪か無罪か。

**五号**　（わめく）もちろん、あんなやつ有罪だ。有罪に決まっている。おれの人生を狂わせたやつだ。絞首刑にしてしまえ。絞首刑だ。

**四号**　（ほくそ笑み、一号に）このひとも、有罪やそうです。

**一号**　ではこれで、有罪という意見のかたが十一人になりました。あと、もうひとり、つまり十二人全員が有罪という意見であれば、陪審員団の評決は有罪に決定するのですが。（十号を見る）

全員が十号に注目する。

十号、腕組みしたまま無関心を装っている。

**一号**　（溜息）ええと。それではですな、無罪というご意見のかた、挙手願います。

**十号**　（重おもしく）わたしはこの会議そのものが無効だと言っておるわけですが、被告が有罪か無罪か、ということであれば、ためらいなく無罪です。（手をあげる）

**一号**　ひとりでも違った意見のかたがおられる限り、評決できないのが陪審員団の規則です。討議を続けるしかありませんな。

**四号**　（激怒し、おどりあがる）何もかも、こいつのせいや。（一号と二号に）あんたとあんた、すぐドアの前へ立ちなはれ。誰も部屋から出したらあかんし、誰も部屋へ入れたらあかん。

（テーブルを乗り越え、一号の前の、証拠品の紐を手にとる）

**二号**　何をするつもりですか。あ、あなたは、つまり。

**四号**　そや。こいつを殺すんや。（紐をしごきながら十号に近づく）こ、こ、こいつさえ居らなんだら、今ごろはもう、有罪ちう評決が出とるんや。ここ、こいつさえ殺してしもうたら。

**十号**　（立ちあがる）な、なにを君は。血迷ったか。

**四号**　逃がすな。

九号、はじかれたように立ちあがり、十号の上半身へ背後から抱きつく。

全員、総立ちになる。

**十号**　やめろ。そんなことをしたら、あんたたちは全員有罪だぞ。

**四号**　（紐を十号の首に巻きつけようとしながら）もちろん、全員有罪や。あんたさえ居らなんだら。全員の意見が有罪にまとまって。

**十号**　（紐から逃れようとしながら）そうじゃない。全員が、ほんとに殺人罪になると言っとるんだ。（十一号に）君。た、たすけてくれ。

**十一号**　さあ。ここであなたを助けたりすると、また、私的な関係を公的な場所に持ちこんだと言われるから。

**十号**　馬鹿な。公的な殺人などということがありますか。

八号、九号に加勢して十号の下半身に抱きつく。

**七号**　（おろおろ声で）だけど、殺したあと、どうするんですか。死体をどこかへ隠したとしても、全員が法廷へ出れば、陪審員の数が足りないことに誰かが気づいて。

**四号**　なに。法廷では誰かが死体をうしろからあやつったらええのや。

**六号**　（苦笑して）「らくだ」じゃねえか。

**三号**　そのひとを生命保険に勧誘する間だけ、殺すのを待って貰えませんか。会社としては損をすることになるが、わたしは実績が。

**十一号**　（わめく）うるさい。お前は黙っていろ。

**四号**　（ついに紐を十号の首にかけ）やった。それ。（十二号に）おい。あんた。そっち、早いとこ引っぱっとくなはれ。

十二号、紐の片側の端を手にし、引っぱろうとする。

**六号**　（四号の手を握る）おい。やめろ。ここで殺しは危《やば》い。

**四号**　離しとくなはれ。ここで殺《や》らなあかんのや。

**六号**　（紐をもぎりとり、一同を見まわす）皆さんがた。この場の決着は、ひとつわたしにまかせておくんなさい。

**四号**　あかんあかん。こいつは強情やさかい、どない説得したかてあかんのや。殺さな仕様ないんや。

**六号**　（凄む）おう。あんた。わっしみたいな者にはまかせられない、って言うのかい。

四号、がっくりして床へしゃがむ。

全員、ほっとして肩の力を抜く。

**一号**　（ハンカチで汗を拭い）やれやれ。大変なことにならずにすんでよかった。いくら何でも裁判所で人を殺したら、ただごとじゃおさまらない。わたしも一瞬その気にはなったが。

**六号**　さあて、教頭さん。（ニヤリと笑い）命びろいをしましたね。え。

**十号**　（紐をはずして首をなで、肩で息をしながら）殺されても妥協はせん。それに、いったんわたしを殺そうとしたような連中のために、なんでわたしが主義主張を変えたりするものか。

**六号**　いやあ。何も主義主張を変えてくれとは言っとりゃせんですよ。（声の調子を変え）あんたの方から、変えさせてくれと言い出すことになるんだものね。

**十号**　なんじゃと。

**六号**　まあお聞きなさい。皆さんも、聞いておくんなさい。もう二年ほど前のことになりますが、同業者の寄りあいがありましてね。その席でわたしは同業者の風上にもおけねえ卑劣な男に、そいつのした悪事ののっぴきならねえ証拠をつきつけて問いつめ、ぎゅうという目にあわせてやったもんです。言を左右にして言い逃がれようとするのを、わたしがちっとばかり痛い目にあわせてやったもんだからとうとうこの男、同業者を出し抜いて競争見積を賄賂で落札し、商品を高価に納めたことなど、たくさんの前科を吐いたもんです。われわれの得意先はすべて公立の小、中学校ですから、これは重大な贈賄事件になる。まあ、女房子供のいる男でしたから警察沙汰にはせず、小指一本ちょん切るだけで勘弁してやりましたがね。さて皆さん。話というなあこれからだ。この男が贈賄したというのはたいてい備品購入を校長とか教頭とかいった連中がやっている小学校とか中学校なのだが、その中に瑞ヶ丘第二小学校というのがありましてね。

**十号**　（椅子を倒して立ちあがる）き、君はいったいなな、何を。そ、そんな話は裁判とは、なな、何の関係もないじゃないか。

**六号**　そう。なんの関係もないねえ。えへへ。（十号に顔を近づけ）さあ。相談というのはこなんだがねえ、数頭さんよ。その、なんの関係もない話をおれがここでばらしちまったら、たとえ裁判となんの関係のない話であっても、あんたを恨んでるこの連中、たちまち騒ぎはじめるんじゃないかと思うんだが。

**七号**　ばらさなくても、もうわかった。（おどりあがる）瑞ヶ丘第二小学校の教頭というのはこいつなのだ。

**二号** （おどりあがる）そうだ。そうに違いない。こいつは汚職したのだ。

**四号** （とびあがる）そや。こいつ収賄しよったんや。それでこいつ、こないにうろたえとるんや。

**六号** （得意顔で一同を見まわし）わたしゃまだ、何も言っとらんよ。早合点しちゃいけねえな。

十号、がっくりと椅子に腰をおろし、うなだれる。

**六号** （十号に）皆に恨まれねえように、早いところ、有罪という意見へ鞍替えした方がいいんじゃないんですかい。教頭さんよ。

**四号** （十号を指し）絶対に、こいつ、汚職しよったんや。そうやないとは言わさへんぞ。（六号にぺこぺこ頭を下げ）あんさん。よう言うてくれはりました。もう、こいつがなんぼ否定しても、贈賄したちうその証人をつれてきて出るところへ出たらこいつの悪業はいっぺんに明るみに出る。（十号の顔をのぞきこみ、怒鳴る）どや。これでもまだあんたはあの被告の無罪を主張するつもりか。あんた、皆の意見無視してそんな勝手なこと言えるからだかどうか、よう考えてみい。あんた、汚職したんやろが。

**二号** そうだ。こいつは汚職したんだ。

**七号** （脱いだ靴の踵で机を叩きながら、はやしはじめる）汚職。汚職。

**一同** （七号にならう）汚職。汚職。

**七号** 収賄。収賄。

**一同** 収賄。収賄。

**七号** 汚職。汚職。

**一同** 汚職。汚職。

**十号** （しばらく前から、うっ、うっと洩れる嗚咽を押さえきれずにいたが、ついに咆哮して机に突伏す）うおー。うおーい。うおーい。うおーうおーい。おーいおいおいおいおい。

一同、十号を注視する。

**十号**　（顔をあげ、天井に向かって）妻が癌になったのだ。おーいおいおいおい。医者に、入院して手術しないと死ぬといわれ、入院費はなく、ちょうど折悪しく息子が大学入試に合格した。だが、その入学金さえなかったのだ。おーいおいおいおいおい。自分の妻を見捨てて殺す気か、子供を大学へやる甲斐性さえないのかと家族や親戚に責められて、おーいおいおいおい。そしてついに、わたしは、わたしは悪魔の誘いにのったのだあ。おーいおいおいおいおい。（泣きわめく）わたしはもう駄目だ。おーいおいおいおいおいおい。わたしはもう破滅だ。おーいおいおいおいおいおい。

**六号**　（十号の肩に手をおき）まあまあ教頭さん。そんなに泣くことはねえよ。何が破滅なんだね。ちっとも破滅なんかじゃないぜ。

**二号**　そうですよ。わたしたちは別段、あなたのことを警察へ言おうなんて思っちゃいないんですからね。

**七号**　そう。そうですとも。ただひとこと、ね。たったひとこと、あの被告は有罪だと、そう言ってくだされぱいいんですよ。ね。

**一号**　そう。その通り。教頭先生。お願いです。あなたがひとこと有罪と言ってくだされば評決が定まり、陪審員長であるわたしもおおいに助かるのですが。

**四号**　さぁ。あんた。（十号の右手をとって高くあげ、耳もとで懇願する）頼みまっさ。言うとくなはれ。言うてくれはったらわたしら恩に着ますやんけ。今聞いた話、誰にも喋りまへんさかい。さ。言うとくなはれ。有罪と。ひとこと。ほんのひとこと。

**十号**　ゆ、有罪。有罪。有罪だ。（また机に突伏す）

一同、ほっとして背をのばし、顔を見あわ

せあい、うなずきあい、口ぐちに「よかった」「ああ、よかった」「よかった、よかった」と言う。

**一号**　（ドアをあけ、廊下の延吏に）終りました。はい。評決が出ましたので。あ。そうですか。（全員に）それでは皆さん。法廷へ行ってください。はい。陪審員席へ。

がやがやと喋りあいながら、一同は立ちあがり、ドアの方へ歩き出す。

**九号**　せっかく部屋が暖かくなってきたのになあ。法廷はまた寒いよ。きっと。

九号、退場。

**三号**　（一号に）ねえあなた。法廷で、わたしにちょっと発言させてもらえませんかねえ。有罪の評決のあとで生命保険の勧誘をすれば、これは効果的なんだが。

**十一号**　駄目だだめだ。そんなことさせられるもんか。（三号の背中を押すようにして部屋から出る）

三号、十一号、退場。

**四号**　（一号と二号に）有罪の判決を出したら、皆、びっくりしますやろなあ。（くすくす笑う）

**二号**　（くすくす笑いながら）マスコミが喜びますよ。われわれ十二人を取材して、でかく扱うでしょう。そして、あの被告は死刑だ。

三人、けけけけけけ、と笑う。

**一号**　どうですか。あとでどこかへ、一杯飲みに行きませんか。祝杯をあげましょうや。

**四号**　結構だすなあ。わたし、奢らせてもらいまっさ。（十二号に）ああ。あんさんもいかがです。

十二号（眼を見ひらき、大きくうなずく）

**二号**　さあ。われわれはもう、有名人ですよ。

一号、二号、四号、十二号、退場。

**七号**　ふん。日本人ってのはあれがいやだね。ちょっと意気投合したらすぐ飲もうってことになるんだよ。

七号、退場。

**五号**　ああ。おれの人生、もう滅茶苦茶よ。

五号、めそめそしながら退場。

**八号**　わし、こんな面白いこと、生まれてはじめてだよ。

八号、退場。

六号、まだ机に突伏したままの十号の肩に手をかけて抱きあげるように立たせ、ゆっくりとドアの方へ歩かせる。

**六号**　さあ。そんなにしょげ返ることはありませんよ。教頭さん。日本の人間てえのはね、ある程度皆と同じように悪いことをしなきゃ世間を渡れねえんです。つまり日本という国の仕組みがそうなってるんですな。裁く者も裁かれる者も、似たり寄ったりなんです。ところでねえ、今度のおたくの学校の、理科実験教材の入札のことですが。

六号、十号、退場。

延吏によってドアが閉められ、舞台はしば

らく無人。
やがて木槌の音。そして「開廷」を告げる声がかすかに響いてくる。

――幕

## フィナーレ

音楽と共に幕開く。
全員、舞台袖より一列となり、踊りながら歌って登場。

おれたちゃ　陽気な　陪審員
今日は　楽しい　裁判日和
無罪にしたのじゃ　つまらない
出てくる被告は　みんな有罪さ

やって　きました　裁判所
始まる　前から　わかってる
若い男は　みな有罪
待ち遠しいのは　死刑の宣告さ

いつも　愉快な　どんちゃん騒ぎ
どんな　弁護も　無駄骨よ
ばばあも美女も　みな死刑
被告が泣き出しゃ　おれたちゃご機嫌さ

踊りながら退場。

――幕

# 12人の浮かれる男

筒井康隆 作詞
山下洋輔 作曲

Intro.
おれたちゃー　ようきなー　ばい　しーんいんー
やーってー　きましたー　さい　ばーんしょー
いーつもー　ゆかいなー　どんちゃん　さーわぎー
きょうーはー　たのしいー　さいばんび　よりー
はじまるー　まえからー　わかーってるー
どーんなー　べんごもー　むだぼねよー
むざいにー　したのじゃー　つまらないー
わーかいー　おとこはー　みなゆうざいー
ばばあもー　びーじょもー　みなしけいー
でてくる　ひこくはー　みんなゆうざいさ
まちどお　しいのはー　しけいのせんこくさ
ひこくが　なきだしゃー　おれたちゃごきげんさ
ENDING
ひこくが　なきだしゃー　おれたちゃごきげんさ
倍のテンポに遅くなって
ひこくが　なきだしゃー　おれたちゃごきげんさ

# 情報

一幕

登場人物

痩せた男
小肥りの男

痩せた男、立っている。

小肥りの男、そわそわしながらあらわれ、痩せた男を見て立ちどまる。ひどく、おびえている。

痩せた男、小肥りの男を見て、わざとらしく煙草を出し、ライターの蓋を、三回続けてかちかちかちと鳴らしてから火をつける。

小肥りの男、やや頬のこわばりを溶かし、周囲を見まわしながら痩せた男に近づく。

**痩せた男** (小肥りの男をちらと横眼で見て、さりげなく) やあ。
**小肥りの男** (ほっとしたように小きざみにうなずき、すがりつくような眼で痩せた男を見ながら) や、やあ。やあ。(また周囲をきょろきょろと見まわしてから、痩せた男の耳に口を寄せ) れ、れ、連絡だ。
**痩せた男** (眉をひそめ、そんなことはわかっている、とでも言いたげに) ああ。

**小肥りの男**　れ、連絡。重大な、それも、ごご極秘の情報だ。

**痩せた男**　（不愉快そうに）まあ、落ちつけよ。あんた、何年諜報部員をやってるのかしらんがね、われわれの連絡は常に、重大な極秘の情報と相場が決まっている。そんなにおどおど、きょろきょろしていたのではだな、まるで、はい、いかにも私はスパイでございます、今重大な極秘の情報を連絡しているところですと、広告しているようなもんだ。この辺はわれわれの連絡場所だから警戒は充分で、例の連中があたりに身をひそめているなんてことは絶対にないんだ。心配するな。

**小肥りの男**　（痩せた男が喋っている間もうわの空で、あいかわらず周囲を気にし続け、それからせかせかと話しはじめる）言っておくが、わたしは諜報部員を、これでもう三十八年やっている。今は君が所属している部の副部長待遇で、今までにＫＧＢ《カー・ゲー・ベー》につかまって殺されかかったことが二回、クレムリンに侵入したことが八回、ペンタゴンから資料を盗み出したことが十一回、元ナチのＳＳ隊員つまりオデッサに化けてエジプトに潜入したことが十八回ある。

**痩せた男**　（少し驚き）これは先輩。

**小肥りの男**　わたしがこの情報を入手したのは、約三ヵ月前だ。むろん、暗号でな。

**痩せた男**　そりゃあ、当然そうだろう。そんな重大な情報なら。

**小肥りの男**　しかも、極秘の情報だ。今夜までの三ヵ月間、わたしはこの情報を守り通してきた。君も知っている例の連中は、わたしにこの情報が入ったことをうすうす感じとり、わたしが誰かにこの情報を伝達する前に詳細を知ろうとして、わたしをつけ狙った。わたしは奴らに五回つかまった。だが、口を割らなかった。そして五回とも、奴らから逃げ出すことに成功した。一度などは、わたしの眼の前で、妻がじわじわと虐殺され、娘が輪姦された。しかしわたしは、

ひとことも洩らさなかった。むろん、ひどい拷問も受けた。これを見てくれ。（右手を見せる）

**痩せた男**　（爪を見て、はっと顔をそむける）これはひどい。（向きなおり）そんなに重大な情報なのか。

**小肥りの男**　（またそわそわしてあたりを見まわしてから）この情報を入手したとたん、わたしは死を覚悟した。それくらい重大な、極秘情報なのだ。君もそのつもりで聞いてくれなくては困る。

**痩せた男**　わたしだって諜報部員だ。情報は何によらず、死を覚悟して伝達している。

**小肥りの男**　一度しか言わないから、そのつもりで聞いてくれ。いいな。

**痩せた男**　いいとも。

**小肥りの男**　（のびあがり、四方をうかがってから、痩せた男の耳もとへ口を近づけて）いろはにほへと。

**痩せた男**　（怪訝な表情で、いったん小肥りの男の口もとから耳を遠ざけ、同僚の顔をしげしげと眺め）そ、それは、その。

**小肥りの男**　（ふるえている。大きくうなずいて手招きし、いったん背後をふり返ってから、また背を丸め、痩せた男の耳に）ちりぬるをわか。

**痩せた男**　（しばし茫然とし、やがてゆっくりと）本当か。

**小肥りの男**　（うなずき、あわただしく左右をうかがってから）よたれそつね。

**痩せた男**　（眼を丸くし、小きざみにかぶりを振る）ま、まさか。まさかそんな。

**小肥りの男**　（足もとを見まわしてから）ならむうゐのおく。

**痩せた男**　（ひゅう、とのどを鳴らして息を吸いこむ。泣きそうな顔で、右の方へ駈けていってのびあがり、遠くをうかがい、左の方へ駈けていって耳をすます。駈けもどり、息遣い荒く小肥りの男を見つめる）そ、その次は。その次は。ま、まさか。

**小肥りの男**　（四方の空を透かし見、のびあがって痩せた男の背後をうかがい、ぎょっとしてふり返り、また背を丸めて）やまけふこえて。
**痩せた男**　やっぱり。（ふるえ出す）しし信じられない。そんな、そんな重大な情報を。さささ最高機密を。（はげしくかぶりを振る）いやだ。信じたくない。（大きく肩を波うたせ）死死死んだ方がましだ。（気をとりなおし、唇を噛み、身をぎくしゃくさせてふるえ続けながら）そ、そ、それから。
**小肥りの男**　（大きく息をはずませながら）あさきゆめみし。
**痩せた男**　うわあ。（とびあがり、身をよじって泣きはじめる）自信がない。そんな危険な最高機密を、わたしひとりに負わせるなんて。とてもひとりで守り通せるとは思えない。世、世界の破滅。じじじ人類の絶滅。
**小肥りの男**　しっ。（痩せた男の大声に驚き、あわてて唇に指さきをあてる。しばらくあたりをうろうろしてから戻ってきて）ゑひもせす。
**痩せた男**　わわわわわわ。（恐ろしさのあまり、白痴のように無表情な顔となり、ぼんやりと）恐ろしい。気がちがってしまえたら、どんなに。ああ。もういかん。楽になりたい。こんなこと、忘れてしまいたいよ。（ぎょっとしておどりあがり）それで、それで。それで最後はまさか。（小肥りの男にすがる）まさか、あれではないんだろうね。え。まさか、あの、あ、あ、あれではないね。え。あれでは。
**小肥りの男**　（残った息を吐き出すように、大きく息を吸いこんでから）ん。
**痩せた男**　む。は。

痩せた男、へたへたとその場に尻をおろしてしまう。恐怖と絶望で、うすら笑いをうかべ、やがて泣くような声で、へらへらと笑いはじめる。
小肥りの男、使命を終えてがっくりと肩を

落し、頬の肉を弛緩させ、ぼんやりしている。

**小肥りの男**　もう、殺されてもいい。（ゆっくりと向きを変え、もと来た方へふらふらと歩き出す）何もかも終った。

小肥りの男、去る。

**痩せた男**　おれの方は、これから始まるのだ。（とびあがるように立ち）そそそうだ。おれの方はこれから始まるのだ。悪夢が。地獄が。死の数十倍の苦痛と恐怖が。（さめざめと泣きはじめる）

小肥りの男が去った方角で、突然、猛烈な機銃の連続音が響く。男の絶叫。少くとも六、七丁の機銃の一斉射撃と思えるその音が聞こえている間、痩せた男は腰を浮かし、その方向を見つめている。

銃声、やむ。

**痩せた男**　死ぬのは怖くない。だが奴らは、おれを殺してはくれないだろう。殺されるのは、今のあの男と同様、おれが使命を果し終えた時なのだ。（きょろきょろして）しかし、おれにこの秘密が守り通せるとはとても思えない。だがこの秘密を奴らに喋ってしまうくらいなら、いっそのこと。いっそのこと。（短刀を出す）そうとも。これが、今聞かされたこの情報を守ることのできる、唯一の方法だ。

痩せた男、短刀を心臓に突き立てる。

——幕

# 改札口

一幕

登場人物

客（中年の、いい身装りをした紳士）
若い駅員
初老の駅員
猫の顔をした紳士

舞台中央に、『乗越《のりこし》』という駅名看板のかかった、駅員室と改札口があるだけの、田舎の小さな駅舎。下手にはプラットホームへのスロープ。駅舎を出ると、舞台前方は左右に街道が通っている。

幕があがると、舞台は無人。

発車の合図の笛。電車の遠ざかる音。

スロープを、客がおりてくる。おりてきながらコートのポケット、背広のポケット、ズボンのポケットなど、やたらにあちこちへ手を突っこんで切符をさがす。

**客**　おかしいなあ。切符がないぞ。（改札口まできて、あたりを見まわす）なんだ。駅員がいないじゃないか。（そのまま改札口を通り抜け、駅舎から出ようとする）

駅員室から若い駅員が出てきて改札口に立ち、客を呼びとめる。

**若い駅員** おい、あんたあんた。切符は。

**客** (振り返り)なんだ。いたのか。(苦笑し、ふたたびあちこちのポケットに手を突っこんで切符をさがしながら改札口へ引き返す)

若い駅員は、客に手をつき出したまま、じっと客を睨みつけている。

**客** (切符をさがしながら)そんなに、睨むなよ。

**若い駅員** (手をおろし)なんだって。

**客** いや。なんでもない。

**若い駅員** 今、何か言っただろ。

**客** (おだやかに)そんな眼で、ひとを見るもんじゃないって言ったんだよ。

**若い駅員** どんな眼で見たっていうんだ。(ゆっくりと)おれはね、あんたが切符を出さないでここを通り抜けたから呼びとめたんだ。そしたらあんたは、あやまりもしないで、おれの眼つきが悪いなどと。

**客** (あわてて)いやいや。わたしはなにも、あんたの眼つきが悪いなんて言った憶えはないよ。

**若い駅員** 今、そう言ったじゃないか。

**客** (しばらく駅員を見つめてから)すまん、すまん。(苦笑して)はじめから、あんたがそこに立っててくれたらよかったんだ。

**若い駅員** (口をもぐもぐさせてから、にやりと笑う)ここに誰も立っていなかったら、切符を出さずに通り抜けてもいいっていうのか。

**客** (あきれて)そんなことは言っていない。

**若い駅員** 今、言ったじゃないか。

**客** (口論をあきらめ、切符さがしに専念する)おかしいなあ。(思い出し)あっ。そうか。(ポケットから両手を出し、駅員に向きなおる)いやあ。今やっと思い出したよ。切符は、買わなかったんだ。

間。

**若い駅員**　（ぼんやりと客の顔を見つめる。やがて、うなずきはじめる。四、五回うなずき、うなずくたびに顔に笑いを拡げはじめる）そうだろうと思ったよ。（さらに二、三回うなずき）じゃあ、無賃乗車だ。

**客**　（笑って）ま、無賃乗車には違いないが。

**若い駅員**　（真顔に戻り）何がおかしい。

**客**　（真顔に戻り）ここまでまっすぐくるつもりだったんだが、一度、途中下車したんだ。その時、改札口で切符を渡してしまってね。それから次にその駅から乗る時、改めてここでの切符を買おうとしたら、ちょうど電車が入ってきたんだ。それであわてて、切符を買わないでとび乗ったんだ。電車の中で、車掌から買うつもりでね。

**若い駅員**　（客を睨み続けながら）で、車掌から買わなかったんだな。

**客**　考えごとをしていて、買いそびれた。それをまた、すっかり忘れていて、買ったつもりになっていたんだ。だって、そういうことってよく、あるだろう。

**若い駅員**　無賃乗車を認めるんだな。

**客**　だから、理由は今、説明しただろう。

**若い駅員**　なんの理由だ。

**客**　（茫然と駅員を見つめてから、ひとこと、ひとことを区切るように）結果的に、無賃乗車ということになってしまった、その理由だよ。

**若い駅員**　（少しいらいらして）無賃乗車は無賃乗車だ。そうだろう。（小きざみにうなずき）それは認めるんだな。

**客**　（しぶしぶうなずき）まあ、認めなきゃあ、しかたがないね。

**若い駅員**　（唇を歪めて笑い）無賃乗車しといて、威張ってやがる。

**客**　悪意はなかったんだ。（顔をしかめ）ひとをそんな、犯罪者扱いするのはよくないよ、君。わざとやったわけじゃないんだからね。

**若い駅員**　へえ。わざとやったんじゃないっていうのか。（鋏をいじりまわしながら、客を横眼で見る）その証拠があるか。

**客**　証拠。そんなものはないよ。馬鹿な。

**若い駅員**　馬鹿とはなんだ。（鋏を握りしめる）

**客**　いや。あんたを馬鹿といったわけじゃないよ。

**若い駅員**　今、馬鹿と言ったじゃないか。

若い駅員、客を睨みつける。客はたじたじとなる。

間。

ふた声み声、鳥が鳴く。

**若い駅員**　（胸をそらせ）わざとやったんじゃないってことが、どうしておれにわかるんだ。証拠もないのに。そうだろ。証拠がないんだから、おれとしては、あんたがわざと無賃乗車をしたんだと思うしかないよ。

**客**　（悲しげに）わたしが、無賃乗車するような人間に見えるかねえ。

**若い駅員**　（高飛車に）見えるね。ああ、見えるとも。見える見える。あんた、自分がどう見えると思ってるんだ。いくらいい背広を着ていようが、いくら血色がよくていくら肥っていようが、そんなことは問題じゃないね。だいたい、ひとに説教じみたことをいうやつほど、平気で悪いことをするんだ。

**客**　わたしの言いかたが気に入らなかったのなら、あやまるがね。（吐息）だけど、その、ひとを犯罪者みたいに言うのだけは、もうやめてくれないか。いや。これはお説教じゃなくて、頼んでるんだがね。

**若い駅員**　無賃乗車しといて、おれの口のききかたにけちをつけるのか、あんたさっきからおれに、けちばかりつけてるな。（低い声で）じゃ、次はおれに言わせてもらおう。（突然、声をはりあげて怒鳴りはじめる）貴様は、わざと無賃乗車をやったんだ。無賃乗車したやつが、犯罪者じゃないというのか。勝手なことをいうな。悪いことをしたのがばれたら、いさぎよく、悪いことをしましたといって、這いつくばってあやまれ。

客、息をのんで若い駅員を見つめる。

**若い駅員**　なんだ、なんだ。なんだよ、その眼は。なぜそんな、心外そうな顔をするんだ。え。今度はおれに何を言いたいんだ。そんなに怒鳴るなとでもいいたいのか。

**客**　…………。

**若い駅員**　そうか。そんなに怒鳴るなといいたいんだな。そうだろ。

**客**　そうだよ。（嘆息）あまりにも失礼すぎるじゃないか。少くともわたしは客なんだからね。

**若い駅員**　（せせら笑う）無賃乗車しといて、何が客だ。

**客**　（決然として、小銭入れを出し）いくらだね。『真盛《まさかり》』からここまで。

**若い駅員**　ほう。『真盛』で途中下車をしたんだと言いたいわけか。

**客**　言いたいんじゃない。本当にそうなんだよ。

**若い駅員**　『真盛』はここからふたつめの駅だ。（にやにや笑い、うなずく）料金にすりゃ、わずかだな。

**客**　あそこに友達が住んでたことを思い出して、それで途中下車したんだ。

**若い駅員**　あんたが『真盛』で途中下車したなんてこと、どうしておれにわかる。あんたは『踏《ふみ》屋《や》』の近くから乗ったのかもしれんじゃないか。

**客**　最初は『踏屋』から乗ったんだよ。だけどあそこはこの沿線の終着駅じゃないか。あそこじゃ途中下車はできないし、切符を買わずに乗ることだってできないよ。

**若い駅員**　あんた、白痴か。
　客、自分の耳が信じられず、まじまじと駅員を見る。
**若い駅員**　おれはね、あんたが『踏屋』から乗ったとは言わなかった。『踏屋』の近くから乗ったのかもしれんと言ったんだぜ。あんた、右のものを左と言いくるめるのがうまいね。天才的だね。やはり、もとから犯罪者の素質があったんだな。
**客**　じゃあ、『踏屋』の近くでもいいよ。わたしは『踏屋』で、ここまでの切符を買ったんだから、料金は憶えている。百六十円だったな、じゃ、百六十円払うよ。
**若い駅員**　そうら見ろ。とうとう白状したな。
**客**　何をだね。
**若い駅員**　あんたは『踏屋』からここまでの料金は憶えているけど、『真盛』からここまでの料金は憶えていないだろ。
**客**　それが、どうしたんだい。
**若い駅員**　つまりそれは、あんたが『真盛』から乗らなかったという証拠だ。
**客**　だから言っただろ。電車がきたから、あわててとび乗ったんだ。
**若い駅員**　あんた、さっき何て言った。切符を買おうとしたら、って言ったじゃないか。切符を買おうとしたんなら、ここまでの料金だって知ってる筈だぜ。
**客**　もう、そんなことはどうでもいいじゃないか。百六十円払うと言ってるんだから。
**若い駅員**　ほう。言い負かされるとどうでもよくなるのか。（凄む）おい。泥棒がな、金を盗んでおいて、盗んだ金を返すから許してくれと言ったって、そいつは駄目なんだぜ。金は金、犯罪は犯罪だからな。
**客**　じゃ、罰金を払うよ。それでいいだろ。（内ポケットから財布を出す）罰金は何倍だね。

**若い駅員**　（にやりとして）ついに財布をふりまわしはじめたぞ。あんたは金持ちらしいな。

**客**　百円や二百円の乗車賃を胡麻化さなくてもいいぐらいの金は持っているよ。

**若い駅員**　ほう。もしかするとそれは、皮肉じゃないのか。まるでおれが無理やりあんたに無賃乗車の罪をおっかぶせたみたいに聞こえるねえ。

**客**　それを言い出すと押し問答になる。だから私が罰金を払って、それでけりをつけようじゃないかといってるんだ。それでいいだろ。

**若い駅員**　よくないねえ。（かぶりを振る）どう見たって、あんたは金持ちなんだよ。いい服着てるしな。血色がいいし、よく肥ってるしな。金持ちは金を出すのになんの苦痛も感じないだろ。だから金だけですますわけにはいかんよ。

**客**　（憮然として）君はいったい、何をいってるんだ。

**若い駅員**　あんたは早くおれに金を払いたいんだろ。そうだろ、おれに金を払えば、おれに金を恵んでやったような気分になれるからだ。な。そうだな。なぜかというと、あんたはまだ、計画的に無賃乗車したってことを自分で認めていないからだ。

**客**　（わざと丁寧に）わたしはただ、いそいでいるだけです。

**若い駅員**　（口真似をして）わたしはただ、いそいでいるだけです。なぜ、いそいでるんだ。その理由を聞かせてくれないか。それとも、そんなことをおれに話す必要はないかい。

**客**　（無理に苦笑して）話してもいいですよ。ここへきたのは、母親に会いに、自分の家へ帰るためです。ここには私の生まれた家がありましてね。

**若い駅員**　ああ郷里《さと》帰りか。（うなずいてから、急に声荒く）やい。ただの郷里帰りが、どうして一分一秒を争うんだ。

**客**　早く帰りたいだけです。

**若い駅員**　また、言うことがさっきと違うじゃないか。さっきはいそいでるって言ったぞ。ひとを馬鹿にするのもいい加減にしろ。

**客**　（むっとし、胸を張って）ところで、どうすればこの場を早く解放してもらえるのかね。

**若い駅員**　（口真似をして）どうすればこの場を早く解放してもらえるのかね。（うす笑いを浮かべて客に顔を近づけ）急に態度がでかくなったな。この野郎。

**客**　（かっとして）野郎とは何だ。客に向かって。

**若い駅員**　（首をすくめ、大仰に）おお怖い。おお怖い。（振り返りざま、客の頰を平手で叩く）でかい口をきくな。

**客**　（頰を押さえ、唖然とする）

**若い駅員**　あんたがたとえどこの会社の重役だろうと、この沿線の電車に乗った限りはただの乗客だ。そして無賃乗車をした限りは、運賃泥棒だ。わかったか。

**客**　（思わず頭を下げ）すみません。

**若い駅員**　貴様はいったい何者だ。ああん。どこの会社の重役だ。ああん。それとも大地主か。

**客**　いいえ、わたしはあの、中小企業を経営している者です。

**若い駅員**　経営。それじゃ、社長か。

**客**　ええ。まあ。

**若い駅員**　へええ。社長かぁ。（じろじろと客を観察する）あんた、ここの生まれかい。

**客**　そうです。『乗越村《のりこしむら》』です。

**若い駅員**　（にやりと笑い）あんた、だいぶながい間ここへ帰ってこなかったな。この辺は四年前から『乗越村』じゃなくて、『乗越町』になってるんだぜ。

**客**　ほう。そうでしたか。（あたりを見まわす）そういえば、七年ぶりです。

また、烏が鳴く。

**若い駅員**　自分の母親をほったらかしといて、七年間も帰ってこなかったのか。

**客**　いや。母親には弟がついていています。

**若い駅員**　弟がついていれば、あんたは七年間も家を出たまま、勝手に社長になっていていてもいいのかい。

**客**　すみませんでした。

**若い駅員**　そういう具合に、すなおにあやまればいいんだよ。どうだ。無賃乗車の方も、すなおにあやまってしまえよ。

**客**　それであなたの、お気がすむのなら。

**若い駅員**　お気がすむのなら、なんだい。それであやまってるつもりかい。（かぶりを振る）それじゃあやまったことにはならないな。あんたは聾《つんぼ》かね。おれはさっき、なんていった。這いつくばってあやまれ、そういったんだぜ。

**客**　ほんとに、私に這いつくばらせるつもりですか。

**若い駅員**　そうだよ。あ、そうか。あんたは社長だったな。社長ともあろうものが、駅員風情の前に這いつくばってあやまるなんてことはできない、あんたはつまりそう言いたいわけだな。

**客**　あのう、罰金をお払いすれば、それでいいのではないかと思うのですが。

**若い駅員**　何度同じことを言わすんだ。金では解決がつかないと、さっき言っただろ。あんた、ほんとに社長かね。常習の犯罪者じゃないのかね。

**客**　そこまで人が信じられないのなら、しかたがない。

**若い駅員**　（耳を客の口もとに寄せ、大声で）え。何。何。なんて言った。ちっとも聞こえないなあ。そんな小さな声で喋られたんじゃあ。（肩で客の胸を突く）もう一度言ってみろよ。（また突く）さあ。もう一度言ってみろよ。さあ。

**客**　そこまで人を疑うのですか。

**若い駅員**　いや、そうじゃない。あんたはこう言ったんだ。「そこまで人が信じられないのなら、しかたがない」な。そうだな。たしかにそう言ったな。

**客**　（小さくうなずく）

**若い駅員**　しかたがないというのは、どう、しかたがないいんだ。何をされてもしかたがないというのか。そうなんだな。たとえ、ぶん殴られてもしかたがないと、そう腹をきめたんだな。

（突然、客の顎に握りこぶしを叩きつける）

**客**　（よろめく）

**若い駅員**　こうされてもしかたがない、そう思ったわけだろう。（右、左、右とさらに数回、客を殴る）

**客**　（駅舎の柱に凭れ）それで気がすんだのなら、もう許してもらえませんか。

**若い駅員**　（荒い息をつきながら）おれの気がすむ、すまないの問題じゃないよ。おれがあんたを許して、それでどうなる。どうにもならないよ。そうだろう。

**客**　じゃ、つまりこれは、あなたの一存でやっていらっしゃるのではないと。

**若い駅員**　おれの一存で好き勝手ができるわけ、ないだろう。

**客**　では、誰の命令でこんなことを。

**若い駅員**　命令ではない。意志を代行してるだけだ。あんたをとっちめてるのは、この鉄道の意志でもあり、この『乗越』という駅の意志でもあり、さらにこの『乗越町』の意志でもあるわけさ。わかったか、馬鹿。さあ、取調べの続きだ。

**客**　あなたは刑事ですか。

**若い駅員**　どうしておれを刑事だなどと思うのかね。

**客**　取調べをするのは刑事でしょう。

**若い駅員**　おれは駅員だよ。駅員に取調べを受けるのはいやかね。取調べを受けると、何かやましいことがばれそうな気がするからいやなのかい。さては、やましいことがあるな。

**客**　私は潔白です。やましくはありません。

**若い駅員**　では、まだ『真盛』で途中下車をしたと、そう言うのか。

客　はい。

若い駅員　友人の家へ行ったといったな。その友人の名前は。

客　田加井《たがい》吾一。

若い駅員　お前との関係は。

客　一緒に都会へ出て働いていた友人です。

若い駅員　そいつは社長になれなかった。でお前は、その友人のところへ社長になった姿を見せようとして立ち寄った。そういうわけか。

客　とんでもない。

若い駅員　違うんだって。じゃ、他にどんな理由があって寄ったんだ。言ってやる。田加井吾一なんて名前の友人は、お前にはいない。『真盛』で下車したなんて、出たらめだろう。さっさと吐いてしまえ。

客　いえ。ほ、本当です。

若い駅員　そんならその友人の住所を言ってみろ。

客　ええと。たしか『独鈷山《とっこやま》』というところです。

若い駅員　わはははは。そんなおかしな住所があってたまるか。

客　いえ、今はどうか知りませんが、その頃はたしかにそういったんです。

若い駅員　いくらお前が力んで言ったって、こっちはさっきからお前の嘘八百にげっそりしてるんだ。ぜんぜん信じる気になれんよ。

客　わたしが社長だからですか。（泣く）社長のいうことなんか信用できないと、そうおっしゃるのですか。

若い駅員　自分でよくわかってるじゃねえか。その通りだよ。そんなにいうのならついでに、その友人の家へ寄ってどんな話をしたか、その内容もでっちあげて見ろ。（大声で）さあ。話して見やがれ。

客　友人はいませんでした。どこかへ引越したらしくて。

若い駅員　なるほど。話は意外だった方が本当らしく聞こえる、ってわけだな。だけどな、それだとつまり、あんたが『真盛』で途中下車したことを証明する人間がいないってことになるんだぜ。

**客**　『真盛』の駅員さんが憶えてるかもしれませんよ。

**若い駅員**　だからおれに『真盛』へ問いあわせて見ろと、そう命令してるわけだな。

**客**　いいえ、命令などと、そんな。

**若い駅員**　（怒鳴る）おれはお前のいう通りにはしないぞ。

初老の駅員、茶色の紙封筒の包みをかかえて上手より登場。

**初老の駅員**　（駅舎へ入りながら）いいものを拾ったぞ。

**若い駅員**　なんだい。

**初老の駅員**　捨て猫だ。仔猫が四匹入っている。

（紙封筒の口を開いて見せる）

**若い駅員**　（のぞきこんで）なるほど。うまそうだな。

**初老の駅員**　その男は、なんだい。

**若い駅員**　無賃乗車をしたんだ。

**初老の駅員**　ほう。（じろじろと客を見て）いい服を着てやがるなあ。

初老の駅員は駅員室へ入り、鍋をかけた七輪を持って出てくる。紙袋から仔猫を出し、一匹ずつ首の骨をへし折って鍋に入れ、蓋をする。

**若い駅員**　煮えたら教えてくれよ。

客は財布を出し、顫える手で一万円札を三枚抜きとる。

若い駅員、興味深そうにじっと見る。

客、若い駅員の手に、金を押しつける。

若い駅員、うなずいて金をポケットへ入れる。

客、駅舎から街道へ出、立ち去ろうとする。

**若い駅員**　（客に追いついて肩に手をかける）おい。あんた。どこへ行く。まだ行けとはいってないぞ。

**客**　だって、今。

**若い駅員**　今、なんだね。おれが、もういいから行けとでも言ったかね。え。どうだ。

**客**　いいえ。

**若い駅員**　そうだろ。言ってないだろ。そんなこと、おれが言う筈はないよ。だってまだ話は終っちゃいないんだものな。（にたりと笑う）どこへ行くつもりだ。

**客**　あの、い、家へ。

**若い駅員**　なぜそんなにいそぐんだ。ここにいるのがいやかね。おれの顔を見てるのはつらいか。もう一刻も早く、おれから逃げ出したいかい。

**客**　そういうわけではありませんが、でも、そのために今、その、お金を。

**初老の駅員**　金だと。（近寄ってくる）金がどうした。

**若い駅員**　なあに。この男はね、自分もその猫の鍋ものを食いたいといってるんだよ。（ポケットから金を出し、初老の駅員に渡す）ほら。この金で、少し食わせてくれっていってるんだ。

**初老の駅員**　ほう。そうか。そうか。三枚か。じゃあ、三杯分あるな。よろしい。当駅自慢の猫スープ、三杯食わしてやるよ。

**客**　いえ、け、結構です。

**初老の駅員**　結構。結構とはなんだね。このうまそうな猫のスープ、こいつを欲しくないとでもいうのかね。

**客**　はい。あの、遠慮させて頂きます。

**初老の駅員**　なんだ、遠慮してるのか。あははは。遠慮なら無用だよ、あんた。

**客**　いえいえ、遠慮しているのではなく、本当にその、食べたくないので。はい。

**初老の駅員**　食べたくない。（眼を丸くする）ほんとに食べたくないのかね。

**客**　はい。

**初老の駅員**　(客に顔を近づけ) 食べたくないのなら、あんた何故、こんな金を出したんだね。この金はなんの金だね。

**若い駅員**　そうだ。猫のスープを食いたくないのに、なぜそんな金を出したんだね。あんたはいったい何のつもりで、その金をおれに寄越したんだ。

**客**　は。それはその。

**若い駅員**　おい。お前まさか。(初老の駅員を押しのけて客と向かいあい) まさかこのおれを買収するつもりで、その金を出したんじゃあるまいな。

**初老の駅員**　あ。そうか。きっとそうだ。きっとそうだぞ。こういう、いい服を着た中年の男は、すぐに人を買収しようとするんだ。きっとそうだ。

**若い駅員**　おまけにこいつ、社長なんだよ。

**初老の駅員**　やあ。それなら尚さら、そうに違いない。そうに違いないぞ。もう、そうに決まった。(あたりを踊りまわる) すちゃらかちゃん、すちゃらかちゃん。

**若い駅員**　こいつは、自分が悪いことをしておきながら、おれの態度に腹を立てているんだ。だからおれが金を受け取ったことをどこかへ報告して、おれに復讐しようとしているんだ。

**初老の駅員**　やあ。もう、そうに違いないぞ。(踊りまわる) すちゃらかちゃん、すちゃらかちゃん。

**若い駅員**　(怒鳴る) どうなんだ。そうに違いあるまい。

**客**　(へたへたと土下座する) そういわれてみればそうに違いありませんでした。(泣く) 悪うございました。お、お許しください。

若い駅員、客の顎を靴で蹴りあげる。

**初老の駅員**　君、君ぃ。やめろよ。そんな乱暴な。何も暴力を行使してまでこらしめなくても。

**若い駅員**　だってこいつは、おれに暴力を振るったんだぜ。札びらを切るというのは、やっぱり暴力だろ。

**初老の駅員**　ふん。そういえばそうだな。（考えて）とすると、おれも暴力を振るわれたことになるんじゃないかな。つまりこいつは、このおれも買収しようとしたことにならないかね。

**若い駅員**　そうかもしれないね。あんたはおれの上役だからね。おれが収賄すれば、当然あんたの責任問題だね。

**初老の駅員**　するとこのわしも、この男にお返しをしてもいいわけかね。この男に暴力を振るい返しても。

**若い駅員**　いいんだよ。もちろん。（客に）な。そうだな。文句はないな。

**客**　（這いつくばったまま）はい。もう、何をされてもいたしかたございません。（げほげほと咳きこむ）

**初老の駅員**　おうおう、可哀想に。可哀想に。（客を助け起す）

二人の駅員は舞合前面、街道に客をつれて出る。初老の駅員が、客を立たせ、力まかせに殴りつける。客は数メートルふっとぶ。若い駅員が客をとらえ、殴りつける。客はまた、ふっとぶ。路上でキャッチ・ボールが始まる。客は五、六回往復する。

**初老の駅員**　あっ。猫が煮えた。（鍋に駈け寄る）

客、路上に倒れる。若い駅員、少しはなれたところにしゃがみ、荒い息をつく。鳥が鳴く。

**若い駅員**　貴様はいわば、七年間も無賃乗車をしてきたわけだ。母親をほったらかしにし、自分の責任も果たさず、勝手放題に金を儲けた。

**初老の駅員**　ほう。そうか。じゃ、その借りはやっぱり、きちんと返さなくちゃいけないね。

**若い駅員**　そうとも。だからさっきの三万円だって、ただ取りあげてもよかったんだ。おい、もっと金を持ってるんだろ。そいつも寄越せよ。（客の内ポケットから財布を出し、中をのぞく）なんだ。一万円があと一枚しかないぞ。（客の背中を踏んづけ）おい。こりゃあいったい、どうしたことだ。たった四万円しか持たず、しかも手ぶらで旅行するなんて。おまけに故郷へ帰ってきたというのに、手土産もなしか。

**客**　金は、旅さきの銀行から引き出すのです。買いものは、カードでするのです。

**若い駅員**　やあ。威張ってやがる。威張ってやがる。（客の胸をつかんでひき起し、駅舎の柱に凭れかけさせておき、自分は街道を六、七メートル下手へ駈けていく）威張ってやがる。威張ってやがる。（客を振り返り、猛然と駈け寄る）威張ってやがる。（とびあがり、客に足蹴りをくわせる）

客、倒れる。

**若い駅員**　（客を指さし、ぴょんぴょんとびあがりながら）威張ってやがる。威張ってやがる。どこの銀行からでも金が引き出せることを自慢してやがるんだ。カードで買いものができることを自慢してやがるんだ。

**初老の駅員**　（杓子で味見し）ふん。いいスープができた。

**若い駅員**　こいつから四万円受け取った。だから、四杯分食わせてやってくれ。

**初老の駅員**　四杯分かあ。四杯分というと、これ全部やっちまうことになるなあ。

**若い駅員**　まあ、いいじゃないか。

**初老の駅員**　うん。ま、いいか。（鍋を七輪からおろし、持ちあげる）さあ、社長さん。口を大きく開きなさいよ。さもなきゃあスープが顔にとび散って大火傷《やけど》、ふた眼と見られぬ顔になるよ。さあ口を大きく開いて。（客の傍へ来る）

若い駅員、客を押さえつけ、口を開かせる。

**初老の駅員**　（客の顔の上で鍋を傾け、煮えくり返ったスープを飲ませながら、念仏調の抑揚をつけて喋り続ける）飲みこんで。飲みこんで。熱いだろうが飲みこんで。よく味わって飲みこんで。熱いからこそうまいんだ。熱いけれども我慢して。我慢すりゃこそうまいんだ。呼吸《いき》をとめてはいけないよ。火傷《やけど》してでも飲みこんで。飲みこまなければ死んじゃうよ。咽喉《のど》につまって死んじゃうよ。飲みこまなければ鼻から出るよ。鼻がつまって死んじゃうよ。さあ飲みこんで飲みこんで。

**若い駅員**　全部飲んでしまったぞ。

**初老の駅員**　さぞかし、うまかっただろう。

**若い駅員**　少し楽にしてやろうか。（ぐったりとした客を立たせ、客の腹にこぶしをめり込ませる）

**客**　ぐふ。（スープを少し吐く）

電車の近づく音。
発車の合図の笛。電車の遠ざかる音。
猫の顔をした紳士、スロープを降りてくる。

**猫の顔をした紳士**　（駅員たちに）わたしは、自分の子供たちを捜しているのだがね。四匹の仔猫だ。あんたたち、わたしの子供を知らないかね。

**若い駅員**　ああ、その仔猫たちなら知ってますよ。でも、スープになってしまいましたよ。そして（客を指さす）その男に食われてしまいました。

猫の顔をした紳士、客に向きなおり、ゆっ

くりと近づく。眼が大きくなり、光る。
客、悲鳴をあげる。

——幕

# 将軍が目醒めた時

一幕五場

登場人物

蘆原金次郎（患者）
島田医師
金杉看護婦
院長
小谷秀昭（陸軍中尉）
侍従長（患者）
中年の新聞記者
青年の新聞記者
その他四天王の一、二、三、四
（いずれも患者）
新聞記者A、B、C、D、E

第一場

蘆原金次郎の病室（九畳の間）。上手に廊下へのドア。
窓がひとつ。壁には大将の正装用軍服が一着、大礼服の鳥毛帽がひとつ、山高帽子がふたつ、シルクハットがひとつかかっている。壁ぎわには紙製の日章旗七本、サーベルが二本立てかけてある。ドアの横の碁盤の上には行司の軍配。その他所帯道具。

スライド――「大正十一年三月」
舞台、明るくなる。
金次郎、布団をかぶって寝ている。
若い女の、かん高い調子はずれの歌声がする。

〽流れ流れて落ちゆく先は
北はシベリヤ南はジャバよ

廊下を行ったり来たりしながら歌っているらしく、遠ざかったり近づいたりしながら、歌声は続く。

〽昨日は東今日は西
流浪の旅はいつまでつづく

**金次郎**　（ゆっくりと起きあがり、あたりを見まわす）ここはどこだ。（自分のしわがれ声に驚く。手の甲を見て、それが老人の手であることにも驚く）

女の歌う歌が「馬賊の歌」にかわる。

〽せまい日本にゃ住みあきた

金次郎、壁の礼服をしげしげと見る。
金杉看護婦、新聞を手にして入ってくる。

**金杉**　あら将軍。もう早、お目ざめでございますか。はい。新聞を持ってまいりましたわ。（新聞を畳の上に落し）でも将軍、お顔をお洗いになってから、お読みなさいまし。

**金次郎**　や。ご苦労じゃったのう。

金杉看護婦、出ていく。

**金次郎**　（首をかしげ、小声でくり返す）や。ご苦労じゃったのう。（顔をあげ）将軍だと。おれが将軍だって。まさか。（周囲を見まわす）ふん。将軍がこんな汚いところに住んでいてたまるものか。（新聞を拾いあげ、日付を見る）三月か。道理で寒いと思った。（眼を丸くし、叫ぶ）大正十一年。た、大正十一年。なんだ。大正とはいったい、何だ。（茫然として）すると、少くとも十一年間だ。明治と大正の間に、他の年号がはさまっているとすると、もっとになる。（かぶりを振る）十一年以上も、何をしていた。十一年以上も、おれは何をしていた。

女、また歌い出す。

〽春はヴェニスの宵の夢

**金次郎**　ここはどこだ。

女、けたたましく笑う。

**金次郎**　なんだあの笑いかたは。まるで気ち。（絶句し、眼を丸くする）

**金杉の声**　さあさあ歌姫さま。お顔を洗いましょう。それから、お口もすすいで。

**金次郎**　あっ。（立ちあがり、紙製の日章旗に眼を向け、駈け寄ろうとする。だが、よろめいて壁に手をつき、からだを支える。日章旗を観察し、反対側の壁に眼をやり、よろよろと大将の礼服に駈け寄り、モールやリボンを手にとって眺め、勲章を確かめる）ブリキ製だ。（のろのろと部屋の中央へ戻り）では、ではここは。（身ぶるいする）そしておれは。（はげしくかぶりを振る）そんな筈はない。まさかおれが。頭のいいおれが。おれともあろうものが。（布団の上にぺたんとすわり、両手で頭をかかえこむ。やがて、布団の上の毛髪を一本指でつまみあげ）白髪《しらが》だ。（悲鳴まじりで）白髪だ。（サーベルにとびつき、刀身を抜いて自分の顔を映して、思わずのけぞる）誰だ。（純白の顎鬚、頬髯、鼻下髭を順に引っぱり）これがおれか。（布団に尻を落し、嗚咽する）い、いやだ。いやだ。う、浦島なんて。う、浦島。

金杉看護婦、ドアを開けて覗く。

**金杉**　おーやまあ将軍。まだお顔を洗いに行ってらっしゃいませんのね。早くなさらないと、朝ご飯のお味噌汁が冷たく……。

**金次郎**　（新聞を鷲づかみにして看護婦に突きつけ）この新聞は、ほんとに今朝の新聞かね。ほんとに、大正十一年三月二十日の新聞なのかね。

**金杉**　（じっと金次郎を見つめ、やがて溜息をついてあがり框に尻を据える）そうですか。とうとうそれにお気づきになられたのなら、もうしかたありませんわね。ええ、そうなんですよ将軍。たしかにそれは今朝の新聞じゃございませんの。昨日の新聞ですわ。だってねえ将軍、この病院は東京府立でございましょ。つまりお役所からご予算を頂戴しているわけで、ですから新聞を、将軍のためにわざわざ一部お取りするほどの余裕がないんでございますのよ。新聞は院長室で二紙とっているだけなんでございます。つまりその新聞は、院長の読み古しの昨日の新聞なんでございますの。でもねえ、新聞がお好きで、毎朝必ず全部のページに眼をお通しになる将軍に、これは昨日の新聞でございますなんて、そんな失礼なこと、申しあげにくうございましょ。ですから今日まで将軍には、日づけを一日胡魔化していたわけなんでございますのよ。でもねえ将軍、どうかお怒りにならないでいただきとうございますわ。頂いているご予算の額が何分にも少うございましてねえ。ああ。それはもう、将軍からもときどき、わたしどもや病院の方へあの、ちょいちょい頂いておりますけれど、それはそれでまた別に、必要なことがございまして……。

**金次郎**　（鋭く）明治は何年で終りましたか。

**金杉**　は。（気味悪げに金次郎を見る）

**金次郎**　大正元年は、明治何年にあたりますか。

**金杉**　四十五年ですわ。

**金次郎**　四十五年っ。（立ちあがり、指折り曲げて算える）四十七年間。（逃げ腰の看護婦に指つきつけてわめく）おれの記憶がとぎれたあの時から、四十七年も経っているというのか。ではおれは、七十二歳だというのか。嘉永四年生まれ、明治八年に二十五歳だったこの蘆原金次郎は、今や七十二歳のおいぼれだというのか。

**金杉**　いいえ、おいぼれなんて、そんな。将軍はとてもお若くていらっしゃいますわ。

**金次郎**　将軍だと。いったい誰が将軍なんだ。（ゆっくりと看護婦に近づく）病院。病院といったな。（看護婦に顔を近づけ）気ちがい病院だね。ここは。

**金杉**　（ひゅう、と音を立てて息を吸いこみ）は、あの、あのう。

**金次郎**　教えてくれ。わたしは、どんな気ちがいだったんだね。

**金杉**　きゃあああああっ。

金杉看護婦は廊下へとび出し、ドアをばたんと閉める。

**金次郎**　（悲鳴に驚いて尻餅をつき、ドアを茫然と眺める）気ちがいが正気に戻ったというのに、どうしてあんなにけたたましい悲鳴をあげるんだ。それとも気ちがい病院の看護婦にとっちゃあ、正気に戻った人間というのは、気ちがい以上に気味が悪いのかね。

――溶暗

## 第二場

スライド――「一時間のち」

舞台、明るくなる。

布団はすでに部屋の隅にたたんである。

中央に金次郎と島田医師が向きあって、あぐらをかいている。島田医師のうしろに金杉看護婦がすわっている。

院長、ドアを開けて入ってくる。

**院長**　将軍が正気に戻ったんだって。

**島田**　はあ。完全にまともですな。これは。発病以前のことは全部記憶しています。病気の間のことも、おぼろげながら、徐々に思い出しつつあるようです。わたしの名前を知っていましたからね。

**金杉**　でもこの人、わたしの名前は知らなかったようだわ。

**金次郎**　（院長に一礼し）院長ですね。どうも今まで、気がくるっていたとは申せ、たいへんお世話になりました。あの、どうぞ、こちらへおあがりください。

**院長**　ふうむ。（疑わしげに金次郎を見ながら、部屋に入ってきて腰をおろす）島田君。全快、ということは、あり得るのかね。五十年近くかかっていた精神病が、急に全快するなんてことが、あり得るのかね。

**島田**　あり得たわけですな。この患者の場合、観念奔逸だとか誇大妄想だとかいった症状が顕著だったわけですが、これらは結局、すべて躁病の症状だったのです。ところが先年、クレペリン氏が、躁病と鬱病というふたつの病像は、同一疾患の表裏をなすと考えました。つまり躁病、鬱病というふたつの病気があるのではなく、躁鬱病というひとつの病気があるだけで、ふたつの状態が片方ずつ、あるいは交互に、一定の期間をおいてくり返すのだという理屈ですな。この理屈をこの患者にあてはめてみますと、どうやら躁から鬱の方へ移行しはじめたために、正気に戻ったのだと考えられます。

**金次郎**　あの、それは何ですか。か、観念奔逸だとか誇大妄想とか、それはいったい、どんなことをやる病気ですか。いや。そもそもわたしは、どんなことをやる気ちがいだったのですか。

**島田**　知りたいですか。

**院長**　（叫ぶ）いかん。患者に病状を教えてはいかんよ、君。

**金杉**　そうですわ。気ちがいに自分の病気のことを教えてはならない。これは精神医学の初歩ですわ。

**金次郎**　しかし、わたしはもう患者ではないのだから。（院長と金杉看護婦の眼を見て、やがて溜息をつく）そうですか。気ちがいはみんな、自分のことを正気だと言うって、そうおっしゃりたいわけですね。

院長、金杉看護婦、ゆっくりうなずく。

**島田**　じゃ、あなたはどこまで憶えてるんですか。正気の時のことを。

**金次郎**　わたしは頭がよかった。九歳の時から寺子屋に学び、四、五年で四書五経の素読ができるようになっていた。わたしは負けず嫌いでしたからね。小さい頃から頭がいいのを鼻にかけ、傲慢だった。そのために近所の子供たちから嫌われたのを憶えています。皆が自分を認めようとしない時は癇癪を起した。櫛の職人としても、十九歳の時には一人前の腕ききになっていました。事実、技術は確かだったのです。これは誰でも認めていた筈です。ところが、そのためにますます傲慢になった。だいたい、我の強い性質だったわけですな。ところが威張りすぎて皆から嫌われ、商売が左前になってきた。そこで酒を飲むようになった。酔っぱらって仲間と喧嘩をし、怪我をさせてしまい、とうとう懲役に処せられました。これがたしか二十二、三の時です。

**島田**　奥さんと別れた時のことは、憶えていますか。

**金次郎**　ええ。たしか懲役になった翌年です。結婚して半年目ぐらいだった。妻の方から、家を出て行ったのです。おそらく愛想をつかして出て行ったのでしょうが、しかし、そのあたりになるともう、記憶があいまいで。（頭をかかえる）

**島田**　（院長に）どうですか。正気に戻っていると判断しなければしかたがないでしょう。自分に対する批判力もある。発狂した原因もある程度悟っている。狂気とはいえません。

院長、不機嫌に黙りこむ。

**島田**　（金次郎に）あなたの記憶は正確です。奥さんと離別したあたりから記憶があいまいであるという記憶も正確です。なぜかというと、あなたの発病の直接の原因は、奥さんとの離別にあるからです。（間）奥さんでさえ、あなたを認めなかった、という事実を、あなたは認めたくなかった。そこで妄想の世界に生きるようになった。つまり狂気に逃避したわけです。その世界ではあなたは。

**金次郎**　（礼服を見あげ）将軍だった、というわけですか。

**島田**　そうです。

**金次郎**　どんなことをしたのです。ど、どんなおかしなことを。

**島田**　（にやりと笑い）教えましょう。上野桜木町の新坂下で、庄吉という人力車夫が客待ちをしていました。そこへあなたがやってきて、新坂下へはどう行けばよいかと訊ねた。庄吉が、馬鹿め新坂下はここだといって笑った。馬鹿とはなんだ、何がおかしい、その教えかたは何ごとだ、あなたはそう叫んで庄吉をなぐりつけた。庄吉もなぐり返した。取っ組みあいになりました。その時あなたは大音声をはりあげたのです。我を誰ぞと心得居るか。桓武天皇九代の後胤、蘆原将軍源の義経とは我事なり。下司下郎の身を以て我に刃向う蛆虫め、睨み殺してくれんぞ。そう叫んではったと睨みつけた。ここへ長沢音吉なる者が仲裁に入ったところ、あなたはこの男の腹へ噛みついた。そして巡査につかまったのです。

**金次郎**　（話の途中から頭をかかえている）そして病院に入れられたのですか。

**島田**　（歯を見せて笑いながら）いや。まだです。この時はあなたの兄さんの栄蔵さんに引渡され、三十銭の治療費で示談になりました。その数日後、あなたは千住にある電信分局にあらわれた。

**金次郎**　そこでは何をしたのです。

**島田**　叫んだのです。拙者儀は何をかくそう勅任官勲一等正一位稲荷大明神左大臣蘆原将軍藤原の諸味《もろみ》なり。今日眉を焼くの大事件あって至急支那の李鴻章へ電報掛けて貰いたい。あたりを白眼《にら》んでそういったのです。

**金次郎**　（身をよじり）それで病院へ入れられましたか。

**島田**　（次第に夢中になり）いいや、どうして。まだまだです。あなたはありとあらゆる諸官省へ何度となく怒鳴りこみました。やあやあ我こそは勅命を拝して韓国征伐に赴かんとする蘆原将軍徳川の家康なるぞ。軍資金が足らぬ故貸せなどといって、場所もあろうに閑院官邸へ暴れこんだり、また高い所が好きで、白昼中央気象台を襲って柵によじ登ったり、まだまだいっぱいありますよ。あはは。はははははは。あははは。あは。（立ちあがり、跳ぶようにあたりを歩きまわる）狂気による、あなたのこれらの言動は、すべて新聞で報道されました。あなたは東京中の、いや、日本中の名物男になったのです。はははははははは。

**金次郎**　新聞にまで載ったのですか。恥さらしだ。（呻く）それでもまだ、病院には入れて貰えなかったのですか。

**島田**　そうです。病院へ入れられたのは、あなたがその狂名を一躍高める、ある不祥事を起したためでした。ひひ、ひひひひ。

**金次郎**　その上まだ、何かやったというのですか。（畳の上に丸くなり、頭をかかえこむ）いったい、どんな大それたことをやったのです。

**島田**　（重おもしく）明治十四年七月、明治天皇が東北へ御巡幸になりました。あなたはその行列の前へ出て、征夷大将軍に任命された御礼を述べはじめたのです。むひ、むひひひ。

**金次郎**　（頭髪を掻きむしる）ああああ。なんと、おそれ多い。

島田　（ますます浮きうきして、部屋を歩きまわる）そしてあなたは翌年、この病院の前身である、本郷向ヶ丘の東京癲狂院《てんきょういん》に収容されました。妄想性精神異常という病名でね。あなたは、発病するまでは鬱状態だった。躁状態になって誇大妄想が起ったのですから、つまりあなたの狂気は躁状態の時に起るわけです。あなたは今、昔の鬱状態に戻り、そのため正気に返ったのです。ですからあなたの躁と鬱の周期は約四十五年です。ずいぶん長い周期ですな。この周期というやつは人によってずいぶん違います。たとえばこのわたしなども、気質的には躁鬱質ですが、その周期は約一時間という短かさです。わはははははは。（ぴょんととびあがり、ぺたんと正座し、金次郎の顔をのぞきこむ）入院してからのことも、知りたいですか。

金次郎　（不安そうに）入院してからも、何かどえらいことをやりましたか。しかし、病院内でやったことは、世間には知られていないでしょう。

島田　（大きくかぶりを振り）とんでもない。もうその頃は、蘆原将軍といえば全国的な有名人です。毎日のように新聞記者が取材にきて、あなたの言動を記事にしました。あなたは新聞の囲み記事の、またとないよき題材だった。政界に異変があったり、国際問題が起ったりした時などは、何人もの記者があなたのとんちんかんな政談や時局批判を聞きに押しかけました。

金杉　（残念そうに）今日だって、東京日日新聞が取材にくる筈だったんですよ。将軍がご病気だからといって、ことわってしまったんですけど。

院長　（渋い顔で）そいつは惜しかったな。あそこはいつも取材費をはずむんだ。この病院の宣伝だって、いつもよくしてくれたし。

金杉　（恨めしげに金次郎を見て）でも、将軍が正気に戻ってしまわれたんじゃ、もう取材にもこなくなりますわね。この病院、ご予算が少い

から、これからは苦しくなりますわ。あの取材費で、だいぶうるおっていたのに。（溜息）

**院長**　（悲しげに）病院が紹介される機会も少くなる。将軍の記事が何度も新聞に載ったために、予算だって比較的楽に貰えていたんだ。（金次郎にいざり寄り）ねえ蘆原さん。この病院は府立病院です。予算を貰っている関係上、患者が全治した場合は規則として退院していただかなければならないのですが。

**島田**　なんですと。あなたは七十二歳にもなる身寄りのない老人を、現在のこの不景気風吹き荒れる社会へ無情にも抛り出そうといわれるんですか。

**院長**　まあ、待ちたまえ。（金次郎に）わたしとしても、あなたにここで、今までの安楽な暮しを続けていただきたいのです。あなただってここにいれば、今までのように記者たちから若干の面会料をとって、ある程度の贅沢もできる。

**金次郎**　面会料ですと。わたしは新聞記者から金をとっていたのですか。

**金杉**　（勢いこんで）そうなんですよ、将軍。面会料が五十銭から一円、お写真を撮らせた場合は二円から三円が相場でしたわ。時には五円寄付した記者もいました。

**金次郎**　大金だ。五円といえば、米一石の値段だ。

**金杉**　まあ、昔よりは物価があがっていますけどね。今は芸者をひと晩買って三円ですわ。あら、わたしとしたことが。（笑う）それでねえ、将軍はそのお金を、他の患者たちに何か買ってやってくれと、いつもわたくしにお渡しになりました。無理やり面会料をとられた記者たちは、将軍のことをけちだなどといっておりましたけど、わたしたちにはとても気前がよくて。

**院長**　わたしは、あなたにぜひ、この病院にいてほしいのです。ただ、（言いにくそうに）ただ、そのためには、今迄通りの蘆原将軍であっていただかねばならないのですが。

**島田**　なんですと。なんですと。あなたはそれじや、正気に戻っている患者に、気違いのふりをしろと強制するのですか。

**院長**　いや。強制ではないのだが。

**島田**　（指をつきつけ）強制じゃないですか。気違いのふりをしないのなら、病院を追い出すというんでしょう。人権侵害だ。

**院長**　（立ちあがり）君はやっぱり共産党だったな。

**金杉**　島田先生。院長は将軍のためを思って言ってらっしゃるんですよ。院長に向かって、なんてことおっしゃるんです。

**島田**　（立ちあがり）だまれ。何が将軍のためだ。自分たちの為じゃないか。取材費がほしいためだろう。君だってそうじゃないか。気ちがいのあがりをかすめて、貯金なんかしやがって。

**金杉**　わたしがいつ、この人のあがりをかすめて貯金しましたか。わたし、将軍から貰ったお金はぜんぶ、息者さんたち全体のためを考えて、病院のためにだけ使ったんですよ、病院のために。（泣き出す）それを、ひどいわ。あんまりですわ。

**院長**　口を慎しみたまえ、君。君の研究費だって、新聞の取材費から出ているんだぞ。それは君もよく知っている筈じゃないか。

**島田**　だまれ。（院長の胸ぐらをとる）蘆原将軍が記事になるたびに、将軍の病気の解説者としてあんたの名前も新聞に出る。あんたは今まで気ちがいを利用して売名行為をやってきたんだ。

**金次郎**　（耳を押さえ）やめてください。やめてください。

**院長**　（島田の胸ぐらをとり）本音を吐いたな。自分が将軍の担当医なのに、わしの名前ばかり新聞に載る。貴様はそれが気に食わなかったんだ。ひがんでいたんだ。だからわしのやることに、いちいちけちをつけるんだろう。

**島田**　だまれ。だまれ。

**院長**　何をするか。この。

院長と島田、つかみあう。
金杉、わあわあ泣く。

**金次郎**　（頭をかかえ）頭ががんがんする。助けてくれ。気がちがいそうだ。

――溶暗

## 第三場

スライド――「数日ののち」
舞台、明るくなる。
中央に金次郎と小谷が向かいあってすわっている。

**小谷**　陸軍中尉、小谷秀昭であります。昨夜、院長から、あなたのご病気が二、三日前に完全に治ったという報告を受けて、こうしてすぐにやってまいりました。（一礼する）おめでとうございます、と、申しあげたいところですが、実は陸軍上層部からの命で、あなたにとってはあまりよくないお話をお伝えしなければなりません。

**金次郎**　およそのところは院長からさっき聞きました。（吐息）気ちがいの真似をしろとおっしゃるのでしょう。今迄通りの蘆原将軍でいろと。

**小谷**　実は、そうなのです。まことに、申しあげにくいのですが。

**金次郎**　なぜでしょう。わたしが気ちがいの真似をすることによって、軍隊がどのような利益を得るのですか。

**小谷**　利益、といっていいかどうか。（考えて）むしろ、最初からお話しした方がいいかもしれません。日本の情勢の推移があなたの言動に及ぼした影響、そのあなたの言動が人心を魅了し、国民の軍国意識を高めた事実を。

**金次郎**　どんなことかは存じません。病院へ入ってからのことは、まだ誰からも話してもらっていませんでした。お教え頂けるとありがたい。

いや、本当は、自分の病気の間の恥かしい話はあまり聞きたくないのです。わたしは自分の誇りが傷つくのを人一倍恐れる男でしてね。しかし、やはり聞いておかずにはいられません。どうぞ話してください。

**小谷**　明治十五年一月、軍人勅諭が発布されました。あなたが東京癲狂院に入院させられたのはこの年です。時あたかもわが国運の澎湃《ほうはい》として海外伸展に向かわんとする時でしたから、あなたの、支那をやっつけろだの、軍資金は山ほどあるだのといった威勢のいいご託宣は完全に当時の人気に投じて人心をつかんだのです。そこで軍は国民の軍国意識をますます高めるために、あなたの言動の宣伝に力を入れようと決めました。明治十八年のことです。病院の名称は巣鴨病院に変っていましたが、あなたはしきりに国事を憂い、紙屑やボロ布を糊で固めて長さ二尺四寸、直径五寸ばかりの大砲を作ったり、国策を論じたり法令を出したりしていました。軍部は新聞社に働きかけるなどして、これらを徹底的に取材させたのです。あなたは日本の一流有名人の列に加わりました。明治二十年代に入ると、清国との間に朝鮮の利権をめぐって何度も開戦の危機が訪れていました。毎朝、新聞を読んでいて時事に明るかったあなたは、ついに自ら内大臣蘆原将軍と称し、世界各国に向かって勅語を発行しました。「世界統一の為、軍備金百億円の献納を命ず。大蔵大臣へ」とか、「女子文官任用令一万人年俸三万円。蘆原帝。露国労農政府へ」とかいったものです。そして明治二十七年、日清戦争が起りました。皇国の興亡はこの一戦にかかっているとあなたは叫び、滅茶苦茶に興奮した。列国皇帝を人質にとるとかいって東京市内割り振り図を作ったり、軍資金が必要だから全世界の金を一手に製造するといって大きな紙幣製造機を作り、一時に千億円を作ると豪語したり、おれの屋敷を一億円で英国へゆずるとか、おれが朝鮮へ行けば一年に十回米がとれるようにするとか、満州は広いから世界の公園にするとかいって、あなたはしばしば痛快無類の大爆笑を日本中に捲き起し、国民を好戦気分へ誘う役を充分に果たしたのです。日本中が戦勝に酔い、芸者でさえ厭な客のことを李鴻章、仲居のことを赤十字などと呼ぶありさま。また、巷では勲章がもてはやされていました。あなたは古いフロック・コートを軍服のようにつづりあわせ、胸には金紙銀紙の勲章をつけ、紙の大礼帽をかぶって威丈高に構え、皇后陛下から頂いたという月琴を調子はずれにかき鳴らし、その写真はあらゆる新聞に載りました。日露戦争の時には、あなたはその当時の内閣に対する不満を述べ、日本最終の内閣と称して蘆原内閣を組閣しました。それによれば総理大臣は正一位蘆原将軍、外務大臣山岡鉄舟、文部大臣千葉周作。（ぷっと吹き出し）あ。これは失礼。

　　金次郎、恨めしげに小谷を見る。

**小谷**　日露戦争の勝利で、軍人崇拝の熱はさらに高まりました。山県有朋、桂太郎、山本権兵衛《ごんのひょうえ》といった軍人出身者が次つぎと首相の椅子に就き、軍は政治権力を手に入れました。軍ではさらに、あなたをニュースにしようといろいろな策を試みました。あなたと乃木大将を会見させたのも、そのひとつです。乃木大将は日露戦争での立役者です。これをあなたと会わせれば面白いニュースとなるに違いない。そこで明治四十三年七月九日、軍は、乃木大将、斎藤中将、椿大佐が、廃兵院を経営するための必要上巣鴨病院を参観され、蘆原将軍と会見されるというお膳立てを整えました。あなたはその時、乃木大将に会ってこういった。「尊公も旅順では随分苦労したのう。ご苦労であった。まことに二人の子供をなくしたのは辛かったろう。お察しする」これはむろん新聞で大々的に報道されました。中にはあなたのことばに乃木さんが涙を流したなどとひどい出たらめを書いた記者までいて、これは大評判になった。その後もあなたは時代に敏感に反応しながら、さまざまな言動で新聞を賑わしました。明治四十四年十月、精神病患者救治会の大園遊会が催された時には、あなたは会長大隈重信伯の前へ狂人総代として進み出て挨拶をし、聖寿万歳の音頭をとり、また余興では大石内蔵助の役を演じました。また特に、あなたの対支那問題への興味は非常に旺盛で、これは軍の意向にぴったりでした。そこで軍では、大正二年九月二十五日、対支同志会の川島浪速、本城安太郎、小平総一の三氏をあなたのところへ訪問させるよう画策しました。あなたは面会にやってきた三氏に、こうのたもうたのです。「目下支那がかくの如く騒擾を極むるは、畢竟教育の不充分によるを以て、支那現制度を改め、宜しく日本の教育を普及すべきなり。その方法は日本の美女を多数支那に渡らしめて歌舞音曲を弁ぜしめ、また日本の軍艦は専ら支那に派遣し共和政治を廃して清朝の再興を計る時は、支那は忽ちに平定すべし」川島氏がさらに、では将軍には兵隊や軍資金の用意があるのですかと訊ねると、あなたはこう答えました。「余は足尾銅山一帯附近を根拠とし、大いに湖水を利用し、附近の兵隊を以て対戦する時は難なく勝ち得る成算あり」最後に三氏が、何か希望の品はないかと訊ねますと「然らば余に陸軍大将の礼服を贈り呉れ。数年来着用の服はも早汚染して不敬に渉る。尚、外出したき時は馬車を迎いに遣わせ。実は先代加州前田侯の奥方は只今こそ後室なるも、度たび渡清されて彼地の事情に通じらるれば面会して大いに協議したし。清国の大官は今何れにあるや」いかにも真面目にいうので三氏は笑いをこらえながらその日は帰り、十一月になってから中華民国陸軍大礼服をあなたに贈った。(壁にかかった大礼服を指し）それがこれなのです。この大礼服を着て右手に長剣を持っているあなたの石膏像が、翌年の東京博覧会に出展されることになりました。あなたはこれを、取材にきた記者にこう語った。「あの銅像は宮城本丸の石垣の上に立てるつもりだ。周囲の柵にはダイヤモンドの擬宝珠《ぎぼし》を十五ばかりつけることになっているが、それは近々ロシヤの皇帝が寄贈する筈だ」この後、あなたは大正三年の第一次世界大戦の時には世界征服を吹き立て、大正七年のシベリア出兵の頃にはシベリア占領論などを唱えていましたが、この少し前ごろから国民の間に、軍人の専横を憎む声が出はじめていました。外来のデモクラシー思想のため、いつしか軍閥とか軍国主義とかいう悪口が拡まり、汽車の中などで肩をそびやかしていた軍人が隅で小さくなっているといった趨勢に転じはじめたのです。最近ではあなたの政談も以前ほどは冴えず、迫力を失っていました。院長の診断によれば、これはあなたの精神が鬱状態の方へ下向カーヴを描きはじめたからだそうですな。そしてあなたはついに正気に戻った。しかし、今正気に戻られては、軍としては困るのです。今、日本は重大な危機に立っています。日本資本主義の危機を救えるものは、軍をおいて他にありません。（次第に熱っぽくなり）今こそ軍は、国民の信頼をとり戻さなければならないのです。日本は朝鮮の支配権を手に入れました。しかし満州はどうでしょう。南満州を独占地域としただけではありませんか。（立ちあがる）満州。おお満州。この満州こそ無限の宝庫です。満州全体を日本の独占支配下におくことこそ、目下の急務なのであります。（腕をふるう）現在の日本にとって、植民地市場としての満州の重要性は、予想されている世界的な金融恐慌を迎えての現在、何はさておき切実なものであらねばならない。そうです。現在中国では革命運動が高揚している。これが満州へ、朝鮮へ波及したらどうなるか。

日本は追い出されてしまうのですぞ。（絶叫しはじめる）これを食いとめるためには、満州全土を手に入れなければならないのです。ソ連もいけません。満州全土を乗っとろうとしているのです。満州を日本の対ソ軍事基地にしなければなりません。しかるに内閣は何をしとるのです。満州侵略の必要は認めながらも、その実行の時期と方法について、意見がばらばらなのです。陸軍もいけません。決断が必要なのです。この時こそわれわれ青年将校が勝手に事を起す時なのです。あなたにも国民の関心をわれわれの方へ向ける役を果たしてもらわなければなりません。そうなのです。（ぴょんととびあがるようにして正座し、金次郎の前に両手をつき、頭を畳にこすりつける）お願いです。どうか正気に戻らないでほしいのです。今まで通り調子をあわせ、仲良くやってほしいのです。気ちがいのままでいてほしいのです。

金杉看護婦、ドアを開けて入ってくる。

**金杉**　おや、中尉さん、いらっしゃいませ。あの、将軍。侍従長と四天王が、もし将軍のご気分さえいいようなら拝謁したいと申しておりますが。

**金次郎**　（いやな顔をする）侍従長と四天王か。その連中、危険な気ちがいではないだろうね。

**金杉**　はい。決して危険ではございません。ただ、侍従長は精神分裂病の患者で、正気の人間には刃向かって行きます。でも、将軍には今まで何もしませんでしたから。

**金次郎**　なんだって。じゃ、もしわたしが正気であることがばれた場合、その男はわたしにつかみかかってくるというのかね。

**金杉**　（にやにやして）と、思いますけど。でも、そこは将軍が、調子をあわせてやってくだされば。今まで通り仲良くやってくだされば。

**金次郎**　じゃあ、ま、いいだろう。寄越しなさい。

（傍白）どうせ、正気の通らぬ世の中らしいから。

**金杉**　はい。

金杉看護婦、出て行く。

**小谷**　おお。それでは、やってくださるのですね。調子をあわせてくださるのですね。われわれとも、今まで通り仲良くやってくださるのですね。ありがとうございます。陸軍一同、全軍人を代表してお礼申しあげます。（畳に頭をこすりつける）それからこれは、われわれ青年将校のクラブ「桜会」からの寸志であります。どうぞお受けとりください。

**金次郎**　いや。これはどうも。（祝儀袋をおしいただく）

**小谷**　それでは、わたしはこれで失礼いたします。

小谷中尉、敬礼し、帰っていく。

金次郎、壁の大礼服をとり、着換える。大礼帽をかぶり、サーベルをつけ、碁盤を部屋の中央に運び、軍配を持って碁盤に腰をおろす。

**侍従長**　（ドアの外から）侍従長酒上次郎太、以下四名、入ります。

**金次郎**　うむ。入れ。（胸をそらす）

侍従長と四天王、入ってきて金次郎の前に整列する。いずれもよれよれの着物を着て、腰には荒縄を巻いている。

**侍従長**　（大声で）薑原閣下にはご機嫌うるわしく、ご尊顔を拝したてまつり、恐悦至極に存じあげたてまつる。本日はまことにお日柄もよろしく、新郎新婦に召集令状が来るおめでたき閣下の命に服し、命日には一服し、のどぼとけを奉ります。そこにこそ故郷を捨てた甲斐があり、ふるさとは遠きにありて思うもの、近くば寄って眼にも見よ、この重大なる時期にこそ日の丸の鉢巻きをしめ、腰巻きをしめ、寝間着をしめ、簀巻き腹巻き鉄火巻、全員火の玉となって満州へ行きますと満州が火事になります。まことにもって言語道断歩行者横断、頭部切断お医者の診断、まことにもって死にぼくろ、会うも会わぬも染小袖、ああ夏の夜は臍に似て、寝た子を起す種芋の、茎のめだかの皮ごろも……。

——溶暗

## 第四場

スライド——「大正十五年三月」

舞台、明るくなると、部屋の中央の金次郎が、土間に立っている中年の新聞記者と青年の新聞記者を怒鳴りつけている。

**金次郎**　一円じゃと。たった一円の拝謁料で話をさせようというのか。その程度の金でいったい、何を聞こうというのじゃ。

**中年の記者**　（わざと卑屈に）ええ、本日はその、金一円なりでどんな享楽ができるかと、それをうかがいにまいりました。（にやにや笑い、青年の記者とうなずきあう）

**金次郎**　馬鹿。一円で何ができる。昔の十文じゃないか。だが、おれならうまい使い道を知っている。二円だせば教えてやるよ。

中年の記者、顔をしかめ、青年の記者にかぶりを振って見せる。

**青年の記者**　いやあ、こいつは困った。一円の元ですから、そういわれても困ります。負けてください。

**金次郎**　いいや。負けんぞ。

**青年の記者**　そこをなんとか。

**金次郎**　いいや。一円では喋らんぞ。だいたいだな、若槻にしろ田中にしろ、金がなくて出しゃばるから問題が起るんだ。おれなんか、ここにこうしていても、貴族院だって衆議院だって、みなおれの弟子ばかりだ。

二人の記者、しめたというように笑いを向けあい、筆記をはじめている。

**金次郎**　浜口だって六十七だから、おれの孫だ。
**青年の記者**　閣下はおいくつですか。
**金次郎**　七十六だ。
**青年の記者**　(笑う) それじゃ孫でもないでしょう。
**中年の記者**　そういえば、閣下は河野広中に似ています。
**金次郎**　うん。ひょっとすると兄弟かもしれん。河野はえらいやつだ。明治十四年に秩父事件、それに続く加波山事件、福島道路事件と、大きいやつはみな河野がやった。お前なんざ、その頃は生まれていなかったんだ。
**中年の記者**　これはどうも。
**金次郎**　各省の金をやたらごまかすのは徳川家達《いえさと》に幣原《しではら》外務だ。あいつらは排斥しなきゃいかん。それから貴族院議長には前田利定を、外務大臣は徳川与八郎にしろ。今日の日本は英国政治でずるい。フランス政治にしなくちゃいかん。こういうことは九条武子にいえ。どうにでもなる。彼女はまだ一人もんだ。
**青年の記者**　閣下。あの人は一人もんじゃありません。
**金次郎**　(首を傾げ) ふん。もう嫁に行ったか。若槻も案外見下げた男だ。園公を訪問するなんて政治家として言語道断だ。それよりは我輩のところへきて意見を聞けば、まず内閣の寿命は十年は保てる。だいたい今の大臣なんて河原乞食だ。摂政官は今兵庫にいるから、政党は太政官制を敷いて、もし命令にそむくやつがいたら他国へ流罪にしろ、研究会の青木や近衛は食糧係にすればよろしい。
**中年の記者**　ところで閣下。軍縮問題については、どうお考えです。
**金次郎**　飛行機が発達すれば大砲をやめるだけだ。それから欧州の政局は……。

島田医師が入ってくる。

**島田**　（仏頂面で）おや。まだ取材中ですか。診察にきたんだが、じゃ、またあとにしようかな。
**中年の記者**　ああ、いや、わたしたちはもう失礼しますから。
**青年の記者**　将軍。本日はどうも結構なお話をいろいろと。
**金次郎**　（鬚をしごき）うむ。ああ、ご苦労じゃった。さがってよろしい。

記者二人、帰っていく。

**島田**　（見送って）連中、あまり面白くなさそうな様子ですな。
**金次郎**　（がっくりして）今日はうまくいかなかった。あの馬鹿どもを喜ばせるには、まったく骨が折れます。
**島田**　そろそろタリランの効果が切れる頃だと思って心配で見にきたんですが、やっぱりそうでしたか。（金次郎の前にすわる）次からは量を少しふやしましょうか。
**金次郎**　（あがり框の五十銭玉ふたつを拾いあげながら）いや。あの薬をのむと、のどがかわいて困ります。しかしいいところへきてくださった。馬鹿どもの相手の気の重さもさることながら、その馬鹿どもから気ちがい扱いされておるかと思うと、憂鬱にならざるを得ません。ご存じのように、わしはもともと誇りの高い男で、人より多少は頭がいいとうぬぼれとります。いや、むろんそれ以前に、正気の人間としての、他人を見る眼がある。だからわしがいくら怒鳴り散らし、皆がいくらわしにぺこぺこしたって、腹の底ではわしを笑うておることがよくわかる。そして新聞には「気ちがいの悲しさ」とか「哀れここにも世智辛さ。面会料一円」などと、わしを馬鹿にしたこと、面会料をつりあげようとするわしのけち臭さを笑うことなどを書き立ておる。どうにも我慢ができませんわい。

**島田**　わかります。以前は何度も小谷中尉がやってきて、あなたの言動がどれほど国民の戦意昂揚に役立ったかをあなたに聞かせ、あなたを激励し、あなたの気分を高めてくれた。しかし最近はあの人も、ぱったりこなくなってしまいましたからね。

**金次郎**　当然です。今はもう、気ちがいを軍の宣伝に使うなどといった、のんびりした時代じゃないですからな。(着ている大礼服を眺めまわし)わしが演じてきたのは軍人の戯画だった。そのため皆が軍人に親近感を抱いた。しかし今や、世の中はエロ・グロ・ナンセンスの時代です。わしが演じて見せずとも、軍に反感を持っとる連中がいくらでも軍人を戯画化しています。そういったユーモアに対して神経を尖らせておる軍から、わしが見はなされるのは当然でしょうな。

金杉看護婦、茶を持って入ってくる。

**金杉**　(島田医師を見てちらと眉をひそめ、金次郎に笑顔を向ける)おや。新聞社のかたたち、お帰りになりましたのね。お茶を持ってまいりましたのよ。

**金次郎**　ご苦労さん。まあそこへ置いといてください。(五十銭玉をひとつ渡し)これで患者たちに、饅頭でも。

**金杉**　いつもすみませんねえ。将軍。(五十銭玉をおしいただき、ポケットに入れる)

金杉看護婦、島田医師をちらと見てから肩をそびやかし、去る。

**金次郎** (ひとりごとのように)我慢ならん。正気の時でさえ、狂気でいた時の通りにやらないと世の中が渡れないという、この状態がどうにも我慢ならない。(島田に)考えてみると、わしがいちばん幸福だったのは気が狂っておった間だけではなかったかという気がするのです。なぜかといえばその間は、わしは自分を本当に将軍だと信じて怒鳴りちらし、威張り返っておったわけで、誰がどう思おうとかまわず、わしのことを将軍と呼んでくれる人たちに我を通し続けることができたからです。わしにお辞儀をし、将軍とか閣下とかいってたてまつる連中のことを、こいつら実は腹の中でわしのことを馬鹿にしとるのではないかと気に病むこともなかった。つまり、他人から認められたいというわしの夢を実現するためには、わしが気が狂っていなければならなかった。いや、気ちがいであることによってはじめて、わしは誰はばかることなくわし自身でいられたのではないかとさえ思うのです。わしは狂気でいた間のわしが羨ましい。いや、狂気でいた間のわしを、わしゃ尊敬さえしとる。なぜかというと、誰はばからず我を通しておきながら、狂気でいた間のわしは正気でいた時のわしよりも人から好かれとるではないか。正気のわしが言ったことよりも、狂気のわしが喋ったことの方がずっと記者にも喜ばれ、人びとからも歓ばれとるではないか。してみれば、わしの才能を発揮するためには、わしはやはりずっと狂っておらなければいかんかったのではないかとまで思いはじめとるのです。昔の新聞などを読むと狂っている間のわしの言動は、正気のわしにはとても考えつかんようなすばらしい大らかさと爆発的な力と、そして人間ばなれした幻想に満ちておる。わしは狂気の際のわしの才能をとり戻したい。わしは今、狂気に戻りたいのです。(がっくりと首を垂れる。間)わしは今、狂気に戻りたいのです。

廊下を走ってくる足音と悲鳴。

**金杉看護婦の金切り声** 助けて。た、た、助けて。

金杉看護婦、部屋に駈けこんでくる。

**金杉** 先先。た、助けてください。(島田医師のうしろにかくれ)ひ、ひ、人殺し。

侍従長、血相を変えてとびこんでくる。

**侍従長** この女、ぶち殺してやる。

**金次郎** (立ちあがり)やめい。やめんか。無礼者。鎮まれい。

**侍従長** (はっと平伏し)これは、閣下。

**島田** いったいどうしたというんだ。

**金杉** (侍従長を指し、叫ぶ)この男が、この男がわたしにいきなり襲いかかってきたんです。何もしていないのに。

**侍従長** 何もしていないだと。(また逆上し、立ちあがって金杉につかみかかろうとする)この気ちがい女め。

**金次郎** (侍従長の肩をつかみ)鎮まれ。お前は気ちがいには刃向かわぬ筈ではなかったのか。

**侍従長** いいえ、とんでもない閣下。わたしは気ちがいだけをぶち殺すのです。

**島田** (侍従長に)説明しろ。どうしたというんだ。え。何を怒っているんだ。

**侍従長** (少しおとなしくなり)腐った卵ばかり食わせるのだ。前から何度も文句をいった。そしたら、文句はいわさない、反抗すると凶暴性ありと院長に報告して独房へ入れてもらいますよというんだ。おれは下痢ばかりしていて、パンツがまっ黄色だ。臭いのだ。おれの尻はもう肥料にしか使えないのだ。今日も腐った卵だった。おれは食べなかった。そしたら、明日からは卵をやらんとぬかした。

**島田**　ふん。話の筋は通っているな。

**金杉**　何をいうんです。こんな気ちがいのいうことを信用するんですか。（泣きわめく）わたしは殺されかかったんですよ。

**侍従長**　（かっとして）おれは正気だ。こ、こ、殺してやる。（つかみかかろうとする）

**金次郎**　（とめる）待て。まあ待て。

**金杉**　ほら。ほら。殺すといいました。ほら。やっぱり人殺しです。

**侍従長**　この。（おどりかかり、背後から金杉看護婦の首を絞めあげる）

**島田**　ほうら見ろ。そういうことを言って挑発するから患者が怒るんだ。（ぷいと横を向く）

**金杉**　ぐ、苦《ぐる》じい。だ、助《だぢ》げ。死、死ぐ。死ぐ。

院長、他の息者たち、とびこんでくる。

**院長**　何ごとだ。こら、やめんか。やめなさい。（島田医師に）君、何をぼんやりしとる。やめさせんか。

騒ぎ、続く。

——暗転

## 第五場

スライド㈠——「昭和六年。日本は泥沼のような日中戦争と、それに続く第二次世界大戦への道を、たどりはじめていた」

スライド㈡——「満州侵略と軍国主義化を推し進めたのは、桜会を中心とする陸軍中堅将校たちであった」

スライド㈢——「柳条溝事件の起る約二ヵ月前の七月末」

舞台、明るくなる。金次郎が西日のさしこ

む部屋の中央で、新聞を見ている。

**金次郎**　中国の革命運動も、どうやら満州軍閥にまで飛び火したらしいな。張学良という男、なかなか骨のありそうなやつじゃ。

靴音が近づき、院長がドアをあけて入ってくる。

**院長**　やあ。薑原さん。新聞社の方たちをお連れしたんです。

**金次郎**　え？

**院長**　あなたが全快なさったことを、新聞社へ連絡したんです。

**金次郎**　え。どうしてまた、今ごろになって、そんなことを。

**院長**　そのことはまた、あとで。あとで。（廊下へ）どうぞお入りください。

新聞記者A、B、C、D、E、口ぐちに「お邪魔します」「失礼いたします」などと言いながら入ってくる。

**新聞記者A**　（院長に）ええと。全快していることが判明したのは、いつですか。

**院長**　昨日です。（金次郎に眼くばせし、うなずきかけながら）薑原さんの病気は、躁病という、はしゃぐ病気だったのですが、老人になって落ちつきが出てきたため、自然に全快したわけですな。

**新聞記者B**　すると、退院、ということになるわけですか。

**新聞記者C**　将軍に、いや、薑原さんに、退院の意志はおありですか。

**金次郎**　そうじゃなあ。（間）世の中へ出たところで、わしみたいな老人は、食うや食わずでのたれ死にじゃ。しかしここにいれば部屋つき看護婦つきで楽ができ、しかも立派な建物の中で大往生できるからなぁ。

**院長**　（うなずき、にこやかに）えー、病院としても、五十年来病院の名物男だったこのかたを失うのは惜しい。引き続き特別待遇でこの部屋に居ていただくつもりです。

新聞記者たち、しばらく疑いの眼で金次郎をじろじろと観察する。

**新聞記者D**　（おそるおそる）あのう、将軍。将軍には何か、信仰がおありですか。

**金次郎**　信仰。（首を傾ける）信仰ねえ。

新聞記者たちと院長、じっと金次郎を見つめる。

**金次郎**　（突如、笑う）わはははは。信仰なんてものがあるものか。おれは神様以上だ。

一同、ぎくりとする。

**金次郎**　（窓の外を指し）あの日輪の燃える姿がわしの本体だよ。

一同、しばらく唖然としているが、やがて誰からともなく笑い出し、ついに大笑いになる。

**新聞記者D**　五十年の習癖で、なかなか凄いことをいいますな。

**院長**　（汗を拭いながら）将軍はこれでなかなか、ずるいところがありましてね。ま、時には気ちがいのふりをした方が、病院にはとどまりやすいわけですから。

新聞記者たち、うなずく。

**新聞記者E**　そういえば眼つきがちょうど、犬養木堂翁の、座談の時に動かすあの眼光に似ていますね。

新聞記者たち、同意する。

**新聞記者A** それでは、今日はこれで。

新聞記者たち、退場。
院長、記者たちを送り出し、やがて戻ってくる。

**院長** やあ。突然のことで驚かれたことと思います。急に思いついて電話したもので、あなたにお話ししておく暇がなかったんですよ。（金次郎の前へ腰をおろす）

**金次郎** …………。

**院長** これで数日中に、今日きた五紙には、あなたが全快したという記事が大きく載ります。やれやれ。わたしも肩の荷をおろしました。やっとのことで、老齢で全快した患者を病院に住まわせておくだけの予算がとれそうなんです。あなたももうお歳だし、いつまでも気ちがいの真似をさせておくわけにはいきませんからね。（笑う）

**金次郎** …………。

**院長** （気まずく、笑いやむ）

島田医師、興奮してとびこんでくる。

**島田** 院長。（仁王立ちになり、院長を睨みつける）将軍が全快したと新聞社へ連絡したっていうのは本当ですか。

**院長** 何をそんなに興奮してるんだね、君。

**島田** 新聞記者はどうしました。

**院長** 今、帰って行ったよ。

**島田** いったい、将軍が全快したのは、いつだっておっしゃったんですか。

**院長** そりゃあ君、昨日だっていっておいたよ。

島田医師、廊下へ駈け出ようとする。

**院長** どこへ行くんだね、君。

**島田** （振り返り）新聞記者を追いかけていって、本当のことを話してきます。実は将軍は十年前にすでに全快していて。

**院長** （立ちあがる）馬鹿者。

**島田** 馬鹿とはなんだ。（戻ってきて）けしからんじゃないですか、院長。あんたはこの人の気持を考えてあげたことはないんですか。あんたは最近新聞記者がぜんぜん来なくなったので、もう将軍に利用価値はなくなったと判断した。そこで将軍が全快したというニュースで記者を集め、取材費をかせいであなたの談話を載せさせ、最後の自己宣伝を行った。将軍の骨までしゃぶったわけだ。これじゃまるで置屋のやり口じゃないですか。

**院長** （なだめるように）そんな人聞きの悪いことを言っちゃいけないよ、君。そうじゃない。事情はあとで説明してやる。君にも悪いようにはせん。まあ、そう興奮するな。

**島田** （歩きまわりながら）だいたい担当医のぼくに黙って勝手に新聞記者を呼びすぎる。今日だって、ぼくに邪魔させないために、わざと前もって教えてくれなかったんでしょう。

**院長** （苦笑して）まあまあ、落ちつきたまえ、君。もうすぐ府の予算会議がある。この辺で新聞ネタを作って点をかせいでおかなきゃならなかったんだ。院長っていうのは、医者として優秀であるだけじゃだめなんだよ。わかってくれ。

**金次郎** （いつの間にか壁に向かってすわってい る）そうかね。そんなにわしの気ちがいの演技は下手じゃったかね。面白くなかったかね。

院長と島田医師、ぎょっとしたような顔を見あわせ、金次郎を注視する。

**金次郎**　わしの演技では、結局面白がる人間がいなかった。それで取材にくる人間が次第に減ったわけじゃな。なるほど。（鼻をすする）気ちがいの真似をできるだけうまくやろうとわしは決心した。それに打ちこんだ。もう、それしかわしの生き甲斐はなかったからじゃ。しかし、それも駄目じゃった。誰も笑わなかったわけじゃ。わしの誇りはまた傷ついた。もうわしには、なんの能もない。やれやれ。気ちがいの真似ほど簡単に見えてむずかしいものはないな。（肩を落す）

**院長**　とんでもない。あなたの演技は真に迫っていました。本ものの気ちがいそこのけ。時にはわたしでさえ、これはまた病気が再発したかと、一瞬どきりとしたことが何度もあったくらいです。

**島田**　（また興奮しはじめ）そうとも。あんたは迫真の演技をした。面白くなかったって。笑えなかったって。そんなことはない。ユーモアがあった。すばらしいユーモアがあったのだ。それなのに、なぜ皆は笑わなかったか。（部屋中を歩きまわる）昔はあなたの気ちがいぶりに世の中の人間はすべて笑った。それなのに今はなぜ笑わないか。それは、今の世の中が、気ちがいを笑うことのできない世の中だからだ。あっ。そ、そうだ。そうなのだ。（ぴょんと躍りあがる）気ちがいを笑うことができるのは正気の人間であり、気ちがいを笑うことができるのは正気の世の中だ。ところが今は世の中が狂っている。狂った世の中に、気ちがいを笑える人間がいるか。いない。いないのだ。世の中全体が狂っているのに、どうして気ちがいを笑えるものか。気が違っているのは世間の方なのだ。そう。そうだ。そうなのだ。わはは。わはははははははは。わはははははははははは。

**金次郎**　（ゆっくりと立ちあがる）なるほど。そういうこともあり得るな。（島田医師を見つめる）だが、本当にそうだろうかね。もうひとつ別の考え方もある筈だ。なんだか言ってやろうか。（島田医師に顔を近づけ、胸の底からしぼり出すように）わしが本当に将軍だったという考え方だ。今のわしは気が狂っているが、正気の時にはおれは本当に将軍だったのだ。今でこそ狂気に蝕まれ、気ちがい病院へ入れられているものの、実は正気の時のわしは将軍だったのだ。本当に軍隊を指揮し、政治力を持ち、軍資金を持っている蘆原将軍は、実際に存在したのだ。そうだ。それに違いない。それがわしだったのだ。（叫びはじめる）今でこそ、わしをだまそうとするお前たちに正気と思いこまされているものの、実はわしは本当に将軍だったのだ。わはははははははは。だが、今や、わしは正気に戻った。もとの蘆原将軍に戻ったのだ。わしはふたたび満天下に号令をかけ、布告を出し、大砲をぶっぱなし、ふたたび戦場を駈けめぐるのだ。露国の兵隊やチャンコロを皆殺しにし、銃弾砲弾爆弾を雨あられと世界中に降らすのだ。鮮血をとび散らせて全世界を赤く染める大殺戮をくり返すのだ。突撃。突撃。進めや進め。一歩も引くではないぞ。わははははは。わはははははははははははははは。

**島田**　（ぺたんと畳に尻を落し）気が狂った。周期がめぐってきたんだ。鬱病の期間が、躁病の期間より短かかったらしい。

**院長**　（金次郎を見つめ、茫然と）気が、狂った。本当か。本当に、また狂ったのか。

**島田**　そうです。彼は気が狂わねばならなかったのです。彼はふたたび狂気に逃げこまないではいられなかった。その気持はわかります。（院長を振り返り）最初、この男が発病した数年後に、戦争が起りましたね。

**院長**　（間。うなずき）うん。たしかそうだったな。

**島田**　（また金次郎を見あげ）では、また近いうちに戦争が起るということですな。

鬚をふるわせて笑い続ける金次郎の顔を、
夕日が赤く染める。

——幕

○作者註・これは実在の人物にヒントを得た創作であり、作中の事件はすべて虚構である。

スタア　三幕

## 登場人物

杉梢《こずえ》（歌手）
黒木（梢のマネージャー）
美智代（女中）
島本匠太郎（俳優、梢の夫）
政子（匠太郎の内縁の妻）
三河屋
唐木（芸能誌の記者）
小鷹（新聞の芸能担当記者）
豊原（同）
都留（作曲家）
坂口（梢のヒモだった男）
管理人
吉田（匠太郎のマネージャー）
井本（週刊誌の記者）
芳枝（政子の友人）
犬神博士（地震研究所長）
柴山（同所員）
刑事
浜口じゅん（タレント）
ジョージ・西尾（歌手）
清水（新聞社のカメラマン）
織田（精神異常者）
警官
ターザン
後藤（芸能誌の記者）

全三幕を通じ、舞台は同じ。

マンションの、居間兼応接室。

上手に、廊下に面した入口のドア。

下手に、食堂・台所へ通じる開かれたままのアコーデオン・ドア。

その袖寄りに電話台。

正面上手寄りに洗面所のドア。下手寄りに寝室のドア。ふたつのドアの間にステレオのプレーヤー、アンプ等。

舞台中央に応接セット。大きなテーブルが中央にあり、長椅子《ソファ》ひとつ、肱掛椅子ふたつ、スツールが三つ。

上手のドアの右側にスタンド・ピアノ。その上にトロフィー等。さらに舞台両袖にはステレオ・スピーカー。あちこちに新婚家庭らしい華やかな小道具が多数置かれている。

天井からは豪華なシャンデリアが下がっている。

# 第一幕

幕があがると、ソファの上で梢と黒木が抱きあい、接吻している。美智代、食堂から出てくるが、ふたりの様子を見てはっとし、また食堂に戻ってしまう。

**梢**　そろそろ主人が起きてくるわ。
**黒木**　まだ大丈夫さ。
**梢**　だめよ。こんなとこ見られたら大変よ。
**黒木**　奴さんがゆうべロケから戻ったのは一時か二時だろ。まだ起きちゃこないさ。
**梢**　いやよ。もう、はなしてよ。
**黒木**　急に冷たくなったな。
**梢**　あら。嫉いてるの。あなた、まさかやきもちやいて、わたしたちの家庭をぶち壊そうとしてるんじゃないでしょうね。

黒木　新婚十日めじゃ、まだ家庭というわけにはいかんだろ。

梢　新婚十日めで離婚騒ぎになったりしたら、マスコミが大変よ。

黒木　君たちを離婚させようと思えば簡単さ。ぼくさえその気なら、だいたい結婚だっていくらでも邪魔できたんだから。

梢　そりゃそうでしょうよ。あなたとわたしの関係をあの人にちょいと喋るだけでよかったんですものね。

黒木　そんなことはしないさ。そんなことしたら奴さん、腹立ちまぎれにそのことを大声で喋り歩いただろう。たちまちマスコミに知れわたる。「タレントとマネージャーの醜悪な肉体関係」って、でかでかと報道される。

梢　ふうん。自分は無疵でいたいわけね。そんなら、どうしたっていうの。

黒木　君に以前、やくざのヒモがいたってことを、ちょいと奴さんに耳打ちすりゃよかったのさ。奴さんは役柄に似ず臆病だから、顫えあがって君から逃げ出したに違いないよ。

梢　どうしてそうしなかったの。

黒木　そんなことしたってしかたがないからだよ。

梢　そうね。どうせあなたには奥さんがいるんだし、あなたはその奥さんと別れる気はぜんぜんないし。

黒木　もうよせよ。そのことはもう何度話しあったかわからないじゃないか。それよりも、今ちょっと思い出したんだがね。

梢　いつも都合のいい時に別の話を思い出すのね。

黒木　いや。今の話で思い出したんだがね。例の坂口のことだ。

梢　（どきりとして）坂口がどうかしたの。

黒木　昨日、刑務所を出たよ。

梢　まあ。（立ちあがり、不安げに室内を歩きまわる）ここへ来るかしら。

黒木　さあね。君を捜そうとはするだろうが、ここまでやってくるかどうか。あれはもう五年も前のことだし、君はすでに雲の上の人だし。

**梢**　そんなことを気にする男じゃないわ。

**黒木**　それに君はあれから名前を変えている。整形して顔もがらりと変っている。

**梢**　しっ。大きな声でいわないで。わたしが整形手術したこと、主人は知らないのよ。

**黒木**　いろいろ心配ごとが多くて大変だな。

**梢**　わたしを脅かして、面白がってるのね。

**黒木**　坂口のことを君がそんなに心配するとは思わなかったんだ。ちょっと教えとくぐらいの、軽い気持で話したんだがね。そんなに心配かい。

**梢**　あの男のことを知らないからよ、あなたは。

**黒木**　心配するなよ。おれたちがついてるさ。昔と違ってあの男はもう老いぼれだし、仲間もいない。それに、あいつが捕った時の例のやくざ同士の喧嘩《でいり》で片腕をなくしてる。何もできやしないさ。

**梢**　そうだったわね。（くすくす笑う）わたしったら、今でもまだ小娘の頃あいつに苛められたことを夢で見るのよ。だから、名前を聞くだけでびくっとしちゃうの。でも、考えてみたらあの男が、今のわたしに何もできる筈はないわね。

**黒木**　そうさ。君は今や天下の大歌手、杉梢だものな。

**梢**　あの男がたとえ自分と杉梢の昔の関係をひとに喋りあるいたとしても、誰も信用しないわ。

**黒木**　ま、信用しないだろうな。

**梢**　今のところ、週刊誌の芸能記者の人たちは、みんなわたしの味方だもの。みんなでわたしを守ってくれるわ。

**黒木**　そうだとも。ところで今日のパーティに、ひとり大変なひと呼ぶのを忘れてたんだけどね。

**梢**　そうなのよ。月刊芸能の後藤さんでしょ。

**黒木**　うん。

**梢**　わたしもさっき思い出したの。あのひと呼ばなきゃ。

**黒木**　じゃ、呼ぶかい。

**梢**　ええ。すぐ電話してよ。

黒木、手帳で電話番号を調べながら電話台に寄り、ダイヤルする。

**梢**　（台所に向かって）美智代ちゃん。美智代ちゃん。

美智代、出てくる。

**美智代**　はい。
**梢**　お料理の支度はできたの。
**美智代**　はい。ほとんど。でも、まだお買物が残ってるんですけど。
**梢**　え。まだ足りないものがあるの。
**美智代**　はあ。あの、これだけ。（メモを見せる）
**梢**　まあ。こんなにあるの。大変じゃないの。どうして早く行かなかったの。
**美智代**　はあ。（もじもじする）
**梢**　いいわ。わたしも一緒に行ったげるから。コート着てらっしゃい。
**美智代**　はい。

美智代、台所へ去る。

**黒木**　（電話に）もしもし。月刊芸能ですか。情況プロの黒木ですが、後藤さんはおられますか。
**梢**　その電話終ったら、買物につきあってね。
**黒木**　ああ、いいよ。

梢、寝室に去る。

**黒木**　（電話に）やあ、後藤さん。黒木です。先日は失礼しました。はい。まことにどうも。それで、早速なんですが、じつは今日、杉梢のマンションでですね、新居開きのパーティをやることになりまして。はい。内うちでね。そうなんです。島本さんですか。そりゃもちろん、ご亭主も。はい。皆さん、ご存じのかたばかりです。ええ。お招きが遅れたんですよ。申しわけありません。何しろ急に決めたものですから。そうですねえ。皆さんお揃いになるのが一時ごろと思いますが。え。来ていただけますか。それはありがたい。はい。ではお待ちしております。（受話器を置く）

美智代、コートを着て出てくる。

**美智代**　奥さんは。
**黒木**　寝室だ。着換えだろ。（美智代を抱きしめようとする）
**美智代**　いやよ。こんなところで。
**黒木**　かまうもんか。
**美智代**　何さ。奥さんとキスしてた癖に。
**黒木**　あれ。見てたのか。

梢、コートを着て出てくる。黒木と美智代、あわてて離れる。

**梢**　（気がつかず）さ、行きましょ。後藤さんは来るって。
**黒木**　うん。来るそうだ。
**梢**　早く帰ってこないと、あと一時間ぐらいで、そろそろお客さんが来るわよ。
**黒木**　旦那はまだ寝てるの。
**梢**　そうなの。起きてくれないのよ。
**黒木**　よほど疲れたんだな。
**梢**　あら、あたしのせいじゃないわ。
**黒木**　誰もあんたのせいだなんて言ってないじゃないか。

梢、黒木、美智代、出ていく。

間。

ドア・チャイムが鳴る。二回。少し間をおいて、三回。

島本匠太郎がガウンを羽織りながら寝室から出てくる。

**匠太郎**　絶対に寝かしちゃくれないんだから。仕事のない日ぐらいはゆっくり休ませてくれたらいいのに、パーティだの何だの。（ドアを開き、仰天してあと退る）君は。

政子、ねんねこで赤ん坊を背負い、廊下に立っている。

**政子**　こんにちはあ。お久し振り。（遠慮なしに入ってくる）うわあ。ええマンションやなあ。あんたいうたら、えらいまあ出世して。こんなええとこに住んどったんかいな。豪勢な家やないの。

**匠太郎**　政子。き、君、どうしてここへ。い、いつ東京へ。

**政子**　今日来たんよ、新幹線で。あんた、偉うなったんやなあ。まあま、そんな洒落たもん着て。立派になったんやなあ。

**匠太郎**　こんなところへ来ちゃ、困るじゃないか。

**政子**　なんでえな。あんたに会いに来たんよ。ここ、あんたの家やろが。

**匠太郎**　おいおい。よせよ。ぼくはもう結婚してるんだ。

**政子**　知ってます。新聞やら週刊誌やらで読んだがな。びっくりしたわ、うち。あんたがテレビの時代劇に出て有名になってること、うち、ちっとも知らなんだん。あんたが結婚したいう記事読んで、写真見て、ほいで初めて、あんたが有名人になったいうことがわかったの。うち今でも、夜のお勤めしてるでしょ。そやさかい、テレビなんか見やへんがな。あんたの出てるテレビかて、ゆうべ初めて見たの。ご免ね。

**匠太郎**　いったい、なぜ、ぼくに会いに来たりなんかしたんだ。ななな、なんの用だ。

**政子**　なんの用やて、わあ、そんな冷たいこと、よう言うわ、このひと。ああ重た。ちょっと赤ん坊おろさせてもらうわね。（ねんねこを脱ぎ、赤ん坊をソファへ寝かせようとする）

**匠太郎**　（うろたえて）おいおいおい。そんなもの、そこへ寝かされちゃ困るよ。

**政子**　そんなもんやて。これ、あんたの子よ。ようそんな薄情なこというわ。（寝かせる）

**匠太郎**　おれの赤ん坊。おれの。

**政子**　そうやないの。ほら、うちが妊娠した時、あんたに言うたでしょ。赤ん坊のためにも、早う正式に結婚して頂戴、いつまでも内縁の妻なんていうのはいやや。うちがそないいうたらあんたは、次の日にアパートをとび出して、それっきりやがな。あの頃からあんたは薄情やったわ。

**匠太郎**　生んだのか。（茫然とする）

**政子**　そうよ。いつかはあんたが帰ってきてくれる思うて。（匠太郎にすり寄って）ねえ。あれからうち、ものすごう苦労したのよ。わかるでしょ。

**匠太郎**　うん、うん。わかるわかる。すまん。すまなかった。でも、その話はまたのことにして、すまないけど今日は帰ってくれないか。もうすぐ妻が。

**政子**　いややわ。うちは何も、あんたに文句言いに来たんと違うのよ。あやまること、ないやないの。あんたが出世したら、うちも嬉しいんやさかい。そうでしょ。うちが働いて、あんたにお芝居の勉強させたげて、そのおかげであんたが偉うなって、スタアになって、うちも苦労した甲斐があったんやさかい、こんな嬉しいことないやないの。誤解せんといて頂戴。

**匠太郎**　うん、うん。誤解はしないけどね、もうすぐ妻が帰ってくるんだよ。妻がね。だから今日は。

**政子**　ううん違うのよ。うちは何も、あんたがうちに黙ってよその人と結婚したからいうて、それで文句言いにきたんやないの。そらまあ、確かにあんたは昔、ぼくが有名になったら必ず結婚してやる言うて、うちに約束してくれはったわね。そやけどうち、そんなことで嘘ついたからいうて文句言うたりせえへん。確かにそら、あんたが奥さん貰うたいう記事読んで、うちの眼の前一瞬まっ暗になって、その晩ひと晩泣き明かしたわ。そやけど考えてみたら、やっぱりスタアはスタアと結婚した方がニュースにもなるし、名前も週刊誌やらに大きい出るし、それだけご本人同士も有名になれるわけでしょ。そのぐらいのことはうちかて、ようわかってます。

**匠太郎**　（いらいらして）それがわかってるのなら、どうしてここへ来た。あいかわらず自分勝手にしゃべってばかりいる女だね君は。今日はね、ここで新居開きのパーティをやるんだ。そのためにマスコミ関係者が大勢くるんだよ。君にいられちゃぶち壊しになるんだ。もうすぐ来るんだよ。ね。それにもうすぐ買物に行った妻が戻ってくる。君や赤ん坊を彼女に見られたら大変なんだよ。たちまち大騒ぎだ。離婚騒ぎになっちまう。ね。それぐらいのことわかるだろう。

**政子**　せっかく大阪から会いにきたのに、そんならあんた、うちをここから追い出すつもり。

**匠太郎**　あたり前だろ。だって、しかたないじゃないか。どうしろっていうんだよ。

**政子**　なんでそんな薄情なこと言うの。うちは、あんたが他の女のひとと結婚したこと、何も言わんと眼えつぶっといたげる言うてるのよ。そやのに、なんで追い出すの。これ、あんたの子供やねんで。そんでうちは、あんたの昔の妻やった女やねんで。この家へ置いてくれてもええやないの。この家、こない広いんやし。

**匠太郎**　そんなことできるか、馬鹿な。

**政子**　なんで馬鹿なことやの。あんた昔うちに、金儲けたらなんぼでも楽させたる、ちょっとの間の辛抱や、そない言うたやないの。そんならあれも嘘かいな。

**匠太郎**　いや、そりゃあ君の恩を忘れたことはない。君に苦労させたことも事実だ。ありがたいと思っている。しかしそれは別れるまでの話であって、今ごろそんなことを言ってこられても。

**政子**　別れたって、いつ別れたの。うちはあんたと別れた憶えはないの。

**匠太郎**　だって、正式な結婚はしてなかったんだから。

**政子**　そやから言うてるでしょ。今さら結婚してくれとは言えしません。お妾さんでええの。ここへ置いて頂戴。お願い。お手伝いさん同様に働きますから。

**匠太郎**　（叫ぶ）駄目だといったらだめだ。

**政子**　そんならここと別にもう一軒家を持って、そこへうちと赤ん坊を住まわせて頂戴。昔と違うてあんたはお金持ってるんやさかい、妾宅一軒持つぐらい何でもないでしょ。

**匠太郎**　そんな金はない。金は全部妻が握ってるんだ。さあ。早く帰ってくれ。（叫ぶ）帰らないと、つまみ出すぞ。

**政子**　何ちう言いかたするの。あんた。うちはあんたの恩人やねんで。その恩人を、つまみ出す言うんか。

**匠太郎**　あんた、あんたと気安く言わないでくれ。ぼくはもう昔のぼくじゃないんだ。

**政子**　なんで急に、そない偉そうにするの。昔のあんたと人間が変ってしもうた言うんか。うちなんか知らん言うんか。この子の父親やない言うんか。

**匠太郎**　そんな赤ん坊、誰の子かわかるもんか。

**政子**　（わっと泣き出す）

**匠太郎**　（頭をかかえこむ。しばらくして政子を抱き寄せ）悪かったよ。悪かったよ。ぼくが言い過ぎた。さあ、もう泣かないでくれ。

**政子**　そんならうち、あんたの奥さんに会わしてもらう。マスコミの人らが来やはるんやったら、その人らにも会う。会うて何もかもお話しして、この子があんたの子でないかどうか、皆さんに

考えてもらいます。（また泣く）

**匠太郎**　そんなことされたら、ぼくの家庭は滅茶苦茶じゃないか。たのむ。そんな乱暴なことはやめてくれ。週刊誌ネタになって、家庭どころか、ぼくの一生は滅茶苦茶だ。君はぼくがそんなになってもいいのかい。

**政子**　（叫ぶ）そんならあんたは、自分が滅茶苦茶にならんために、うちが滅茶苦茶になってもええ言うんか。そんな勝手なことおますか。

**匠太郎**　いや。そんなことは言ってない。おれ、そんなことは言わなかったよ。おれがそんなこと言ったなんて言われては困る。

**政子**　あんたがどうしても、うちら親子を追い出す言うんやったら、あんたの薄情なことを人に喋りまくったるさかいに。

**匠太郎**　そんなことされたら、おれは破滅だ。週刊誌が書き立てる。女性週刊誌がトップ記事にする。芸能週刊誌がおれを悪人に仕立てあげ、テレビがおれを笑いものにする。おれはドラマの役をおろされ、妻は実家へ帰ってしまう。（泣く）

**政子**　そないなったらまた、わたしが養うたげるやないの。

**匠太郎**　（叫ぶ）そんなことになってたまるか。ここまで名前を売るのに、おれがどれだけ苦労したと思ってるんだ。今さらお前みたいな女のためにマスコミから消されてたまるものか。おれの才能はな、貴重な才能なんだぞ。おれが消えたらマスコミの大きな損失になるんだ。そんなこと、お前みたいな教養のない女にはわからないだろう。お前みたいな、自分のことしか考えないような、芸術のわからん豚にはな。

**政子**　（わっと泣き出す）どうせうちは豚や。そら、あんたの奥さんは美人や。あんたの奥さんと比べたら月とすっぽんやろ。そやけどな、うちかて人間やで。以前同棲して子供まで生んだ男追いかけて何が悪いねん。あんたかて昔はわたしのこと好きやった癖に。綺麗やとか、上品で可愛らしいとか言うて、うちに、いっぱいいっぱいキスした癖に。そやさかい子供ができたんやないか。あんたには人間らしい気持があらへんのか。あんたにはもう、うちが人間には見えへんのか。

**匠太郎**　よし、よし。わかった。わかった。ついかっとなって言い過ぎたんだ。あやまる。悪かったよ。だけどな、政子。君のいう通りにすることは無理なんだよ。ね。考えたってわかるだろ。昔の女を妾にしたりしているタレントを、マスコミとか妻とかが黙って許してくれる筈はないんだよ。でもね、政子、悪いようにはしない。そうだ、ぼくのマネージャーに会ってくれたまえ。ね。ぼくのマネージャーなら相談に乗ってくれるよ。ね。とにかく今日はおとなしく帰ってくれ。

**政子**　うちはあんたと話したいんや。マネージャーなんちう、えたいの知れん気色の悪い人と会うのん、いやや。

**匠太郎**　（叫ぶ）どうしてそんなに聞きわけがないんだ。おれはもう、君なんかと話している時間がないんだ。だからマネージャーと話してくれって言ってるんじゃないか。マネージャーがなぜ気持悪いんだ。これだからお前は無学な豚女だというんだ。帰れ。この貧乏神。お前の顔見てると反吐が出る。

**政子**　（わっと泣き出す）

**匠太郎**　すまん。すまん。また言い過ぎた。だってお前があんまりわからないことばかり言うから。

**政子**　わからんのはあんたやないの。はい。うちには、あんたの言うことは、さっぱりわかりまへん。何を言うてはるのか、ひとこともわかりまへん。だいたいやね、これはうちとあんただけの、家族うちでの話やないの。なんでマネージャーなんちうややこしいもんが出てくるの。ええわ。あんたがその気やったら、うち、絶対にここ動かへんさかいな。絶対、帰ったらへんぞ。奥さんが帰ってきやはるまで。

**匠太郎**　ついに本性を出したな。初めから脅迫する気だったんだな。よし、いったいいくら欲しいんだ。

**政子**　へえ。あんた、うちにお金くれるの。お金は奥さんが握ってはるのと違うんか。

**匠太郎**　どうでもいいじゃないかそんなこと。もう時間がない。もう妻が戻ってくる。君はぼくを困らせようとして、わざといつまでも粘っているんだな。

**政子**　そうや。あんたを困らせたるねん。なんぼでも困りなさい。ええ気味や。

**匠太郎**　（叫ぶ）早く言え。いくら欲しいんだ。この淫売。

**政子**　（叫ぶ）淫売いうたな。金なんかで絶対に黙ったれへんぞ。

赤ん坊が泣き出す。

**政子**　（赤ん坊を抱きあげ、あやしながら）よしよしよし。可哀そうにねえ。あんたのお父ちゃんはね、あんたを、自分の子やない言いはるんや。（泣く）薄情なお父ちゃんやなあ。

いらいらしながら部屋の中を歩きまわっていた匠太郎は、やがて自分が着ているガウンの、やや太めのロープ状の紐に気がつき、政子を横眼でうかがいながらその紐を抜きとり、両手に持つ。

**政子**　そや。あんたまだお父ちゃんに見て貰うてないいんやな。ほんなら、お父ちゃんに顔見て貰おうか。あんたの可愛らしい顔見たら、お父ちゃんもしかして、気が変るかも知れんさかいな。

政子、泣きやんだ赤ん坊を抱いて立ちあがり、匠太郎に近づいていって見せる。匠太郎はロープをガウンのポケットに入れる。

**政子** あんた。見てやって頂戴。ほうら、可愛らしいやろ。名前は匠一てつけたんや。ほら匠一、お父ちゃんやで。どう。ええ子やろ。

**匠太郎** (しぶい顔で)うん。まあな。

**政子** 罪のない顔してるやないの。あんたによう似て。

**匠太郎** (ロープを出す)しかし、ぼくの鼻はそんなに低くないよ。

**政子** (匠太郎を見る)そらあんた、まだ赤ん坊やもん。

**匠太郎** (ロープをかくす)うん、そうだね。なかなか可愛い子だ。ま、今のところはどちらかといえば猿に似てるがね。はは。はははは。

**政子** うちら三人がほんとの家族で、この立派な部屋がうちら三人の部屋やったら、この子もしあわせやのになあ。(泣く)

**匠太郎** (ロープを出す)ほんとだね。ほんとだ。その通りだ。よし。その子のために、なんとかして君に家を一軒、持たせてあげるよ。

**政子** (匠太郎を見る)ほんとでっか。あんた。今言いはったこと、ほんと。

**匠太郎** (ロープをかくす)うん、うん。ほんとだとも。子供を見て考えが変ったんだ。そんな可愛らしい子を父なし子にしちゃ可哀そうだものね。認めてやるよ。それはぼくの子だ。

**政子** (赤ん坊をソファに抛り出し、匠太郎に抱きつく)あんたあ。(匠太郎の胸に顔をうずめ、わっと泣き出す)

赤ん坊が泣き出す。

**匠太郎** 悪かった。ぼくが悪かった。今までぼくが言ったことを許してくれ。ぼくは血も涙もない人間だった。君に対して誠実ではなかった。(ロープを出して政子の背にまわす)

**政子** よかった。あんたはやっぱり悪い人やなかったんやわ。そんなら今でもまだ、うちを愛している。
**匠太郎**　うん。愛してる。愛してるよ政子。
**政子**　そんならキスして頂戴。また、前みたいに、いっぱいいっぱいキスして頂戴。
**匠太郎**　うん、うん。

政子、眼を閉じてうっとりと匠太郎に唇をさし出す。匠太郎、政子の首にロープを巻き、絞める。政子、暴れまわり、ひっくり返って床をのたうちまわり、また立ちあがったりする。匠太郎はいつまでも手をゆるめない。赤ん坊は火がついたように泣き叫ぶ。政子はついに肱掛椅子の上でぐったりとなる。
匠太郎、赤ん坊を抱きあげてあやす。赤ん坊、泣きやむ。
廊下で梢たちの声がする。

**梢の声**　ねえ。今、赤ちゃんの泣き声がしなかった。
**美智代の声**　ええ、聞こえましたわね。
**梢の声**　おかしいわねえ。この階の部屋には赤ちゃんはひとりもいない筈よ。
**黒木の声**　隠し子がいるんだろう。このマンションにはタレントが多いから。

梢、美智代、笑う。
匠太郎、あわてふためいて政子のからだを乱暴に長椅子の下へ押しこむ。赤ん坊を抱き、匠太郎が寝室へ入ると同時に、梢、黒木、美智代がそれぞれ買物の紙袋を持って入ってくる。

**梢**　ああ、重いわ、このロース。（持って帰ってきた大きな紙包みをテーブルに置く）

黒木と美智代は、それぞれ紙袋を抱いたま

ま台所へ入る。

**梢**　（コートを脱いでソファに投げ、寝室のドアを叩く）あなた、まだ寝てるの。早く起きて頂戴よ。

**匠太郎**　（寝室の中から）ああ、今起きたところだよ。

**梢**　もうすぐお客さんが見えるわよ。

梢、洗面所に入る。
電話のベルが鳴る。
セーターに着換えた匠太郎、寝室から出てきて受話器をとりあげる。

**匠太郎**　もしもし。ああ、君か。早く来てくれよ。え。黒木君か。黒木君ならもう早くからきて、何やかや手伝ってくれてる。うん。君も来て手伝ってくれ。ぼくのマネージャーだろうが。え。インタビュー。いやだよ。今日はパーティだから一日空けといてくれって言っといただろ。え。え。

寝室で赤ん坊が泣き出す。

**匠太郎**　（あたふたとして）しかたがないなあ。じゃ、来てもらってくれ。うん、うん。パーティの最中でもいいよ。じゃあね。

乱暴に受話器を置き、寝室へとびこむ。
赤ん坊の泣き声、急に途絶える。
梢、洗面所から出てくる。

**梢**　（台所に向かって）ねえ。また赤ん坊の泣き声がしたわね。あなたたち聞かなかった。どこで泣いてるのかしら。

梢、台所に去る。
電話が鳴る。

黒木、台所から出てきて受話器をとる。

**黒木** もしもし。え。あんた誰。おれは杉梢のマネージャーだよ。なんだよ、その偉そうないいかたは。なに、梢の亭主だって。なあんだ。また、あんたか。いい加減にしろよ。梢には島本匠太郎という、れっきとした亭主がいるんだから。あんただって週刊誌で読んだだろ。え。馬鹿。いくらおれがほんとの亭主だっていったって、亭主がふたりいるわけないだろ。馬鹿。いちど精神病院へ行って医者に見てもらえ。（がちゃんと受話器をおき、台所に向かって）また例の気ちがいから電話がかかってきたよ。おれを裏切って他の男と結婚したっていって、あんたを恨んでるぞ。

黒木、台所に去る。
寝室のドアをあけ、匠太郎が首だけ出し、あたりをうかがってから出てくる。手には紙包みを持っている。上手のドアに近寄り、出て行こうとする。
その時、ドア・チャイムが鳴る。
匠太郎、あわてて部屋の中央に引き返し、紙包みをテーブルの上におき、長椅子に腰をおろし、何気ないふりを装う。
美智代、台所から出てきて部屋を横切り、入口のドアをあける。
廊下に三河屋が立っている。

**三河屋** 三河屋ですが。ビール持ってきました。

**美智代** はい。ご苦労さま。

**三河屋** さっきの地震、大きかったですねえ。こもだいぶ揺れたでしょう。

**美智代** あら。地震があったの。全然気がつかなかったわ。

**三河屋** えっ。あの地震、感じませんでしたか。だって、震度四か五くらいのでかい地震ですよ。

**美智代** まあ。そんな大きな地震が。いつごろ。

**三河屋**　ほんの二、三分前ですよ。おかしいなあ、あの地震を感じなかったなんて。
**美智代**　おかしいわねえ。
**三河屋**　きっと、このマンションが頑丈にできてるからでしょうね。
**美智代**　そうかもしれないわね。
**三河屋**　それじゃ。毎度ありがとうございました。

三河屋、去る。

美智代、ドアを閉め、ビールの箱を台所へ運ぶ。

匠太郎、立ちあがり、間違えてロースの紙包みをとり、廊下へ出て行く。

美智代、台所から電気掃除機を持って出てきて、部屋の掃除をはじめる。肱掛椅子の下へ吸込口を突っこんで掃除したあと、長椅子の下を掃除しようとする。

匠太郎、戻ってくる。紙包みは持っていない。

**匠太郎**　(びっくりして美智代に駈け寄り、掃除機をひったくる)君。この部屋の掃除はもういいよ。うん。もういい。もういい。
**美智代**　でも、朝からまだしてないんですけど。
**匠太郎**　いいんだ。いいんだ。綺麗だからね。
**美智代**　だけど、一応やっとくように奥さんから言われてますので。ちょっとやってしまいますわ。(匠太郎から掃除機を奪おうとする)
**匠太郎**　美智代。(急に美智代にキスしようとする)
**美智代**　あら。いけませんわ。こんなところで。(抵抗する)
**匠太郎**　平気だよ。いいじゃないか。

開いたままになっている入口から唐木が入ってきて、匠太郎と美智代が揉みあっている様子を眺め、あわてて廊下へ戻り、そっとドアを閉める。

ドア・チャイムが鳴る。

**匠太郎**　（ほっとして）ほうら、もうお客さんだ。ぼくが出るから、君はさあ、早く、これ片附けて、片附けて。

美智代、電気掃除機を持って台所へ去る。匠太郎、入口のドアをあける。唐木が入ってくる。

**匠太郎**　やあ唐木さん。いらっしゃい。
**唐木**　やあやあ。まだどなたも。
**匠太郎**　ええ、まだ。
**唐木**　少し早く来すぎたようですな。
**匠太郎**　そんなことはありません。さあ、どうぞ、どうぞ。（台所へ）おうい。唐木さんが見えたぞ。（長椅子に腰かける）

梢と黒木、台所から出てくる。

**梢**　いらっしゃい。一番乗りね。
**唐木**　そうらしいですな。
**黒木**　やあ。
**唐木**　やあ。
**梢**　（肱掛椅子を指し、唐木に）さあどうぞ。（匠太郎に）何よあなたは。自分だけそんなところへすわって。
**匠太郎**　（もじもじし）う、うん。
**梢**　（テーブルの上の紙包みに気がつき、台所に向かって）美智代ちゃん。美智代ちゃん。

美智代、台所から出てくる。

**美智代**　はい。
**梢**　（紙包みを指し）駄目じゃないの。こんなところへおいといたら。冷蔵庫へ入れといて頂戴。
**美智代**　（黙って紙包みをとりあげ、首を傾げる）あら。おかしいわ。

**梢**　どうしたの。

**美智代**　このお肉、スーパーで買ったのに、デパートの包装紙に包んであるわ。

匠太郎、包みを間違えたことに気がつき、はっとして腰を浮かす。美智代、紙包みを持って台所へ。匠太郎は美智代を気遣わしげに見送る。そんな匠太郎を、梢はじろじろと見る。

**梢**　なにそんなにそわそわしてるの。（匠太郎の顔を見つめ、急に改まった口調で）あなた。

**匠太郎**　えっ。何だい。（どぎまぎして唇のあたりを手の甲で拭ったり、顔をこすったりする）

**梢**　いやな人ねえ。あなたまだ、顔も洗ってないじゃないの。（洗面所のドアを指し）早く洗ってらっしゃいよ。

**匠太郎**　うん、うん。

匠太郎、ソファを気にしながら洗面所へ入る。

**唐木**　なかなかいい賢夫人ぶりじゃないの。

**梢**　冷やかさないで。あらあら、人のことどころじゃないわ。わたしもまだ、お化粧なおしてないのよ。ちょっと待っててね。

梢、コートをとり、寝室へ入る。

**黒木**　どう、最近。

**唐木**　駄目だね。いいネタがなくてね。何かないかねえ。

**黒木**　ちょっと仕事のこと忘れろよ。

**唐木**　そういうわけにはいかんよ。今日のこれだって仕事のうちだよ。そっちはどうだい。

**黒木**　一段落だな。披露宴前後は取材取材で大変だった。それと平行して何ヵ月も前から決っていたスケジュールがあったし。
**唐木**　そうだろうな。ところでさっきの地震、この辺もだいぶ揺れただろう。
**黒木**　地震。ああ、さっき美智代が何かそんなこと言ってたな。いや。このマンションは全然揺れなかった。
**唐木**　えっ。揺れなかった。そりゃおかしいなあ。相当大きな地震だぜ。震度四か五ぐらいの。
**黒木**　ふうん。このマンション、そんなに耐震構造が完璧なのかな。とにかく、少しは揺れたかもしらんが、ぼくは全然感じなかったな。

電話が鳴る。黒木が受話器をとる。

**黒木**　もしもし。なあんだ。またあんたか。いい加減にしろよ。杉梢はね、あんたなんかとは無関係なの。馬鹿。そんなことをわざわざ杉梢に訊けるか。彼女の亭主は島本匠太郎ひとりだけなの。なに。ぶち殺す。やってみろよ。馬鹿。え。おれもぶち殺すんだって。はははは。いつでもこい。気ちがいめ。（がちゃんと受話器をおく）
**唐木**　（驚いて）いったい誰だ。
**黒木**　気ちがい気ちがい。なに、もともと杉梢ファン・クラブの会員だったんだけど、熱が嵩じて、いつ頃からそうなったのかは知らんがとうとう頭へきたんだな。自分が杉梢と婚約したという妄想にとりつかれてさ、それ以来うるさくつきまとってたんだ。巡業先まで追いかけてきたりね。梢が島本さんと結婚してからは、奴さんの妄想の方もエスカレートして、すでに自分は彼女と結婚していたってわけだ。自分という亭主がありながらけしからん、裏切り行為だ、不貞である、姦通ではないか、島本匠太郎ともどもぶち殺してやるって大変な騒ぎさ。一日に五、六回電話してくるよ。
**唐木**　（ノートを出してメモしながら）そういう気ちがいは、どのスタアにも必ずひとりかふたりつきまとってるな。ふうん。これは面白いな。こういう気ちがいを特集してもいいな。「大スタアと結婚したつもりの男たち」。わははは。こりゃ面白いかもしれんぞ。手はじめにその男から取材するか。住所はわかるかい。

**黒木** ファン・クラブへ問い合わせればわかるだろうがね。しかし、ほんとにやるつもりか。一種の精神異常者だろう。それを特集して笑いものにするってのはどうかねえ。人権問題にならないか。

**唐木** 平気平気。精神病院に入院してる患者なら問題になるだろうがね。だいたいこういう精神異常者を野ばなしにしとく方が悪いよ。

**黒木** でも、そういう連中は他の点ではまったく正常なやつが多いらしいからねえ。無理に入院させられないんだろう。

**唐木** 尚さら面白いなあ。なあに、書きかたを工夫すれば問題ないさ。そういう連中に同情しているようなニュアンスを含めて、逆にスタア同士の結婚が流行している今のマスコミ界の方が正気ではないのであるという彼らの主張を結論にすれば。

匠太郎、洗面所から出てくる。

**匠太郎** 何が正気じゃないんですって。

**唐木** スタア同士の結婚。（気がついてあわてる）あっ。これはどうも。えらい話を聞かれちゃったなあ。あは。あはは。あは。いやね、その、今も黒木君と話してたんですが、そうだ、島本さん。あなたにはそんなファンはいませんか。

**匠太郎** どんなファンですか。

**唐木** つまり、自分は昔島本匠太郎と結婚したのだとか、自分は島本匠太郎の子供を生んだとか、そんなことを主張する女性はいませんか。

**匠太郎** （血相を変え）そんな女はいません。冗談じゃない。あなたはぼくをそんな人間だと思ってるんですか。ぼくの過去にはやましいことなんかひとつもないのです。

**唐木**　（とびあがって）ま、待ってください。待ってください。

**黒木**　（笑いながら）島本さん。落ちついて。落ちついて。とんでもない誤解だ。

**匠太郎**　何が誤解です。

**唐木**　だから、そんなファンはいませんかと訊いてるんです。誰も本当にあなたにそんな女性がいるなんて思っちゃいませんよ。

**匠太郎**　（ほっとして）ああ、そうでしたか。これはとんだ早合点を。（汗を拭く）

梢、寝室から出てくる。カクテルドレスに着換え、首には真珠のネックレスをしている。

**梢**　何よなによ。そんな大声で怒鳴ったりして。どうしたの。

**黒木**　（げらげら笑いながら）いや、たいしたことじゃないんだよ。唐木君の言ったことを島本さんが誤解してさ。（くすくす笑いながら梢にいきさつを話しはじめる）

**匠太郎**　（唐木に）どうもすみませんでした。何ね、つい最近そういう事件が重なったでしょう。例の長堀淳也の、芸者に生ませた子供のこととか。

**唐木**　ああ。それから市浜敏の昔の奥さんの事件がありましたね。

**匠太郎**　ええ、ええ。ですからつい神経過敏になっていましてね。何もひとのことでぼくが神経過敏になることはなかったんですが。はは。ははは。ははは。

**唐木**　はははは。なるほど。そうでしたか。

美智代が酒、ビール、オードブルなどを次つぎと運んできてテーブルに並べる。

**梢**　（黒木から話を聞き終えて笑う）馬鹿ねえ。あいかわらず早合点ばかりして。（匠太郎に）そんなにむきになるところを見ると、ほんとにそんな女のひと、いるんじゃないの。あなた。

**匠太郎**　（ビールの栓を抜き、グラスに注ぎながら）馬、馬鹿いえ。さあさあ、乾杯しよう。乾杯しよう。

　　一同、グラスを持つ。

**唐木**　それでは島本匠太郎さん杉梢さんご夫婦の前途の幸せと、この羨ましくも結構な、われわれ安サラリーマンには手の出ない新しいお住いのために。

　　ドア・チャイムが鳴る。

**梢**　乾杯ちょっと待って。（ドアを開ける）いらっしゃあい。

　　新聞の芸能担当記者小鷹と豊原、入ってくる。

**小鷹**　おいっ。梢ちゃん。火事、火事、火事。

**梢**　え。どこが火事。

**豊原**　すぐそこのビルだ。ここからだとよく見えるぞ。

**唐木**　さっきの地震が原因だな。

**黒木**　食堂の窓から見えるだろう。

**小鷹**　見に行こう。見に行こう。

**唐木**　見よう見よう。

　　梢、黒木、唐木、小鷹、豊原、がやがやと食堂へ行く。

**梢の声**　わあ、すごい。

**唐木の声**　おっ。燃えてる燃えてる。

**黒木の声**　こりゃ面白いや。

匠太郎がひとり残っている。
美智代が新しいグラスなどを持って出てくる。

**匠太郎**　（美智代に近づき）ねえ、君。
**美智代**　（身構えて）はい。何ですか。
**匠太郎**　さっき冷蔵庫へ入れたロースだけどね。あれ、いつ料理するの。
**美智代**　はあ。お客さまが皆さんお揃いになってからと思ってますけど。
**匠太郎**　あそう。よし。その料理、ぼくにまかせなさい。
**美智代**　は。
**匠太郎**　昔コックの見習いをしていたから、料理はうまいんだ。みんなをあっと驚かせてやろうと思ってね。
**美智代**　そうですか。
**匠太郎**　料理法が秘伝だからね、ぼくが料理をはじめたら、誰も台所へ入れちゃいけない。わかったね。
**美智代**　わかりましたわ。

食堂にいた全員が、がやがやと戻ってくる。

**梢**　さあ、飲みましょう、飲みましょう。
**唐木**　いやまったく、火事というのは見ているぶんには面白い。
**黒木**　眼の保養をしたな。
**梢**　はい、小鷹さん。豊原さん。（グラスを渡して注ぐ）
**小鷹**　こりゃどうも。しかしこのマンション、さっきの大地震で全然揺れなかったっていうのはおかしいな。
**豊原**　そうですよ。ぼくたち新聞社のあのでかいビルの中にいて、あれだけ感じたでしょう。あれに比べたらこの建物なんか、言っちゃ悪いけど薄っぺらで華奢で。

小鷹　そうだね。君、このことちょっと社へ電話しとけよ。火事の件も。
豊原　そうですね。じゃ、社会部の村ちゃんにでも。（受話器をとり）あ、ちょっと拝借。
唐木　「笑《わらい》禁四郎」シリーズは何回まで続くんですか。
匠太郎　今、二十六回まで撮ってあって、あと一《ワン》クール続けるそうですがね。そのあとどうするかはまだ決まってないんです。今のところ視聴率はうなぎ昇りでね。
小鷹　次の歌はもう決まってるの。
梢　ええ。もう吹き込んであるんです。でも「銀色の真昼」が今売れてる最中でしょう。だから。
豊原　（受話器に）おかしいだろ。東京一帯が震度四でだね、倒れたビルまであるっていうのに、このマンションだけ。え。え。あ。他からも連絡あったの。ふうん。彼女もこのマンションに住んでるのか。
梢　皆さんそろそろウイスキーになさるでしょ。それともブランデー。
唐木　今から飲みはじめたらどうなるかねえ。

一同、笑う。

梢　何言ってるの。いちばん強い癖に。美智代ちゃん。ウイスキーのグラスをね。

美智代はこの間、居間と台所を忙しく往復して働いている。

唐木　（黒木に）よく働くね、あの子。
黒木　（にやりとして）いいだろう。もう眼をつけたな。
唐木　（笑う）違うよ。
黒木　タレント志望なんだ。頭がいいぞ。
唐木　ほう。そうかい。
豊原　（受話器を置き、小鷹に）このマンションに住んでる他の人たちも、全然感じなかったといって社へ電話したそうです。

**小鷹** ほう。すると震動がなかったのはこの部屋だけじゃなくて、マンション全体ということだな。

**豊原** 珍しいからというんで、今、社会部から大学の地震研究所へ電話して訊いてるそうです。こういうことがあり得るのかどうか。

**黒木** だって、事実あったんだから。

**梢** 他の人って誰なの。

**豊原** ジョージ・西尾と浜口じゅんです。

**梢** ああ。浜口じゅんちゃんはお隣よ。

**小鷹** ジョージ・西尾もこのマンションに住んでたの。

**唐木** (黒木に) ジョージのやつ、どうしてこんな時間に家にいるんだ。

**黒木** 仕事がないんだよ。ほされてるんだ。

**唐木** あいつ、女癖が悪いからな。

**黒木** ああ。それが原因だよ。皆から警戒されてね。

**小鷹** (梢に) へええ。それじゃこのマンションに住んでるの、ほとんどタレントさんばかりじゃないか。

**梢** そうなの。だって経営者が水谷プロの社長だもの。

**小鷹** そいつは知らなかった。

**梢** (匠太郎に) あなた、悪いけど、氷持ってきて下さらない。美智代ちゃん、ひとりでてんこ舞いだから。

**匠太郎** ああ。いいよ。

匠太郎、台所へ去る。

**唐木** そう言やあ、ジョージのやつ、浜口じゅんともずっと続いてるのか。

**黒木** うん。同じマンションにいるってのは便利だよな。(笑う)

**唐木** (笑う) しかし皮肉だな。

**黒木** 何が。

唐木　新婚家庭の隣が昔の女なんてさ。浜口じゅん、以前島本さんとも何かあったんだろう。
黒木　（梢を横眼で見て）しっ。
梢　（気づかず、小鷹、豊原と話している）いやよ。お酒の酔いが醒めちゃうじゃないの。
小鷹　いいじゃないの。
豊原　いいじゃないですか。聞きたいんですよ。
黒木　何が聞きたいんですか。
豊原　「銀色の真昼」のレコードかけようっていってるんです。
黒木　なるほど。いいですね。じゃあかけましょう。（プレイヤーに寄り、レコードをかける）

S・E——「銀色の真昼」（歌詞・楽譜は二一六〜二一七頁に掲載）

梢　ねえ。浜口じゅんちゃん、お隣にいるんだったら、呼ばない。
黒木　そうだね。彼女は今日、仕事ない筈だから。
小鷹　呼んでもいいけど、あの子また、酔ったらストリップやるだろう。
唐木　いいじゃないですか。やっても。
梢　そうよ。あたしだって脱いじゃうから。
豊原　（喜んで）だんだんそれらしくなってきましたね。あは、あはは、あはははは。

ドア・チャイムが鳴る。黒木がドアを開ける。

作曲家の都留、入ってくる。

都留　よう。やってますね。
梢　まあ。都留先生。
都留　おめでとう。「銀色の真昼」、ヒット・パレードの二位になったの聞いたかい。
梢　わあっ。うれしい。（都留にとびつき、頬にキスする）
黒木　それじゃ、来週は絶対に一位だな。
都留　ああ。そりゃあもう間違いないよ。この勢いだものね。

**梢**　嬉しいわ。嬉しいわ。先生ありがとう。（キスする）

**都留**　さあ、乾杯しよう。乾杯しよう。

**梢**　ええ。乾杯しましょう。

梢、都留からからだを離そうとするが、ネックレスが彼の服のボタンにからまってしまう。

**梢**　あら。からまっちゃったわ。

ぐい、とひっぱったため、ネックレスの紐が切れ、真珠があたりに散乱する。

**梢**　いやーん。紐が切れちゃったあ。

**都留**　これはしまった。

全員、床に落ちた真珠を拾いはじめる。

匠太郎、台所からやってきてこの様子を見、びっくりする。

**匠太郎**　どど、どうしたっ。

**梢**　ネックレスの紐が切れたのよ。

**匠太郎**　（矢庭にソファにとびあがり、大手を拡げて叫ぶ）待て待て、待てーっ。そのまま、そのままっ。

一同、びっくりして匠太郎を見あげる。

**匠太郎**　さあ、皆さん。お酒飲んでください。さあ、梢。皆さんにおすすめしろ。何してるんだ。ご心配なく。真珠はわたしがひとりで拾いますから。はは。はははは。さあ、どうぞどうぞ。ご心配なく。

**梢**　ほんと。ご心配いりませんわ。ここ、わたしの家ですもの。

匠太郎、ひとりで真珠を拾いはじめる。

**都留**　でも、わたしが悪いんだから。（手伝おうとする）

**匠太郎**　（けんめいにとめる）なにをおっしゃいます。とんでもありません。都留先生。さあどうぞ、お酒を召しあがっていてください。

美智代、出てきて真珠を拾いはじめる。

**匠太郎**　（怒鳴る）こらっ。何してるんだ。オードブルを持ってきなさい。オードブルを。

**美智代**　（驚いて）はいっ。

美智代、台所に去る。匠太郎、真珠を拾い続ける。

**唐木**　（黒木に）島本さん、今日ちょっと様子が変だと思わないか。

**黒木**　うん。何、いらいらしてるんだろうな。

これより先、左腕のない、頬に傷痕のある男、坂口が、開いたままになっていたドアからゆっくり入ってきて、部屋の右端に立ち、一同の様子を眺めている。一同は談笑していて彼に気づかない。

音楽、やや高まる。

——幕

# 第二幕

幕があがる前から「銀色の真昼」のレコードがかかっている。

幕があがる。

第二幕は第一幕の終ったところから始まる。

梢、黒木、唐木、小鷹、豊原、都留。

匠太郎は床に散らばった真珠を拾い続けていて、ほとんど拾い集めてしまっている。坂口は部屋の右端に立ち、一同の様子を眺めている。一同は談笑していて、まだ彼に気づかない。

匠太郎、坂口の足もとにまで這っていき、坂口の足を押しのけたりしながら、部屋の隅にとんだ真珠を捜しまわっている。

美智代、出てくる。

**美智代**　（匠太郎に）先生。そろそろロースのお料理の方をお願いします。
**匠太郎**　よし。すぐ行く。
**唐木**　おや。今日は料理を島本さんが。
**匠太郎**　ええ。昔、コックの見習いをしていましたものでね。
**黒木**　へえ。そりゃ初耳だなあ。
**匠太郎**　ま、期待していて下さい。

匠太郎と美智代、台所へ去る。

梢、しばらく前から坂口に気がつき、凝固していたが、この時、ゆっくりと立ちあがり、坂口と睨みあう。

レコードが終る。

黒木、立ちあがってレコードをとめ、スイッチを切り、席に戻ろうとして坂口に気がつく。ぎょっとして一瞬立ちすくむ。

**黒木**　（気をとりなおし、大声で）坂口さん。坂口さんじゃありませんか。（坂口の傍へとんで行き、大袈裟に握手をする）いついらっしゃったんですか。いやあ、よくいらしてくださいましたねえ。（全員に紹介する）皆さん。こちらは坂口さんとおっしゃるかたで、杉梢の不遇時代に、ほんとに親身になって面倒を見てくださったかたです。
**梢**　（大袈裟に）まあ、よく来てくださいました。嬉しいわ。坂口さん。（坂口の傍へ行き、彼の手をとる）その後、どうしてらしたの。

**坂口**　その後？　あんただって知ってるだろうが。おれはずっと刑……。

**黒木**　まあまあまあ、つもる話はあとでゆっくり。さあ、ここへどうぞ。（スツールに腰かけさせる）そうですか、ケニヤに行ってらしたんですか。（小声で）あとで話しましょう。今は調子をあわせておいてください。（大声で）お酒は何を？　ウイスキーにしますか。

一同、また雑談にもどる。

**小鷹**　よし。それじゃひとつ、じゅんちゃんを呼ぼうじゃないか。ねえ、梢ちゃん。

**梢**　え。ええ、そうね。じゃあ豊原さん、ちょっとお隣の部屋へ電話してくださる。

**豊原**　ええ、呼びましょう。（受話器をとり、手帳を見ながらダイヤルする）

**都留**　（坂口に）ケニヤへ行ってらしたそうですな。わたしも二年前にケニヤへ行きましてな。象を撃ったんですよ。いかがでしたか、あちらは。

**坂口**　いかがでしたかと訊かれてもねえ。ま、面白くはなかったねえ。わたしゃずっと、しらふだったからねえ。酒がなくて……。

**都留**　へえ。シラフへ行かれたんですか。そりゃまた珍しいところへ。わたしはずっとナイロビにいたんですが。二度ほど奥地へも。

**豊原**　（受話器に）もしもし。ああ、ぼく。夕刊日本の豊原。じゅんちゃん？　今、どこにいると思う。お隣なんだよ。うん、そう。

**都留**　猟もなさったんですか。それはそれは。わたしが撃ったのは象に縞馬に水牛ですが、あなたは何を。

**坂口**　そんなものは全部撃ち殺したよ。叩き殺したのもあるけどね。ナンキンゾウとか、シラミウマとか、それに、ハマダラスイギュウなんてものをね。

都留　はあ、聞いたことのないやつですなあ。水牛のツノなどは、持って帰ってこられたでしょうな。

坂口　いやあ、叩き殺したんだけど、ぺしゃんこになっちまってねえ。パンツを脱いで見るてえと、ツノだけ折れてヘソの中へめりこんじまってたんで、とれなかったよ。ひひひひひ。

都留　はははははは。こりゃ冗談がお上手で。たいていの人は猟の自慢をするものだが、その点あなたは……。

豊原　（受話器に）そうかい。じゃ、それが終ったらおいでよ。ね。みんな、待ってるから。（受話器を置き、振り返って）じゅんちゃんは今、お客さんと仕事の打ちあわせ中だそうです。終ったらくるって言ってます。ジョージ・西尾はどうします。呼びますか。

梢　え。ジョージ・西尾。え、ええ、そうね。そうそう、お近くになったんだから、お呼びして、ご挨拶しなきゃね。こうなればもう、誰でも彼でも呼びましょうよ。天皇陛下も呼びましょうよ。おほ、おほ、おほほほほ。（坂口の出現で動顛しているため、なかばやけくそ、言うことが無茶苦茶である）

豊原　じゃ、呼びましょう。（受話器をとり、ダイヤルする）

坂口　（都留に）するてえと、同じ部屋にいた土人の黒ん坊がシャツをかっぱらいやがったんで、ぶん殴ってやったら、看守長がやってきてね。

この時、ソファのあたりで談笑していた梢、黒木、唐木、小鷹たちが、どっと笑う。

都留　（坂口のことばがよく聞きとれず）ははあ、酋長。今でもまだ酋長なんているんですか。

坂口　もちろんいるよ。でなきゃ、土人たちが逃げちまうじゃないか。で、酋長がやってきてね、その酋長とまた喧嘩して、それで出てくるのが、つまり、帰ってくるのが遅れちまってね。だって、つまりあっちは人喰い人種だからね。生蕃、そう、生蕃ってやつよ。うはははははは。

**都留**　わははははは。

**坂口**　アフリカ中追いまわされて、それで刑期がのびちゃってねえ。

梢、黒木、唐木、小鷹が、どっと笑う。

**都留**　いやあ、旅券の期限が切れたんじゃ大変だったでしょう。

**坂口**　もうわたしゃいやだね。アフリカなんかへ行くのは。やっぱり娑婆がいいよ。こんなうまい酒が飲めるしねえ。（ウイスキーを勝手に注いで呷る）

**都留**　ほう。ジャバへもいらした。それはまたあちこちへよく……。

**豊原**　（受話器を置き）ジョージ・西尾、どこかへ出かけたらしいですね。

**小鷹**　さっきまでいたんだろう。

**唐木**　隣の、じゅんちゃんのところにいるんじゃないか。

**豊原**　あっ、きっとそうですよ。来客中だって言ったけど、じつはジョージが来てたんだ。

**小鷹**　そうだ。きっとそうだ。そうに違いないぞ。わははははは。

**唐木**　どんな気配でした。

**豊原**　そういえば、息をはずませてました。

**小鷹**　ベッド・インの最中だったんだ。うはははは。

**梢**　じゃあ、もっと他の人を呼びましょうよ。はははははは。大勢呼びましょう。はははははは。

**唐木**　大勢って、誰を。

**梢**　誰でもいいのよ。天皇陛下でもいいわ。

ドア・チャイムが鳴る。

**唐木**　誰だろう。

**黒木**　月刊芸能の後藤さんだろう。

梢　天皇陛下かもしれないわよ。

黒木、ドアをあける。
廊下に天皇陛下が立っている。
黒木、あわててドアを閉め、ドアに背を凭らせかけて息をはずませる。

唐木　どうした。誰だったの。
黒木　眼の錯覚に違いない。（はげしくかぶりを振り）誰も来ていなかったよ。
唐木　ドア・チャイムが鳴ったぜ。
黒木　幻聴だろう。
唐木　皆揃って幻聴を聞いたりするかい。

ドア・チャイムが鳴る。

唐木　ほら。幻聴じゃないぜ。
黒木　（唐木に）じゃ、君出てくれ。
梢　後藤さんでしょ。

唐木、ドアを開ける。管理人が立っている。
手に包装紙の包みを持っている。

唐木　はい。どなた。
管理人　わたしゃこのマンションの管理人ですがね。奥さん、おられませんか。
梢　はい。何のご用。
管理人　（包みを見せ）さっき、地下の焼却炉でこれを見つけたんですがね。中を開いてみたら、上等のロースが入ってるんですよ。
梢　まあ。さっき一階のスーパーで買ったお肉だわ。
管理人　やっぱりそうでしたか。いやね、包装紙が一階のスーパーのやつだったから、レジまで行って訊いてみたんですよ。そしたら、今日ロースを買われたのは杉梢さんだけだって言ったもんで。
梢　それはわざわざどうも。でも、おかしいわ。

そんならあの人、今、何のお料理作ってるのかしら。（台所に）あなた。あなた。

**管理人**　じゃ、とにかくこれは置いて行きますから。

**梢**　お世話さま。

管理人、去る。客は談笑に戻る。
匠太郎、出てくる。

**匠太郎**　なんだい。

**梢**　（包みをつきつけ）あなた。お肉をダスト・シュートに入れたりしちゃ、だめじゃないの。

**匠太郎**　（立ちすくむ）な、な、な、なに言ってるんだい。ぼ、ぼくは肉をダスト・シュートに入れたりしないよ。

**梢**　そんなら、これは何よ。今、管理人さんが焼却炉から拾って持ってきてくださったのよ。

美智代、出てくる。

**匠太郎**　しかしだね、しかしぼくは、今、たしかにロースを料理したんだ。

**美智代**　（包装紙を見て）これですわ。これ、たしかにスーパーで買ったロースです。

**梢**　中をあけて見ましょう。

梢と美智代、包装紙を破る。ロースが出てくる。

**美智代**　やっぱりそうだわ。先生がお料理なさったのは、別のお肉です。包装紙が違うので、おかしいなと思っていたんです。

**梢**　どこですり変ったのかしらね。

**匠太郎**　まあ、いいじゃないか。ぼくが料理したのも、たしかに上等のロースなんだから。

**梢**　あら、もうお料理しちまったの。

**匠太郎**　あとは焼くだけだ。（美智代に）さ、これ、冷蔵庫へ入れときなさい。明日これを食べよう。

**梢**　（首をひねって）おかしいわねえ。それ、たしかに新しいお肉でしょうね。古い肉じゃないわね。

**匠太郎**　心配するなったら。新鮮なロースだよ。（美智代に）さあ、行こう行こう。

匠太郎、美智代、台所へ去る。

**都留**　月刊芸能の後藤さんが来るのかい。

**梢**　ええ。

**唐木**　そう言やあ「後藤を待ちながら」という芝居があったな。

**都留**　「ゴドーを待ちながら」だろう。

**小鷹**　たしか、ゴドーは最後まで来ないんだ。

**梢**　あら。後藤さんなら必ず来るわよ。

匠太郎、台所から出てくる。

**匠太郎**　皆さん。そろそろ食堂の方へいらしてください。

**梢**　じゃあ皆さん、どうぞこちらへ。

**匠太郎**　どうぞどうぞ。こちらへ。

**小鷹**　じゃ、島本さんのお手並を見せていただくとするか。

一同、がやがやと食堂へ入る。
黒木、皆のあとから食堂へ行こうとする坂口を、あわててひき止める。
舞台、黒木と坂口だけになる。

**黒木**　坂口さん。困りますよ、こんなに突然やってこられちゃあ。

**坂口**　なあに。ちっとも困らないよ。

**黒木**　こっちが困るんですよ。だって今日はマスコミ関係者が大勢来てるんだから。

**坂口**　心配するなったら。おれが杉梢のヒモだったなんてこと、喋ったりはしないよ。そうだろうが。杉梢はおれにとっても今後大事な金づるなんだものな。人気に響くようなことは言わねえよ。

**黒木**　ですから、お金の方は近いうちになんとかしますから。今日はこのまま、おとなしく。

**坂口**　帰れってのか。いやだね。おれ、腹が減ってるんだよ。ほう、うまそうな匂いだ。

坂口、食堂へ入って行く。黒木、あとを追って入る。

**匠太郎の声**　それじゃ皆さん、お肉の焼き加減をおっしゃってください。

**唐木の声**　おれ、ミディアム。

**都留の声**　おれはレアだ。

**豊原の声**　ぼくもレア。

**小鷹の声**　ぼくはレアとミディアムの間。

**梢の声**　坂口さんは。

**坂口の声**　レフトとセンターの間。

笑声。

ドア・チャイムが鳴る。

**都留の声**
**梢の声**　（同時に）後藤さんだろ。
後藤さんでしょ。

笑声。

美智代、出てきてドアをあける。

島本匠太郎のマネージャーの吉田と、週刊誌の記者井本が入ってくる。

**吉田**　皆、もう来てる？

**美智代**　はい、今、食堂でお食事を。

**吉田**　そう。じゃ、ちょっと匠ちゃんをこの部屋へ呼んでくれる。

**美智代**　はい。

美智代、食堂へ入る。

笑声が聞こえてくる。

**井本**　どうも、悪い時にうかがってしまって。

**吉田**　なに、いいんですよ。

**井本**　今日のインタビューは、最近また話題になっている芸能人の異性関係の乱れをテーマにしたいんですがね。これに関して島本匠太郎さんのご意見をうかがおうというわけなんですが、どうでしょう、こういう話題、島本さんはご迷惑でしょうか。

**吉田**　いや、それはどうぞご遠慮なく。匠ちゃんは、マネージャーであるぼくの知る限りにおいてさえ、芸能人としてはたいへん身持ちのいい方ですからね。今度のこの結婚にしたって、どこからも反対はなかったし、おかしな噂ひとつ立てられなかった。皆から祝福された。それくらい過去のきれいな、浮いた噂のない人です。

**井本**　それなら安心です。こちらもそのつもりで、清廉潔白な島本さんに、ひとつ芸能人の不品行を思いっきりやっつけていただこうと、そういう意図を持っているんです。

**吉田**　なるほど。それなら匠ちゃんがいちばんの適任でしょうなあ。

匠太郎、食堂から出てくる。

**匠太郎**　やあ。遅かったね。

**吉田**　盛会らしいな。こちらは週刊思潮の井本さんだ。

**井本**　井本でございます。

**匠太郎**　や、どうも。さ、どうぞ。

**井本**　パーティの最中におじゃまして申しわけありません。じつは島本さん、早速ですが来週号の週刊思潮で、最近話題になっている芸能人の私生活の乱れ、特に異性関係の不品行について特集をし、各界名士のご意見をうかがって掲載するわけですが、島本さんにもひとつ、同じ芸能人としてのご意見をうかがいたくて参ったのです。

**匠太郎**　（もじもじしながらソファの下をのぞきこむような様子をしたり、頭を掻いたりしていたが、気乗りせぬ顔でぼそぼそと言う）ぼくが、長堀淳也とか市浜敏とかの私生活の乱れを批判すればいいわけでしょうがねえ。しかし、まずいなあ、それは。

**井本**　あ。ご迷惑でしょうか。

**匠太郎**　恨まれたくありませんからねえ。

**吉田**　匠ちゃんらしくないじゃないか。いつもなら芸能界の良心といった感じでどんどん批判的なことを言う癖に。それに長堀淳ちゃんとか市浜敏ちゃんとか、あの辺とはどうせ仲が悪いんだろ。

**匠太郎**　それにしても、今回に限っていえば長堀淳ちゃんや市浜敏ちゃんに対するマスコミの風あたりが少し強すぎるような気がするんだ。

**井本**　ほう。それなら逆に、マスコミ批判をやってくださっても結構ですよ。芸能人の不品行をことさらに穿鑿し、あげつらうマスコミの騒ぎ方に対して、芸能人の方からの批判があっても当然ですからねえ。（メモ用紙を出す）

**匠太郎**　なぜ芸能人の私生活だけを、マスコミは書き立てるんでしょうねえ。もっと私生活をあばかなきゃいけない人種は他にいるんじゃないですか。政治家とか実業家とか。今のマスコミは権威に屈伏して弱い者いじめをしてるとしか思いようがない。最近ではネタに困ってきたのか、まだスタアともいえないような駈け出しの連中のことまで、眼の色変えてほじくり返す。芸能人っていうのはとにかく競争が激しいんだから、みんないろんな苦労をしてきていて、長かった下積み時代のうちには、食っていくためにも誰だってあまり人には知られたくないようなうしろ暗い体験をしてきているのが普通です。そういった生活が芸にプラスになっている場合だって多い。芸を支えるものは才能だけじゃない、半分以上は本人の体験によるものだ。面白くもおかしくもない清廉潔白な人間に、ドラマを演じたり、失恋の悲しみとか庶民の苦しみを歌った歌謡曲が歌えるものじゃないんです。ところがマスコミは、もしその芸能人がうしろ暗い過去を背負った人間なら、その芸をさえ認めないような書き方をする。そういった記事の影響で大衆の人気をなくし、評判が落ちて消えていったスタアもいる。芸のためなら私生活など平気で犠牲にするというのが本当の芸能人であり芸人根性だとぼくは思うんだが、今みたいに何でもかんでも書き立てられたのでは、本当にいい芸人は世に出ることができない。自分の芸よりも評判ばかり気にして、うろうろ、きょろきょろしてばかりいる小粒のお嬢ちゃんタレント、お坊っちゃんタレントしか育たない。マスコミはすぐ、ジャリタレがどうの、青臭いスタアの氾濫がどうの、学芸会番組がどうのというが、今の芸能界をそんなにしてしまった責任はマスコミにもあるんだ。

**井本**　いや、これは手きびしい。

**匠太郎**　マスコミの人を前にしてマスコミを批判するのは心苦しいが、やっつけかたが少々片寄っているんじゃありませんか。たとえば文学者とか小説家とかいった人種の不品行は、文学のため、小説のためといった大義名分で大目に見る。なぜ芸人の私生活を、芸にプラスになる筈だという立場で観ようとしないんです。（次第に興奮してきて）芸能界は温室じゃない。沙漠なんだ。沙漠で生きられるのはサボテンみたいにトゲのある植物だけだ。のんびりと生きていけるところじゃない。悪いことだってしなきゃいけない。しかたのないことなんだ。芸能人の場合、それは許されるんだ。私生児を生んだっていいんだ。暴力団と関係したっていいんだ。女を強姦したっていいんだ。人を絞め殺したっていいんだ。芸のためだ。何をしたっていいんだ。かまうもんか。やれ。やれ。（立ちあがり、握りこぶしを振りまわして怒鳴る）

**吉田**　おいっ。どうした。しっかりしろ。匠ちゃん。

**井本**　落ちついてください。落ちついてください。

**匠太郎**　こ、殺せ。週刊誌殺せ。マスコミ殺せ。過去をあばき立てるやつ、みんな殺せ。殺せ。

**吉田**　落ちつけ。落ちつけ。

**井本**　しっかりしてください。しっかりしてください。

**匠太郎**　（はっと気がつき）あ。これはどうも。取り乱しまして。

**井本**　ああおどろいた。

三人、それぞれポケットからハンカチを出して汗を拭う。

**井本**　（急ににやりと笑い）では私は、早速社に戻ってこいつを記事にします。

**匠太郎**　どうも失礼しました。

**吉田**　（帰りかける井本に追いすがり）あ、井本さん。どうぞあの、表現を柔らかく、控えめにお願いしますよ。

**井本**　（うわの空で）わかっています。わかっています。いや、こいつは面白くなりますよ。ひひ、ひひひ、いひひひひひひ。

井本、そそくさと帰っていく。

**吉田**　いったい、どうしたんだよ。あんな支離滅裂なことを口走って。あのまま記事にするつもりだぜ、あいつ。

**匠太郎**　（頭をかかえている）あとは野となれ山となれ。

**吉田**　いったいどうしたんだ。気分でも悪いのか。疲れてるのか。それとも、何かあったのか。ははあ、何かあったんだな。

**匠太郎**　まあ、どうでもいいじゃないか。（立ちあがり）さあ、君もきて、食事してくれ。

唐木、食堂から出てくる。

**唐木** おしっこ、おしっこ。おや、吉田君、今ごろ来たのか。

**吉田** やあ、唐木さん、このあいだの記事、ありがとうございました。

**唐木** いやいや、なあに。おしっこ、おしっこ。

唐木、洗面所に駆けこむ。

**吉田** じゃ、皆さんにご挨拶してこようかな。

吉田、食堂に入る。

匠太郎、またソファの下をのぞきこもうとする。

美智代が食堂から出てくる。匠太郎、はっとしてなに気ない素振り。

美智代、テーブルのグラスを片附けはじめる。

**匠太郎** おいおい。まだ片附けなくてもいいよ。どうせみんな、あとでまた飲むんだから。

**美智代** でも、コップだけ洗ってしまいますわ。

匠太郎、美智代がテーブルの上を片附けるのを、やきもきしながら眺めている。

美智代、コップを持って台所へ去る。

匠太郎、すぐさまソファの下から政子をひっぱり出し、足を持って乱暴に引きずりながら寝室に入り、ドアを閉める。

美智代、出てきてテーブルを拭きはじめる。

唐木、洗面所から出てきて、しばらく美智代を見つめている。

**唐木** 君、タレント志望だって。

**美智代** は？　ええ、まあ。

**唐木** そう。君ならいい線まで行くだろうなあ。

**美智代** その節は、どうぞよろしく。

**唐木**　うん。うん。（近寄る）いいからだしてるね。（尻にさわる）
**美智代**　（避けて）いやですわ。
**唐木**　ずばり聞くけど、君、島本匠太郎氏とどういう関係。
**美智代**　（ぎょっとして）変なことおっしゃらないで。何もありませんわ。
**唐木**　そう。それならいいんだけどね。（近寄って肩を抱き）売り出す前の行動は慎んどいた方がいいね。やるなら、相手を選ぶことだよ。島本さんみたいな人と変な関係になったら、たちまち噂がぱっと立って、あとが大変だよ。島本匠太郎の情婦だ、なんて評判が立ってごらんよ。絶対浮かびあがれないよ。ま、それならたとえばぼくみたいな記者と仲良くしといた方がいいよ。（キスしようとする）
**美智代**　あら。およしになって。
**唐木**　味方を作っといた方が得だよ。（無理やりキスする）

匠太郎、寝室から出てきて二人の様子を見て、あわてて引っ込む。

**美智代**　（唐木を押し退け）もうやめて頂戴。ここじゃ駄目。
**唐木**　じゃ、どこならいいの。島本さんに見つからないところなら、どこでもいいのかい。
**美智代**　どうしてそんなに島本さんにこだわるのよ。
**唐木**　さっき、迫られてたからさ。
**美智代**　ああ、あれを見たの。最近ずっとああなのよ。困ってるの。でも、人に喋らないでね。さあ、もう食堂へ行って頂戴。怪しまれるわ。
**唐木**　じゃ、また連絡するよ。そうだな。君の方から連絡をくれた方がいいな。社の電話知ってるだろう。
**美智代**　わかるわ。
**唐木**　そうかい。わかるかい。じゃ、電話を待ってるよ。うふふふふ。

唐木、食堂へ去る。

美智代、さらに部屋を片附ける。ピアノ上のトロフィーを手にとって、胸に抱く。

S・E――喝采。

舞台暗くなり、美智代にスポット・ライトが当たる。美智代、トロフィーを抱いてゆっくり観客席に一礼する。

舞台明かるくなると、寝室の前に匠太郎が立ち、美智代を見つめている。

**匠太郎**　そんなに、スタアになりたいかね。

**美智代**　あっ。（トロフィーをピアノの上に置く）

**匠太郎**　焦る気持はよくわかるがね、男を利用しようなんて思っちゃいけないよ。あべこべにだまされるのが落ちだ。この世界の人間はみんな海千山千だ。君みたいな可愛い子が狼どもに弄ばれるのを見るのはつらい。気をつけなさい。（美智代を抱く）

**美智代**　わかっていますわ。でも、若い時はすぐ過ぎて行きます。

**匠太郎**　あまり若いうちからスタアになっても大成しないよ。

**美智代**　でも。

**匠太郎**　わかっている。わかっている。まあ、ぼくにまかせておきなさい。

**美智代**　先生を尊敬していますわ。

ふたり、キスする。

電話が鳴る。

**匠太郎**　（とびあがり、口を押さえ）いててててて。舌。舌。

**美智代**　あっ、ご免なさい。つい、びっくりして、あの、大丈夫ですか。

黒木、食堂から出てきてふたりの様子にはっとするが、すぐ何気ないふりで電話に近づく。

**黒木**　美智代、何してるんだ。電話に出なきゃ駄目じゃないか。（受話器をとる）

**美智代**　すみません。（あわててコップを片附けはじめる）

**黒木**　はい。そうです。え？　地震研究所？

匠太郎、口を押さえたままソファの上でのたうちまわっている。

**黒木**　ははあ、そうですか。でも今、ちょっと取り込み中なんですが。いえいえ、パーティをやってまして。え。変ったこと？　別に変ったことは何も。そうですね。そういえばさっき、ドアを開けると廊下に天皇陛下が、いや、まあ、これは錯覚でしょうが。え？　どうしても？　困りましたねえ。犬神博士？　知りませんねえ。有名なと言われたって、こっちは地震とか科学とかには関係ないから。そんなに有名なんですか。そうですか。ま、学問の為といわれては、しかたがないですなあ。じゃ、どうぞお越し下さい。（受話器を置く）

**匠太郎**　（やや痛みが薄らいだ様子だが、まだ口を押さえたまま）地震研究所から、なんて言ってきたんだい。

**黒木**　さっきの地震のエネルギーを、このマンションがだいぶ吸い取ったから調査したいとかいってるんですがね。

**匠太郎**　地震のエネルギーを吸い取るって、どういうことだね。

**黒木**　知りません。犬神博士とかいう、偉い有名な科学者が来るそうです。

**匠太郎**　迷惑だな。明日にでもしてもらえばよかったのに。

黒木　ところが、エネルギーが残っているうちに調査したいっていうんです。明日になればもう駄目だとか。

　　梢、食堂から出てくる。

梢　（匠太郎に）あなた、そんなところで何してるのよ。ホストの癖に。皆さんにサービスしなきゃ、駄目じゃないの。

匠太郎　うん。わかったよ。

　　匠太郎、食堂に去る。

梢　困ったわ。坂口のやつ酔っぱらっちゃってべろんべろん。さっきはわたしに、整形手術しただろうって、皆の前で大声で言ったのよ。

黒木　喋らせないようにしようと思って、酒をすすめて酔っぱらわせたんだけど、あの調子じゃまた、何を言い出すかわからないな。

梢　変なこと言わなきゃいいけど。帰れったって帰らないだろうし。

黒木　今日はあいにく、機嫌とりに渡すほどたくさん金はないしな。

梢　（考えこむ）やっぱりお金がほしくて来たんでしょうね。

黒木　そりゃそうさ。さっき、君のことを金づるだなんて言ってたぞ。

梢　ちょいちょいせびりに来る気なのね。弱ったわ。（考えこむ）ね、何かいい考えない。

黒木　殺《や》るか。（横眼で梢を見る）

梢　え。やるって、何を。

黒木　ばらそうかって言ってるんだ。

梢　（息をのむ）じゃ、こ、殺すっていうの。あいつを。坂口を。

黒木　それ以外に、いい方法があるかい。ないと思わないか。そうだろ。

梢　誰がやるのよ。殺すったって。

黒木　おいおい。尻込みするのかい。君のためなんだぜ。いやか。

**梢**　わかってるけど。（黒木にすり寄って）でも、あなた、やってくださるんでしょう。

**黒木**　君がやる気なら、手伝ってやってもいいさ。どうする。

**梢**　殺すなら、早い方がいいわけね。

**黒木**　そうだね。あいつ、いつ口をすべらすかわからんからね。

**梢**　今なら、酔っぱらってるから簡単に殺れそうだわ。

**黒木**　客が大勢いると思って油断してるだろうからな。

**梢**　そうね。

ふたり、しばらく考えこむ。

食堂で笑声。

**梢**　（床から、匠太郎のガウンのロープを拾いあげる）どうしてここにこんなものが落ちてるのかしら。

**黒木**　どれ。貸してみろ。（ロープをひっぱり、強さを試す）

**梢**　それで、やれるかしら。

**黒木**　君のヒモを絞めるには適当な紐だと思うね。（引き攣った笑い）

**梢**　じゃあ、あいつをここへ呼んで。

**黒木**　ふたりで両側から。

**梢**　（黒木に抱きつく）こわい。

**黒木**　（梢を抱きしめ）勇気を出せ。君とおれとは一蓮托生だぜ。

**梢**　（立ちあがり）じゃ、呼んでくるわ、ここへ。（食堂へ行きかけて立ちどまり、十字を切る）ああ神様。お力を。

梢、食堂に去る。

**黒木**　（ロープをポケットに入れる）せっかくここまでこぎつけたんだ。今さらあんな生活に戻れるもんか。なあに。昔やってたことを、もう一度やればいいだけじゃないか。そうとも。心配するな。あんな身寄りのない男、消えたところで誰も気にはするまい。ああいうやつは殺した方が社会の為だ。

梢、坂口の背中を押して食堂から出てくる。坂口はしたたかに酔っぱらっている。

**坂口**　何が社会の為だって。おいおい。おれをどうする気だ。追い出す気か。おれはまだ食い足りないぞ。もっと飲ませろ。

**梢**　飲ませてあげますよ。だからそんなに騒がないで。（坂口をソファに掛けさせる）

**坂口**　おい、酒、酒。おれの酒はどこだ。

**梢**　はいはい。とってきてあげますから。

梢、食堂に戻る。

**黒木**　困りますねえ、そんなに酔っぱらっちゃ。皆さん、上品な人ばかりなんですからね。

**坂口**　何が上品だ。みんな洒落た恰好してやがるけど、どいつもこいつも腹黒いやつばかりじゃねえか。おれはな、悪党だけはひと眼でわかるんだよ。どいつもこいつも化けものだ。ここは化物屋敷だ。

梢、グラスを手にして出てくる。

**梢**　よしてよ、化物屋敷だなんて。皆さんに聞こえるじゃないの。はい、お酒。

**坂口**　（ウイスキーをひと口飲み）さ、聞こうじゃないか。なんの話だ。

**梢**　なんの話だなんて、そんなに改まって聞かれると困るけど。

**坂口**　早く言やあ、いくらで手を切ってくれるかってんだろう。ははは。手は切らねえよ。

黒木、坂口の背後にまわってロープを出す。

**梢** あら。手を切ってくれなんて、そんなこと言ってないわ。きっとお金がお入り用だろうと思って。

**坂口** 金かい。金は欲しいね。だいたいおれが捕った時のあの喧嘩《でいり》は、もとはといえばお前のことが原因だものな。貰わなきゃあ。そうだろ。

(黒木を振り向く)

**黒木** (あわててロープを隠し) ええ、ええ、もちろんそうですとも。

**坂口** ところで、なかなかいい亭主じゃねえか。あれなら尻に敷きやすいだろう。刑務所にゃあテレビがないんで見ていないが、あの亭主もお前も、なかなかの売れっ子だっていうじゃないか。

黒木、ロープを出す。

**坂口** (ウイスキーを飲み) はははは。苦労してお前の面倒を見た甲斐があったよ。これで金に困らずにすむ。なあに、もう一度お前のマネージャーになってやるとか、そういうことを言ってるんじゃないんだ。月に一度、ほんのはした金を貰えればいいんだよ。なぜって、一度に大金を貰ったら、たちまち全部使っちまうもんな。おれももう歳だし、安定した収入がないと不安でいけねえ。月に一度。それ以外は顔を見せねえよ。芸能界なんてとこへ首は突っこみたくねえ。昔と事情が変ってるだろうし、あの連中やお前たちを見てると、もうとてもおれの手には負えねえことがわかる。まったく、えたいの知れねえやつばかりだ。おれみたいに一本気で善良なやくざは、とても太刀打ちできねえ。しかもおれの狂いのない眼で見た限り、中でも一番の悪党というのは、梢、お前だ。お前とそれから、この黒木。(黒木の方を振り返ろうとする)

黒木、坂口の首にロープを巻きつけて絞める。坂口、暴れる。梢と黒木はロープの両端を持ち、引っぱる。
食堂で笑声。

**都留の声**　今度は梢ちゃんに、もっと純情な歌をやってもらおうと思って作曲してるんだ。彼女のイメージにぴったりした曲をね。

坂口、ソファの上でぐったりとなる。

**梢**　死んだ？
**黒木**　らしいな。どこへ捨てる。
**梢**　夜になったら車で海へ運んで投げこみましょ。それまでは、どこかに隠しといて。（あたりを見まわし、寝室のドアに眼を向ける）
**黒木**　ベッドの下にでも隠すかい。
**匠太郎の声**　梢。梢。
**梢**　（大声で）はあい。（黒木に）とりあえずこの下へ入れましょう。早く早く。いそいで。

梢と黒木、坂口のからだをソファの下に押し込む。
匠太郎、台所から出てくる。

**匠太郎**　おい。何してるんだ。皆さん、もうお食事をすまされたよ。（食堂に向かって）それじゃ皆さん、またこちらの部屋でおくつろぎください。（梢に）グラスや氷を運ぶの、手伝ってくれ。
**梢**　はいはい。

匠太郎と梢、台所に行く。
食堂から唐木、小鷹、豊原、都留、吉田が出てくる。全員、少し酔っぱらっている。

**小鷹**　（特に酔っている）やあ、うまかった、うまかった。特にあのステーキがうまかったな。

都留　そう。柔らかくて、脂っこくて、味の素のような味がして、筋がなかった。どこかで食べたような味だったな。
豊原　ぼくはあんなうまいロースを食べたの、はじめてですね。
吉田　あれはロースだったんですか。（首を傾げて）ロースじゃないと思ったけど。
唐木　うん。ロースよりうまかったな。
小鷹　とすると、仔牛のロースだったのかな。
　　匠太郎、グラスと氷を持って出てくる。
匠太郎　まあまあ、何のロースだっていいじゃありませんか。うまかったのなら結構。さあ、どうぞ。
豊原　島本さんが一級の料理人であるってことは、いずれ書かせてもらいますよ。
　　一同、また飲みはじめる。
　　梢、ビール、ウイスキー等を持って出てくる。
小鷹　あ、ビールがあるのか。じゃ、ぼくはビールを貰おう。
都留　ぼくもビールだ。やけにのどがかわく。
梢　（食堂へ）美智代ちゃん。美智代ちゃん。
　　美智代、出てくる。
梢　ビールがもう二、三本しかないの。追加注文して頂戴。
美智代　はい。（電話をかけはじめる）
　　ドア・チャイムが鳴る。
匠太郎　誰だろう。
全員　（いっせいに）後藤さん。（どっと笑う）

黒木、ドアを開ける。
関口芳枝が立っている。

**黒木** はい。どなたですか。

**芳枝** えらいお邪魔いたします。あの、わたしは、今日こちらにお伺いしてる筈の、政子さんの友人で、関口芳枝いう者ですねんけど、あのう、えらいおそれいりますが、政子さんをちょっと。

匠太郎、ぎく、とする。

**黒木** 政子さん。政子さんってかたは、ここにはおられませんが。

**芳枝** へ。（眼を丸くする）来てないて、そ、そんな阿呆な。ここ、タレントの、島本匠太郎はんのお宅でっしゃろ。政子ちゃん、たしかにここへお邪魔する言うてわたしのとこ出たんです。

**黒木** だって、来てないものは。（匠太郎に）政子さんとかいうひと、ご存じですか。

**匠太郎** （立ちあがり、ドアに寄って）政子さんってひとは、どうも思い出せませんが、その人がどうかしたんですか。

**芳枝** （お辞儀する）あ、これは島本匠太郎はんですか。えらいお邪魔をいたします。じつは私、政子ちゃんと大阪で一緒に働いてた関口芳枝いうもんです。今は結婚して、浅草のアルサロで夜働いてますんやけど、その私のアパートへ、今日ひょっこり大阪から政子ちゃんが上京して来はったんです。で、政子ちゃんの言うのには、これから昔知りあいやった島本匠太郎さんとこへ話しに行く、ついては、赤ん坊抱いていった方が話が早いさかいに、わたしの赤ん坊を貸せいうて、ちょうどうちに三カ月の赤ん坊がおったもんやさかいに、それ見てそない言いはったんです。

**匠太郎** えっ。じゃあれはあなたの赤ん坊。いや、いやいや、で、あなたは自分の赤ん坊を、その政子、政子とかいう女の人に、貸したというん

んこと。

**唐木**　（驚いて）は、はぁ。

**匠太郎**　いやいや、気ちがいというのは今の女の人じゃない。あの人の友人なんだ。行方不明なので捜しにきたんだ。

**唐木**　なんだ、そうですか。

**梢**　あなた、今日は変ね、ちょっと。やたらに大きな声ばかり出して。

**匠太郎**　あ、ご免ご免、ええと、あ、ビールがもうないね。とってこよう。

**梢**　あと二、三本しかないわ。全部とってきて頂戴。

**匠太郎**　うん。うん。

匠太郎、台所へ去る。

**都留**　なかなか堂に入ったもんじゃないか。ご亭主操縦法。

**梢**　いやねえ。

一同、ややしらけた笑い。

**黒木**　今日はまったく、変な客ばかりだな。

**都留**　そう言えば、あの人どうしたの。ほら、ぼくと話してた、アフリカ帰りの。

**梢**　ああ、坂口さんなら、酔っぱらったからといってさっきお帰りになったわ。ねえねえ、それよりも、気分を変えて歌でもうたいましょうよ、みんなで。

**都留**　ようし。それじゃあぼくがピアノで伴奏しよう。（ピアノに向かう）

全員、ピアノの周囲に集まる。

**梢**　何を歌うの。

**小鷹**　そりゃあもちろん、「銀色の真昼」だろう。

**唐木**　ヒット・パレード二位進出を祝って歌いましょう。

**豊原**　そうだ。忘れていた。一位、二位、三位は毎週土曜日に写真を載せて発表しているんだ。社へ連絡しとかなきゃ。

**小鷹**　梢ちゃんのいい写真がないだろう。カメラマンにも来てもらえ。

**豊原**　そうします。

豊原、受話器をとり、ダイヤルする。

都留、ピアノを弾きはじめる。

一同、歌い出す。豊原だけは壁に向かい、リズムに合わせて尻を振っている。

**一同**　（歌）闇を抜ければ　銀色の
真昼の明かりが　待っていた
やっと見つけた　この世界
わたしがつかんだ　この世界

寝室のドアがばたんと開き、髪をふり乱した半死半生の政子が、ふらふらになってあらわれる。壁にもたれ、ぜいぜいと肩で息をする。

眼は白眼に近く、舌をだらりと出している。

全員、気がつかず、歌い続けている。

**一同**　（歌）汗も涙も　貧乏も
夜の迷路に　捨ててきた
はなしたくない　この世界
奪われたくない　この世界

——幕

## 第三幕

幕があがる前から、一同、「銀色の真昼」を合唱している。

幕があがる。

第三幕は第二幕の終ったところから始まる。

梢、黒木、唐木、小鷹、都留、吉田は合唱し、豊原は電話に向かい、喋っている。
政子は壁にもたれかかっている。

**一同**　（歌）渡すものか
　渡すものか
　こんなすばらしい世界は他にないじゃないの
　渡すものか

匠太郎、両手にビール瓶を一本ずつぶら下げて台所から出てくるが、政子の姿を見て立ちすくむ。誰も気がついていないのを見て、あわてて片方のビール瓶で政子の頭を殴りつける。政子、ぎゃっと叫ぶが、合唱にかき消されて聞こえない。
政子、匠太郎に倒れかかる。匠太郎は彼女のからだを支え、ふたたび寝室へつれ込み、ドアを閉める。

**一同**　（歌）みんなほしがる　あのチャンス
　誰もがうらやむ　この光
　わたしのための　この世界
　誰にもあげない　この世界

歌い終り、一同拍手。また飲みはじめる。

**都留**　われながらいい歌だ。久しぶりの傑作だな。うん。
**豊原**　（受話器に）あ、そう。どうもありがとう。（受話器を置き、一同に）どういうことかよくわからないんですがね、このマンションのよその部屋で、いろいろと不思議な現象が起きてるっていう報告が、社へつぎつぎと入ってるそうです。

匠太郎、寝室から出てくる。

小鷹　そりゃあそうだろう。このマンションにいる人はみんな、いささか芸術的狂気に蝕まれたタレントさんばかりだ。世間の常識では理解できない不思議なことだって起るだろうよ。わはははははは。

梢　いやねえ。小鷹さん。変なことばかり言って。

小鷹　あっ、すまんすまん。わはははは。こりゃいかん。少し酔ったかな。ぼくは酔うと悪いことばかり言う癖が。

豊原　いやいや、そういう意味じゃなく、怪奇現象というべきものが起きてるらしいんです。つまり部屋から人が急にいなくなったり、その人が本人の意志にかかわりなく、別の部屋に急にあらわれたり。

都留　本人の意志にかかわりなくとはどういうことかね。夢遊病だって多少は意志で行動するんだぜ。君、新聞記者だろう。ことばを正確に言ってもらいたいね。わはははは。

豊原　困ったな。とにかくそういうことが事実起きてるっていうんです。

黒木　君の言う怪奇現象ってのはあれですか、たとえば人間が、誰かの眼の前でぱっと消えたり、消えた人間が隣の部屋へぱっとあらわれたりするという、あの手のやつですか。不思議だが本当だという。

豊原　そうらしいんです。

小鷹　そんな馬鹿な。ＳＦじゃないか。

吉田　この部屋じゃそんなこと、一度も起ってないな。

唐木　起るわけないよ。

一同笑う。

ドア・チャイムが鳴る。

全員　（いっせいに）後藤さん。（どっと笑う）

黒木、ドアを開ける。

犬神博士と、助手の柴山が立っている。

**柴山**　おとりこみ中、たいへん失礼いたします。養精大学附属地震研究所から参った者ですが、ええと、さっき電話に出ていただいたかたは。

**黒木**　私です。そうですかあ、もう来られたんですかあ。いいでしょう。じゃ、まあ、どうぞ。

**柴山**　失礼いたします。

柴山、犬神博士、部屋に入る。犬神博士は銀髪でサングラスをかけ、ひどい跛でステッキをついている。ふたりは早速、磁石、計器類など、奇妙な機械を出して調査にかかる。

**黒木**　（一同に）あのう、前もって言うのを忘れたんですけど、こちら、地震研究所のかたなんです。さっきの地震のエネルギーを、このマンションがだいぶ吸いとったから調査したいとかでお見えになったのです。

**柴山**　お騒がせして申しわけありません。わたくし、地震研究所の柴山と申します。それからこちらが、所長の犬神博士です。

犬神博士、不愛想にうなずく。

**匠太郎**　地震のエネルギーを吸いとるってのは、いったい何ですか。

**犬神**　ふん。よかろう。お知りになりたきゃ教えて進ぜよう。ま、おわかりにはなるまいがな。そもそも物体には固有の震動ちうもんがあって、それぞれ震動数が違う。ふん。もっとも、学会の馬鹿どもの中にはこれに反対する大馬鹿もおるがの。さて一方、地震は波動する。これぐらいはあんたがたでもわかるじゃろ。

**都留**　（小声で小鷹に）いやな人だね。

**犬神**　ところでさっきの地震じゃが、さきほどこのマンションを調査した結果、あの地震の波動数とこのマンションの固有震動数とがぴったり一致しておることが判明したのじゃ。つまり、さっきはなぜこのマンションだけに地震が起らなかったか。それはこのマンションが共震によって、あたり一帯の地震の波動エネルギーをそっくり吸いとってしまいおったからなのじゃ。諸君。この、地震の波動エネルギーたるや、実は膨大なエネルギーなのじゃぞ。（次第に興奮してくる）このマンションの建っておる附近の地下の、すべての波動エネルギーなのじゃからな。どれくらいのエネルギーかというと、それはもう、それはもう。（急にしらけて）ふん。このエネルギー量を数字で申しあげても、どうせあなたがたにはわかるまいが。

**小鷹**　（小声で都留に）いやな人ですな、どうも。

**犬神**　ま、とにかく大変な量のエネルギーなのじゃ。そんな大変な量のエネルギーを吸収した以上、当然このマンションは、もはや単なるマンションのままであり続ける筈はない。あたり前のことなのじゃ。どうじゃ。おわかりになるかな。ただのマンションでないとすれば、どんなものになっとるかというと。（気をもたせるように）どうじゃ、どんなものになっとるか、知りとうはないか。

**都留**　（いささかうんざりした口調で）ただのマンションでないとすれば、どういうマンションになっているのですか。

**犬神**　（大きくうなずき）そこじゃ。今やこのマンションは超空間に結びついとるのじゃ。（興奮して）超空間に結びつくと、どういう事態が発生するか。空間が歪むのじゃ。空間のひずみが生まれるのじゃ。そしてトンネル現象とか、いろいろな怪奇な事態が発生する。昔からの怪奇現象は、すべてこれ物体の固有震動数と地震の波動数が一致して空間のひずみが生まれた結果なのじゃが、なぜこんな明らかなことがわからんのじゃ。世間の学者どもはすべて無知無能なのじゃ。これだけ証拠があっても、まだわしを馬鹿呼ばわりするか。馬鹿は貴様たちではな

いか。（激してテーブルにステッキを振りおろす）

グラスが割れる。一同「気違い科学者」「気違い科学者」「マッド・サイエンティスト」「マッド・サイエンティスト」とささやき交す。

**柴山**　先生。先生。落ちついてください。落ちついて。

**犬神**　（深呼吸をして）うん。うん。いや、失礼した。

**小鷹**　その、空間のひずみとかトンネル現象とかですね、よくわからないんですが、実際にはどんなことが起るんですか。

**柴山**　ご説明しましょう。わたくしたち、ここへうかがう前に、このマンションの他の二、三のお部屋にお邪魔して、いろいろと調べさせていただいたのですが、それぞれのお部屋でたいへん奇妙な現象が起っていたのです。たとえばですね、四百二十一号室の絵描きさんのお部屋では、奥さんの眼の前で絵描きさんがいきなり消え失せたのです。そしてそれと同時刻に、絵描きさんは三百十八号室のモデルさんのバス・ルームに突然あらわれました。モデルさんはちょうど入浴中でした。たいへんな騒ぎになった、と、まあ、こういうわけです。

**豊原**　ほら、ごらんなさい。やっぱり本当だったでしょう。（全員を見まわす）

**犬神**　なぜそういうことが起ったかを教えて進ぜよう。つまりじゃ、このマンション内の空間が、位相学的な、いわゆるトポロジイ的な効果によって、ひずみを生じ、ひずみとひずみが重なりあった部分に立っておったこの絵描きが、こっちからこっちへ一瞬のうちに移動したわけじゃ。空間がひずむと、あるひとつの空間が他の空間と重なりあったり、また、眼に見えない空間のトンネルで結ばれあったりする。現在このマンの世界は、重なりあったり、結ばれあったりしておるが、それはかりではない。ひずんだ空間は、このマンションから遠く離れた外部の世界にまで開かれておるのじゃ。こういうことは昔からあったことで、いわゆる神隠しといわれる現象とか、あるいはまた、ロンドンの街かどで多数の群衆の眼の前から突然消え失せた人物が、ほとんど同時刻にフランスの片田舎にあらわれたなどという、数多くの奇怪な現象は、たいていはこの空間のひずみが原因なのじゃ。そしてさらに空間がひずむのは、ほとんどの場合、物体の固有震動数と地震の波動数とが一致して共震を起した時に発生するのじゃが、わしがそれをいくら筋道立てて説明しても、あの学会の低能どもは容易に信用しようらんのじゃ。（激してきて）それぱかりか、こ、このわしを、気ちがいじゃとか、マッド・サイエンティストじゃとか吐《ぬ》かしおって。こ、こ、こんなに確実な証拠が現実にあってさえ、やつらは眼を閉じてかぶりを振りおるのじゃ。しかし、今度こそ見ておれ。多くの証人ひきつれて、お前らを、お前らを、ぎゅうという目にあわせてやる。こ、こ、殺してやる。殺してやる。（テーブルにステッキを振りおろす）

グラスが割れる。

物音に、美智代が走り出てくる。

**柴山**　せ、先生っ。先生っ。お気を静めて。お気持はわかりますが、どうぞ、どうぞお気を静めて。

**犬神**　（深呼吸をする）や、これはどうも、失礼した。

**黒木**　あのですね、博士はさっき、ひずんだ空間が、このマンションから遠く離れた外部の世界にまで開かれているとおっしゃいましたけど、それは実際には、その、どういう現象となってあらわれるのですか。そういうことは、他の部屋屋であったのですか。

**柴山**　あったのです。たとえば五百六号室の女流評論家のお部屋では、衣裳戸棚の中がアフリカに通じていたのです。つまり、衣裳戸棚を開くと、中はアフリカのジャングルになっています。

**黒木**　あっ。それじゃやっぱりさっきのあれは、ぼくの見間違いじゃなかったんだ。まあちょっと聞いてください。ぼくはさっき大変な人物を見たのです。それはもうつまりその大変な要するに、人物で、ぼくは一瞬自分の正気を。

**柴山**　ま、ま、落ちついて、落ちついて。ゆっくり喋ってください。

**黒木**　さっき玄関のチャイムが鳴りました。わたしがドアをあけますと、廊下に、その、ちょっと名を申しあげるのをはばかるような、日本人なら誰でも知っているあるお方が立っておられました。つまり、こんなマンションへひとりでお見えになる筈のない方です。で、わたしは眼の錯覚だと思って、早々にドアを閉めてしまったのですが。

**唐木**　なんだ。それであのとき、うろたえてたのか。

**柴山**　（うなずいて）当然、そんなことも起り得るでしょう。いや、他の部屋に比べればこの部屋など、むしろ異変の起り方が少いぐらいです。ではと。失礼して、調査を続けさせていただきます。

犬神博士と柴山、調査を続ける。
美智代は散乱したグラスを片づける。
梢と黒木、ソファを気にして手伝う。

**小鷹**　しかし、どうも信じる気にならんなあ。実際、そういった異変を眼で見ない限りはねえ。

**匠太郎**　さあさあ、せっかくのパーティなんですから、飲んでください。飲んでください。

**都留**　うん。いただこう。ぐでんぐでんに酔っぱらいたくなってきた。

**小鷹**　わたしもだ。
**吉田**　ぼくもだ。
**豊原**　よし。飲むぞ。

一同、また急ピッチで飲みはじめる。

**梢**　わたしも飲んじゃうわ。美智代ちゃん。氷をもっとね。
**美智代**　はい。

美智代、割れたグラスを持って台所へ。
ドア・チャイムが鳴る。

**全員**　(いっせいに) 後藤さん。(どっと笑う)

黒木、ドアを開ける。
刑事が入ってくる。

**黒木**　ええと。どちら様で。
**刑事**　たいへんお邪魔します。わたくし青坂警察署の者ですが、実はさきほどここのマンションの管理人さんから、地下の塵芥焼却炉で赤ん坊の白骨を発見したという届け出があって、それでまあ調査してみると本当に赤ん坊の白骨だったので、このマンション内のお部屋のどこかからダスト・シュートに投げこまれたものであろうと判断して捜査しておるのですが、ひとつまあ、捜査にご協力願いたいのですが。
**黒木**　そりゃあまあ、ご協力したいんですがねえ、何しろ今、とりこみ中でして。
**刑事**　なるほど。おとりこみ中のご様子ですな。ではまた出なおしますが、何かお心あたりがあれば警察へお電話下さるなり、あるいはわたしがこのマンション内をあちこち聞きこみにまわっておりますから、お教え下さるなり。
**梢**　あらっ。そう言えばわたしさっき、赤ん坊の泣き声を聞きましたわ。このマンションに赤ん坊はいない筈だから、おかしいなと思って。

**刑事**　えっ。それは正確には何時ごろですか。
**梢**　そうねえ、三時間ほど前。
**匠太郎**　おいおい。空耳かもしれないのにそんなこと言って、おいそがしい刑事さんをお引きとめしちゃいかん。あやふやなことを言うと、ほかの人に迷惑がかかるよ。
**梢**　だって、聞いたのはわたしだけじゃないわよ。美智代ちゃんだって聞いてるわ。黒木さん、あなたも聞いたでしょう。
**黒木**　うん。
**刑事**　どこで聞いたのですか。
**梢**　一度は買物から帰ってきた時、そのドアの外の廊下でですわ。
**刑事**　どっちの方角から聞こえましたか。
**梢**　そうねえ。どっちの方角からだったかなあ。
美智代、氷を持って出てくる。
**梢**　ねえ美智代ちゃん。あなたもさっき廊下で赤ん坊の泣き声を聞いたでしょう。どこのお部屋から聞こえたかしらねえ。
**美智代**　わかりませんわ。でも、どこからって聞かれたら、どちらかといえば、そうですねえ、なんだか、このお部屋の中から。
**梢**　あら。あなたもそうなの。わたしもなのよ。
**匠太郎**　そうれ見ろ。空耳だ。空耳だ。この部屋に赤ん坊がいるわけないだろ。
**梢**　そりゃあ、そうだけど。
**刑事**　さっき、一度は、とおっしゃいましたね。じゃ、二度めはどこで聞こえたんですか。
**梢**　このおトイレの中にいる時ですわ。
**刑事**　ははあ。このトイレットの中にいると、よその部屋の声や物音が聞こえることが、よくありますか。
**梢**　いいえ。このマンション、防音設備が完璧なんです。いったんお部屋の中に入ってしまうと、廊下の話し声も聞こえないくらいですわ。
**刑事**　だとすると、その時も赤ん坊の泣き声は、この部屋の中でしていたことになりますねえ。
**梢**　ええ。でも、そんな筈はありませんしねえ。
**匠太郎**　あたり前じゃないか。そんな筈はないよ。それにその赤ん坊、白骨で発見されたんだろ。だったら死んでからだいぶ時間が経っている筈だ。三時間前に聞いた泣き声なんて、関係ないよ。（刑事に）ね、そうでしょう。
**刑事**　（匠太郎の様子をいぶかしげに観察しながら）ま、その白骨は、わりあい新しい骨だったんですがね。
**匠太郎**　（躍起となって）そうだ。その白骨はこのマンション以外のどこかから、空間のひずみのせいで焼却炉にあらわれたんだ。そうに決まってる。きっと火葬場あたりからね。
**刑事**　空間のひずみ。（苦笑して）ああ、さっき管理人から聞きましたよ。何やら変なことがこのマンションで起ってるとかで、みんなが馬鹿なことを噂しているようですな。
**犬神**　馬鹿なことじゃと。噂じゃと。何も知らん無教養な刑事が何を言うか。空間のひずみは事実起っていて、わしらはそれを調査しとるのじゃ。このややこしい現象が、お前のような俗人に理解できてたまるか。こ、こ、この無知蒙昧の輩め。（ステッキを振りおろす）
　ステッキは機械にあたり、機械は爆発する。
**犬神**　これはしまった。（あわてて機械をなおしはじめる）
　下手、電話台の手前の壁の中から、ビールをかかえた三河屋があらわれる。
**三河屋**　ちわー。三河屋ですが、ビールの追加を持ってきました。（あたりを見まわし）あれえっ。おれ、変なところから出て来ちゃったぞ。
**美智代**　何よあんた。ちゃんと入口から入ってこなきゃ駄目じゃないの。

三河屋　（うろたえて）いや、お、おれ、ちゃんと入口から入ってきたつもりだったんだよ。そしたらこのドアから（振り返り）、あ、あれっ。ひやーっ。ドアがない。それじゃおれ、ど、どこから出て来たんだ。
唐木　信じられん。ぼ、ぼくは見ていたんだ。おいっ。き、君はその壁の中から出て来たんだぞ。
三河屋　ええっ。壁。
美智代　（怒って）どうして壁の中から出て来たりするのよ。
犬神　まあ待ちなさい。おいおい三河屋。君はたしかにこっちの入口から部屋へ入ろうとしたんだね。
三河屋　そ、そ、そうです。
犬神　よろしい。（刑事に）どうじゃ。これが空間のひずみというものじゃ。（一同に）ああ、諸君。つまりこの三河屋は、こっちからこっちへ通じとる空間のトンネルを通って、この壁の前へ出現したのじゃ。
刑事　そんな馬鹿なことはない。（ずかずかと部屋を横切って三河屋に近づきながら）おい、君。君だな、変な手品を使ってここの人たちを驚かせているのは。いったい何のつもりだ。ちょっと来てくれ。警察で説明してもらおう。
三河屋　おれ、何もしてないですよ。本当ですよ。おれ知らないよ。
刑事　さあ、ちょっと来い。
三河屋　堪忍して下さいよ。おれだって、わけがわからんのですよ。
犬神　やめろ。やめんか。無知な奴らはこれで困る。やめなさい。（刑事の頭にステッキを振りおろす）
柴山　せ、先生。
刑事　いてててて。貴様は誰だ。何をするんだ。
柴山　し、失礼しました。失礼しました。こちらは地震研究所長の犬神博士なんです。このマンション内の怪奇現象の調査に来ておられるのです。気の短い方なので、許してあげてください。

**刑事**　殴らなくてもいいじゃないか。

**犬神**　お前らは殴らにゃわからんのじゃ。ちっとも頭を使おうとせず、眼で見たことさえ信じようとせん。けものと同じじゃ。

**刑事**　何を偉そうにいうか。いくら偉い学者か知らんが、刑事を殴るとは何ごとだ。

**柴山**　すみません。すみません。

この騒ぎのうちに、梢の眼くばせで、美智代と三河屋はビールを台所へ運び去る。

**犬神**　とにかく君はこの怪異現象とは無関係な筈だ。実験や調査の邪魔をしないで貰いたい。さあ。帰れ。

**刑事**　よろしい。そのかわりあとで警察へ来て貰うぞ。（帰りかける）

美智代と三河屋、悲鳴をあげて台所から駈け出てくる。

**匠太郎**　ど、どうしたっ。

**美智代**　冷蔵庫が、冷蔵庫の中が。

**匠太郎**　冷蔵庫の中がどうした。

**美智代**　氷が。氷が。

**梢**　落ちつきなさい。冷蔵庫の中に氷があるのは、あたり前でしょ。

**三河屋**　冷蔵庫の中に、氷の山が出来とるんです。そのう、あのう。

**美智代**　冷蔵庫の中が、北極になっているんです。それであの、あの、ずうっと向こうの方には、白熊がいるんです。氷山の上に。

**犬神**　空間が北極に向かって開いとるのじゃ。冷蔵庫のドアは閉めてきたか。

**美智代**　はい。閉めました。だって、白熊が出て来たら大変ですもの。

**犬神**　よし、行って見よう。

全員、立ちあがる。

**犬神**　（振り返り、パーティの客一同にきびしい口調で）あなたがたはここにいなさい。大勢来ては調査の邪魔になる。

犬神博士、柴山、匠太郎、梢、刑事、美智代、三河屋は台所に去る。黒木、唐木、小鷹、豊原、都留、吉田はしぶしぶ部屋に残る。いずれもだいぶ酔っている。

**吉田**　冷蔵庫が北極に向かって開いていて、中に白熊がいるんだとさ。

**豊原**　イメージがピッタリしすぎていますね。その冷蔵庫、コマーシャルに使えばいい。

一同笑う。

**都留**　しかし、このマンションが北極やアフリカにつながっているというのは便利だな。旅費がいらないからな。わたしはもう一度アフリカへ行こうかな。

**黒木**　戻ってこられませんよ。こういう現象を起すエネルギーが残っているのは今日だけだというから。

**唐木**　おれ、頭がぐらぐらしてきた。いったい何がどうなってるんだ。

**小鷹**　（したたかに酔っている）ま、いいじゃないか。なかなか面白いよ。酒の肴のアトラクションと思えばいい。

**豊原**　あの犬神という博士は、天才でしょうか、気違いでしょうか。

**都留**　一種の天才であり、一種の気違いだろうね。

**吉田**　それにしても今日は、変な客ばかりですなあ。

**唐木**　（黒木に）さっき変な女が来たろう。あれは何だったの。

**黒木**　うん。変な話なんだ。島本さんと婚約してるって女に、自分の赤ん坊を貸したっていうんだ。
**唐木**　よくわからんな。何の為にだい。
**黒木**　おそらくその女、その赤ん坊を、自分と島本さんの間に出来た子供だといって見せるためだったんだな。脅迫しようとして。
**吉田**　待てまて。で、その女はその赤ん坊をつれて、ここへ来たのか。
**黒木**　それが、来てないんだ。そこがちょっと、おかしいけどね。
**豊原**　来た、ということも考えられますね。島本さんを訪ねて。
**黒木**　えっ。君もか。そう思うか。
**吉田**　変なこと言うなよ。
**豊原**　いや。怒らないで下さい。可能性を考えてるだけですから。
**黒木**　そう。可能性だ。ははは、は。
**豊原**　島本さんはその女を追い返し、われわれにはそのことを黙っている。あなたや梢さんや美智代ちゃんが聞いたのはその赤ん坊の泣き声だったということも。
**吉田**　馬鹿言いたまえ。そんなら黒木君たちは女とその赤ん坊の姿を見ている筈だ。それになぜ匠ちゃんがそのことを黙ってるんだ。やましいこともないのに。
**豊原**　だけどそういう可能性も。
**吉田**　おかしなこと言うなったら。
**小鷹**　ははは。怒るな怒るな。なるほど、そういう可能性もあるぞ。その女と島本君は、昔ほんとに婚約してたことがある。で、昔の女が赤ん坊を抱いてきて、これ、あなたの赤ん坊よ。島本君びっくりして女を追い返す。わははは。こりゃ面白くなってきた。ひくっ。
**吉田**　ぼくはちっとも面白くない。
**小鷹**　いや、面白いぞ面白いぞ。それで、さっき焼却炉で発見された白骨が、その赤ん坊の骨であったとすると、ますます事件は面白くなってくるな。ひくっ。

一同、顔を見あわせる。

**豊原**　あっ。そういう可能性も。

**吉田**　（間髪を入れず）馬鹿いうなったら。だってその赤ん坊が、なぜそんなに急に白骨になるんだよ。

**豊原**　それは焼却炉で焼かれて。

**黒木**　いや。この時間、焼却炉に火は入っていない。だからさっき管理人が、捨てられていたロースを持ってきたんだ。

**唐木**　よくよく焼却炉を覗くのが好きな管理人だな。はははははは。

**黒木**　そういう趣味の管理人なんだろう。ぼくのアパートの管理人もそうだよ。

**豊原**　白骨になった、というのではなく、白骨にされたという可能性も。

**吉田**　しつこい男だね、君は。その女がなぜ、ひとから預った赤ん坊を殺したりなんかするんだ。そんなことしたら幼児誘拐、殺人、死体損傷、死体遺棄。

**豊原**　いやいや、女が殺したんじゃなくて。

**吉田**　じゃ、誰が。

一同、黙りこむ。

**唐木**　話は違うけどね。今日、島本さん、ちょっと変だね。

**黒木**　そうなんだ。

**吉田**　今日、最初からああなのかい。

**唐木**　そうなんだ。あんたも変だと思うだろ。

**吉田**　うん。

**小鷹**　そりゃそうだろうよ。ひくっ。昔の女が訊ねてきて、これ、あなたの赤ん坊よ。わははははは。こりゃあショックだよ、君。

一同、顔を見あわせる。

**豊原**　（考えながら）その女は赤ん坊をつれて来

たわけだ。島本さんはその女を追い返そうとする。女は、女は、そうだ、女が赤ん坊だけ置いて帰る筈はないんだ。預りものなんだから。

**吉田**　何が言いたいんだ。

**唐木**　この人はいろんなこと想像するのが好きなんだよ。もと社会部だけあって。おおかた、赤ん坊を殺したのは島本さんだと言いたいんだろ。

**黒木**　ぎょっとすることを言うね。

**豊原**　いやいや。たとえそうであっても、それなら女はどうしたか、また、なぜ赤ん坊を白骨にする必要があったかという問題が残ります。

**唐木**　いやだね。この人真剣だよ。そんなら女は帰らなかったんでしょう。というより、島本さんが追い返そうとしたが、駄目だったんだ。そこで女と赤ん坊を。

**吉田**　あんた、あの島本さんがそんな、殺人鬼だと思うかね。

**唐木**　思わないよ。だから女はここへは来なかったんだ。最初から。

**黒木**　そうだ。その女は赤ん坊を誘拐したんだ。さっきの女性からね。島本さんの名前は赤ん坊を借りる口実として。

**唐木**　うん。そうだ。そうに決まってる。

**黒木**　ああ。そうですよ。（汗を拭う）

**唐木**　（黒木に）顔色が悪いな。

**黒木**　う、うん。考えごとが多過ぎてね。

**吉田**　（黒木に）君、さっき管理人が、焼却炉に捨てられていたロースを拾って持ってきたとかいったな。それは何の話だ。

**黒木**　ああ、君が来る前なんだけどね。今日の料理に使うつもりでおれたちが買っておいたロースが、いつの間にか焼却炉に落ちていたんだよ。で、持ってきてくれたんだ。だけどその時にはもう、料理はできたあとで。

**吉田**　できたあと、ってのはどういうことだ。

**黒木**　ほかの肉で料理しちまってたんだよ。島本さんがね。（次第に考えこむ）そう。島本さんがその肉を料理して。

吉田　その肉はどうしたんだ。
黒木　だからその肉は、いつの間にか。
豊原　いつの間にか、あったんですよ。あの肉、何だったんでしょうね。
吉田　おれも食べた、あの肉か。
唐木　そう。そうだよ。

突然、都留がぱっと立ちあがる。直立不動の姿勢で、眼前の宙をうつろに睨み据え、息をはずませる。
一同、びっくりして都留を見あげる。

豊原　どうかしましたか。
都留　わたしは以前、アフリカへ行った。そしてその時、実はこれは今まで誰にも話さなかったことなのだが、奥地の土人の部落で、土人にだまされて、人間の肉を食べてしまったのだ。その肉は、柔らかく、脂っこく、味の素のような味がして、筋がなかった。(咽喉をぜいぜいいわせてから)さっき食った肉は、あれよりさらに柔らかかったが、それは、それは。
豊原　(立ちあがり)赤ん坊の肉だったからだ。そういえば島本さんは、肉を食べませんでした。

吉田、口を押さえて洗面所に駈けこむ。
一同しばらく茫然として顔を見合わせる。
やがて、誰からともなく笑い出す。

唐木　はは、はははは、は。そんな馬鹿な。
小鷹　はははは。そうだよ。そうですよ。いくら何でも。
都留　変なことばかり起るから、ちょっと神経過敏になったんだ。みんな。ははははは。

一同ひとしきり笑い終り、また飲みはじめる。

じゅんの声　ああ、のどがかわいちゃった。コーラでも飲みましょうよ。

一同、顔を見合わせる。

**唐木**　あれえ。浜口じゅんちゃんの声だぞ。どこにいるんだろう。

**豊原**　(寝室のドアを指さし)こっちで聞こえましたね。

寝室のドアが開き、浜口じゅんとジョージ・西尾が抱きあったまま全裸で出てくる。

**じゅん**　すばらしかったわ。

**ジョージ**　うん。君もすばらしかった。

二人、キスする。
一同、あきれて二人を眺めている。

**じゅん**　(一同に気がつき)キャーッ。

**ジョージ**　(一同に気がつき)うわあっ。

二人、あわてふためいて寝室へとびこみ、ドアを閉めてしまう。

**唐木**　今のは浜口じゅんだったぞ。

**都留**　男の方はジョージ・西尾だった。確かに。

**豊原**　裸でしたね。ふたりとも。

**小鷹**　信じられん。

**黒木**　どうして寝室にいるんだ。

匠太郎、梢、犬神博士、柴山、刑事、美智代、三河屋、台所から出てくる。

**匠太郎**　何ですか。今の悲鳴は。

**唐木**　今、浜口じゅんが寝室から出てきたんですよ。裸で。

**匠太郎**　えっ。じゅんが裸で。

**梢**　(匠太郎に)まあっ。それじゃ、あなたとじゅんちゃんのあの噂は、やっぱり本当だったのね。

**匠太郎**　待てよ。待てったら、おれ、知らないよ。

**都留**　それに、ジョージ・西尾も一緒なんだ。やっぱり裸で。

**梢**　えっ。ジョージも。

**豊原**　そう。われわれの想像じゃふたりは隣のじゅんちゃんの部屋で、ベッド・インの最中だった筈で。

**犬神**　待ちなさい。落ちつきなさい。そのふたりは、このマンションの住人かね。

**梢**　そうなんです。

**犬神**　よろしい。ふたりに事情を聞こう。（寝室のドアをどんどん叩く）出てきなさい。ふたりとも。

**じゅんの声**　すみません。あの、着るものがないんですけど。

**犬神**　いいから、その辺にあるものを何でも借りて着なさい。さあ。すぐ出てきなさい。早く。

寝室のドアをあけ、じゅんとジョージがおそるおそる出てくる。じゅんは匠太郎のガウンを着、ジョージは政子が赤ん坊を背負っている時に着ていたねんねこを羽織っている。一同、わっとふたりを取りかこみ、口ぐちに訊ねはじめる。

**唐木**　なぜそんなところに。

**匠太郎**　どこから入ったんだ。

**梢**　ジョージ、あなたたちは。

**都留**　いったいいつから。

**犬神**　静まりなさい。静まりなさい。（怒鳴る）静まれっ。

一同、静まる。

**犬神**　よろしい。では質問に答えなさい。あんたがたは今まで、どこで何をしていたのじゃ。

**じゅん**　はい。あれはもう、ずっと前のことで、わたしはこれ以上マスコミに書かれたら、テレビのお仕事は徹夜があるし、ダブル・ベッドをそっと買った時に。

**犬神**　何を言うておる。落ちつきなさい。（ジョージに）君、説明したまえ。

**ジョージ**　（いささかふてくされて）こうなったら何もかもお話ししてしまいますがね、ぼく、この娘《こ》の部屋にいたんですよ。寝室のベッドの上で、この娘《こ》と一緒にね。

**じゅん**　（顔を覆う）あぁ。

**唐木**　うかがいますがね、おふたりのそういったご関係は、いったいいつ頃から。

**犬神**　（怒鳴る）そんなことはどうでもよろしい。

**唐木**　（かっと逆上して）どうでもいいとは何だ。こっちにとってはその方が大事なんだ。何だ偉そうにして。

**刑事**　やめたまえ、君、事情を聞く方が先だ。

**犬神**　（ジョージに）それから。

**ジョージ**　で、まあ、いろいろとあって、のどがかわいたから、食堂へ行ってコーラを飲もうとして、ふたりで寝室を出たんです。そしたら。

（ドアを振り返る）

**犬神**　そしたらこのドアから出てきてしまったのかね。

**ジョージ**　はあ。それで、皆さんが大勢いらしたから、びっくりして、またこの寝室に引き返したんです。

**犬神**　その時、この寝室の中は、すでにこの娘《こ》の寝室ではなくなってしまっていたのじゃな。

**ジョージ**　はあ。この家の寝室でした。ベッドの傍に脱いでおいた筈の、ぼくたちの服はなくなっていて。

**犬神**　（柴山に）冷蔵庫の中も、すでに北極ではなくなっていた。空間のひずみは、ほんの短時間だけ発生して、もとへ戻る場合もあるということじゃな。

**柴山**　は。そういうことになりますね。（じゅんに）ええと、それであのう、あなたのお部屋はこの隣で、間取りも同じですね。ええと、浜口じゅんさん、ですね。

**じゅん**　（うなずく）

**柴山**　そうですか。あの、ぼく、あなたのファンです。

**じゅん**　どうも。

**柴山**　あの、いつもテレビを拝見してます。ひひ、ひひひ。

**犬神**　何を言うておるか。君、すぐその人たちと隣の部屋へ行って、ＰＲ磁場の実験をしてきなさい。

**柴山**　はい。

ソファのしたから管理人が出てくる。

**管理人**　あれえっ。こりゃどうなっとるんだ。こんなところへ出てきたぞ。

**梢**　ああーっ。（失神する）

**匠太郎**　（梢を抱きとめ）君はなぜそんなところに。

**黒木**　（あわてふためいて）おいっ。君はそこにいつから入っていた。

**犬神**　待ちなさい。待ちなさい。（管理人に）どうしてそこから出てきたのか、説明しなさい。

**管理人**　どう説明していいのか。

**匠太郎**　焼却炉のごみを突っつきまわしたり、人の部屋に入ってきたり、君はこのマンションの住人のプライバシーに立ち入り過ぎるぞ。

**美智代**　そうなんです。この人いつも、覗き見したり、立ち聞きしたりするんです。留守中に合鍵使って部屋の中に入ったりもするという噂よ。皆が言ってるわ。

**刑事**　本当ですか、それは。

**管理人**　いや。ちょ、ちょ、ちょっと待って下さい。わたしゃただちょっと屋上の給水塔の様子を見ようとして、それであの、屋上へ出ようとして、鉄梯子をのぼって、あげ蓋をはねあげたら。その、そのあげ蓋をはねあげて屋上へ出たつもりが。
**犬神**　ここへ出てきたというのか。
**管理人**　そうなんです。
**犬神**　（柴山に）調べたまえ。
**柴山**　はい。（ソファの下を見ようとする）
**梢**　（気がつき、あわてふためいて柴山を引き戻そうとする）いけません。いけません。そこ、見ないで。
**黒木**　（梢を抱きとめ）落ちつけ。落ちつけ。（一同に）すみません。動顚していますので。
**柴山**　（ソファの下を見て）何もありません。もとへ戻っています。（鉄のあげ蓋を持って立ちあがり）こんなものがありました。
**管理人**　屋上へのあげ蓋です。
**刑事**　（管理人に）君はどうして給水塔の様子なんか見ようとしたのかね。こんなにいろいろとマンションの中で事件が起っている時に。
**管理人**　はあ、それが、向かい側の西光ビルからおかしな電話がありましてね。給水塔の上に、人間が乗っているというんです。それも、ぐったりして寝ているというんです。様子がただごとではなく、もしかしたら死んでいるのかもしれないという。
**刑事**　なに、死んで。（ドアに向かう）よし、行って見よう。どっちにしろ、あの給水塔の上じゃ危険だ。

刑事、出て行く。
管理人も出て行こうとする。

**犬神**　（管理人を呼びとめる）君はここにいなさい。もう少し聞きたいことがある。
**匠太郎**　（ジョージの着ているねんねこに気がつき、気が気ではなく）あのねえ、君たちねえ、自分の部屋へ行って着換えてきたらどうだ。（ねんねこを引っぱる）そして、この、着てるものを返してくれよ。

**犬神**　(機械を調べながら) もう少し、そこにいなさい。まだ聞きたいことがあるのじゃ。着てるものなんかどうでもよろしい。

**匠太郎**　(むかむかし) しかし、ここはわたしの部屋だ。わたしの承諾なしに、あまり勝手な指図をしないで貰いたいですな。

**犬神**　なにを女みたいに、小さなことをつべこべ言うとるのかね、君は。これがどんな大事な調査か、まだわからんのか。科学というものの理解できん大衆は、これが困る。少しぐらい我慢しなさい。

**匠太郎**　あんたがいくら偉い科学者だか知らんがね、天下の大スタア島本匠太郎をとらえて、大衆とはなんだ。大衆とは。礼儀をわきまえん人には、出て行ってもらいたいね。

開いたままのドアから、カメラマンの清水が入ってくる。

**清水**　ごめんください。夕刊日本からまいりましたが。

**豊原**　(とびあがり) あっ。早かったな。清水君か。いいところへ来てくれた。早かったな。さあ、この部屋の様子を撮ってくれ。それから、梢さんを撮って。ああ、それより先に、そこに浜口じゅんさんとジョージ・西尾さんがいるから、そっちを。

**じゅん**　(驚いて) いや。いや。撮らないで。撮らないで。

**ジョージ**　(怒って立ちあがり) どうしてこんなところを撮るんだ。なぜこんな恰好してるところを撮るんだ。失敬じゃないか。

**豊原**　でも、写真がないとやっぱりあの、さっきのお話を記事にしにくいし。

**ジョージ**　何っ。何を記事にするというんだ。

**豊原**　それはもちろん、あの、お二人が裸でこの部屋へあらわれたことを。

**じゅん**　やめて。やめて頂戴。ねえ島本さん。何とか言ってよ。やめて貰って頂戴よ。

匠太郎　（よそよそしく）ま、しかたがないね。身から出た錆だ。

じゅん　ま、薄情ね。そんな薄情な人と思わなかったわ。何さ。わたしとジョージに、やきもち嫉いて。

匠太郎　（あわてて）な、何を言うか。

梢　あなた。やっぱりじゅんちゃんと何かあったのね。

匠太郎　馬鹿言え。この女が勝手に、おれが惚れていると誤解して。

匠太郎と梢、言い争い続ける。

小鷹　（豊原と言い争い続けているジョージに）おいおい、ジョージ君、もうあんたとじゅんちゃんのことは皆が知っているんだ。あんたさっき、そう白状したじゃないか。記者会見で喋ったのと同じなんだ。今さら隠しだてしたって無駄だよ。

唐木　そう。観念しなさいよもう。どうせ記事になるんだ。（清水に）さあ君、はやく撮れ。ふたり並んだところを。スキャンダルには証拠写真が要るからな。

清水、写真を撮ろうとする。

ジョージ　やめろ。やめんか。（清水につかみかかる）

豊原　あっ。カメラが壊れる。（ジョージをうしろから羽交い締めにして）やめてください。カメラを壊す気ですか。（清水に）今だ。早くこの人とじゅんちゃんを撮れ。

ジョージ　プライバシーの侵害だ。

唐木　そう思うならいくらでも訴えたらいいだろ。（逃げようとするじゅんを背後から羽交い締めにして）さあ早く撮れ。あとでこの写真、一枚貰うぜ。

ジョージ　人権侵害だ。

**小鷹**　タレントに人権があるか。
**じゅん**　やめて。やめて。畜生。畜生。

清水、ストロボを使って写真を撮る。
じゅん、悲鳴をあげる。
清水、さらに写真をとり続ける。
これより以後清水は、室内の出来事を連続的に撮影し続ける。
開いたままのドアから、織田が入ってくる。

**織田**　（大声で）梢はどこだ。おれの女房はどこだ。
**黒木**　あんた、誰。
**織田**　織田だ。杉梢の亭主だ。あっ、梢。そこにいたか。（梢に近づこうとする）
**黒木**　（遮って）あんただな。いつも電話してくる気違いは。
**織田**　気違いとは何だ。あっ、それじゃお前だな。いつも電話に出る男は。
**黒木**　ここはあんたなんかの来るところじゃない。さあ、帰れ。帰れ。帰れ。
**織田**　帰れ。帰れとはなんだ。おれは自分の女房に話があるんだ。そこどけ。
**黒木**　わからんやつだな。つまみ出すぞ。（織田の胸をどんと押す）
**織田**　あっ。まだ邪魔だてする気か、こいつ。よし、こ、殺してやる。

織田、ポケットからナイフを出し、黒木の胸を刺す。
黒木、倒れる。美智代、悲鳴をあげる。

**梢**　気ちがいよ、この人。
**唐木**　つかまえろ。

唐木、豊原、都留、三河屋、管理人がとびかかって、織田をとり押さえる。

**小鷹**　(もはや酔いも醒め、黒木を介抱しようとするが) 駄目だぞこれは。(立ちあがり、かぶりを振る) 心臓をひと突きだ。可哀想に。

美智代、わっと泣いて黒木にとりすがる。

**梢**　(美智代に) まあ、おかしいと思ってたけど、やっぱりあんた、黒木が好きだったのね。

**匠太郎**　そうか。やはり何かあったんだな。けしからん。ふしだらな。

**梢**　(罵る) あんたにはやめてもらうわ。出て行ってよ。

**匠太郎**　(罵る) もう面倒見てやらん。スタアへの道はあきらめるんだな。

**小鷹**　(あきれて) そんなこと言ってる場合じゃないでしょう。人が死んだんですよ。

唐木、豊原、都留、三河屋、管理人は、なおも暴れようとする織田をしっかり押さえつけている。

**唐木**　さっきの刑事はどこだ。

**豊原**　誰か警察へ電話してください。

**都留**　紐はないか。紐は。

**ジョージ**　はい、紐。(ねんねこの紐をほどいて渡す)

小鷹、電話しようとする。

警官が芳枝をつれてドアから入ってくる。

**警官**　島本匠太郎さんはおられますか。

**匠太郎**　(芳枝を見て怒り) なんだ、あんたは。あれだけ言ったのに、やっぱり警察へ行ったのか。ぼくは無関係だと言ってるだろうが。

**芳枝**　(おどおどし) すんまへん。すんまへん。そやけど、やっぱり。

**小鷹**　(受話器を置き、警官に) ちょうどよかった。今、殺人事件があったところです。

**警官**　（仰天し）ななななな、なに殺人。で、犯人は。
**豊原**　ここです。とり押さえています。
**警官**　よし。逮捕する。

警官、部屋にあがり、死体の様子を見る。小鷹、彼にいきさつを説明する。芳枝、矢庭に部屋へかけあがり、ジョージの胸ぐらをつかむ。

**芳枝**　これや。これや。これ、あの子のねんねこや。あの人に貸したわたしのねんねこやがな。あんた、うちの子をどないした。どないした。（警官を振り返り）この人です。うちの子をどないかしたのはこの人です。
**警官**　なにいっ。よし、逮捕する。
**ジョージ**　おれは何も悪いことしていない。何も知らん。わけを言ってくれ。
**警官**　そんならそのねんねこをどこから持ってきた。
**ジョージ**　この家で借りたんだ。
**芳枝**　やっぱりそうや。うちの子、この家の中でどないかされたんや。どこですか。どこですか。
（匠太郎にむしゃ振りつく）
**匠太郎**　知らん。おれは知らん。何も知らん。
**警官**　このねんねこをどうしたんです。
**匠太郎**　うちのじゃない。見たこともない。何も知らん。
**ジョージ**　だってここの寝室にあったんだから。本当ですよ。
**警官**　あんたを逮捕する。
**匠太郎**　そんな馬鹿な。おれは知らん。
**警官**　赤ん坊をどうした。
**芳枝**　赤ん坊を返してください。赤ん坊はどこですか。
**都留**　じゃ、やっぱりさっきのあの肉は。さっき食ったのは。
**豊原**　赤ん坊の肉だったんだ。

**警官**　何っ。赤ん坊の肉をどうしたと。

唐木、小鷹、豊原、都留、ウッと呻いて口を押さえ、洗面所に駈けつける。

洗面所のドアを開き、一同、わっと叫んであと退りする。

洗面所のドアの彼方は、星空になっている。

**唐木**　星だ。星空だ。満天の星だ。

**小鷹**　洗面所がなくなった。

**豊原**　空間のひずみだ。

**都留**　馬鹿な。それにしたって、外はまだ夜にはなっていないぞ。

**警官**　（洗面所の中を見て）なんだ。この馬鹿げた仕掛けは。

**犬神**　（それまで調査と機械いじりに熱中していたが）馬鹿げた仕掛けじゃと。何も知らん無教養な警官に何がわかる。この無知蒙昧の輩め。この通り、空間のひずみは事実起っていて、わしらは調査を。

**警官**　この変な仕掛けを考えたのは、それじゃ、あんたか。あやしいやつだ。逮捕する。

**犬神**　この愚か者め。（警官の頭にステッキを振りおろす）

警官、ぎゃっと叫んで引っくり返る。

**柴山**　せ、先生。（あわてて警官を抱き起し）大丈夫ですか。

**警官**　いてててて。公務執行妨害だ。逮捕する。（立ちあがれない）

**柴山**　すみません。すみません。

**犬神**　（警察の方は振り返りもせず、洗面所の中の星空を見あげて）見なさい。単なる空間のゆがみではなく、時間までがゆがんでおる。諸君、これが宇宙空間でなくてしあわせでしたぞ。もしこれが宇宙空間であったならば、われわれ全員は、真空のまっただ中へ引きずりこまれていたでしょうからな。
唐木　大変だ。今思い出した。さっき吉田がここへ入って行っただろ。
豊原　そうだ。あの人、口を押さえて、中もよく見ずにとびこんで行ったんです。
犬神　何じゃと。この中へ入っていった者がおるというのか。
都留　そうなんです。さあ大変だ。あいつ、星空のどまん中へとび出して行ったんだ。
吉田　おーい。おろしてくれえ。

吉田、いつの間にか天井のシャンデリアの上に乗っている。

豊原　あんなところに。
都留　おろしてやれ。

豊原と都留と三河屋、テーブルの上に乗り、ぐったりした吉田を助けおろす。

芳枝　教えとくなはれ。教えとくなはれ。（匠太郎を揺さぶる）（梢を揺さぶる）赤ん坊の肉とかいうのは何のことですか。（匠太郎をかきくどく）あんたは知ってる筈や。知ってる筈や。（泣く）
匠太郎　知らん。おれはそんなもの、知らん。
小鷹　島本君、君はどうやら大変なことをやったらしいな。われわれもある程度は推理したが、そろそろ本当のことを喋ったらどうかね。
匠太郎　小鷹さん。あなたまでが何てことを。
犬神　（吉田に）で、あのドアからとび出してから、どうしたのかね。
吉田　まっ暗闇の中をどんどん落ちて行って、気がついたらシャンデリアの上に。
美智代　（唐木に）ええ。こうなりゃもう、あんたに何でも話したげるわよ。そのかわりわたしを雑誌に出してよ。どう。約束する。
梢　（聞き咎め）何を言うつもりよ、あんたは。

女中は黙ってなさい。

**美智代**　ふん。今、お払い箱だって言ったじゃないの。(唐木に) この女はね、この黒木と、ずっと前から肉体関係があったのよ。わたし何度だって現場を見たんだから。それにね、(島本を指さし) こいつだって、うまいこと言ってわたしをだましたのよ。わたし、最初この男から暴力で。

**匠太郎**　何を言う。黙らんか。(美智代にとびかかり、首を絞める)

**小鷹**　やめろ。やめんか。

**唐木**　この上まだ人殺しをするか。

小鷹と唐木、匠太郎を美智代からひきはなす。

**梢**　前からあやしいと思ってたけど、あんた、それじゃこの娘《こ》とも。

**匠太郎**　馬鹿。馘首《くび》になった腹いせに、出たらめ言ってるんだ。お前こそ何だ。黒木とのことは想像していたけど、よくも整形手術を今日まで隠してやがったな。おおかた、あの坂口って男とも、昔何かあったんだろう。

寝室のドアがばたんと開き、髪をふり乱した半死半生の政子が、ふらふらになってあらわれる。

**芳枝**　(駈け寄り、悲鳴まじりに叫ぶ) 政子ちゃん。政子ちゃん。あんた何をされたんや。うちの赤ん坊はどこ。うちの赤ん坊は。

**警官**　あっ。やっぱりここにいたか。(駈け寄り) おいっ、君、この人の赤ん坊をどうした。

政子、口がきけず、匠太郎を指さす。

**小鷹**　やっぱり殺したのか。君が。

**警官**　よしっ。逮捕する。(匠太郎に躍りかかる)

**匠太郎**　ま、待ってくれ。弁護士を呼ぶまで待ってくれ。（逃げる）

開いたままのドアから、刑事が片方の肩で坂口をかつぎ、入ってくる。

**刑事**　誰かこの男を知ってるか。給水塔の上にこの男が乗っていた。この部屋へつれて行けというからつれてきたのだが。

**坂口**　（顔をあげ、梢を見て急に元気をとり戻し）やっ、このあま、よくもよくもおれを殺そうなどと。（梢に駈け寄り、片腕で梢の首を絞める）

**梢**　（悲鳴）あーあーあーあー。

**ターザンの声**　あーアあアあーあ、アあアあ。

ターザン、蔓につかまって下手から舞台エプロンへとびおりてきて、そのまま上手に駈けこむ。

S・E――「銀色の真昼」

舞台上、大騒ぎとなる。

坂口、梢を追い、坂口を刑事が追う。

梢は坂口に首を絞められるたびに悲鳴をあげ、その悲鳴のたびにターザンが出てきて、舞台エプロン上を右へ左へととぶ。

都留は梢を坂口からかばう。

警官は匠太郎と揉みあい、吉田がこれに割って入る。警官、天井めがけて拳銃を撃つ。

芳枝は政子から赤ん坊の行方を訊ねようとし、半死半生の彼女をゆさぶり続ける。

唐木はジョージと言いあいの末、殴りあいになる。

織田があばれはじめ、小鷹と豊原がこれを押さえつけようとする。

台所から白熊が出てきて、美智代を追いまわす。

犬神博士は、ひとりで奇妙な実験と調査を続けている。

柴山はじゅんを口説き続けている。

三河屋と管理人は、黒木の死体の頭と足を持ち、運び出そうとするが、騒ぎでドアまでたどりつけず、うろうろしている。

この有様を、清水がストロボを使って写真に撮り続ける。

開いたままのドアから入ってきた後藤、この様子に眼を丸くし、茫然として立ちすくんでいる。

音楽高まる。

――幕

# 銀色の真昼

闇を抜ければ　銀色の
真昼の明かりが　待っていた
やっと見つけた　この世界
わたしがつかんだ　この世界

汗も涙も　貧乏も
夜の迷路に　捨ててきた
はなしたくない　この世界
奪われたくない　この世界

渡すものか
渡すものか
こんなすばらしい世界は
　　他にないじゃないの
渡すものか

みんなほしがる　あのチャンス
誰もがうらやむ　この光
わたしのための　この世界
誰にもあげない　この世界

# 銀色の真昼

筒井康隆 作詞
山下洋輔 作曲

Rock ♩≒84

# 初演記録

**「スタア」** 劇団欅公演
演出＝福田恆存・荒川哲生
出演＝福田公子・北村総一郎・島村佳江・久米明
　上月左知子・藤木敬士・内田稔・稲垣昭三・他
'75年8月24日・神戸文化ホールに於て第14回日本ＳＦ大会参加特別公演
'75年11月18日～30日・三百人劇場に於て芸術祭参加の本公演

**「改札口」** ルパン企画公演
演出＝川和孝
出演＝槐柳二・織田忠正・佐藤公俊
'78年6月15日～20日／於・池袋シアター・グリーン

**「12人の浮かれる男」** エーアンドピープロデュース公演
演出＝川和孝
出演＝入川保則・岩崎信忠・千葉順二・納谷六朗・筈見純・他
'78年9月8日～13日／於・三百人劇場

# 『12人の浮かれる男』あとがき

「12人の浮かれる男」は雑誌「GORO」に小説の形で発表したが、のち上演に際して戯曲化したものである。もともと、舞台劇を映画化した「十二人の怒れる男」のパロディだから、今後小説の形で単行本に収録することは考えていない。

「12人の浮かれる男」もそうだったのだが、もともと戯曲的な作品でありながら、発表舞台のためやむなく小説の体裁をとったものがぼくの場合にはたいへん多い。「情報」は「その情報は暗号」として、「改札口」は「乗越駅の刑罰」として、「将軍が目醒めた時」は同じタイトルで、それぞれ小説として発表し、単行本にも収録している。ヘミングウェイが「廿日鼠と人間」を小説、戯曲の二種類の形式で同時に発表したようなことが、日本でもできるといいのだが、小説雑誌に戯曲を掲載することが難しいという日本の事情をご推察の上、お許し願いたい。

以上四篇だけで単行本にしようと考えていたところ、「スタア」が入っている「書下ろし新潮劇場」がシリーズごと絶版になるので、その機会にこれも収録したらどうかという編集部からのおすすめがあった。「書下ろし新潮劇場」の方を買って読まれた読者には悪いと思ったが、戯曲そのものが入手困難になった場合上演される機会さえ失われるので、不評を承知で再録してもらった。ご諒解いただきたい。
この戯曲集にご協力いただいた演出家・川和孝氏、西武劇場・東海晴美嬢、新潮社・初見國興氏に厚くお礼を申しあげます。

昭和五十四年一月

筒井康隆

# 新潮文庫版解説

川和 孝

ぼくは幼い頃、エノケンになりたかった。

「エノケンのようになりたかった」のではない。「エノケンになりたかった」のだ。

「喜劇役者になりたい」と思いはじめたのが小学校四、五年の頃。


こんな夢を持った筒井康隆の演技者としての笑顔は、『ジーザス・クライスト・トリックスター』のJ・C役、『人間狩り』の船橋役、『スタア』の犬神博士の役で十分に見ることが出来た。特に『スタア』の幕切れで、ソファの上に立ち、踊るような姿にこの上なく嬉しそうなものを感じた。これは役の上の演技でもあり、筒井康隆自身でもあったのだ。

俳優・筒井康隆を見た読者は少ないと思うが、筒井作品の愛読者ならばこれを見ないのは大いなる損失だといえよう。『スタア』は映画化された（'85年夏）ので、せめてスクリーンで犬神博士役の筒井康隆の笑顔に接して欲しいものだ。

『12人の浮かれる男』は、'75年に小説として発表され、『情報』も'74年に『その情報は暗号』

というタイトルで発表された小説であった。『改札口』も同様'72年に『乗越駅の刑罰』として、又、『将軍が目醒《めざ》めた時』も'71年に小説として世に出たもので、『スタア』だけが唯一、'73年に「書下ろし新潮劇場」として最初から戯曲で公表されたものである。

私は、'76年に京都で『スタア』を演出したのが、筒井作品の初演出で、以後この本に入っている『改札口』『12人の浮かれる男』『将軍が目醒めた時』そして、'85年に『スタア』を再び演出したが、その間『ウィークエンド・シャッフル』『人間狩り』『ヒノマル酒場』『農協月へ行く』『ジーザス・クライスト・トリックスター』『スイート・ホームズ探偵』などなど数多く舞台に載せて来た。つまり、作者と演出者の関係なのである。

筒井康隆の作品は読んでみて、とても解り易い。短篇小説など特に読み易い。そして文中、対話が多いがこれがまさしく芝居の台詞《せりふ》になっており、その人物のキャラクターもはっきりと浮んで来る。最初から小説としてではなく、作者が舞台を想定しながら書いているのではないか、と思えるほど……。

配役のときも、この役を誰に演《や》らせようかと毎度楽しみである。役の性格がはっきりしているために的をしぼり易いのだ。

演出してみて、そのパロディックな作品がまた楽しい。私は、パロディとは原作を凌駕《りようが》するものでなければならないと考えている。単にストーリーを真似たり、改作しただけではパロディの資格はない。その点、『12人の浮かれる男』は如何《どう》だろう。

レジナルド・ローズの『十二人の怒れる男』は有名な舞台劇で、夏の暑い日、お互いに見知らぬ十二人の陪審員の男たちが裁判所の一室に集る。彼等十二人の男には一人の少年の命が委ねられている。誰もが有罪と信じた票決が、一人の陪審員の粘り強い説得によって徐々にくつがえされて行く、というストーリーで骨格のしっかりした社会劇である。

それがひとたび、筒井康隆の手になると、予想外の展開で、馬鹿馬鹿しいほどに不謹慎な会話がかわされ、ゲラゲラ笑わされているうちに、多数決主義というか、長いものには巻かれろという、ことなかれ主義の怖さにぎょっとさせられる。私が演出した筒井作品のうちで最も公演回数が多く、何度でも繰返し上演したい戯曲である。

『情報』は一番短い戯曲だが、私は未だ一度も演出していない。短いので、二本立か三本立として上演すべきだろうし、その機会がないのだが、面白いキャストで小さな空間で演じさせたい。読者もそのキャラクターを想像してもらいたいものである。

『改札口』は考えられない展開となるが、この奇抜なストーリーに驚いてばかりはいられない。そこに人間の誰もが持っている猜疑心《さいぎしん》、弱い者苛《いじ》め、残虐性、野次馬根性など、少しも異例ではない人間の原型的な姿を見ることが出来るからである。

大阪で上演した際、舞台と客席が至近距離にあったせいもあり、若い駅員が客を平手打ちするまで良く笑っていた観客が、急に静かになり、次第に舞台を正視出来ず、俯《うつむ》き勝ちになってしまったが、その中で唯一笑っている人がいた。そう、それは作者だったのである。

意味もなく殴られる乗客に同情してる観客も、若い駅員の暴力をこわがる観客も、もっと舞台を見て欲しいのである。そこにはごく自然な人間の原型を見出す筈で、まやかしの正義感や安易に弱い者の味方になろうとする気持は否定して欲しいものだ。車内暴力や小学生の苛め、更に寄らば大樹の陰ともいえる、東大志向や巨人ファンを見れば、若い駅員と同様な一面を自分の中に持合せていることを知るだろう。

つまり、若い駅員と客とを客観視する余裕がなくなってしまうから、正視出来なくなるわけで、芝居であることも忘れてしまうのだ。作者や演出者はこれが現実でないから笑える訳で、現実の社会はもっと残酷非情で、とても笑う処ではないことを知っているのである。『将軍が目醒めた時』も二度上演したが、良い芝居である。実在した葦原《あしはら》将軍をモデルにしているが、正気にもどってからの将軍は、意図的に狂人の演技をしつづける。この演技を強要するのは軍部と病院である。

金次郎「我慢ならん。正気の時でさえ、狂気でいた時の通りにやらないと世の中が渡れないという、この状態がどうにも我慢ならない。考えてみると、わしがいちばん幸福だったのは気が狂っておった間だけではなかったかという気がするのです。（以下略）」というくだりは、考えさせられるものを持っている。

ピランデルロの戯曲『ハインリヒ四世』の狂人を想い出させるが、スラップスティックな他の登場人物を狂人である筈の金次郎がシリアスに視《み》る訳で、シニカルといおうか、私達みんなが日常生活でパロディの一人物を演じている錯覚におちいるので、将軍に見据えられる感じがする良い台詞である。

将軍以外、院長や看護婦がステロタイプ化されればされるほどリアルで面白い。読者の貴方《あなた》も自分はまともだと思っているし、狂人だと考えたこともないから、院長や看護婦や小谷中尉の中に自分を発見出来ないのだろうか。

『スタア』は、筒井康隆の処女戯曲である。そして、三一致の法則（一七世紀にフランスで確立された作劇上の法則。劇中の出来事が二四時間以内に、同一の場所で単一の行為として、終らねばならないという、時、場所、筋の一致を説く理論）によって、一、二幕をかちっと設定しておき、犬神博士の登場から、最後のドタバタまでエスカレートさせるのは、作者の計算通りで、殺された筈の政子（匠太郎の内縁の妻）や坂口（梢《こずえ》のヒモだった男）が終幕に再登場するのも筒井流である。出て来る人物も多いが、これが全員俗物の見本のようなのもうれしい。

いとも簡単に人を殺したり、姦通《かんつう》の変則ダブルだったり、大スタア島本匠太郎が赤ん坊を殺しておきながら、井本（週刊誌の記者）に対して、マス・コミ批判をし、エスカレートして、芸能人は私生児を生んだっていい、暴力団と関係しても、女を強姦しても、人を絞め殺しても良いと主張するあたりは、少しも違和感なく受けとれるし、共鳴する人すら出て来てもおかしくはない。

「よくもまァ、こんな下らないことが次々と書けるなァ」と感心していた人がいたが、まさにその通りである。筒井康隆からみれば、大政治家も教育者も、芸術院会員も銀行の頭取も医学博士も宗教家もジャーナリストも権力を背景にしたものにはアレルギー反応を起こす。こんな面が、島本に大演説させる所以である。他の例でいえば、『大いなる助走』だけ読んでも快哉をさけばぬ人はいないだろう。

前記したが、'82年春に筒井康隆大一座を結成し旗あげ公演を持ち、作、主演ということを毎年続けて来てるのだが、筒井康隆の華の五十代は大一座の活動を十年間やろうということなので、まだまだ演技者筒井康隆を見る機会はずっとある。

『スタア』の劇中で「銀色の真昼」という主題歌が歌われるが、単行本（'73年）出版の際も、初演（'75年）のときも、筒井康隆の詞に山下洋輔が曲をつけて、この巻末にもそれが載っている。しかし、'85年の大一座公演とその映画化においては、なんと作詞・作曲とも筒井康隆なのである。映画の中でも何度も歌われてるので、楽しんでいただきたいと思う。

戯曲として公表されたもの以外、『ヒノマル酒場』や『泣き語り性教育』『徴戒の部屋』『如《によ》菩《ぼ》薩《さつ》団』など脚色してみて、脚色とは名ばかりで、ただ台詞の部分を戯曲形式に書き移せば、即劇化の作業が成立してしまう。つまり、筒井康隆の小説それ自体ドラマとして書かれていると云っても良いだろう。従って、この文庫に収められている以外にも無限に戯曲化の可能性が筒井作品の中にあるといえよう。

観客としてみて、きっと楽しいに違いないし、中には極度に残酷性のあるものも、あと味の悪いものにはならない筈だ。とにかく面白くてゲラゲラ笑える、理屈なしに面白いところが良いのである。筒井作品に解説はいらない、というのが私の持論だが、皆さんはこの文章を解説と思わないで読んでいただきたい。

素顔の筒井康隆は、実に真面目だ。礼儀正しく、現代人に失われた奥ゆかしい面を持っていて、周囲の人に気を使うので、芝居の稽《けい》古《こ》中でも恐縮してしまうことがある。

クラリネットを演奏するからか、ウッディ・アレンと比較する人もあるが、質的に違う。

筒井康隆の作品は、たまたま小説として発表されたとしても、演劇、映画、テレビやラジオ・ドラマはもちろん絵画や音楽になりうるものである。そして、飯沢匡、井上ひさし、筒井康隆の三人こそ、日本の演劇界に欠けている喜劇という分野で、大きな業績を残す貴重な存在だと私は思っている次第である。

（昭和六十年九月、演出家）

# Part 2

# 関連エッセイ

## 「スタア」《Q&A》著者との一問一答

――この戯曲を書いた動機は？

「マスコミはフリーセックス、フリーセックスとあおっておきながら、いざタレントがフリーセックスすると、やっつけるというヘンなところがある。そのへんの矛盾をつきたかった」

――司会業もやっていたが？

「おかげで、タレントって、実物に会うと、まったくフリーセックスそのものの連中だということを知った。

半年続けていろんな人間に会って面白かったが、あれ以上続けるとバカになる」

――直木賞はいつとるか？

「もう3回も候補になったが、もういらない。これ以上多忙になったら体がもたないだろう。しかし、私を落した選考委員には恨みをもっている。だから、小説でいつか、選考委員たちを猟銃でぶっ殺すようなものを書こうとおもっている」

――いま、住まいは？

「ほとんど神戸だ。月に1度東京にくる。4～5泊して帰る」

――これからやりたいことは？

「〝NULL〟（『ヌル』―筒井康隆氏一族で出していた家族SF同人誌）を来年早々復刊する予定。神戸に〝ネオ・ヌル〟というSFファン・グループがいて、私の家によく遊びにくる」

（「プレイボーイ」一九七三年十一月二十七日号）

# 対談　枠をはずして…

飯沢　匡×筒井康隆

## チャペック・シュール・ラジオ

**飯沢**　『スタア』は神戸のSF大会で試験済みでしょう。
**筒井**　一応試験済みというか……。
**飯沢**　あなたのお顔を拝見すると、ご満足のようですな……。（笑）
**筒井**　SFファンは学生が多く、ああいう芝居見たことないものですから、喜んじゃって。たとえば、「犬神博士」という言葉が出てくると、ワッと笑うんです。演技者はびっくりしているんですけれども、昔からSFの方では「犬神博士」はマッド・サイエンティストに決まってるわけですね。しゃべってる人はそれを知らないから、稽古通り間をとらずに喋るので、次のセリフが笑い声で消えたりして。だからあれは必ずしも効果を計算するための稽古にならなかったわけです。
**飯沢**　新劇のファンはSFなんていうものは、いままでないがしろにしていた、ということは、新劇ファンはだめだということですね。だから、現代演劇協会はなかなか、いいところへ着眼したと思ってるんです。おそかったといって叱るよりも、よくぞやったといってほめる方に力を入れたいですね。ぼくも、あなたが『スタア』をお書きになつて、どこが取り上げるかと思って、実は非常に興味を持っていたんです。ぼくが考える劇団じゃ、なかなか取り上げそうもなかったけれど……。今度初めてですか。御自身の劇が上演されたのは。

**筒井** そうです。

**飯沢** それは大変おもしろいものでしょう。不思議な感覚があつたでしょう。何とも言えぬ、セックスに近いものじゃないですか、その快感たるや。(笑)

**筒井** 飯沢さんの場合はご自分で演出なさっているでしょう。すると、作者としての快感が薄れませんか。

**飯沢** 逆です。うまくいったらヤニ下がりますよ。本当に手放しで。

**筒井** すると快感の自乗ですね。

**飯沢** きっとこういくぞと思っていて、そのとおりにいったら、本当にうれしくなっちゃいますね。その場面は何回でも見たくなりますよ。その場面が、もうそろそろ来るなと思うと、雑談していても、もう一ぺん見に行って、ヤニ下がるんですよ。(笑)

**筒井** それでやみつきになるんですね。ぼくも『スタア』を神戸でやつたときは、その晩、興奮して眠れなくて。

**飯沢** 芝居の魔力というものを感じますね。その逆に、ほかの人が配役して、ほかの人が演出してごらんなさい。変な精神的アレルギーで、いやな気持になって、胃酸過多みたいになって、見向きもしなくなる。

筒井　ぼくは演出家志向は余りないから、それほどやりたいとは思わないんですけれども。
飯沢　いまから予言しているからね。（笑）
筒井　むしろ役者をやりたいということですね。
飯沢　おやおや、もっとひどいですな。
筒井　『スタア』に出てくる役が、二十何人いるけれども、全部やりたいですね。
飯沢　女役も。（笑）
本誌　ＳＦというとつい最近のもののようですが……。
筒井　安部公房のものでは、ずいぶんＳＦ的なものがありますね。
飯沢　例のロボットが出てきたのはカレル・チャペックの劇からだから、第一次戦争直後にあるわけですけどね。チャペックなんか芝居の世界では一番早いでしょうね。
筒井　シュールレアリスム演劇はずいぶん昔からありますしね。『光の門』ですか、「天国の門」の前にビールびんが林立しているという芝居もあるわけだし。ああいう前衛的なものは、われわれにしてみればずいぶんＳＦ的と感じるんです。
飯沢　不条理劇の中に、ずいぶんありますね。日本の新劇は余りそういうものに熱心さを示さない。ぼくの『崑崙山の人々』だって一種のＳＦですがね。ぼくはラジオではＳＦという言葉のないころから、ずいぶんＳＦをやったんですけど、反応たるやひどいものでしたよ。昭和二十七年でしたか、九州の諫早が大洪水になつた年に『日本陥没』という冷たい戦争を皮肉ったラジオドラマを書いたんですよ。（笑）
ぼくの四十五分のラジオドラマでしたから小松さんのに比べたら非常に簡単なものですけど、

富士山の頂上がやっと小島になって海から出てる。そこにかぐや姫を撮るために来ていた映画のロケ隊がいる、それだけがやっと生き残って、あとは全部水没しちゃったというのを書いたことがあるんですが、そのときの批評家・安藤鶴夫は、「こういうけしからぬイメージを、描くとは愛国心が足りない」という批評でしたよ。その程度の批評しかなかったんですね。ほんの僅かの友達は「おもしろいよ、おもしろいよ」と言ってくれましたけど。

**筒井**　もともとラジオドラマはそういったSF的なものをやるのに都合のいい媒体だったわけですね。『数寄屋橋の蜃気楼』だってラジオドラマでなければできないわけで、われわれも最初SFが売れなかったころはラジオドラマがいい媒体だというので、一所懸命売り込もうとしたわけですけれども、やってる連中が当時の新劇好きばかりであまり理解してもらえなかった。『鉄のファンタジア』というラジオドラマも飯沢さんですね。

**飯沢**　あんな昔のものよく知っていますね。あれは原爆を象徴しているんです。

**筒井**　あのころのはよく憶えていますよ。あれは本になっていないでしょう。

**飯沢**　なっていないかなア。ぼくのラジオドラマは、多くはSF風で、あなたの目で見てくださればよく評価してくださると思いますけれどもね。今度ゆっくり読んで下さい。

## 制約のおもしろさ

**筒井**　舞台だとSF的イメージの広がりがラジオドラマには及びません。制約があって。

**飯沢**　でも制約のおもしろさということもお考えになるでしょう。演劇の方で映画的手法とよく言いますけれども、あれは考えものですね。昔は三一致の法則というものがあったけれども、あれほど厳格な法則はなくても、舞台という法則の中でがんじがらめになりながら、そこであばれるという、やや被虐的なおもしろさがあるでしょう。今度の『スタア』だってちゃんとあなたもいっぱい道具で、非常にオーソドックスに……。

**筒井**　出演者の数をのぞけば、大体三一致の法則通り。

**飯沢**　そういうおもしろみはなかなか認めて貰えませんね。

**筒井**　だからポルノが弾圧されて、秘密出版でかえっていいものが出るのと同じことであって。

**飯沢**　ぼくも制約が好きなんですよ。江戸時代の検閲下文化ということをぼくはよく言うけれども、検閲下文化の方が張りのあるものが出ますね。余り自由に何でもお書き、さあさあ、お遊びといわれても、かえってポテンシャルは落ちちゃいますね。

**筒井**　闘うことでエネルギーが沸き起こってくるわけですからね。

**飯沢**　そうそう、抵抗があった方が。喜劇なんていうのは抵抗の一種じゃないでしょうかね。だから無理解のときの方が、しゃにむになって理解させようと思って張り切るわけですよ。

**筒井**　結局三一致の法則によって登場人物なりセットなりを、かちっと設定しておいて、細かいところから組み立てていって、最後どこまでイメージを広げられるか、どこまで目茶苦茶がやれるかというのが楽しいですね。最初さえがっちりしておけば、最後の方で犬神博士がどんな目茶苦茶なあばれかたをしても、あばれればあばれるほど面白いというところまでエスカレートさせるのが楽しいわけです。飯沢さんの『二人で嘘を』の、最後に音楽に合わせて爆弾運びますね、あれはほかの演出家ではだめでしょうね。

**飯沢**　大したアイデアではないです。だれでもやるアイデアだから。

**筒井**　動きなんかのアイデアが先にあって書かれたわけだろうから、ほかの演出家だと、うまくいかないと思いますね。

**飯沢**　飯沢さんは、劇団の方と直接つきあっていられるわけなんで、それでうらやましいと思うのは、演技者に合わせた役をつくれるということなんですね。

**飯沢**　それは、えもいわれぬ楽しさですね。料理人でいえば、きょうはトマトと何とかと何しかない、これでうまい料理をつくれというようなものでしょう。映画の『フロント・ページ』はごらんになった？　ワイラーの監督したやつ。

### スペクタクルの効用

**筒井**　あれはまだ見ていないんです。新聞記者のやつですね。

**飯沢**　あれは最高裁判所の記者クラブだけが舞台になっているんです。記者クラブの中に、逃亡した犯人を特ダネのために隠しちゃう話で、実におもしろい話です。あれ案外、評判にならなかったですね。今度ので映画化三べん目か四度目ですけど、皆、案外見ていないですね。小さなところでしか封切られないから。

**筒井**　同じ主役の『おかしな二人』にしても、その前の『ワン・ツー・スリー』にしても、あまり評判にならなかった。

**飯沢**　『サブウェイ・パニック』ご覧になった？

**筒井**　見ました。
**飯沢**　あれはうまくできていますね。あの監督に感心した。あんな複雑な事件をどうやって説明していくのかと思ったら、日本人を出して、実にうまく。
**筒井**　そうですね。
**飯沢**　あなたもずいぶん映画通で。
**筒井**　最近はあまり見ていないものですから……。
**飯沢**　筒井さんは、もっと視覚文化の方に進んでいただきたいんです。今度せっかく演劇という視覚文化の中へ入られたんだから、もっともっと……。
ともかく今は日本は活字文化偏重でしょう。ＳＦのような未来的なイメージを持っていらっしゃる方は、もっと視覚文化にお進み願いたいな。ぼくは視覚文化を重視する人間ですし、活字文化はそのうち、滅びるだろうと思っているんで。
**筒井**　ＳＦのスペクタクル性をやたら芝居に持ち込むと、すぐ荒唐無稽と言われるけれども、スペクタクル性は大事ですよ。荒唐無稽に見せない方法だってあるわけだし。『もう一人のヒト』の空襲シーンはスペクタクルでしょう。
**飯沢**　そうですね、スペクタクルも重大な要素と思っています。しかしあれは単なる見世物ではなくて、世界第二次戦争というのは、前線も銃後もなかったということをいいたかったので、空襲を記録する会ができたのはあれ以後です。早乙女勝元さん、あれを見て非常に勇気を得たといっていましたけれどもね。ぼくの強烈な訴えがあったわけです。やってる宇野さんは軍人ではあったけれども、のんきなとこにいて、空襲の経験は全くなかったらしい。だ

からこんな恐ろしいものだと、初めてわかりましたと言っていました。（笑）
あれの音は六チャンネル出したんです。ところがどうしてもぼくはふに落ちなかつたんです。何か欠けてるというので、よく考えてみたら、阿鼻叫喚が入っていなかった。単なる爆発音とかメラメラとかはあるけれども、何万という人がワーッとか、とうちゃんとか、かあちゃんとか、〇〇子とか言っている、その声が入っていないんです。それから阿鼻叫喚をみんなでつくって、もう一チャンネルふやしたら迫力が出ましたよ。

## アマの時代・プロの時代

**筒井**　外国のＳＦ映画の群衆場面の役者はみなうまいですよ。外国でできるんなら日本でもできるはずだと思うんですけれども、なぜでしょうね。

**飯沢**　あれはやっぱりプロに徹しているからでしょうね。いつでも言うことだけれども、アメリカなんて恒常的に失業者が何百万人といましょう。みなエキストラは失業者ですよ。演劇学校出ているりっぱな人です。真剣なわけです。もしもニヤニヤしていたら「君は要らない」と、すぐ首になっちやう。そうすると損失なわけでしょう。だから一所懸命になって『猿の惑星』でも、猿になってやっていますよ。あれはちゃんと猿らしい歩き方やっているじゃないですか。生活がかかっているからですよ。

**筒井**　日本では素人をエキストラにして…。

**飯沢**　あちらのはチャンスを待っている人たちでしょう。あの中からダスティン・ホフマンや何か出るわけだから。あしたはスターになるわけだから、エキストラというのはスター予備軍でしょう。日本はエキストラは永久にエキストラだと思っているけれども。

**筒井** それを認める人がいるからえらいですよね。

**飯沢** 常に虎視たんたんとして新しい才能を見つけようとしている人がいるからですよ。

**筒井** 日本は出てくると頭を打とうとする人ばかりですから。

**飯沢** このごろ幾らかよくなってきたですけれども。

**筒井** いまは新劇なんか新人のわりと出やすい時期じゃないんですか。

**飯沢** 好景気だからだめです。これから不況になると、よくなります。好景気だとまともな人は、もっと月給くれるわりのいいところへ行っちゃうわけですよ。不況になれば優秀な人材が新劇へ来るわけです。この間じゅう好況でしたね。だから新劇がだめなんです。ある意味では今はアマの時代ですね。プロじゃない。

**筒井** ぼくはプロの時代に戻したいと思いますね。

**飯沢** それはそうです。それにしてはテレビなんていう甘い世界ができちゃったでしょう。地でもやれる世界ができたために、それが混同しちゃっていますね。役者の価値と。ぼくたちが歌手の方がうまいというようなことを言うものだから、ますますプロは自信を失っちゃったりで……。

**筒井** それは『やぶにらみ文化論』にも書いたけれども、ちょっとでも役を創造しようとすると、かえって下手になっちゃうんですね、限られた時間の稽古だけでやろうとするから。

**重々しく言うつもりはないけれど**

**飯沢**　さっきから視覚文化論といっているけれども、いまテレビの影響は大きくて。いま子供を教育しているのはテレビでしょう、学校じゃないですよ。学校だけを解決すれば教育問題解決したように言いますけど、本当のところは人格形成はテレビがやっているんじゃないですか。だからテレビは大事だと思うんだ。それにしてはテレビやってる人は実に無雑作に扱っているわけでしょう。もう少しみんながテレビのことをうるさく言ったらいいと思うんですがね。もちろん宮本顕治風に重々しく言うつもりはないけど、みんなが気をつけ合ったらいいと思うんですがね。

**筒井**　舞台中継をやっても、ＮＨＫの「芸術劇場」とか「芸術」という名前をつけると、みな見ませんからね。もっとおもしろい芝居がいっぱいあるから。それを中継すればいいんですが、大阪の場合は新喜劇とかいうのばかりやるわけだけれども、あれよりおもしろい、わかりやすいものをその辺でいっぱいやっているのに、なぜ中継しないのか、あれは不思議ですね。

**飯沢**　でも余りおもしろくないですよ。ぼくも一所懸命になって、若い人のお書きになるのを見に行きましたけど、専門分化しましたね。いまにＳＦ劇場なんて……。なるべくそういう枠をとってくださいね。

**筒井**　ぼくはＳＦという枠をとろうとして書いています。

**飯沢**　ぼくは小松さんに劇化を申し込んで許可を取ったんですけれども、『春の軍隊』というの。現代演劇協会で考えてもらっているんですよ。

**筒井**　あれは非常にいいですね。

朝、目覚まして、家から出勤しようとして外へ出ると戦争やっている。

**飯沢**　ベトナムの記憶が薄れないうちにやらないとおもしくないですね。まだみんな記憶が生々しいからね。小松さんや、あなたのもの読んでいると、これはおもしろい芝居できるなとすぐ思いますね。

もう民芸は腹案あるんですか。

**筒井**　『探偵物語』のパロディをやろうかなと考えているんですけど。

**飯沢**　自分で演出したらいいでしょう。

**筒井**　ぼくは演出しない方が楽しいんじゃないかと思うんです。

**飯沢**　変な演出者のところへ行っちゃうと大変なことになりますからね。まああなたがうんと助言なされば。

**筒井**　しかし作者が稽古場に入りびたりというのはどうなんですかね。

**飯沢**　よくないです。ぼくはいつも遠慮します。「楽しみにいたしております」といって行かないわけです。行くとガッカリするから。（笑）

それでは今日はこのへんで。ありがとうございました。

（「現代演劇協会機関紙59号」一九七五年）

# 「スタア」公演に寄せて

「スタア」上演は、東京、京都に次ぎ、今度で三回目である。

しかも喜劇の本場大阪の、笑いの王国である花月劇場での上演である。大阪生まれのぼくにとっては故郷に錦を飾る、といった大袈裟なものではないにしても、自分の作品がやっと地もとで認められたという気がして、まことに痛快である。

笑いによる異化効果を通じ、人間の滅茶滅茶さを表現できれば成功であろう、と、作者としては思っている。また、スタッフ、キャスト の力によって、原作を越えた大爆発が起ることを、作者としてひそかに期待もしているのだ。

理屈も何もない、むしろ理屈などあってはならない芝居なので、大いに笑っていただきたい。


（「スタア」パンフレット　一九七七年八月十二日）

## まわり道

この三百人劇場で「スタア」が上演された初日の夜、作者としてカーテン・コールの舞台に立ち、花束を頂いたり、演技者と共に主題曲「銀色の真昼」を歌ったりしながら、二十年という年月を要したながい長いまわり道を思って感無量だった。しかも演技者としてではなく、作者として舞台に立っているのだ。嬉しさと共に、どこか間違っているという気がしてならなかった。

青猫座「廿日鼠と人間たち」の公演で、大阪毎日会館の舞台に溝江博、和気成一らと共に立ち、真夏の三日間、マチネーを含めて四回、主役のジョージを演じたのは二十年前だった。好評を得、「東の仲谷昇、西の筒井康隆」という記事が「期待される新人」として新聞に出たのもこのころで、今やそんなことを言っても誰も信用してくれない。

今やそんなことを書いてもしかたがない。ここまで来た限りは、もはや今回は、死ぬまで小説家の役を演じ続けなければしかたがないのだ。しかし生まれ変わったらまた演技者を志すことだろう。次回こそうまく行きますように。

「スタア」でも登場人物が二十六人でありながら、うち、女性は五人だった。今度の「12人の浮かれる男」は全員男性である。このあたりからも作者の演技者志向をお察し願えよう。ぼくの書いた戯曲の中で、ひとりとして自分でやりたくない役はないのだが、あいにくぼくは女ではないからだ。

（「12人の浮かれる男」公演パンフレット　一九七八年九月八日）

# 作家・自作を語る　筒井康隆劇場　12人の浮かれる男

「作家・自作を語る」、今回は筒井康隆さんが『12人の浮かれる男』について語っています。

まるで、エー、小説の短編集のような形で戯曲集が出るということは、ぼくにとっては大変嬉しいことで、つくづく恵まれてると思います。というのは、以前ある戯曲をそのまま上演台本にできる形で一篇だけ本にしたことがありましたけども、エー、戯曲シリーズの中の一冊でしたが、このシリーズはいずれも二百枚前後の内容で、しかも活字が大きくて、行間が開いていて、定価も割高になっていました。ぼく自身、芝居をやってましたから、その手の本はよく知ってますし、当然のことと思っていたんですけど、ぼくの読者には戯曲のことなど全く知らない若い人が多くて、こういう人がその本を買って、えー、内容が少なくて高価だったものですから大変おこりまして、ぼくのところへ金返せなんていうはがきをくれたりしまして、もー、アホか、と思ったんですが、ま、考えてみりゃあ、ま、無理もない話でちよっと悲しい思いをしましたけれども、ま、シリーズの、ほかの作家の方たちは皆さん劇作家として名をなしていらっしゃる方ばかりなんで、ま、そういうことはなかったと思いますが、したがって、この

『12人の浮かれる男』のような形で戯曲が出版されることは、ぼくにとっても、ぼくの読者にとっても必要だったわけです。正味四百数十枚でありまして、エー、戯曲は五編収録されております。エー、お買い下さい。

また『12人の浮かれる男』は、初演目録にも書いてありますが、昨年の夏、東京で上演されて大変好評でした。好評だった割には宣伝が行き届かなくって、あまり多くの人に見てもらうことができなかったんですけども、ま、好評であったにかかわらず見た人が少ないと、これは芝居には多いことですが、ぼくは大変残念でした。戯曲を書いたということは、読んで欲しいということだけではなくって、いうまでもなく上演して欲しい、芝居を見て欲しいということですからね。そこで今年の夏、この芝居をなんとか関西でやってもらおうと思って、今走り回っているところです。情報誌などに注意していていただいて、是非見に来て下さいね。

腹膜よじれるブラック・ユーモア、腸捻転に御用心、小説界の鬼才、筒井康隆の第一戯曲集『12人の浮かれる男』は定価九百円です。

新潮社のテレホン・サービス（一九七九年二月）
（「ホンキイ・トンク」第4号　一九七九年五月十日）

# 芝居の楽しみ

　最近あまりＳＦを書いていないので、この欄の末尾にＳＦ作家と書き込むにはいささかためらいがある。なぜか自分で肩書を書き込めという中日新聞の注文なのだが、これは執筆者の気持を慮っているように見えながら、一方では社会人としての自覚の強制につながる厳しさも感じとれる注文である。おのれがその肩書にふさわしい人間かどうか、自分で肩書を書く身になれば一応反省して見ざるを得ないからである。

　そこで作家と書くことにしたが、これはなにもカート・ヴォネガット氏のごとくＳＦ出身でありながら純文学作品を書きはじめたためにＳＦ作家と呼ばれることをいやがりはじめた、というようなことと同列に見られては困る。単にＳＦを書いていないといううしろめたさからに過ぎない。

　これにはそもそも、ぼくが今まで書いてきたようなＳＦを、もっとうまく書く連中が出現しはじめ、次第に書きづらくなってきて、ついにＳＦでないものばかり書くようになったという理由がちゃんとある。ドタバタ・スラプスティックＳＦを書こうとすれば豊田有恒がいい長短編をたくさん書いていて、なんとなく同じようなアイディアがあったような気がするし、不条理性を強調したブラックなユーモアSFを書こうとすれば、かんべむさしという才人が最近売り出してきていて、こっちがまねしたと思われかねないのでなんとなく気が進まない。言語実験的なものを書こうとすれば近ごろ夢枕獏などという変なやつが登場してきているから、その行く手をあまり阻んでは気の毒だという気になる。書き出したのはこっちが先だと主張できぬこともないが、十年かそこいら経てばどちらが先だか、そんなことを読者は考えてくれない。

さらに深く自分の創作心理をほじくり返せば、今までと同じものなら書く前からどの程度の出来になり、どの批評家がどう褒めてくれるかまで予想できてしまうので、書いていてちっとも面白くないということもある。そんなわけでどんどん今までの作風から離れていく。ドタバタSFで名を売ってきただけに、ドタバタ・ファンの読者からは背信だといって怒られるかもしれない。

ところがここに芝居という、うまい表現手段があった。戯曲作法に関しては運劇青年であったため他のSF作家連中より一日の長がある。しかも芝居でドタバタをやれば、笑いという目に見える形で、いや、耳に聞こえる形ではっきりした反応があり、小説に比べて作家根性をより満足させてくれ、ナルシシズムを肥大させてくれるのだ。SFの読者以外の人も見にきてくれるから読者層を広げるきっかけにもなる。小説を書いているだけでは味わえぬ楽しみであり、利点でもあろう。

これに加え、芝居の現場に立ちあえるという、芝居にかかわる人間として本来の楽しみまである。日ごとの客席の反応の違いを感じわけて勉強できることにもなるのは当然のことだが、ロビーに立ち、受付に立ち、プロデューサー然として威張っていられる楽しみもある。客席からの笑い声をロビーや楽屋で聞くのもいいものだ。だから自分で書くなら芝居は喜劇に限ると思う。それも客が笑いころげ、だれにもわかり、知的満足もあたえるウエル・メイド・プレイに限る。

今月たまたま二十一日に名古屋・港湾会館ホールで「12人の浮かれる男」を上演するが、開演が七時だから勤め帰りの人たちを呼びこむのに絶好。ぼくはホールの前に立ち、ちらしを配り、呼びこみをやるつもりでいる。一度やってみたかったのだ。楽しめる限り楽しまなければ、赤字を出してまで芝居をやる甲斐がないではないか。

むろんあなたのご来場もお待ちしておりますよ。

（中日新聞　一九七九年七月十四日）

# 漸新

「小説に比べると戯曲の方はいやにオーソドックスだ」と小林信彦氏によく笑われるのですが、アンチ・テアトルが嫌いなのは、見るたびに「こんなに先へ進んでしまっていいものか」と思わされるからで、演劇以上に一般受けを要求される小説というものを書いている者の眼から見ると尚さらその独走ぶりがいまいましく感じられるからでもあります。というのは最初ぼくが小説を書きはじめた頃など「読者を馬鹿だと思え」と言う編集者がいたくらいで、つまり「これだけ書いておけばわかるだろうなどと思わず、これでもかこれでもかと書いてちょうどいい加減」という教育を受けたわけですから、実験的な手法など夢のまた夢であったのです。今でこそ実験的な小説もある程度許されるようになりましたが、それとて演劇の方ではすでに何十年も前から使われている手法だったというような場合が多く、つくづく小説の大多数読者の後進性には泣かされてきたものです。少しずつ、少しずつ読者を教育し、編集者をノセてきたことを思い返しますと、たまたま自分の書いた戯曲の上演される機会がふえてきたからといって、ただちに実験的な手法で戯曲を書いてやろうという気には、やはり、ちょっとなれないのです。正直に言いますと、せっかく戯曲を書くからにはやはりぼくの芝居の固定観客とでもいった人たちをしっかりとつかみたい気があり、そのためには観客無視の独善に走ることなく、三一致の法則から出発して一歩一歩、実験的な方向へゆるやかに歩んで行こうと思っているのです。

（「将軍が目醒めた時」パンフレット　一九七九年十二月）

# 作者の心配

「12人の浮かれる男」はこの夏の公演で三年目を迎えることになる。初演は東京だった。去年の夏は大阪・名古屋で公演し、成功した。成功したといっても芝居の場合は出来以外に、採算がとれたかどうかも判断の基準となり、芝居がいかに面白くても客席がら空きでは成功と見なされない。芝居の宿命だ。小説の場合は発刊当時いくら売れなくても、内容さえよければ傑作とされ、賞など貰い、それが原因で売れるということにもなる。芝居はそうはいかない。

去年の夏の大阪での成功は、死にものぐるいでぼく自身切符を売り歩き、知りあいに押しつけ、強制的に買わせたりした努力が実ったわけである。名古屋での成功は、直前に同じ会場でＳＦ大会があり、宣伝が行き渡っていたからでもあろう。

さて今年は、東京、京都、神戸その他各地を巡演するわけだが、実は今回、大いに不安がある。東京公演は三度目である。また客が来てくれるかどうかが心配だ。京都・神戸も、去年の夏大阪で演った時に、本当に見たいと思ってくれた人はたいてい来てくれている。神戸の知りあいにも、実は去年、切符をバラまいて全員見に行って貰った。また見に行って貰えるだろうか。

今年の客の入りが試金石となり、来年、ぼくの新作で各地巡演できるかどうかが決まってしまう。現在、祈りたいような心境である。

客の入りばかり心配してしまったが、本当にそれ以外に心配は何もないのだ。面白さは見てくれた人すべてが保証してくれている。役者のうまさ、演出のよさはぼくが保証する。などといくら書いたところで、これを読んでいる人――つまりあなたは、言うまでもなくすでに劇場に足を運んでしまっている人なのである。ああ。

（「12人の浮かれる男」公演プログラム　一九八〇年七月）

# 三人の男とひとりの女

三人の男がソファの前に並んで立っている。その前を、ひとりの女がいらいらした様子で行ったり来たりしている。三人の男はそれまでソファに掛けていたらしいのだが、今は気遣わしげに女を注視している。

これが、第一幕の、幕あきのシーンだ。この芝居は三幕、または五幕である。きちんと三一致の法則をふまえた二時間ほどの芝居であり、最後の幕まで緊張の糸はぴんと張りつめたまま、そして最後はすばらしい感激と芸術的興奮のうちに終わる。

そしてそれは、なんと、このおれの書いた芝居なのだ。

これが最近、しばしば見る夢である。

目を醒ましても、その感激と芸術的興奮はまだ残っている。だが、ストーリイはどうしても思い出せない。もちろん夢のことだから実際にはストーリイなどないに等しく、全幕通して見たりはしなかったのだろう。しかるにその芝居全体の雰囲気、トーンの高さ、面白さなどはまざまざと感じ取っている。実にすばらしい芝居なのだ。

なにしろおれが夢で見た芝居なのだ。おれに書けぬ筈はない、と思う。よし、書いてやるぞ、とも思う。だが実際には、どういう芝居にすればいいのかわからない。

もどかしさのうちに日が過ぎた。

三人の男とひとりの女がいる第一幕の最初のシーンを、それからも夢で一、二度見た。話をさまざまに発展させてみる。こういうつまらないきっかけで名作が生まれることだってあり得る筈だ。

そして今、ひとつのアイディアが出来あがりつつある。しかし、夢で見た芝居の興奮には程遠いものでしかない。まだまだ、よく発酵させねばなるまい。

そのうちに、タイトルができてしまった。「R・A・R」だ。いうまでもなくチェコの作家カレル・チャペックの戯曲「R・U・R」からいただいたタイトルである。R・A・Rとは即ちR・A方式のロボットという意味である。つまり反応分析ロボット。人間の反応を記憶し、それによって行動し、それに対する人間の反応をもまた記憶するという、フィードバック機構を備えたロボットのことである。

なんだ、ロボット物か、などと失望しないでいただきたい。さほどハードなSFにはならないであろうし、チャペックのものともだいぶ違ったものになるであろう。だが、なにしろストーリイそのものがまだできていないので、保証できるのはそこまでである。なにしろ戯曲というのは話の細部まで頭の中に整わないと書き出せないし、それには少なくとも一年かかる。今のところ、できているのはタイトルと、第一幕の幕あきのシーンのみである。マンションの一室と思える豪華な住居の応接室。ソファの前には三人の男が立っている。ひとりの女が、いらいらと歩きまわっている……。

（「ウィークエンド・シャッフル、将軍が目醒めた時」パンフレット　一九八二年七月）

# 稽古場日記

**六月二十三日（日）**

十一時十二分西明石発のひかりで上京。

三時半、新宿のヒルトン・インターナショナルにチェック・イン。

シャワーを浴びている暇もなく、四時、演出の川和孝と、演出助手で、役者としては犬神博士助手、柴山役の上山克彦が来室。早速、科白の稽古。科白の稽古といっても、おれのアクセントをなおしてもらうのである。それまで、アクセントをなおしてもらっていなかったため、科白を暗記することすらできなかったのだ。間違えたアクセントで科白を憶えてしまうと、立稽古になってからでは非常になおしにくいのである。「なまりのある役者には名優が多い」などというが、そんな説に甘えてはいけない。

六時、歩いて稽古場へ。稽古場である新宿村スタジオには徒歩約十三分である。だから新宿ヒルトンに泊ることにしたのだ。

顔合せ以来、稽古には十日ぶりで参加する。もっともその十日間は一幕と二幕の稽古であり、犬神博士役のおれの出番はなかったのだ。勿論、役者としてはたとえ出番が三幕目だけであっても、本来はずっと参加していなければならない筈のものであるが、今回はなにしろ小説の原稿の締切りが重なった。その上ホテルではまったく原稿が書けぬ性質ときている。しかたなく演出家の好意に甘え、我儘を許してもらったのだが、役者にはあるまじきことである。

まず一幕の立稽古。出演者のほとんどが科白を憶えてしまっているので感心する。長科白の多い納谷六朗に、ほとんど科白のトチリがない。この人には毎回アクセントを教わっていて、今回もこの人が吹きこんでくれた犬神博士の科白のテープを聞き、自宅で稽古してきたのである。

毎年そうなのだが今年も、昴《すばる》、円、青年座、テアトル・エコーなど、各劇団ごった混ぜの混成キャスト。だから今までの「スタア」と異り、非常に奇妙な雰囲気がある。実に面白い。作者としては大満足。

次いで二幕の前半だけ立稽古。後半はまだミザンセーヌができていないらしい。

おれの初参加ということで、三幕の読みあわせを一回だけやって貰う。稽古終了は九時。少し風邪気味なので薬を呑んで早く寝よう。稽古期間中、及び公演中は、たとえ風邪をひいても、交通事故にあってすら、すべて役者の責任なのだ。

**六月二十四日（月）**

十一時半に川和孝、映画監督の内藤誠、映画プロデューサー増田久雄が来室、「スタア」を映画化するにあたっての予算会議をやる。今回、いろいろと心配ごとが多く、なかなか演技に身が入らないのでもどかしい。

今日もまた雨だ。ホテルの傘を借り、川和さんと一緒に新宿村スタジオへ。一幕、二幕の立稽古と三幕の読みあわせ。

黒木役の北村総一朗と久しぶりの対面。この人は十年前の「スタア」初演の際の黒木役であり、「三月ウサギ」でも主演してもらっている。他に、西尾美栄子も京都で演じられた川和演出の「スタア」の梢役。役は違うが小山武宏も初演時の出演者である。

当然のことだが二幕はまだ危っかしい。役者が揃わず、代役が多いので、誰が本役で誰が代役だかわからなくなり、いらいらする。大一座の公演は今年で四回目。年一回の公演だから四年目ということになるが、年を追って次第に芝居がやりにくくなっていくような気がする。役者が多忙になり、なかなか揃わず、いい稽古場もとれなくなっていく。

自分のことを棚にあげて言うならば、作者としては、三幕は若手新人の出演者が多く、どうなることかという不安がある。

五時に稽古が終り、いったんホテルへ戻ってから、銀座の「まり花」へポスター、ちらし、切符五十枚を持って出かける。ここで「麻雀放浪記」の新人監督・和田誠に会い、映画の話がはずんだ。この人の書いた「新人監督日記」は読んで大いに参考になった。こっちも「スタア」を製作する身だ。現場のことなど、いろいろ訊ねる。

十一時、ホテルに戻る。稽古期間中である。深酒はいけません。

**六月二十五日（火）**
今日も雨だ。稽古は十二時から。

二幕の立稽古と三幕の読みあわせ。おれはまだ自分の役の声のトーンがつかめない。異常性を表現しようとしてつい力んでしまう。力まず自然に、自分の中にある異常な部分が出てくればしめたものなのであるが。

代役が多く、他の役者連中もなんとなく、みんないらいらしている。舞台監督・大川修司が怒鳴るのを久しぶりに聞いて懐しかった。この人が怒鳴ると、役者としてはかえって安心するから不思議である。

今日は内藤誠が見学にきて、熱心にノートをとっていた。

稽古は五時に終る。読みあわせを二回やっただけなのにすっかり疲れてしまい、いったんホテルに戻って二時間ほどうとうとする。

十時、ポスター、ちらし、切符三十枚を持って四谷の「ホワイト」へ行く。五分ばかり前にタモリから、誰か知人が来ていないかという電話があったそうだ。

博品館劇場で「そして写楽」に出演中の佐藤陽子さんがやってくる。初対面であったが、芝居の話がはずんだ。持ってきたばかりの切符、さっそく二枚売れる。

一時半、ホテルに戻る。

**六月二十六日（水）**

舞台用のステッキを捜しに出かけたが、伊勢丹は休み。京王、小田急とまわったが、犬神博士のステッキは見つからず、納谷さんが「日本橋・高島屋の特選品売場」と教えてくれたので、明日にでも行ってみよう。

今日は本来、稽古は休みなのだが、犬神博士がらみの部分、抜稽古してくれることになった。役者でつきあってくれたのは小山武宏、二宮寛、根岸光太郎、それに演出助手でもある上山克彦。みな多忙の身で親切である。

稽古場へ週刊文春の田嵜君、共同通信社の朝田氏が取材に来た。川和さんと並んで写真を撮られ、インタヴューに答える。今日は増田久雄も見学に来た。

稽古場へタモリから電話があり、映画の役のことでどうしても話したいことがあるとのこと。稽古は九時に終り、いったんホテルに戻ったあと、深夜、銀座「まり花」へ行き、タモリと会う。相談はすぐに終ったが、つい話がはずんで気がつくと一時半。タモリのお抱え運転手にベンツでホテルまで送ってもらう。

就寝二時。役者がこんなに夜ふかししてはいけない。

（筒井康隆大一座公演「スタア」パンフレット　一九八五年七月）

## 乞うご期待「スタア」

**五月二十九日（水）**

一時十六分西明石発のひかりで上京。

車内では「ユリイカ」の特集・言語革命を読むが、得るところ、ほとんどなし。車内のレストランで、こんなものうまい筈《はず》がないと思いながら四千五百円のステーキを食べたら案の定うまくなかったので、満足した。

キャピトル東急ホテルに五時着。

六時、「小説現代」中島君、迎えに来る。銀座の「はち巻岡田」へ。ここは久保田万太郎先生や花柳章太郎丈が句会を開いたという由緒ある料理屋にして、魚を中心としたうまい料理が出るなり。宮田新編集長も来て、三人で何やかや話す。

「究極のショート・ショート」と銘打《めいう》った「怒るな」という作品を、九月に載せてもらうことになった。これ以後、ショート・ショートは誰も書けず、ついに絶滅するというものである。乞《こ》うご期待。

歩いて「まり花」まで移動。呑《の》んでいるうちに、黒鉄ヒロシが角川書店の小畑氏、大和氏と一緒にやってきて、これより馬鹿話の花が咲き、ブラック・ユーモアで笑いころげること二時間。客の人柄もあろうが、人数も、この店はこれくらいがいちばんよろしい。いつもは詰めこみ過ぎです。

二日間酒を飲んでいなかったものだから、いくらでも入り、ついに十杯を越した。ホテル帰着十一時半。

**五月三十日（木）**

案の定、眼を醒《さ》ませば二日酔い。しかしコーヒーを飲んだらなおってしまった。

今夜の講演のためのメモを作る。講演はすべてことわっているのだが、義理でやらねばならぬことが年に四、五回ある。全部ひきうけていたらどうなることであろうか。恐ろしいことである。

三時、新潮社の初見氏来室。八月末に出る「玄笑地帯」（エッセイ集）の打合せをする。三時半、迎えの車が来て、池袋のサンシャイン劇場へ。本日、聴衆は全員女性と聞き、初耳だったので仰天。

楽屋《がくや》で、単行本約百五十冊にサインさせられる。これはほとんど売り切れた模様。

楽屋へ新潮社の中村氏、横山氏、営業の人たち、次つぎとやってくる。横山氏には「法子と雲界」という小説の原稿を渡す。わけのわからぬ話であり、これは「小説新潮」の九月号か十月号に載る。乞うご期待。

七月公演の宣伝をするため、筒井康隆大一座の連中も、チラシを持ってやってきた。映画監督の内藤誠氏、日本筒井党（ファンクラブ）の平石君などもやってきた。

六時四十分、講演開始。「現代文化と演劇」と題し、主に歌舞伎のことを喋《しゃべ》る。

講演終了後、内藤監督の映画「俗物図鑑」が上映されたが、おれは新潮の三氏と共に神楽坂の「寿司幸」へ行く。ここは井伏鱒二先生、永井龍男先生などがお見えになるという由緒ある寿司屋にして、新鮮な魚が出るなり。

三氏と共にホテルへ戻り、呑みながら十一時頃まで喋る。就寝十二時。

二日酔いがいやなので、自制したつもりであったが、また呑み過ごしたようである。

**五月三十一日（金）**

案の定、二日酔いである。だが、レストランへ行って熱い排骨湯麵《パーコーメン》を食べたらなおってしまった。

二時、中央公論社の新名君、坂下君来室。「中央公論増刊号」ＳＦ特集の内容について討議をする。最尖端科学と最尖端ＳＦを紹介するわけだが、執筆者について討論を重ね、大まかなアウトラインを決めるのに四時間かかった。

新名君には「中央公論文芸特集」秋季号用の「影武者騒動」を渡す。これは並木正三の「近江源氏鎔講釈《しかたこうしやく》」の中の一幕だけを独立させ、現代語に書きなおしたもの。乞うご期待。

もう二日酔いはいやだから、おとなしく自室でルーム・サーヴィスの和食を食べ、テレビの巨人――中日戦を見る。じっくり楽しむつもりだったのに、あっ、何てことだ。西本が完封し、二時間十五分、あっという間に終ってしまった。

ウイスキーたった百mlですっかり酔いがまわり、九時就寝。歳《とし》ですなあ。

**六月一日（土）**

散髪に行き、マッサージにかかる。

歩いて都市センター・ホールまで。途中、本屋で堀田善衛「路上の人」を買い、喫茶店でぱらぱらと読む。

五時、ホールのロビーで川和孝氏、内藤誠氏、山下洋輔氏、ジャムライスの岩神六平氏（山下氏の名物マネージャー）と落合い、芝居、映画、それぞれの音楽の、録音の打ちあわせ。筒井康隆大一座第四回公演「スタア」は、七月十三日（土）から十七日（水）まで五日間、砂防会館ホールにおいて六時半（日曜は二時のみ）開演。公演が終るとただちに映画の撮影に入るのである。乞うご期待。

演出は、芝居の方が川和孝、映画が内藤誠。今回、音楽は全部おれの作曲なので、山下氏には編曲、演奏、指揮、歌唱指導などをやってもらうこととなる。

六時より、芝居の出演者の顔合せが行われる。納谷六朗、西尾美栄子、阪脩、いずれも一年ぶりの懐かしい顔である。三十余名が集る。おれは作者用、役者用、二冊の台本をもらう。第一幕だけ読みあわせを行い、ビールで乾杯。

内藤氏と共にホテルへ戻り、自室で呑む。ちょうどテレビで黒澤明「椿三十郎」をやっていたので、「乱」のことなど、いろいろ話がはずむ。

十二時就寝。

**六月二日（日）**

十二時十六分東京発のひかりで帰神。

車内で「路上の人」三分の二まで読む。うしろの席で餓鬼が騒ぎやがったにかかわらず、あまり面白いので速読しすぎたようだ。こんなにすらすら読めたのでは、キリスト教のこと、中世ヨーロッパのこと、堀田さんの言いたいことが読者によく伝わらないのではないかと心配する。前作「ゴヤ」まで読みたくなった。読んでいないのだ。

帰宅四時半。手紙類が山積み。いそいで整理する。さいわい急用は何もなし。

ウイスキーを呑みながら久しぶりに巨人——大洋戦をテレビで見る。巨人、また敗けた。なんてことだ。

寝てからも「路上の人」が気になり、ついに深夜二時より読みはじめる。読み終ったら朝の六時。なんてことだ。

（「小説現代」一九八五年八月号）

# 戯曲「スタア」上演法

戯曲「スタア」は小生の作品の中でも、最もよく上演される芝居である。主なところでは現代演劇協会が、研究生の卒業公演としてほとんど毎年のように上演してくれる。その他、地方の素人劇団や大学演劇部にいたる大小の劇団から、ひっきりなしに上演許可願の手紙がくる。登場人物が多いから劇団員がいかに多人数でも全員役につけるからであろう。ただ、小生の作品はたいていそうだが、女性の登場人物が極めて少い。「スタア」も五人である。全体の五分の一である。しかしこれでも小生の作品としては多い方なのだ。

なぜか、たいていの劇団には女優の方が多いので、例えば前記現代演劇協会などでは、杉梢役、美智代役にダブル・キャストを組んでいる。「もっと女優がたくさん出られる芝居を書いてください」と言われることはしばしばだ。切符をたくさん売るのはたいてい女優なのである。経営問題が作品にまで及んでしまうという例がここにある。

上演されることが多いもうひとつの理由として装置が三幕を通じて同じだから、費用がかからぬということもあろう。「セット一パイ」という基本方針は小生の戯曲作法のひとつだが、特にこの「スタア」では場所の一致、時間の一致という古典的劇作法を守っている。逆に言えばその方が、登場人物の多さが生きるのだ。

その他この「スタア」は、戯曲作法に忠実に従っている部分がたいへん多い。したがって演出にしろ演技にしろ、基本に忠実にやりさえすればよく、むしろその方が効果のあがる芝居なのである。ところが小劇団などでは、ともすれば余計な演出をしたり、役者が不必要な笑いをとろうとしたりして効果を殺いでしまう。今まであちこちの劇団の「スタア」を見てきたが、基本を知らぬのではないかと思えるズれた演出、ズれた演技があまりにも多かった。今後もこの芝居は上演される機会が多いと思われるので、参考までに作者の願う理想的演出、演技というものを書かせて頂くことにする。

まず第一幕の幕あき。ここは小細工せず、まともに幕をあけていただきたい。ある劇団では暗転し、暗闇の中で男女のあの時の声をえんえんと聞かせた。明かりが入ると梢と黒木がソファの上で抱きあっているからなのだが、ここは何も本当に性交をしているわけではないのだ。ポルノではないかと客に違う期待をさせ、それを裏切ることになるし、子供づれの客は帰ってしまう。だいたい、隣室には亭主が寝ているのだ。そんなでかいよがり声をあげられるわけがないのである。これはリアリズムの芝居なのですぞ。

黒木が梢に坂口のことを話すくだりは、一幕の終りの坂口の登場を効果的にするための伏線であるから、明瞭な発音でお願いしたい。幕が上がったばかりで客席はまだざわついている。大きな声で願いたい。特に「片腕」というのをはっきりと。梢といちゃつくのに夢中で、せりふが不明瞭にならぬよう。したがって坂口の登場の際は、片腕であることがひと眼でわかるようでなければならない。

匠太郎と政子のやりとりの場面は、いささか退屈と思えるほどのゆるやかな展開にしている。というのは、これも古典的劇作法に則ってのことなのだが、幕あき早早は遅れてやってくる客のためにまだ客席がざわついているから、展開を緩やかにという法則があるのである。遅れてくるような客はどうせろくな客ではないのだから、そんなもの抛っとけばいいのだと思う人もいようが、さにあらず。これは遅れてきた客のために迷惑をかけられるまともな客のための心遣いなのだ。しかし映画では、ここはきわめてスピード感のあるテンポに戻っている。

前記の法則は、あまりにも古典的に過ぎたようで、小生いささか計算違いをした。最近は遅れてやってくる客というのは少いのである。したがって、不思議そうに小生に向かって、「最初のところ、なぜあんなにテンポが遅いんですか」と訊ねる人もいたりして、まずかったかなあと反省している。

そこでお願いであるが、政子役の女優さんは、あまり思い入れをやらないで頂きたい。過剰な科白に過剰な思い入れでは停滞してしまう。喋り続けることで科白の過剰さを強調していただきたい。後半、開きなおってからは多少ねっとりとしてもよろしい。

美智代の演技者は、むしろ梢役以上のヴェテラン女優にやってほしいくらいの難役だ。純情で従順そうに見えながら、ここぞというところで本性をちらちらさせ、伏線を張っておかないと三幕の開きなおりが生きてこない。あいにく観客の眼が向きにくい役なので、いつ自分が見られているかを計算できる演技者でないと困る。黒木と二人きりになる場面など、がらりと変って見せてほしいものだ。この二人は互いにむき出しの自分を見せあっているわけであり、だからこそ愛しあっているのだ。

　匠太郎は信念を持った多血質の人間なので、逆上して怒るところやわめくところは控え目にやらないで頂きたい。そういう部分こそ昔から喜劇役者が工夫したところであり、笑いがとれる部分とそうでない場面との区別を明確に判断できなければならない。作者としては、小さな笑い百回よりもどっとくる笑い一回の方が嬉しいのだ。

　さて、いよいよパーティが始まった。パーティ場面の出演者には相当の演技力が要求される。この場面がちゃんとできるのは以前の文学座くらいであろうと飯沢匡氏が小生におっしゃったものであるが、まったく「武蔵野夫人」などのパーティの場面はよかった。ここではがやがやと会話しながらも、科白を喋っている役者に注意を向けて自分の科白を待たねばならない。したがって会話は、あくまで登場人物としての会話を自分なりに工夫して喋らねばならぬ。ドラマの内容と無関係な話をしたりすると前列の客に聞かれてしまう上、自分の科白の番を忘れたりする。誰も喋っていないのではじめて自分の番であることに気づき、「あ」などと言って大声で喋り出すなどは実に見苦しいものである。

　坂口の登場では、特に坂口に照明を当てたり、不気味な音を入れたりしないよう。映画ではやっているが、舞台ではこれをやるとリアリズムの面白さが失われてしまう。大一座の芝居では、この幕切れで拍手がきた。いうまでもなく、余計なことをしなかったからであり、坂口の登場に気づいた観客が、気づいたことに喜びを感じたからだ。

　幕間はたっぷり十分ほどとって貰いたい。このようなウエル・メイド・プレイでは、特に幕間は重要である。便所へも立てぬほど客をぎっしり詰めこんだ小劇場ならともかく、五分ほどのあたふたした幕間は芝居の楽しさを壊すものである。煙草の好きな人にいらいらせず、たっぷり楽しんでもらう必要もある。さもなくば何のためのロビーであろうか。

　二幕では天皇、管理人、芳枝などの出入りが続く。前幕の三河屋、三幕の刑事、警官なども含め、いずれもちょい出に近い役だから、つい張り切って大袈裟な演技、余計な演技をしてしまいがちである。役者の本質だからしかたがない、ともいえるが、それまでの流れが乱されてはかなわない。端役といえども稽古には終始つきあい、芝居全体の流れ、役どころを心得てほしい。どんな端役にも必ず見せ場は作っている筈なのである。出てくるだけで面白い、という役もある。変なことをして笑いをとろうなどとは、くれぐれもしないでほしい。

　喜劇を演じる難かしさは、客の笑いの大きさや回数の多さだけで出来の良し悪しを判断してしまい勝ちなところにある。そうではないのだ。これは特に女優に多いのだが、昨日笑ったところで今日笑わないと、焦って笑いをとろうとし、演技を誇張して客をしらけさせ、ドラマの流れを乱す。これは是非とも避けていただきたい。

　二幕の幕切れは、政子が出てきたらすぐ幕をおろすこと。戯曲では歌詞を書いているが、これは幕のうしろで歌い切ってほしいからである。

　三幕では、犬神博士が出てくる。劇団員の中にお年寄りの演技者がいた場合、ついその人にこの役を振ってしまいがちだが、あまりのロートルに犬神博士を演じさせるのは避けてもらいたい。弱よわしくなってしまう。特に博士の長科白の間、うしろのパーティの連中がほとんど聞きもしないでがやがや騒ぐわけなので、老優では声が聞きとれなくなってしまう。ほんとの老人では、博士の狂気のエネルギーは、絶対にといっていいほど表現不可能だ。

若い人が犬神博士を演じる場合、やはり老けこみ過ぎて弱々しくなる弊害がある。老けの演技が誇張されるからだ。小生は考えた結果、老けの演技はやらないで、かわりに軽い脳性麻痺という演技をした。適宜な老けの演技ほど難かしいものはないからだ。演技者としての年齢がちょうどよかったのであろう。他劇団の芝居「スタア」を何度か見ている人に「犬神博士があんな重要な役とは思わなかった」と言われた。座長の小生が演じたから重要な役になったのではない。本来重要な役なのである。

冷蔵庫の中に白熊がいるというので匠太郎や犬神博士が台所へ去ったあと、応接間に残った連中による推理シーンがある。だんだん謎がとけていくわけであり、どういう演じ方をしようと客は笑い、役者にはこたえられないところであろうが、ここでもあまりたっぷりとした思い入れは避けてもらいたい。常に役者と演出家（又は作家）の意見が対立するところなのだが、一見、いかにその方が客に受け、仲間うちに受けようと、そもそもここでは観客は真相を知っているわけであり、あまり沈黙を長くすると、それだけ考えてなぜわからんのだということになり、いかに酔っているからとはいえ、やはり馬鹿に見えて、リアリティがなくなってしまうのである。

じゅんとジョージが裸で出てきて、説明を求められたじゅんが「うろのきた」科白を言うところがある。若い女優さんが演じるからであろうが、この科白できちんと笑いをとった女優さんは、まだ、ひとりもいない。これはなぜかというと、科白の内容よりも、「うろのきた」演技を優先させるからである。語尾をはねあげ、早口で喋ってしまうからである。ここでは客は、うろのきた演技で笑うのではない。科白で笑うのだ。したがって、科白をゆっくりと、明瞭に喋り切れば、客は必ず笑う。もちろんそのあとの、犬神博士の受けの芝居も大切ではあるが。

このあたりより、登場人物のほとんどが正気を失いかけているので、異常な昂奮や過敏な反応を見せないとラストへの盛りあがりに欠けることになる。たとえば管理人を美智代が詰《なじ》ったりするところなど、ふだんの美智代なら決してしないことであり、ここは異常な昂ぶりを見せねばならない。他の演技者も然りである。

しかし、いくら全員昂奮状態とはいえ、重要な科白が消えてしまっては困る。写真を撮ろうとして揉みあうところで、全員が罵り続けているから無理もないのだが、「人権侵害だ」「タレントに人権があるか」という問答がどうしても消えてしまう。テーマにかかわる重要な科白だ。是非とも立てていただきたい。

ラスト近くの、三十名近い登場人物の激しい動きの処理は、本来なら演出家にとって最もやり甲斐のあるところだ。絶対に不自然にはならない筈なので、投げやりにならず、丹念に演出してもらいたい。安易に全員を躍らせてしまったりせず、あくまでリアリズムで処理してほしいものだ。

三幕の盛りあがりは、一幕、二幕を丹念にやってこその盛りあがりである。伏線が散りばめてあるので、なおざりにしないで欲しい。大一座の川和孝は、一幕、二幕の稽古に多くの時間をとった。一、二幕さえしっかりやっておけば、三幕は自然にできる筈だという考えからであり、三幕の稽古はほんの数日しかやらなかった（三幕にしか出演しない小生など、いささか困ったものだが）。これが本来の演出法ではないかと思う。ただしこれはヴェテラン俳優が揃っていての話であり、素人劇団に於いてはこの限りではない。

ところがプロの劇団でもこれがよくわかっていない場合がある。ある有名劇団だが、「スタア」の三幕のみを中心にしてやらせてほしいと言ってきた。一幕、二幕を簡略化して三幕の中に含め、それで充分わかるようにするからというのである。小生、ただちにこれをお断りした。これはウエル・メイド・プレイである。エンターテインメントである。一幕、二幕は、三幕でいかなる騒動が起るかを観客に期待させ、伏線のひとつひとつをじっくり楽しんでもらうためにどうしても必要なのである。三幕のアナーキイなスラップスティックのみに目を向け、のっけからそれだけをやろうとしても、それはアナーキイなスラップスティックにはならないのである。

アングラ演劇などでは、のっけからアナーキイなドタバタが始まり、最後まで続くというのがある。それはそれで面白い。しかしそれはウエル・メイド・プレイの面白さではない。ぼくの好みからいっても、演技者も観客も最後にはへとへとに疲れ果ててしまい、客に終ることを期待させるような演劇は、三十二歳以上の観客にそっぽを向かれ、二度か三度は見に来るだろうがそれ以上見に来る気を起こさせない。小説で小生の作品をお読みの読者ならおわかりになると思うが、アナーキイなスラップスティックには必ず仕掛けがいるのである。まず第一に、のっけからドタバタで始まりドタバタで終るような芝居は、それ固有のドラマ展開が必ずしも必要ではないため、ドタバタの寄せ集めですんでしまうということだ。アングラ喜劇における盗作の多さがこれを証明している。科白、ギャグ等の部分的盗作の多さは、どうせアングラ喜劇のことだからというので特に問題にもされず、劇団員連中も精神財を無視するというアナーキイな姿勢で開きなおっているのであろうか、要するに無能さの証明でしかない。

こうしたアングラ喜劇の流行がきちんとした劇団にまで影響を及ぼしていることは驚くべきことで、新劇の衰弱と観客の減少による悲しむべき事態である。こういう時こそ、たとえ演劇評論家に馬鹿にされようと、ウエル・メイド・プレイ乃至軽演劇的な喜劇をきちんと演じて固定客をとり戻さねばならない。ムーラン時代の熱気を求めて年輩の客がやってくるようになればしめたものだ。

もし「スタア」において、一幕、二幕が退屈、という批評がでるようであれば、それは主に役者のやり過ぎが原因であることが多い。川和孝の発言だが、演出家にとってはむしろやり過ぎる役者を抑える方が、できない役者を指導するより楽だということである。なるほど、それは確かにそうかもしれない。しかし、これも小生の好みなのだが、最初からやり過ぎる役者よりも、最初はなかなか演れず、次第にうまくなっていく役者の方に好感が持てるのである。さんざ役者のやり過ぎでいやな思いをしたからであろうと思う。喜劇におけるやり過ぎほど、だれるものはない。そもそも「スタア」において、科白は過剰なくらいである。登場人物全員が、言いたいことを全部言ってしまわなければおさまらないという過剰さなのである。その上やり過ぎをやられてはたまらない。

映画の場合、これほどの科白は必要ではない。喋っている人物にカメラが向くのだから簡潔な科白でいいわけである。つまり三十秒間のお喋りが二、三秒のクローズ・アップで片づいてしまう。二時間余の芝居が一時間四十四分の上演時間に縮まったのだから、退屈のしようがなく、上質の簡略化が行われたために極めて緊密となり、理想的な作品となった。おお、なんと、どうやら私はこれが言いたいためにこの一文を書いたのではなかったであろうか。

ところが最近の甘やかされた評論家の中にはこの映画を見て、まだ不満を言う人がいる。前半、大声で笑えないというのである。笑いそうになっても、それはくすくす笑いで終り、なかなか爆発的な笑いになってくれないとおっしゃるのである。後半、犬神博士登場以後に、やっとアナーキイな爆笑が起ると言っている。これは、あたり前なのである。何度も言うが前半あってこその後半のアナーキイな笑いなのだ。最初からのべつ笑わせていて、最後のアナーキイな笑いへの展開が可能かどうか、よく考えていただきたい。犬神博士が第一幕から登場したって面白くないのだ。

もちろん一幕、二幕にも笑いは仕掛けてある。それも爆笑につながる笑いである。ではその部分で、なぜくすくす笑いにしかならなかったのだろうか。実は芝居の場合も、時おりそんな日がある。なぜかを考えてみよう。

身構えているのである。評論家の場合には評論家としての独特の評論的身構えがあり、これはしかたのないことだ。客の場合にもその身構えをあまり責めるわけにはいかない。くすくす笑いがくすくす笑いのみで終ってしまう芝居が多く、その体験によって気楽に笑えないということがある。しかし小生にとっては、つまらないことまで大声で笑い過ぎるテレビの公開番組の女の子たちのような客よりはそうした客の方がありがたい。

評論家が前半笑えなかったと不満を洩らした理由は、映画の出来やスタッフや役者を信じていなかったことにも原因があり、これはある程度理解できることだ。芝居と同じで、最後まで笑いが不発に終るつまらない映画が多過ぎるし、映画「スタア」に関しては小説家がプロデューサーをやり、出演している。他にも素人の役者が出ている。本当に笑えるのかという危惧があったに違いないのである。

今、この一文をお読みくださっているかたは、当然映画「スタア」をご覧になっているかたがほとんどであろうから、こんなことを申しあげてもしかたがないが、もしまだご覧になっていないようなら、どうぞ安心し、身構えずに見ていただきたいものだ。小生、プロのエンターテイナーだ。笑えないような映画の製作に首を突っこんだりする筈はない。

それでもまだ信用できぬ、という超弩級の疑い深いかたには、試写会の盛況ぶりをご紹介しよう。試写会は配給会社の試写室で十回以上行ったが、二、三回あたりから突然見に来る人がふえはじめ、常に満員となった。補助椅子を出しても足りず、立ち見もできず、お帰り願った人も多数にのぼった。日本映画としては稀有のことなのである。

「これ、日本映画なんだろ。そんなにたいした映画なのかね」

二度見に来て二度とも入れなかったある記者が、たまたま来ていた内藤誠監督にそんな厭味を言ったらしい。内藤誠は胸をはって答えた。

「実はこれは、たいした映画なんですよ」

正直言ってエンターテインメントの、ドタバタ喜劇の、しかもプログラム・ピクチュアである。芸術大作といったほどのたいした映画であるわけはない。しかし内藤誠がそう言った気持は即ち小生の気持であり、少くとも馬鹿にされぬだけの、安心して見てもらえるだけの自信と誇りは十二分に存在する。

映画の出来をあまり自慢するまいと思って、わざと芝居の話を書こうとしたのだが、やっぱり映画の出来を自慢してしまった。話を芝居の方へ戻そうと思うが、実は芝居のことも、書きたいことはほとんど書き尽したようだ。

戯曲「スタア」をこれから上演したいという劇団関係の人びとが映画「スタア」をご覧になれば、参考になるところは多い筈だ。内藤誠監督の演出プランは、実は芝居の稽古に毎日立ち会ってとったノートから開始されている。演技者の動きなどは舞台と映画だからだいぶ違い、演出家の参考にはならないかもしれないが、芝居から映画へと前進的横滑りをした大一座の役者はみな、わざわざミザンセーヌ（平面上の動き）をつけるまでもなく、スムースに動いている。演技者には参考になるだろう。

舞台と異り映画の場合は、演技者の「柄」というものが演技力と同等の重要性を持っている。この点、原田大二郎による島本正太郎は、大二郎自身に匠太郎と重なりあう部分が多く、何よりもアイドル・スタアがアイドル・スタアを演じているのでこれほど確かなことはない。アイドル・スタアとは遠く離れた生活をしている素人劇団の諸君は、是非参考にしていただきたい。水沢アキによる杉梢も同様である。

端役の方では和田アキ子による関口芳枝にご注目願いたい。実は小生も彼女がこれほどできるとは思っていなかった。舞台に出てほしかったくらいの巧みさである。最初、ドアを開けると立っているところから、なんとなくぞくぞくする雰囲気がある。控え目さの加減が実に適切で、その点では今までで最高の「芳枝」であろう。実は彼女、小生の作品をほとんど読んでいるらしい。あきらかに作品の理解度による巧演であった。

科白まわし（発音など）は、これも端役ながら上山克彦（犬神博士の助手・柴山）を参考にしていただきたい。実は録音の大ヴェテラン神保小四郎が発音を褒めた役者は彼ひとりであった。大一座の芝居からの横滑り組である。

ただし、じゅんに迫るところで抱きついてしまうのは、芝居の演技を映画にそのまま持ちこんだやり過ぎの一例。芝居の方でも、本来ならば顔を近づけ「ひひ、ひひひ」と笑うだけにとどめることが望ましい。

その他、峰岸徹、阪脩によるマネージャー役、北村総一郎、小山武宏、門田俊一による芸能記者役も是非参考にして頂きたい。いずれも日常と隔りのある職業で、身辺によいモデルはいない筈だから。

尚、最後になったが主題曲「銀色の真昼」には、山下洋輔作曲のロック調のものと、小生作曲のスイング調のものと、ふた通りある。リズム感覚のある若い人が多い劇団では山下洋輔の曲、そうでない劇団は小生の曲を使用されることが望ましい。


（映画「スタア」パンフレット一九八六年三月二十一日）

## 「スタア」が上演されると聞くと

「スタア」がどこかの劇団で上演されることになり、稽古が始まったと聞くと、やはり心配になる。どんな心配かというと、役者に怪我人が出ないかという心配である。出演者が二十五、六名であり、三幕ではその二十五、六人と一匹が舞台上を走りまわり、ひとりは宙を飛ぶ。この時には舞台上で殺され、死んだままの人物がひとりいるのだが、京都での上演の時はこの死体の役者が誰かに頭を蹴とばされて脳震盪を起しかけ、あとで、怒ったこの役者が犯人捜しに楽屋中を訊問して歩いていた。

さらにこの芝居はなぜか夏に上演されることが多い。初演は神戸だったが、この時も夏であったし、一昨年の筒井康隆大一座の公演も夏であったし、今回もまた夏の稽古である。たとえ稽古場に冷房が入っていても、二十数人が登場する芝居とあってはその熱気で冷房などないも同様。汗が出て眼に入る。頭がぼんやりして科白が出てこない。のどがかわいて舌がもつれる。眼がくらんできっかけをつかみそこねる。いやはや大変なこととなるのである。したがって怪我人の出る危険性も増加する。犬神博士を演じた小生自身も、ソファの上へとび乗る際に足をくじいた。座員にはかくしていたが。

なんでまた、このくそ暑いさなかに芝居の稽古を、と思ったりもするのだが、暑い時に暑い暑いといってだらけていてもしかたがないので、いっそのこと汗を全部出してしまった方がよい対暑法かとも思う。「いい汗かいてますか」などとテレビが言っているが、いい汗などというものはあり得ないのであり、悪い汗が全部出れば、これは健康にもいいことになる。

汗を出し尽してしまうと、のどがからからになっている。稽古が終ると、呑みにいこうかということになる。役者の中にはこの、稽古のあと、または公演終了後、呑みにいくのが楽しみで芝居をやっているというひどいのがたくさんいる。芝居よりそっちの方が楽しみというのだから甚だよろしくない。こういうのが皆を誘うから、二十数人いたりすると少くとも半数の十数人はついて行き、ビール、焼酎、冷酒、水割りをがぶがぶ呑んでわいわい騒ぐ。呑むとからむ、というやつが役者には多い。十数人いればひとりは必ず混っている。稽古場では礼儀正しいのに呑むと罵声をはりあげるのがいて、役者であればこそこういう性格も許容されているのだが、ここへさらに気の短いやつが加わっていると、喧嘩になり、怪我人が出る。

すべて自分自身が体験してきたことなので、こうしたことが尚さら心配なのである。だが怪我人のために「スタア」の公演が不能になったことは過去、まだ一度もない。僥倖だ、とさえ思う。何百万分の一の僥倖かもしれない。「スタア」はついているのだろうか。だとすれば観客諸兄姉もその僥倖のおすそわけにあずかっていただきたい。

（「スタア」パンフレット　一九八七年九月十八日）

# 筒井康隆さん

## 新神戸オリエンタル劇場二周年記念公演「スタア」を作・演出・出演する

『文学部唯野教授』『文学部唯野教授のサブ・テキスト』『短編小説講義』が三冊一挙にベストセラーとなり、超多忙な神戸在住の作家・筒井康隆氏。その筒井氏が、新神戸オリエンタル劇場オープン二周年記念公演として昭和48年発表の処女戯曲『スタア』を作・演出・出演する。三年ぶりの筒井康隆大一座公演ということもあって、前評判も上々。一人三役に初プロデュースと力の入った筒井氏の「スタア」に賭ける意気込みをうかがった。

**一番なりたかったのは、役者！**

――今回の公演のきっかけは？

**筒井**　新神戸オリエンタル劇場からは、オープン前からお声はかかっていたんです。もともと自分の劇団を作っていたくらいで、芝居は大好きですから。今年は二周年記念公演だから、派手でにぎにぎしいものがいいだろうと「スタア」をやることになりました

――もともと役者志望だったとか？

**筒井**　昔自分は人を殺して逃げていて、見るたびに捜査の手が少しずつ自分に近づいて来ているという夢をよく見るんです。（心理学の）河合隼雄さんにお話しすると、それは自分を殺しているんだろう。何かをやりたかったほかの多くの自分を殺して今の自分があるんだから、とおっしゃるんですね。
そういえば、芝居をやってる時だけはまったくこの夢見ないんです。殺してしまったのは、役者をやりたかった自分だったんですね

**ミレーの絵、日替りゲストと話題満載！**

——初プロデュースで、作・演出・主演と一人三役、こだわりが感じられますが？
**筒井**　「スタア」は昭和48年に書いた処女戯曲で、50年に神戸で初演、61年には映画化もしました。今回は初のプロデュース作品ですし、オーディションで採った人たちの指導もしなくちゃならない。毎回必ず稽古にも参加していますし、力が入っています
——話題もいっぱいですね。
**筒井**　ええ。舞台の応接室セットには、十数年前に購入したミレーの「鵞鳥番の少女」を置きますし、友人の山下洋輔氏ほか、ダイエー社長の中内功氏ら著名人が日替りで特別出演します

**ベストスタッフで、はじけるような舞台に！**

──芝居は、作家としてのお仕事には影響がありますか？

**筒井**　ええ、舞台での経験は、必ず題材になります

──東京でないと仕事がしにくいと言う作家もおられますが？

**筒井**　東京にいるほうがいろんな用事ができて、かえって仕事がしにくいです。東京より神戸のほうが仕事はしやすいですね

──今回の見どころを教えてください。

**筒井**　「スタア」はどんな劇場で上演しても必ず一定水準以上のおもしろさを保つよう意図して作りました。休憩時間を入れて二時間半の芝居だと、観客は途中で必ず退屈するものですが、「スタア」は絶対退屈させません。そのうえ、今回は筒井康隆大一座のベストスタッフを集めました。ただでさえおもしろい芝居＋ベストスタッフで、はじけるような舞台になるはずです。ぜひ見に来てください

──ありがとうございました。

芝居も楽しみながら、芝居の経験が題材になるという今後の作品も楽しみですね。

（「ＫＯＢＥ　Ｇ─ＴＩＭＥ」一九九〇年九月号　一九九〇年八月三十一日）

# 「スタア」公演に際して

「スタア」三幕は十七年前に書いたわが処女戯曲である。初めて本格的に書いた芝居だけあって、それまで自分が芝居でやりたかったことを全部ぶちこんだ、やたらに派手でケタタマシイ芝居である。登場人物は、歌手、時代劇のスタア、ギョーカイ関係者、文化人、新聞記者、キャバレーのホステス、気の狂った科学者、はてはヒトラー、ターザン、シロクマなどといったえたいの知れないものにまで及ぶ。

これら多数の者が舞台に出てきてドタバタ芝居を演じるのだが、一度出てきた人物は絶対に退場しない。もちろん、いったん引っ込む者はいるが、必ずまた出てくる。だから幕が進むにつれて大騒ぎになる。

と、いう意図で書いた芝居だったのだが、あとで気がつくと途中で引っ込んだまま最後まで出てこない人物がひとりだけいた。これは作者の失敗である。誰が出てこないか、よく気をつけてごらんください。

この芝居は今まであちこちで演じられた。上演回数は百回を越える。演劇研究所の卒業公演などにされることも多い。なぜかというと、どんなへたくそな役者が、どんなへたくそな演出で上演しても、ある一定レベルの面白さだけは保てるからである。それもまた作者の意図だったのだが、まして今回はそれらの上演の成果の上に立って、それらの中から最高のスタッフとキャストを選び、集めることができたのである。面白くないわけがないのだ。

つまり今回おれは、作者、役者としてだけでなく、なんとプロデューサーもやっているのである。地もと神戸における初の芝居で初のプロデューサー。失敗することができない。なぜできないか。恰好悪いからである。成功させなければならぬ。今度のこの上演の成功が、今後神戸でふたたび芝居を上演できるかどうかにかかっている。見にきてください。

（新神戸オリエンタル劇場公演「スタア」チラシ　一九九〇年十月）

# 可能的自己の殺人

夏のまっ盛りのある一日、ユング派の心理学者、河合隼雄教授と昼食を共にした。話題は以前ぼくが自分の夢について書いたエッセイの中の、あるひとつの夢の記録に移った。昔ひとを殺したことがあるという、何度もくりかえし見る夢で、見るたびに捜査は次第に進展し、ついには刑事が近所の家にまで聞き込みにまわってきているのだ。「わりと一般的な夢ですよ」と、河合氏は言った。「しかし、見るたびに捜査が進展しているというのが面白い」

フロイト的に分析しても、ユング的に分析しても、いったい誰を殺したのかがどうしてもわからなかった夢である。訊ねると、河合氏は教えてくれた。「おそらくご自身でしょう」。自分の可能性のひとつを殺したのだった。あっ。なんということだ。「夢の木坂分岐点」という長篇で、そうあるべきだったかもしれない自分の、いくつもの可能性の世界をさまよう主人公を登場させておきながら、手前の夢にはそこまで考えが及ばなかったのである。

青春時代、芝居をやろうという夢を捨てた時、おれは自分の可能性のひとつを殺したのだった。殺したのは演技者としての自分であった。その証拠に七年前「筒井康隆大一座」を結成してふたたび芝居を始めると、その夢を見なくなった。と同時に、別の夢をくりかえし見るようになった。学生服を着た青春時代の自分が激烈な業病にかかり、いったん死んで埋葬されていて、現在の自分はいつの間にか生き返った自分であるという夢だ。老化や死を意識しはじめたための再生願望だろうと思っていたのだが、これも間違っていたようだ。

そして「筒井康隆大一座」を解散した三年前からその夢は見なくなり、またしても「過去の殺人」の夢を見はじめたのである。

この新神戸オリエンタル劇場で二周年記念公演の「スタア」を上演したあと、捜査はどこまで進展しているだろうか。

（新神戸オリエンタル劇場公演「スタア」パンフレット　一九九〇年十月）

## 「葦原将軍」を書いた頃

「将軍が目醒めた時」を書いたのは昭和四十六年、東京青山の建売り住宅から神戸に引っ越す直前か、もしくはその直後のことだ。二十三年も昔のことになる。もはや記憶もさだかでない。

書くだいぶ以前から、葦原将軍についていろいろ調べていたようだ。というのも、記憶ではその頃、渋谷の山手教会というところで平岡正明が主催した何かの集会があり、講師のひとりとして出演した際に葦原将軍のことを喋っているからである。このときの講師には他に五木寛之、大島渚などがいた。

なぜそんなことを憶えているかというと、おれがそのとき、次のようなことを喋ったらしいことを、平岡正明が書いているからである。

「葦原将軍は明治八年、二十五歳で発病し、四十七年後、七十二歳で正気に戻っている。彼の病気は躁病で、この躁病は鬱病と同一疾患の、つまり躁鬱病であり、躁鬱病は躁と鬱とが周期的にくり返すとされている。彼は少なくとも四十七年間は躁病だったわけである。どうやら彼は老齢のせいで鬱になって、そのため正気に戻ったらしいのだが、それにしても四十七年間という周期はずいぶん長い周期である」

さらに平岡正明は、こうつけ加えている。「筒井康隆はそこまでしか言わなかったが、どうやら彼は、『四十七年周期の躁鬱病があるのなら、六十年周期の躁鬱病、百二十年周期の躁鬱病もあり得るから、発病のしかたによっては一生躁病ということもありうるのではないか』と言いたかったのだろう。これはつまり彼自身のことだからである」

当時はドタバタ・ナンセンスのＳＦばかり書いていたので、そう思われたのも無理はない。しかしおれも寄る年波、だんだん老人性憂鬱にうち沈む時間が増えてきつつある。昔ははしゃいで、ずいぶん馬鹿なことをしたなあ、と、恥ずかしさに身をよじったりもする。この歳になって初めて覚える感覚を、「将軍が目醒めた時」を書いていた頃のおれがなんで知っていたのか、不思議でならない。

（青年劇場公演「将軍が目醒めた時」パンフレット　一九九三年九月）

## 「スタア」再演に思う

　書下ろし新潮劇場という戯曲のシリーズが新潮社から出ていて、これに書けという依頼が来たのは1973年のことだ。安倍公房、清水邦夫、別役実など錚々たるメンバーが名を列ねていた。初めて書く戯曲だったが、それまでに考えていたドタバタ喜劇の技法をすべて投入して書きあげると、ありがたいことにこの本が福田恆存氏の眼にとまって、劇団欅で上演されることになった。一応ちゃんとした戯曲の形にはなっていたらしいと思い、ほっとしたものだった。

　嬉しかったので、本公演に先立って、自身が主催した1975年の日本SF大会神戸大会で一回だけ上演してもらった。福田氏も来てくださり、舞台挨拶していただいたのも名誉なことだった。本公演はその年の11月、三百人劇場に於いてだったが、それ以後もあちこちの劇団で上演され、わが筒井康隆大一座でも何度か上演し、自分で犬神博士を演じている。

　あれから35年、ふたたび劇団昴で再演されることになった。危惧がないわけでもない。何度も上演されるうちに内容が古くなってきていることをしばしば気づかされたからである。だから今回は設定を初演の時代に特定してもらっている。それにもかかわらず再演の運びになったのは、テーマそのものは必ずしも古くなってはいなかったからであろうと思い、これは自負していいのではないかとも思っているのだ。

（劇団昴公演「スタア」パンフレット　二〇一〇年六月二十六日〜七月四日）

# Part 3

# 会長夫人萬歳

Y.Tsutsui

## 役名

三条氏
三条夫人
英助（長男　大学生）
広助（次男　小学一年生）
たけ（女中　四〇才）
堀部氏
堀部夫人
優子（長女）
幸子（次女　小学六年生）
国夫（長男　小学一年生）
まち（女中　十八才）
三好先生（若い女の先生）
加賀先生

校長
ＰＴＡ会長
望月（英助の友人）
夫人Ａ（よく肥えた女）
夫人Ｂ
夫人Ｃ
夫人Ｄ（男の様な女）
重役Ａ・Ｂ
中根順吉（土建屋）
楽器店の親父
生徒Ａ・Ｂ・Ｃ
鹿谷アナウンサー
中島ハルコ女史

1　郊外の住宅地の道路

アカシヤ並木。

石垣のある邸宅の並び。

2　三条家玄関

石だたみ。

3　三条家食堂

朝。

三条武助氏、三条夫人、長男英助（大学生）、次男広助（小学一年生）食事をしている。

女中のたけ（40）は給仕をしている。

**三条夫人**　広助。昨夜玄関にピストルが放り出してありましたよ。

**三条氏**　（ドキリとして）ピストル？

**三条夫人**　おもちやよ。

**三条氏**　ふうん、いかんねえ、そんな危いおもちやは……。お前買つてやつたのか？

**三条夫人**　いゝえ。……広助、あれ、どうしたの？お兄ちやんに買つて貰つたの？

**英助**　僕、知らないわよ。

**三条夫人**　あんなおもちやはいけないつて言つたでしょう？

**広助**　国夫ちやんが呉れたんだ。

**三条夫人**　あらまあ、又そんな嘘をついて！

**広助**　嘘ぢやないよ。国夫ちやんが要らないつて言つて捨てたんだ。

**三条夫人**　まあ、あきれた。それを拾つて来たのね？

**三条氏**　誰だい、国夫ちやんつて？

**三条夫人**　隣りの堀部の子よ。……まあ、何ですかそんな、乞食の子見たいに……。隣りの子と遊んぢやいけないつて、あれだけ言つたぢやないの。あんな子の捨てたおもちやなんぞ、持つて帰つて来たりして……。

**三条氏**　まあ、いゝさ。

三条夫人　よかありませんわよちつとも……おもちやが欲しいなら、何故お母さんに言わないのです。
三条氏　もういゝ、もういゝ。さあ広助、学校に遅れるぞ。
広助　（うなづいて去る）
三条氏　ウハハハハ。
三条夫人　何がおかしいんです？
三条氏　いゝぢやないか、ピストル位。
三条夫人　ちつともよかありません。
三条氏　あまりガミガミ言わん方が良いんぢやないか？あいつ最近、人の顔色をうかゞう様になつたぞ。あれはいかん。
三条夫人　あなた、よくそんな事がおつしやれますのね。広助の教育に家で一番熱心なのは、あたしぢやございませんこと？
三条氏　（茶を飲む）
三条夫人　あなたなんか、一度だつてＰＴＡに顔を出した事、ないぢやありませんか。あゝそうそう。あなた、お隣りの御主人がね、どうやら次の会長になるらしいのよ。
三条氏　堀部さんかね？
三条夫人　そオよ。あの方ね、行く行くは衆議員に立候補する心算なんですのよ。
あなただつて、野心がない訳ぢやないんでしよう？
三条氏　ふうん、そうかい。堀部氏がねえ。
三条夫人　そうよ。しつかりして下さいな、あなた。
英助　ごちそうさま。
三条夫人　あ、英助、ちよつと。
英助　なあに？
三条夫人　英助、お前昨日、女の子と手をつないで、道を歩いてたそうぢやないの。
英助　あゝ、あれ？優子さんよ。
三条夫人　ま、お隣りの……。まあ、土建屋の娘と……。
英助　堀部さん、土建屋ぢやないわよ。

**三条夫人**　以前は土建屋です。
**英助**　パパも以前は運送屋よ。
**三条氏**　ウハハハハ。
**三条夫人**　頼むから見つともない真似は止しとくれ。近所でうるさく言われるから。
**英助**　見つともないかしら。手位つないだつていゝぢやないの。
**三条夫人**　家の近所でだけは止しておくれ。
**英助**　そう?ごめんなさい。
**たけ**　奥様、坂巻様の奥様がお見えになりました。
**三条夫人**　おや、そう。（小走りに玄関へ）
たちまち玄関の方から大袈裟な挨拶。
——あゝらまあ、ホホヽヽ、わざわざいらして下さつたんですの?まーあまあ。
——いえねえ、奥様、ホホヽヽヽ。
**三条氏**　あんなのも、ヒステリー症状の一つかね?
**英助**　えゝ、そうですよ。転換ヒステリ症つて言つて、感情転移性神経症の部類に属するんですけど、あんな具合に大声でペチヤクチヤ喋る事自体に、リビドー、つまり性的快感を覚えてるんです。
**三条氏**　（感心して）へえ!そんなものかねえ。便利なものだねえ、女つてなあ。——ＷＩＰＥ

## 4　小学校校庭

授業中で、誰も居ない。
取り残された様子のブランコ。

## 5　音楽教室

**三好先生**　（若い女の先生）いゝですか。出来るだけ素直に歌いましようね。よく遊びのお時間などに、お庭で皆さんが歌つてるような、何て言いますのアレ?……弁天小僧菊之助……なんて作り声を出さずに、ノドから素直に、勿論変テコなシナを作つたりなさらないで、姿勢をよくして歌いましようね。では、最初に堀部さん。

国夫、立つ。三好先生オルガンで伴奏を弾く。

**国夫**　（歌う、大声だが音痴である）
菜の花ばたけに　入り日薄れ
見わたす山のは　かすみ深し
春かぜそよ吹く　空を見れば
夕づきか〻りて　におい淡し

**三好先生**　はい、よく唱えました。ちよつとおかしな所がありましたね。でも元気が良くて大変い〻ですね。はいもう座つてよろし。ぢや、次はえ〜と、三条さん。

**広助**　（座つたま〻、モジモジしている）

**三好先生**　どうしたの？三条さん。さあ、立つて……。

**国夫**　先生！広ちやん風邪引いて〻、声が出ないんだつて！

**三好先生**　まあー、又風邪引いたの？小いちやな声でい〻から歌つてごらんなさい。ね。先生、貴方の歌聞いたこと、ないぢやないの。

**広助**　……。

**三好先生**　ね。さあ、立つて……。

三好先生、オルガンを弾く。広助、ほとんどつぶやく様に唱う。

**広助**　……畠に……薄れ
見渡す……み深し

**三好先生**　（声が聞こえないので途中で止めてしまう）はい、もうよろしい。ぢや次は、斎藤さん。

**斎藤**　はい。（立つ）

三好先生、オルガンを弾く　――WIPE

6　大学校校庭

芝生に寝転んで話してる英助と友人の望月。

**英助**　就職試験、どうだつたの？

**望月**　全部落されちやつた、第一次で。

**英助**　気を落しちや駄目よ。卒業さえすりやどつかへ落ちつくんだから……。

**望月**　そりや、君だからそんな呑気な事言つてられるのさ。何しろ君のお父さんは……。

**英助**　呑気ぢやないわよ。

**望月**　おい、三条。君のお父さんの会社、何とか入れて貰えないだろうか？

**英助**　駄目よ。たつた十二三人の会社よ。

**望月**　あゝ……死にたい。

**英助**　瞬間的ニヒリスト。

**望月**　瞬間的ぢやないさ。ニヒルにならざるを得ないもの。

――ＷＩＰＥ

7　小学校の図画教室

子供たち、写生している。

**加賀先生**　リンゴは赤いからちうて、別に赤い色ばつか塗らんかてえゝ。青いリンゴもある。紫色のブヨブヨのリンゴもある。赤や思うから赤う見える。白い思うたら白う見えるかも知れん。まつ黒に描いてもえゝ。肝心なことは、リンゴの気持をつかむことや。リンゴはなんにも言えへんけれど、リンゴの気持を、よう判つてやらんとあかん。リンゴの気持の判らんものは、リンゴを描かんでもえゝ。自分の好きなもんを描いたらえゝ。（広助の画用紙を取り上げて）なんやこれは。女の裸体画やないか。（あわてて）こんなもん、誰が描け言うた？図画の時間と便所の落書きと一緒にしたらあかん。阿呆！

――ＷＩＰＥ

8　小学校、廊下

会議室入口に貼り紙。

――ＰＴＡ実行委員会。

９　会議室

御夫人連、あちこちにグループとなり、ガヤガヤと話している。

**夫人Ａ**　御主人だけぢやアなく、御夫婦揃つてしつかりしたかたでなくちやねえ、こう言う設備の整つた、環境のいゝ学校のＰＴＡ会長になろうつて言うなら。

**三条夫人**　本当よ。ここまでして来た私達の努力が、水の泡になるもの、ねえ。

**夫人Ｂ**　校長先生は、どなたを推してらつしやるの？

**夫人Ｃ**　私、思うんだけどね、堀部さんの御主人ぢやないかしら？

**三条夫人**　ま、やつぱり！

**夫人Ａ**　あの土建屋さん？

**夫人Ｂ**　ま、嫌だ！

堀部夫人と校長、入つて来る。

一同、目顔でうなづき合う。

**堀部夫人**　まあ、会長さんもそうおつしやつてますの？困りましたわ。でも、うちの主人に……。

**校長**　それで、近日中に蟻川さんと御一緒にお宅へ御相談に伺おうと思つてるんですが如何でしようか？御都合は……。

**堀部夫人**　は、それはもう、どうぞ何時でも。

**校長**　そうですか。それぢやそれ迄に、奥さんからもひとつよろしく言つて置いていたゞくとして……。

**堀部夫人**　はあ一応そう申して置きますわ。

一同席に着く。

**会長**　（立ち上り）えー、本日は、早々からお集まり下さいまして、有難う御座います。（礼をする。一同坐つたまゝ頭を下げる）只今より、PTA実行委員会を行います。前々回、並びに前回より持越されましたる議題、即ち、御承知の通りの講堂備品としてのピアノの新規購入につき、及びその他の問題を決議致したいと思います。で、本日は、まずピアノの……。

**夫人A**（待ち切れずに立ち上る、恐ろしく肥つた夫人である）あの、私、ピアノなんかより、講堂の屋根の修繕の方がずつとずつと大事なのぢやないかと思うんですの。あすこの後ろの方、御存知かどうか知りませんが、雨がもるんですよ。此の前の総会の時、私、後ろの方で立つて居りましたのよ。あ、その時横に栗原さんや宮田さんもおられましたから、よく御存知だと思いますけど、まあ、知らない間に雨がもつて、私の着物、背中がビチヨビチヨになってるぢや御座いませんか。先週銀座の一流店で仕立てたばかりの着物に、背中にベツタリとしみが入りましてねえ、いえあの、これぢやないんですのよ。これは別の違う所で買つたんですのホホホホ。それにあの、ピアノの方は、先生がお弾きになりましても、大していたんでいる様には聞えないんで御座いますけど……。まあ兎に角、あの屋根だけは直して頂かないと、皆様がお困りになりますですわねえ皆様。

コホンと咳をし、彼女が腰をおろすと、椅子がミキミキツと鳴る。

**夫人B**（すかさず立ち上り）あのオで御座いますね。只今ですね、ピアノが大していたんでいない様におつしやつた様で御座いますけどね、私はですね、そんな事はないと思うんで御座いますの。まあ私は高等女学校時代に…あの、虎の門で御座いますけどね、……えゝ、その頃に少々ばかり音楽をやつておりましたし……少々と申しましても日比谷公会堂で演奏も致しましたし、今でもうちの京子には先生をお招きして……外人の先生で御座いますけどね……その外人の先生にピアノを教えて頂いておりますので、割合いと敏感なんですけど、あのピアノ相当狂つてますわよ。だつて奥様、チェーの音がベー・フラツトになつたり、ゲーの音がアー・シヤープになつたりするんですものねえ、オホホヽヽヽ。（坐る）

**夫人D**　（立ち上る。色の黒い、男の様な女）しかしぢやねえ諸君。ピーアノを購入するちう事は、もう前回の役員会で決定した筈ぢや、それを今更、ウーダウダ言うのは、おかしいちう事ぢや。（拍手）馬鹿々々しいぢやないか。二回の会議を無駄にするちう事は、取りも直さず、時間を無駄にするちう事ぢや。（拍手。胸を張り、うなづいて拍手に応じ、坐る）

**会長**　え、えー、では、只今お聞きの通りで屋根の修理の方は、又の機会に提案して頂く事にしまして、議事を続行しますが…。

**堀部夫人**　（立ち上り）私、一つ提案させて頂きます。

**会長**　あ、どうぞ……。（汗を拭く）

**堀部夫人**　私、ピアノの購入費を、直接ＰＴＡの予算から出さずに、予算で何か行事をして、その収入で、購入する事を提案致しますわ。

**会長**　はゝあ、成る程、すると……。

**夫人A**　行事つて、どんな事をするんですの？

**堀部夫人**　まあ……色々御座いますわねえ。例えばまあ……そう、バレエの公演だとかですね……。

**夫人A**　（うつとりして珍妙な声で）まあ、バレエ……素敵ですわ、ねえ皆様。

**夫人D**　バレエなら、すでに去年公演したぢやないか。この学校のリークリ、エーシヨンは、バレエばかり見たいぢやないか。ウハハハハ。

**堀部夫人**　（ドキツとして）あらま、ホヽヽ、でもねえ奥様、支出の割には収入が多う御座いましてよ！ホヽヽ、殊に灰田バレエ団なら……。

**夫人C**　あゝら、又灰田ですの？去年も灰田バレエ団だつたぢやありません？

**会長**　えー、それでは……。

**三条夫人**　私、そんなに迄して収入を増やす事、ないと思いますわ。今の予算で足りるんぢやありません？ピアノ位……。

**会長**　つまり……。

**堀部夫人**　あゝら、でも収入は多い方がよろしいぢや御座いませんか。

**会長**　では……。

**三条夫人**　それぢや、貴方は唯、もうける為に……

**会長**　あの……。

**堀部夫人**　いゝえ、もうけるつて言うと、聞こえが大変悪いですけど……。

**三条夫人**　だつてそうぢや御座いません？第一あんな貧弱なバレエ団を呼んで……あら失礼！お宅のお嬢さん、あすこに行つてらつしやるんでしたわねえ……。兎に角、灰田バレエ団ぢやあ、楽団を連れて来る事は出来ませんわねえ。講堂のピアノは狂つてしまつてるし…。

——ＷＩＰＥ

10　三条家の門前

広助、独りで遊んでいる。

国夫が通りかゝる。

**広助**　堀部クン！遊ばない？

**国夫**　いやだい！

**広助**　どうして？

**国夫**　君と遊んぢやいけないつて、ママが言つたんだい！

国夫の姉の優子がやつて来る。派手なチエツクのスカート、ジヤンパーのポケツトに両手を突込んで。

**優子**　こら国夫！喧嘩しちや駄目ぢやないか。

国夫、舌をペロリと出して、走り去る。

**優子** 広ちやん、英助君いるかい？

**広助** う〻ん、まだ帰らないの。

**優子** そう、ぢや、待たせて貰おう。（三条家へ平気で入つて行く）

11　玄関

優子、上つて来る。広助、ついて来る。

**たけ** （奥から出て来る）いらつしやいませ。

**優子** おす！

**たけ** あのオ……、坊つちやんはまだ学校から……。

**優子** 判つてる。待たせて貰うよ。（勝手に奥へ行きかけて振り向き）構わないでい〻よ。お茶とお菓子位でい〻や。（どんどん奥へ入つて行く）

広助、ついて行く。

12　英助の部屋

優子と広助、入つて来る。

優子は英助の机の上のリーダーを取つて、ソフアに腰をおろし、パラパラと頁をめくる。

いろいろなものがはさんである。優子は頁をめくりながらニヤニヤして、一つ一つ机の上に並べる。

――ストリツプガールの写真。

――トランプのカード。

――花札。

――ダンスクラブの会員証。

――洋服屋の請求書。

――バーの名刺。

ヴエランダへ出ていた広助が、美しいボーイソプラノで歌つている。

**広助** 菜の花ばたけに　入り日薄れ
見わたす山のは　かすみ深し

春かぜそよ吹く　空を見れば
夕づきかゝりて　におい淡し

優子、目を閉じて、うつとりと聞いていたが、歌い終ると起き上つて、パチパチと拍手する。

広助、てれくさい。

**優子** うまいぢやないか広助君!音楽百点?

**広助** う〜ん、ダメ。

13　三条家、門前

英助、帰つて来る。

犬が走つて飛びつく。

**英助** こらツ!ペス!……いけないつたら!ズボンが汚れるぢやないの!

14　英助の部屋

英助、入つて来る。

**優子** (ドアの蔭から飛び出して)おそいぢやないか!

**英助** キヤツ!びつくりするぢやないの。

**優子** 待ちくたびれちやつた。(英助にもたれかゝる)

**英助** 広助、お前目の毒だから出て行きなさい。

広助、ぼんやりしている。

**英助** (つまみ出す)出て行きなさいつたら!

(ドアをピシヤリとしめる)

15　庭

犬が飯を食べている。

広助、つまらなそうにやつて来て、そばへしやがんで見ている。

16　英助の部屋

**英助**　あまり僕の部屋、引つかきまわさないでよ。僕、綺麗好きなんだから……。

**優子**　ふゝんだ……。ねえ、英助君とわたしと結婚できるか知らん？

**英助**　駄目よ。君の家と僕の家と、まるで敵同士ぢやないの。

**優子**　あゝあ。わたしそろそろ結婚してもいゝな。……ね、英助君、わたしが結婚したら、何人の男性が泣くかしら？

**英助**　一人だよ。

**優子**　へえゝ。英助君、泣いて呉れるの？

**英助**　君の御主人の事を言つてるのよ、僕は。

**優子**　覚えてろ！

——ＷＩＰＥ

17　会社　社長室

三条氏と、重役Ａ、Ｂ。青写真と帳簿を調べている。

**三条氏**　この、新社屋建築費用つて言うものを、出来るだけ切りつめておかないと、税金が……ほら、この税金だがね、これだけぢやなしに、他の未払いの分にも差し支えて来る。

**重役Ａ**　そりやあよく判つてるんですよ。ですから私だつて出来るだけ予算以下に喰い止めようとしてるんですが、何しろ場所は銀座のド真ン中……。

**三条氏**　場所が何処だろうと君、工事費に直接関係はないぢやないか。

**重役Ａ**　いや、所がそれがそう仲々簡単には……。

（咳払い）

**重役Ｂ**　えゝ、所で社長、堀部忠太郎氏を御存知ですか？前の堀部組の……

**三条氏**　うん、ちよいちよい会う。家の隣だ。

**重役Ｂ**　そうでしよう。お知り合いなら都合が良いですな。実は中根組の統領は、以前堀部組に居たそうでして……。

**三条氏**　ほゝう、中根さんがねえ。

**重役Ｂ**　えゝ社長が堀部氏を御存知なら、そちらの方から交渉して頂いたら……。中根建築は今でも堀部氏から沢山仕事を貰つてるつて話ですからね。

**三条氏** よし、堀部さんに電話をかけて呉れ。

**重役A** かしこまりました。

**三条氏** 帳簿がやゝこしくなつて来たぞ。社員を二人増やせば、新社屋と両方で、会計が女の子二人ぢや、一寸無理になつてくる。

**重役B** そうですね。

**三条氏** 算盤の達者なのを一人使おうか。

**重役B** そうすれば、ずつと仕事がスムーズになりますねえ。

——WIPE

18 三条家門前

英助と優子、手をつないで出て行く。

門にもたれて見送る広助。

——WIPE

19 ビヤホール

三条夫人、夫人A、B、C、D、怪気焔をあげている。

**夫人C** まあ、いやらしいつたらないのよ。校長先生に色目をつかつてねえ。

**夫人D** あの人はもともとあゝ言う人なんぢや、あ〜。

**夫人A** ちよいと、あすこの子、勉強良く出来るの？

**夫人D** 出来ないんだろ、男の子も女の子も……。

**夫人C** うちの子、いつもいぢめられるんだつて、堀部の男の子に……。此の間もそれで、もう学校へ行くの厭だつて言つてたわ。

**三条夫人** まあー、困るわねえ。

**夫人C** そうよ！そんな事で学校が厭になつて、勉強が嫌いにでもなつたら、実際困るわ！

**夫人D** 困る所ぢやないぞそりや。大問題だぞ。

**夫人A**
**夫人B**
**夫人C** } 大問題よ！

三条夫人　あなた方、あすこの女の子の言葉使い聞いた？うちなんか、隣り同士だからすぐに子供が真似するでしよ？本当に困つちやうわ！頭痛の種よ。
夫人A　あんな子のバレエ見るの、もう沢山よ。
夫人B　本当！下手糞よ！まるでなつてないわ！第一、てんでリズムに合つてないぢやないの。
夫人C　（笑つて）あゝそうそう、あれ、去年だつたかしら？……ほら！公演の時、あの子舞台から転がり落ちたでしよ？

（一同吹き出す）

夫人A　そうそう、あの時のあの人の顔！（一同ドツと笑う）あの細い狐見たいな目を吊り上げて、真つ蒼になつて怒つたわねえ、子供に……。
夫人C　あんなに迄して自分の子供見せびらかしたいか知らん、ちよいと！
夫人B　あんなバレエに百円も取るなんてねえ！あれならうちの京子のピアノの方が余つ程ましよ！
三条夫人　あの子、バレエ習うの厭がつてる癖に、あの人が無理矢理やらせるんだつて！
夫人A　迷惑なのは子供よ。ホヽヽヽ。
夫人D　天才教育も良いが、少々狂人じみとるわ。
夫人B　そうよ。そりやあ、うちの京子見たいに才能があつて、自分から進んでピアノをやり出したのなら兎も角、あんなお母さん似の脳なし猿をねえ！
夫人C　本当よ、女の子なんか、そつくり母親似だわ。
三条夫人　ちよいと、聞いた？あのねえ、今度の会長に、矢つ張りあすこの御主人を押し出すんですつて！
夫人A　えゝ、聞いたわ。ぢや、矢つ張りそう？
夫人B　あの土建屋をねえ！
三条夫人　他にいゝ人がいくらだつているぢやないの！

夫人D　きつと蔭でこそこそと策動したのぢやろ！
夫人A　そうよ、そうに決つてるわ！
夫人A
夫人B　いやねえ！
夫人C
三条夫人　あの嫌味つたらしいお色気で、会長や校長をたらし込んだのよ、きつと。そうに決つてるわ！
夫人A
夫人B　いやねえ！
夫人C
三条夫人　ちよいと！ビールをもう五本丁戴！

――WIPE

20　料理屋の一室　夜

三条氏、堀部氏、中根順吉、それに重役AB。
いづれも相当に酔つぱらつている。

三条氏　いやあ堀部さん、まあそう言わずにもう一杯！いや、お隣り同士がつい失礼してしまつて……。
堀部氏　いや全く……あ、こりやあどうも。今後共一つ、御用の節はどうか、よろしくお願いしますよ。
三条氏　いやあこちらこそ。ハハヽヽ。
堀部氏　中根君、ぢやあ僕からも一つ、頼むぜ！
中根　ひやあ、こいつは助からない！益々大変な事になつて来ましたなあ。（笑声）
堀部氏　助からないつて事があるものか！こちとらは商売柄、裏道は心得てるんだからなあ。ウハハヽヽ。大体あの予算で見ると、セメントが非道いぢやないか？君ン所は何処から仕入れてるんだ？
中根　そりや、前同様、大野田セメントでさあ。
堀部氏　いやあ、そいつは駄目だ！あそこはもうぶつ潰れかけてるんだ。株なんかコゲついてるじやないか。今のうちに変えた方が良い。よし、わしが良い所を紹介してやろう。

**中根**　へへえツ！こいつはどうも！

**三条氏**　ハハヽヽ。その調子その調子！その調子で頼みますよ堀部さん！さあ、中根さん、一つどうぞ受けて下さい。

**中根**　いや、こいつは恐縮！堀部さん、もうこれ以上はお手柔らかに頼みますよ！

**堀部氏**　いやいや、許さん許さん！（爆笑）さあ、ぢやあ次にわしからも一杯……。

**中根**　いや、こいつはどうも……。

**堀部氏**　と、言う具合に差しておいて、さあてそれからだな……。（ゆつくりと坐り直す）

**中根**　（ガタガタ震え出す。爆笑）

**堀部氏**　まあ、わしがあの図面を見た所によるとだな、基礎鉄材はまあいいとして、部分的には無暗と濫用しとる。

**中根**　いや、それはですな……。

**堀部氏**　いやく言いわけは許さん許さん。（笑声）君ん所の建築技師はどうかしとるわい全く。少くともぢや、もう一割五分は削減出来る筈ぢや。もつとね、君、工事量と予算とにバランスを持たせなくちやいかん。

**中根**　へえツ！か、かしこまりました！（爆笑）

――ＷＩＰＥ

21　三条家の食堂

広助、一人で晩飯を食べている。

たけが給仕している。

居間の時計、九時を打つ。

**広助**　お母さんは？

**たけ**　ＰＴＡのお仕事です。

**広助**　又、おそくなるの？

**たけ**　そうでしよう？

**広助**　お父さんは？

**たけ**　先刻お電話が有りましたよ。会社の御用で大分おそくなるんですつて……。

**広助**　ふうん……お兄ちゃんは？
**たけ**　マンボでしよう？

――ＷＩＰＥ

22　ダンスホール

英助と優子、軽い身ごなしで、珍妙なマンボを踊つている。
人々は呆気にとられて、二人を遠巻きにして見ている。

――ＷＩＰＥ

23　三条家の居間

たけ、裁縫をしている。
その横で広助がマンガの本を読んでいる。
広助、クスリと笑う。

**たけ**　（微笑して）坊つちやん、お母さまに叱られますよ。マンガの本を読んでいると……。
**広助**　うん……。（本を投げ出し、伸びをする）……たけ、今、何時？
**たけ**　十時前ですよ。
**広助**　ふうん……。（あくび）
**たけ**　もう、お寝みになつたら？
**広助**　うん。……ねえ、たけ。
**たけ**　はい？
**広助**　皆いつもおそいねえ。
**たけ**　そうですねえ。
**広助**　いつも晩御飯一人で食べて、一人で寝るのいやだなあ。
**たけ**　……。
**広助**　僕、お母ちやん嫌いだよ。たけの方が好きだ。
**たけ**　ホヽ。そんな事言つちやいけませんよ坊つちやん。
**広助**　僕の友達ね、日曜日になるとお母さんと一緒に映画を見に行くんだよ。僕も映画を見に行きたいなあ。
**たけ**　お母様はね、坊つちやんが大事だからこそ、あんなに熱心にＰＴＡの御用事をしてらつしやるんですよ。

**広助**　ふうん……。……ねえ、たけ？
**たけ**　はい？
**広助**　たけは一体いつ寝るの?僕、たけが寝てるの見た事ないや。
**たけ**　ホヽヽ。そうですか？

時計十時を打つ。

**たけ**　さあ、坊つちやん、もう寝ましよう？
**広助**　いやだい。もつと起きてゝ、たけと一緒に寝る！
**たけ**　あれまあ、わたしはまだまだ御用があるんですよ。さあ、お二階へ行きましよう。
**広助**　一人で寝るの、いやだなあ。
**たけ**　たけを困らしちや、いけませんよ坊つちやん。
**広助**　（しぶしぶ）うん……。（立ち上る）

24　広助の寝室

広助、寝ている。
横でたけが、広助の洋服をたゝんでいる。
たけ立ち上り、広助の寝顔を同情する様にしばらくじつと見つめ、電灯を消す。

――F・O

F・I――

25　三条家台所　翌朝

たけ、朝食の仕度にとりかゝる。
三条夫人、出て来る。

**三条夫人**　たけ、お前なぜ圧力釜を使わないいんだい？
**たけ**　はあ、圧力釜は何となくおつかのう御座いまして、矢張り普通のお釜さんの方が……。
**三条夫人**　何を言つてるんです。そんな事では文化生活は営めませんよ。台所の仕事はまだまだ合理的にすべきなんです。今朝から圧力釜をお使いなさい！（去る）

**たけ**　はあ……。

――WIPE

26　同、台所

たけ、圧力釜をガスにかけ、おずおずと火をつける。

27　食堂

広助、起きてやつて来て、腰を掛ける。

ドカーンと言う爆発音。

広助、吹き飛ばされて、椅子からころげ落ちる。

28　寝室

三条氏、びつくりして飛び起きる。

29　廊下

英助、自分の部屋のドアーを開けて、駈け出て来る。

**英助**　どうしたのどうしたの！

三条氏、出て来る。

**英助**　どうしたのかしら？

**三条氏**　爆発した音だつたな。

**英助**　台所の方です。行つて見ましよう。

30　台所

たけ、板の間へ大の字になつて気絶している。辺りは、天井と言わず壁と言わず飯粒だらけ。

三条氏、三条夫人、英助、広助、出て来る。

**三条夫人**　ま、何ですかこれは？

**三条氏**　たけ！どうした？たけ！……あつちへ寝かせてやろう。

英助はゲラゲラ笑つている。

## 31　食堂

一同、パンで朝食を取つている。

たけ、やつて来る。

**三条氏**　何だ、たけ、もういゝのか？大丈夫かね。

**たけ**　はい、申し訳御座いません……。（皆の食べているパンを見て、ハツとする）あのオ、そのパンは？

**三条夫人**　買いに行つてるとおそくなるからうちで作つたパンで間に合わせましたよ。これ、昨日お前が作つたんだろ？

**たけ**　（困つて）はあ……実はあのオ、それ、失敗したんで御座いますが……。

**三条夫人**　何ともないぢやないの、別に。

**英助**　そう言えば、少しふくらし粉が足りないようね。

**たけ**　はあ、そのふくらし粉と間違えまして……実はその……避妊薬を……。

英助、ウエツと吐き出す。

――ＷＩＰＥ

## 32　三条家の居間

三条夫人、着物を着換えている。

**たけ**　（出て来て）あの、坂巻様の奥様がお見えになりました。

**三条夫人**　あ、そう。

**たけ**　客間でお待ちになつていられます。

**三条夫人**　（鏡をのぞき込み、せつせと化粧をしている）

**たけ**　……あのオ……奥様……。

**三条夫人**　（うるさそうに）何ですか？

**たけ**　あの、今度の日曜日、私、お休みを頂いておりますけれど……。

**三条夫人**　あゝ、そうだつたね。それがどうしたの？

**たけ**　あの、それで、広助坊つちやまを、映画にお連れしては……。

**三条夫人**　いけません。絶対にいけませんよ。近頃の映画にロクなのは有りませんからね。子供が不良化します。悪い遊びを覚えます。文部省推薦の映画は、今来ていない筈です。
**たけ**　でもあの、お一人で一日お家に居られるのはお可哀そうですから……。
**三条夫人**　わたしがまるで放ったらかしにしてる見たいぢやないの。
**たけ**　いえ、そんな……。
**三条夫人**　兎に角、いけませんよ。どうせお前、俗なものを見るんだろ？……あ〜、そうそう。お前最近、広助にちよいちよいお小使いをやるらしいけど、あれは止しとくれ。
**たけ**　は？い〜え、あのう、あれは、坊つちやまがお家の中の御本を全部読んでしまわれて、退屈そうにしてられましたので、お気の毒で……好きな御本をお買いなさいつて言つて……。
**三条夫人**　言い訳はお止しなさい。子供に読ませる本は選択が大事です。私が買つて来てやります。第一子供に無駄にお金を使わせると、悪いおもちやを買います。悪い友達が出来ます。悪い遊びを覚えます。不良化します。子供の教育方法は、私の方がお前なんかより、よく知つていますからね。（客間へ去る）

たちまち客間より大袈裟な挨拶。

——まあーまあ、お待たせしてしまつて本当に、私の方からおさそいに行こうと思つてましたのに！

——あーらまあ奥様、ホホヽヽヽ。

たけ、ぼんやりしている。

33　住宅地の道路

英助、優子と出会う。
**英助**　アツ！新調のワンピース着て、何処行くの？
**優子**　ランデヴーさ。

**英助**　へえ、僕とはもう、遊ばないの？
**優子**　だつて君、もうゲルピンぢやないか。
**英助**　そりやそうだけど……。
**優子**　望月君とホール行つて踊るんだ。彼、バイトで大分儲けたらしいんだ。
**英助**　余りいぢめちやいけないぜ。彼、僕より純情なのよ。
**優子**　余計なお世話さ。（去る）

英助、首をかしげて、去る。

34　銀座通り

35　楽器店

36　その内部

三条夫人と夫人B、それに三好先生が、店主の親父と話している。

**三好先生**　小学校の教材よ、おじさん、それ以上、割引き出来ないの？十六万円位に……。
**店主**　いやあ、そいつは無理ですよ。幾らスタンド・ピアノでも、これは国産の最優秀品ですよ先生！
**夫人B**　ぢやあ、最優秀品でなくなると、幾ら位になるの？
**店主**　そうですねえ。一寸お待ち下さい。今カタログをお目にかけますから…（奥へ）
**夫人B**　ねえ先生。二台買つたら、もつと安くするでしようねえ。
**三好先生**　（驚いて）えゝ、そりやあ、安くするでしようよ。でも、どうなさいますの一体？
**夫人B**　いえね、私ン処のピアノ、ドイツ製だけど、もう大分古くなつてるの。何しろ私が生れた時に買つたんですものね。それに私と京子と、ずつと使いづめに使つたでしよう。音が悪くなつてるのよ。それで、今一緒に買つとけば、大分安くなるから一挙両得でしよう？

三条夫人　あ〜、そりやいいわねえ。

夫人B　ねえ、この機会に貴女も坊つちやんに買つておあげになつたら？三台も一緒に買つたら、大分安くなるわよ。

三条夫人　あ〜ら勿体ない！男の子にピアノなんて……。そんな物買う位なら、私の着物でも作つた方がずつとましだわ。（三好先生の方を向いて皮肉たつぷりに）それに、うちの広助の、音楽の成績の悪い事つたら……ねえ、先生。とつても音痴で御座いましよう？あの子……。

夫人B　あ〜ら、そんな事ないでしよ？三好先生。

三好先生　（困って）え〜……まあ。（苦笑する）

37　三条家の庭

広助が一人、犬と一緒に芝生に坐つて、しよんぼりしている。

隣家より、シヨパンの小犬のワルツが聞えて来る。

38　堀部家の子供部屋

次女の幸子が、レコードに合わせて、下手糞なバレーの練習をしている。

その横で国夫が、空気銃をいぢつて遊んでいる。

39　堀部家の居間

堀部夫人、夫人A、夫人C、夫人D、話している。

堀部夫人　（少々激している）ま一あ何ですつて！それぢや私がまるで淫売婦見たいぢやないの！私が校長と出来てるんですつて？あんまりだわ!!（怒る）あ、あんまりだわ!!

夫人A　（おどおどしながら、夫人Cと顔を見合わせて）でも、そんな事言つたのはわたし達ぢやないわよ。そ、そんな事言つたの、みんな、みんな三条さんよ！（夫人Cに）ねえ、そうね！

夫人C　えゝ、えゝ、そうですとも、とても非道い事言つたのよ。
堀部夫人　もう止して！あんまりだわ！非道いわ三条さん！……あんな人に……あんな人にそんな事言われるなんて！……（泣く）
夫人C　そうよ、えゝ。えゝ、そうよ。
夫人D　あの人はもともと、あゝ言う人なんぢや。あゝ。
夫人A　とんでもない出鱈目言うのよ、あの人つたらねえ堀部さん、私や坂巻さんや栗原さんや、それから皆、多勢のいる前で、貴女が校長や会長を、色仕掛けでたらし込んだんですつて！……。
堀部夫人　まあー色仕掛けですつて⁉あたし……口惜しい！（泣く）
夫人D　放つときなさい。あの人は馬鹿なんぢやから……。
堀部夫人　放つとけますか！あたし明日から外へ出歩けやしないわ！エヽ口惜しィーツ！（ヒステリーを起す）
夫人A　（びつくりして）あらツ！し、し、しつかりしてつ！しつかりつ！しつかりして！
夫人C　堀部さん！大丈夫⁉大丈夫⁉（夫人Dに）お水！お水！
夫人D　（うろうろして）お水？……お水お水！えゝと、ちよつと待つて！今貰つて来る！（ドタバタと奥へ駈け込む）
夫人A　堀部さん！気をたしかに持つて！気をたしかに！（背中をさする）
夫人C　しつかりして、お願い！
堀部夫人　（絶叫する）うるさいツ‼

二人、ギクツとして黙る。

堀部夫人　（奥に向つて）やめなさいツ！レコードなんか！

二人、ホツとする。

堀部夫人、又、ワツと泣き出す。

**夫人D**　（ドタバタ駈けて来て、息をハアハア切らせながら）はい、お水！

突然、奥の部屋で銃声。
四人とも、ハツとして顔を上げる。
幸子のけたゝましい泣声。
女中のまちが、転がるようにして奥から駈け出て来る。

**まち**　タタ、大変です‼大変です奥様‼空気銃が坊つちやんで……い、いゝえ、坊つちやんが空気銃で、旦那様の空気銃でお嬢様の頭を‼

**堀部夫人**　ナんだつて⁉（奥へ駈け込む）

一同、ドタバタとそれに続く。

**夫人D**　（まちに）お前さん女中だろ⁉何してたんだい‼

**まち**　す、すみません！すみません！すみません！

40　廊下

国夫、空気銃をかゝかえたまゝ、ワアワア泣きわめいている。
一同、それを押しのけるようにして、ドタバタと子供部屋に駈け込む。

41　子供部屋

幸子が頭をかゝえて、ワアワア泣いて床の上をのたうちまわつている。

**堀部夫人**　（抱き起してゆさぶる）幸子‼しつかりなさい‼しつかりなさい‼幸子‼

まち、やつて来てこの有り様を見、自分もワーツと泣き出す。

堀部夫人、幸子をゆさぶつて叫び続ける。

42　廊下の電話口

夫人A、C、D、ドタバタやつて来て受話器を奪い合う。

**夫人A**　お医者さんよ！早く！

**夫人C**　(ダイヤルを廻しながら)今井先生ね!?

**夫人D**　(夫人Cを突き飛ばして)馬鹿だね、あの人は婦人科ぢやアないか！　――WIPE

43　堀部家の居間、夜

堀部氏が、ワーワー泣いている国夫を叱りつけている。

傍に堀部夫人と、頭にほうたいを巻いた幸子、そしてまち。

**堀部氏**　かすり傷でよかつたが、これがもし眼へでも当つて見なさい!!お姉ちやんは一生メクラだぞ!!

**国夫**　(手ばなしでワーワー泣きながら)ごめんなさーい、ごめんなさーい。

**堀部氏**　馬鹿ツ！ごめんなさいですむか！(夫人に)大体お前もお前だ！何故空気銃なんぞ持たせたんだ！

**堀部夫人**　まあ！私が持たせたりするもんですか。そんなにいつもいつも、子供達につきつきりでいる訳ぢや有りませんもの。貴方がいけないのよ。あんな所へ鉄砲を置いといて……。

**堀部氏**　(むらむらツとして)何ツ！わしのせいだと言うのか！

**堀部夫人**　誰も貴方のせいだなんて言つてませんん！(ふくれてツンとする)

**堀部氏**　(怒りのやり場がなく、まちに)こらツ！何故掃除する時に、チヤンとしまつて置かなかつたのだ！

**まち**　す、すみません、すみません、すみません！

堀部氏　すみません？ 馬鹿！すみませんですむか！大体お前はその時、何をしとつたのか!!
まち　は、はい。お台所であの、お客様のあの、お菓子をあの、はい。
堀部氏　お客様？（夫人に）お客様つて一体誰だ!!
堀部夫人　私のお友達よ。ＰＴＡの栗原さんや宮田さんや……。
堀部氏　大体お前は無駄話をしとる時間が多過ぎるツ！あんな馬鹿女どもと、井戸端会議をしとるからいかんのだツ!!
堀部夫人　（眉がピクピク動く）なんですつて!!

国夫、ますます激しく泣く。
幸子も泣き出す。
まちも、責任を感じて泣く。

堀部夫人　馬鹿女とは何です!!私のお友達です!!放つといて下さい!!井戸端会議つておつしやつたわね!!ＰＴＡの大事なお仕事が、どうして井戸端会議です!!
堀部氏　ＰＴＡ?、馬鹿ツ!!ＰＴＡと　子供とどちらが大事だツ!!
堀部夫人　子供が大事だからＰＴＡの委員をしているんぢやありませんか!!大体、ＰＴＡと言うものの社会的教育的使命はそもそも……。
堀部氏　馬鹿野郎ツ！子供の頭に鉄砲の穴をあけといて、何がＰＴＡだつ!!（机をガーンと叩く）
堀部夫人　キーツ!!（白眼をむいてヒステリーを起し、泣く）

玄関の戸の開く音。

校長の声　ごめん下さい。

まち、あわてゝ出て行く。堀部夫人はハッと顔をあげる。

**堀部夫人**　校長先生たちだわ‼貴方‼例の会長後任のお話‼

44　玄関

校長と会長が来ている。

**まち**　はあ、あの……一寸……一寸お待ちを……。

（奥へ）

45　居間

**堀部夫人**　何ですって⁉それぢや貴方！お断わりになるお心算⁉

**堀部氏**　当り前だ、断わる！よし、わしが断つて来る‼（立ち上りかける）

**堀部夫人**　（すがつて）待つて‼そ、それぢや貴方あんまりだわ‼私が折角苦心して、こゝまで話を進めたのに‼

**堀部氏**　馬鹿ツ‼まだお前はわしを、PTA会長にさせる積りかツ‼家の中がこんなだと言うのに‼

**堀部夫人**　家ン中の事なんか、関係ないぢやないの‼貴方は私が、後で皆に顔向け出来なくなつてもいゝつておつしやるの⁉いやよ！厭よ私‼

**堀部氏**　馬鹿馬鹿馬鹿々々ツ‼まだそんな事言つてるのか‼さあ、そこを離せツ‼

**堀部夫人**　待つて‼チヨ、一寸待つて‼そ、そんな……待つてよ‼一寸私の話を聞いて‼

**堀部氏**　うるさいツ‼離せツ、離さんか、エヽイそこ離せツ‼（夫人を蹴り倒して玄関へ行く）

**堀部夫人**　（茫然として顔をあげ、まだ泣き続けている国夫をぐツと睨みつける）この……（飛びかゝつてなぐる）馬鹿アツ‼エヽヽヽこの馬鹿アツ‼（国夫をなぐり、蹴り、踏んづける）

国夫、ギヤアギヤア泣く。

**国夫**　ごめんなさーい!!……ごめんなさーい!!
**まち**　（泣きながら）奥様!!すみません!!すみません!!すみません!!
**玄関の方から堀部氏の大きな声**　お断わりします!!

皆、ビクツとする。

46　玄関

**校長**　いや、堀部さん、落ち着いて聞いて頂きたいのですが、実は……。
**堀部氏**　私は落ち着いていています!!
**校長**　はあ、そ、そうですか……。
**会長**　実は堀部さん。私共としましても熟慮の結果、結局貴方がＰＴＡ会長としては、実力者でもあり、特に政界にはお顔も利いていられるし、矢張り最適の後任者ではないかと……。

奥から堀部夫人の怒鳴る声、国夫、幸子、まちの泣く声。
——痛アい!!痛アい!!ごめんなさーい!!
——この馬鹿ツ!!馬鹿ツ!!
——奥様!!奥様!!

**堀部氏**　お引き取り下さい!!私はお断わりします!!家の中がこんな有様で、私はとても会長など……お帰り下さい。
**校長**　はあ……。

二人、ボソボソと何か相談してうなづき合う。

**堀部氏**　お帰りなさい。帰りなさい、帰り給え！帰らんか!!帰れツ!!（床をドンと踏む）

二人、驚いて逃げる様に去る。

47　三条家、玄関
三条夫人、帰つて来る。
たけが出迎える。

**たけ**　お帰りなさいませ。
**三条夫人**　（荒々しく）広助は!?
**たけ**　は？
**三条夫人**　広助は何処なの!?
**たけ**　さあ……。
**三条夫人**　広助！広助！（呼びながら居間の方へ）

48　居間
三条夫人、キチンと坐つている。前に置いた一枚の図画。
広助来る。

**三条夫人**　（前を指して）そこへお坐り。
広助、夫人の前へキチンと坐る。
**三条夫人**　（手の甲で図画をポンと叩き）これは何です！
広助、うつむく。
**三条夫人**　お前がこんな見つともない絵を描くから、お母さん迄先生に叱られたぢやないの！何です！子供の癖に裸の絵を描くなんて！
**広助**　……。
**三条夫人**　こんな絵、何処で覚えて来たの!?え？広助！これ、黙つてちや判らないぢやないの！
広助、シクシク泣き出す。
**三条夫人**　（いらいらして）又泣く！何です男の癖に！はきはき言つたら良いぢやないの！

英助　（出て来て）うるさいなあ。本が読めやしないぢやないの。一体、どうしたつての？
三条夫人　この絵をごらんよ。
英助　どれ？（手にとつて見る）
広助　ワアーン！（泣きながら駈け去る）
三条夫人　広助！広助！
英助　（感心して）ふーん。い〻わねえ、やつぱり……。マチスの模写だね？
三条夫人　馬鹿だね。広助が描いたんだよ。
英助　へえ〻本当！……だつて僕、これとそつくりのマチスの絵、知つてるわよ。
三条夫人　ふうん。（横からのぞき込む）そうかねえ……。（怒つて）何言つてるの！お前なんかに判るものですか！子供の絵の事だつたら、小学校の先生の方がづつと良く御存知です。
（プリプリして去る）
英助　（なおも絵を見ている）……この色、このタツチ……。こ〻ん所の曲線！……いけるわネエ。

49　ダンスホール

優子、望月とチークダンスをしている。

優子　（うつとりとして望月の耳にさ〻やいている）オー、デイアワン……ビーラヴド……マイダーリン！

望月、鼻の下を長くして踊つている。

50　三条家の食堂

英助、一人で晩飯を食べている。
三条氏、入つて来る。
英助　お帰りなさい。
三条氏　あ〻。お前今夜は家で晩飯を食つているのか？珍らしいな。
英助　うん、振られちやつたのよ。お父さんだつて、珍らしく早いぢやないの。

三条氏　うむ。（煙草を喫う）英助、お前、算盤は出来るかね？

英助　算盤？いや僕全然駄目。

三条氏　そうか。ぢや、お前の友達で、算盤の上手いのは居らんかい？

英助　居ますよ。望月つて言つてね……え〻と、確か三級だつたかなあ？

三条氏　就職は決つてるのかい、その男？

英助　う〻ん、まだ。

三条氏　そうか、ぢやあ一度、わしの会社へ寄越してごらん。試験するから……。

英助　そう？ぢや、そう言つときます。喜ぶわよ、きつと……。

三条氏　所でと……広助はどうした？

英助　叱られて、拗ねてんのよ庭で。あいつ駄目ですね。すつかりひねくれちやつて……。

51　庭

星空。

広助、芝生に坐つて、しよんぼりしている。

三条氏　（近づいて）広助。そんな所にいつまでも坐つてると、風邪を引いちまうぞ。（隣りに坐つて）どうした、広助。え？……ハ丶丶丶、男の癖に、拗ねる奴があるか、拗ねる奴が……。

広助　……。

三条氏　英助に聞いたけど、仲〻良く描けてるそうぢやないか、あの絵。え〻、何て言うんだつけ、お前が真似をした、あ〻そう、マチス……か、そうだな？

広助　（につこりして、うなづく）

三条氏　それ見ろ。お父さんだつて、絵の事はよく知つてるだろ？ワハ丶丶丶。そうだ、広助、お前が欲しければな、あの、英助の持つてる様な天然色写真の絵の本買つてやろう。どうだ？

広助　お父さん。僕、本当は何も欲しくないんです。何も要らないんです。絵の本なんかも要らないんです。

三条氏　ふうん……どうしてかね？

広助　僕、誰も遊ぶ友達いないから……だから兄ちゃんの本、出して来て見るんです。……本当は……僕、友達と遊びたいんです。もっと……皆と一緒に遊びたいんです。それから、晩は、お父さんや……お母さんなんかと一緒にいたいんだ。……お家に一人でいるの厭なんです。

三条氏　……。ふん……。

広助　お母さんは、僕を叱るけど……僕やっぱり……お母さんが好きなんです。……日曜日になつたら、僕の友達みんな、お母さんと一緒に映画に連れてつて貰つたり、買物や、それから……動物園なんかに行くんだ。だけど僕は、日曜日もづつと一人で、お家ン中にいるんです。

三条氏　……うん、そうか……。あ……風が出て来たな。こりやいかん。さ、家の中へ入ろう。な。……広助……。おんぶをしてやろうか、お父さんが……。

広助　（てれ臭そうに、首を横に振る）

三条氏　（背中を向けて）さあさあ、おぶされ。（広助を背負う）お〻ッ！こいつ重いな！ハハヽヽヽ。（歩きながら）な……それぢやあ広助、今度いつか、お父さんが動物園へ連れて行つてやろうか？

広助　本当!?

三条氏　本当だとも！

広助　いつ!?

三条氏　さあて……、いつが良いかな？

広助　今度の日曜日！

三条氏　え〻と、今度の日曜日は、お父さん御用があつて駄目だな、そうだ、広助は土曜は半どんだろ?ぢやあ、土曜日の昼から連れてつてやろう。晩は銀座へ出て御飯を食べて……。いいだろ？

広助　（うなづく）

三条氏　何を食べよう?広助は何が好きだ!え？

広助　ビフテキ！

三条氏　そうかい、ビフテキかい！アハヽヽヽ。

Ｆ・Ｉ――

――Ｆ・Ｏ

52　三条家食堂

翌朝。
三条氏、新聞を読んでいる。
三条夫人、帰つて来る。

**三条夫人**　貴方！大変々々！
**三条氏**　何！そりや大変だ！
**三条夫人**　まだ何も言つてないわ。
**三条氏**　あゝそうか。何だい？
**三条夫人**　馬鹿ねえ……。あのね、今夜、校長先生と会長が家へいらつしやるのよ！
**三条氏**　ほゝう。
**三条夫人**　今日、七時か八時頃、帰つて来て下さらない？
**三条氏**　俺が？
**三条夫人**　そうよ。
**三条氏**　何もしかし、俺が顔を出さなくつたつていゝだろ？
**三条夫人**　何言つてるの！貴方がいないと駄目なのよ！（近寄つて）会長後任の勧誘なのよ！
**三条氏**　俺に？
**三条夫人**　そうよ！
**三条氏**　しかし、お前この間、堀部さんの御主人だつて……。
**三条夫人**　それが、お断わりになつたらしいのよ！
**三条氏**　ふうん。
**三条夫人**　それがね、今聞いて来たんだけど、物凄い夫婦喧嘩の最中に行つたんですつて！会長さん達……ホヽヽ、運が良かつたのか悪かつたのか知らないけれど……。だから貴方、今日早くお帰りになつてね。
**三条氏**　しかし、わしは今日、予定があるんだが……。
**三条夫人**　あアらア、そんな事おつしやらないで……。どうせ飲む予定でしよ?

**三条氏**　いや、株屋と会うんだ。六時に。

**三条夫人**　ぢやあ、矢ツ張り飲みに行くんぢやありませんか。ねえ、会長になつとけば、何かと有利ぢやないの！あすこの小学校のＰＴＡ会長に、一度でもなつときや、箔がつくのよ実際！ね、だから遅くとも今夜八時には帰つて丁戴！

**三条氏**　……うむ。

**三条夫人**　ぢや、頼みますよ！（台所へ行きかけ、又玄関へ行こうとする）

**三条氏**　あ、そうだ、おい！

**三条夫人**　何ですの?

**三条氏**　堀部の妻君とは仲良くしといた方が良いぞ。

**三条夫人**　まあ、何故ですの！

**三条氏**　最近わしは堀部氏と一緒に仕事をしてるんだ。重大な仕事だからな。

**三条夫人**　あら、ちつとも知らなかつたわ。そうなの！

53　大学の校庭

芝生。

望月と英助、寝そべつて話している。

**望月**　（急に飛び起きて、英助の手を握る）本当か！有難い！済まん！有難う三条！よくぞ俺を想い出して呉れた！

**英助**　そんなに興奮しなくつてもいゝわよ。へへゝ、こつちまで感激してしまうぢやないの。

**望月**　うん、いや、俺は大体が涙もろいんだ。（鼻をすゝる）ハハゝゝ。

**英助**　ハハゝゝ。

**望月**　あゝ、これで郷里へも安心して手紙が出せるな。

**英助**　（目を細めて望月の顔をじつと見ている）

**望月**　（気づいて）そうだ、三条、君に何かお礼がしたいな。

**英助**　（ますます目を細めて）そう思う?

望月　あゝ、僕に出来る事なら。
英助　ぢやあ、お礼をして貰おうか。二つ、お願いがあるの。
望月　なんだい？
英助　一つはね、優子を振つちやつて欲しいの。
望月　なんだ。そんな事かい。いゝとも。それからもう一つは？
英助　君、アルバイトで儲けたんだね。僕、最近お小使い不足しちやつてるの。ゲルピンなの。
望月　いゝとも。（財布を出して）いくら？
英助　五千円。
望月　（一寸考えるが）ＯＫ。（渡す）

54　小学校　校庭

広助達、低鉄棒の辺りでガヤガヤ話している。

生徒A　国夫ちやん、どうしたんだい。ほつぺたに赤チンなんか塗つて……。
国夫　うん、転んだんだい……。
生徒C　僕ね、赤いバツト買つて貰うんだぜ！あさつての日曜日！お母さんと一緒に！百貨店で！
生徒B　僕は映画へ行つて、帰りに浅草で晩御飯食べるんだ！姉ちやんと。
生徒A　僕はねえ、絵を習いに行くんだ。ママと。
広助　僕はねえ！お父ちやんと動物園へ行くんだぜ！それから銀座のコツク・ドルでビフテキ食べるんだ！
生徒A　へえ！
生徒B　いゝなあ！
生徒C　ビフテキかい？
生徒B　やあ、斉藤よだれ垂らしてらア！ハハハヽヽ。（皆笑う）

55　三条家　茶の間

三条夫人、演説の練習をしている。たけが、前にキチンと座つて聞いている。

**三条夫人**　か〻るが如き、風紀上又教育上、非常に良くない映画が上映され、又認められているという事は……、え〻と（下書きを見て）如何に文学作品であるとは言いながら、私共、子供の教育に無関心でいられる筈のない世の母親に取りましては、誠に無関心でいられる筈のない事なのであります……こ〻で拍手ですよ！拍手！

**たけ**　はい、奥様。（あわて〻拍手する）

**三条夫人**　なあんですか。はい奥様は余計ですよ。

**たけ**　はい、奥様。

**三条夫人**　続けますよ……。こ〻で拍手……ぢやなかつた。さアテ、皆様！多方面にその活躍を認められております、我校ＰＴＡは……。

玄関の開く音。

——御免下さい。

**三条夫人**　い〻よ、私が出るから。（玄関へ）

56　玄関

堀部夫人が来ている。

**三条夫人**　（出て来て）まあまあまあ、お珍らしい。

**堀部夫人**　ホヽヽ、お隣りにいて御無沙汰ばかり……。

**三条夫人**　い〻え、こちらこそ。さあ、どうぞどうぞ。

57　応接室

**三条夫人**　まあまあまあ、今日位、私の方からお伺いしようと思つて居りましたのに……。

**堀部夫人**　い〻え、私の方の主人が、御主人に何か大変お世話になつてるつて聞いたものですから。今日は失礼のおわびに伺つたんで御座いますのよ。

**三条夫人**　まあー何をおつしやいますやら、そんな、こちらこそいつも失礼ばかりして了つて……さあ、どうぞ。たけ！たけ！

　たけ出て来る。

**三条夫人**　おコーヒーだよ。おコーヒー。

**たけ**　かしこまりました。（去る）

**三条夫人**　どうぞお掛けになつて、汚い所ですけど……。

**堀部夫人**　あら奥様、あの、本当にどうぞもうおかまいなく……。

　両夫人、テーブルを中に、相対して坐る。

**堀部夫人**　（庭を見て）まあ桜が良く咲いておりますこと！

**三条夫人**　あら、奥様、あれはあんずですのよ。

**堀部夫人**　あゝら、そうなんですか。オホホヽヽヽ。

　二人、無意味に笑う。

**三条夫人**　まあ、今迄気がつきませんでしたわ！御免なさい！新らしいお召物ですのね！お仕立てになりましたのね？いつ？

**堀部夫人**　あら、こんなもの、安物なんですのよ、ホヽヽヽ。

**三条夫人**　まあ、そんな事ございませんでしよ？

　二人、無意味に笑う。

**堀部夫人**　実はねえ奥様、私この度、会長の指名委員になりましたのよ。

**三条夫人**　あゝら、そうなんですの？でも、会長は御主人がされるんぢやなかつたんですの？

**堀部夫人**　あゝら、駄目ですわよとても、宅なんか……。
**三条夫人**　まあ、そんな事御座いませんわ。あんなに立派なお仕事を、沢山なすつてらつしやいますのに……。
**堀部夫人**　いゝえ奥様。お宅の御主人をさし置いて主人なんかゞ会長に……。
**三条夫人**　あゝら、私ン所の主人なんか、とてもとても、大体、ＰＴＡの会長をやるなんて柄ぢやあ御座いませんわ。
**堀部夫人**　まあ奥様、そんな事御座いませんわよ。私今度、お宅の御主人に乗り出して頂こうと思いましてね、こちら様を指名するのに決めてるんで御座いますのよ。
**三条夫人**　まあーまあまあ、大変ですわ。私どうしましよう。本当に困つてしまいますわ。そんな事して頂いちやあ……。
**堀部夫人**　だつてお宅の御主人は立派なお仕事を沢山してらつしやるぢやあ御座いませんか！多方面の文化事業団体にも参加なすつてらつしやるし、お宅の御主人をおいて、他に会長に推薦する人なんて居ませんもの。
**三条夫人**　まあー本当にどうしましよう。私ン所の主人なんて本当にぼんやりで、とても会長なんて勤まりませんわ。
**堀部夫人**　あゝら、そんな事御座いませんわよ。絶対に、最適任者ですわ。
**三条夫人**　あゝら、そんな事御座いませんわ。
**堀部夫人**
**三条夫人**｝そんな事御座いませんわ。

二人、無意味に笑う。

58　堀部家　門前

まち、大きな荷物を持つて出て来る。
優子、後を追つて出て来る。

**まち**　（振り向いて）いゝえ、お嬢様。私にはもう、お守りはできませんわ！

**優子**　国夫たちのお守りをかい？

**まち**　いいえ！（キツパリと）奥様がたのお守りをですわ！

——ＷＩＰＥ

## 59　放送局スタジオ

**アナウンサー**　皆さん今晩は。今日の母の教養の時間は、東京教育研究会の中島ハルコ先生のお話を伺いましょう。「小学生の教育についで……」聞き手は鹿谷アナウンサーであります。

**鹿谷アナ**　中島先生、今日はわざわざどうも有難う御座います。

**中島ハルコ**　いえ……。

**鹿谷アナ**　早速で御座いますが先生、今日は小学生の教育、それも家庭での母親の躾け方について、と言つた所でお話を伺うわけで御座いますが……。

**中島ハルコ**　そうですね。この年頃の子供は、伸び伸びと育てる為に、決して叱らないと言う事が一番大切だと思います。あまり世話を焼きすぎますと、せつかくの伸びる力を失つてしまいます。つまりいぢけてしまうんですね。と言つて、放りつぱなしでもいけないんです。

**鹿谷アナ**　はあ。そうしますと、具体的にはどう言う……。

**中島ハルコ**　そうですね。母親は出来るだけ家に居て、子供のする事に充分注意している事ですね……。

## 60　三条家　居間　夜

**ラジオ**　……それで、もし何かいけない所があつても、正面から文句を言わず、自然に悪い点を直す様にしむけるのです。

たけが、たくさんのビール罎を盆の上にのせている。

机の上には空のビール罎十二三本。

**ラジオ**　……例えば私の知つている御家庭にこんな実例が……。

たけ、盆を持つて客間へ。

61　座敷

校長、会長、三条氏、三条夫人、堀部夫人、夫人A、B、C、D。

一同、相当に酔つぱらつている。

**会長**　いやア、ハハヽヽヽ。堀部さんは全くいゝ方に指名されたものですわ！

**校長**　いや、全く全く。我々教育関係者としてはですな、三条さんの様な方にPTAを背負つて頂けたら、もう絶対ですなア、ウイツ！

**会長**　いや、これで私も安心しました。どうかしつかり頼みますよ。ウイツ！

**三条氏**　ウハハヽヽ。まあ、お引き受けした限りは、全力を尽してやりましよう！

**校長**　有難いツ、よ、よくぞ言つて下されたウイツ！

**夫人A**　まあ、本当によろしう御座いましたわねえ。

**夫人B**　本当に！校長先生も会長さんも、立派な方達ばかりで、安心して子供をおまかせできますわねえ。

**三条夫人**　さあ、校長先生。どうぞおあけになつて。

**校長**　いやあ、どうも、すみませんなあ奥さん、ウイツ！

62　英助の部屋

英助、本を読んでいる。

優子、ヴエランダの戸を開けて覗く。

**優子**　おす！

**英助**　なあんだ、君か。

優子　なあんだとは何さ、嬉しくないの？
英助　おあがりよ。
優子　うん。（入つて来る）望月君に振られちやつた。
英助　へえ〻。怪しからん奴だね。とつちめて来てやろうか？
優子　い〻よ。その気持だけで嬉しいよ優子。
英助　それで遊びにきたの？
優子　そうさ。知つてるんだよ優子。何もかも。
英助　あら、ぢや、怒つてるの？
優子　う〻ん。その気持だけで嬉しいつて、言つてるぢやないか。世の中は権力だね。

二人、接吻する。

英助　ビール飲もうか？
優子　悦々！有るの？
英助　うん。（去る）
優子　（舌なめづりして）占め占め。くだ巻いてやろう！

63　居間

英助がビールを持つて行こうとしているのを、たけが止めている。

たけ　でもそれはお客様の……。
英助　い〻ぢやないの、三本位！どうせ足りないんだろ？あっちは……。鶴見屋へ電話をかけて、追加持つて来させりやい〻さ。（去る）

64　座敷

堀部夫人　さ、どうぞ御主人、おあけになつて……。ＰＴＡだけぢやなく、宅の主人もどうぞよろしくお願いしますわ。
三条氏　いや、堀部さんにご厄介になつてるのは私ですよ。ハハヽヽヽ。

65 廊下
たけ電話をかけている。
**たけ** もしもし、鶴見屋さん?こちら三条ですけどね、至急ビール一ダースお願いしますよ。ビール一ダース!え〻、すぐ届けて下さいな。

66 英助の部屋
英助と優子、グイグイ飲んでいる。
優子小型ラジオのスィッチをひねる。
ブギ。
**優子** 英助君!踊ろう!
**英助** よし来た。
二人、軽く軽妙なジルバを踊る。

67 座敷
校長、会長、夫人A、夫人Dが踊つている。
他の者は手拍子で大声に歌つている。
〽あなたに貰つた帯止めの
ダルマの模様がチヨイと気にか〻る
さんざ遊んで転がせて
あとであつさり捨てる気か
ねえ、トンコトンコ

68 二階
広助、勉強しているが、やかましくて手につかない。
階下より笑声、拍手。
**広助** (鉛筆をなげ出し、頭をか〻えて)困つたなア、明日試験なのに……。

69 勝手口
酒屋の小僧、ビールをかついで入つて来る。
**小僧** チワー。鶴見屋で御座い!

70　座敷

全員、立つて踊つている。

〽わたしの　ラバさん　酋長の娘
　色は黒いが　南洋ぢや美人

71　堀部家の茶の間

幸子と国夫が、立つた儘ワアワアと泣いている。

**幸子**　アーンアンアンアン、まちがいない！まちがいない！

**国夫**　お腹が減つた！アーンアンアンアン、アーンアンアン……。

**幸子**　お母アちゃん！アーンアンアン、……お母アちゃん！

72　座敷

一同、踊り続けている。

転がつたビール罎。

73　英助の部屋

転がつたビール罎。

気が狂つた様にジルバを踊り続ける英助と優子。

74　二階

広助、勉強を投げ出し、机の上に突伏せて、頭から座布団を被る。

75　座敷

踊りまくる大人達。　　——F・O

F・I——

76　住宅地の道路（A）

英助、歩いて来る。

**広助**　（後ろから走つて来る）兄ちゃん！

**英助**　なアんだ。早いぢやないの。もう学校終つたの？
**広助**　（並んで歩きながら）うん、今日は土曜日だもの。
**英助**　あゝ、半どんね。
**広助**　今日ね、算数の試験があつたんだよ、二時間めに。
**英助**　ふうん、出来た、全部？
**広助**　（少ししよげて）うゝん、二つ間違つちやつた。
**英助**　何だ。駄目ぢやないの。
**広助**　……。うん。
**英助**　……。
**広助**　今日ねえ、兄ちやん、昼からお父さんと動物園へ行くんだよ。
**英助**　へえ、いゝね。
**広助**　帰りに銀座へ行くんだよ！晩御飯食べるの！
**英助**　ふうん。

**広助**　……。

77　道路（B）

広助、英助、歩いて来る。

**広助**　あッ！お父さんだ、向うからやつて来るの
**英助**　あらツ。ママとアベツクだ。珍らしいな。

三条氏、三条夫人、歩いて来る。

**三条氏**　何だ、お前達か。
**広助**　只今！
**三条夫人**　広助。お家でしつかり勉強するんですよ。お父さんとお母さんと、これから学校へ行つて来ますからね。
**英助**　又、ＰＴＡ？
**三条夫人**　あゝ、総会だよ。
**広助**　ぢや、お父さん、動物園へは行かないの？
**三条氏**　（想い出して）あゝ、そうか。すつかり

忘れていた。そうだ、約束してたんだつたな。

**三条夫人**　そんな約束したの、貴方？

**三条氏**　……うん。……やあ御免御免！今日はな、広助、お父さん、大事な御用があるんだ。連れてつてやりたいんだけど、駄目なんだよ今日は……。

**広助**　（半泣きになつて）いやだい！いやだい！

**三条氏**　済まん済まん。

**広助**　行くんだい行くんだい！楽しみにしてたんだもの！動物園へ行くんだい！

**三条夫人**　広助！何です、そんな駄々をこねて！遊ぶ事ばかり考えないで、ちつとはお家で勉強なさい！お父さんは、お前の学校のお仕事があるんだよ。無理を言つちやいけません！

**広助**　……。（うなだれて黙つてしまう）

**三条夫人**　（さすがにちよつと気がとがめて）お父さんはね広助、お前の学校のＰＴＡの会長さんなんだよ。だからお前、しつかり勉強して、ね。会長さんの子が落第坊主ぢや、皆に笑われますよ。おとなしく、今日は家に居て、勉強々々。さ、英助、広助を連れて帰つてやつとくれ。

**英助**　え〻。

**三条夫人**　さあ貴方、おそくなるわ。早く行きましよ。

**三条氏**　うん。……広助、済まんな。又今度いつか暇な時、連れてつてやるからな！今日はおとなしく、留守番をしてな、い〻な！

三条氏、三条夫人、歩いて行く。

英助、広助並んで見送つている。

**英助**　（広助をうながす）さあ行こう。

二人、歩いて行く。

広助、振り向き振り向き歩いて、石に蹴つまづき、転びかける。

**英助**　（あわてゝ手を取る）よそ見しちや駄目！馬鹿！（コツンと広助の頭を叩き、さつさと歩いて行く）

広助、立ち止つて、シクシク泣き出す。英助振り向いて、しばらく広助を見ている。引返して来て、広助と手をつなぎ、ブラブラと歩き出す。

# 会長夫人萬歳について

このシナリオは、ぼくが大学二、三年のころ（十九歳か二十歳）に書いたものだと思う。ちょうどこの頃、父が弟の小学校のＰＴＡ会長をしていて、校長や教頭や、副会長の大学教授などと家族ぐるみでつきあっていたその様子がヒントになっている。

大学四年の時、大阪にシナリオ研究会ができ、そこで出している「シナリオ新人」という同人誌の、創刊号に載せてもらったものであって、シナリオで活字になったのはこれだけである。発行は昭和三十二年二月一日となっているから、ぼくが大学を卒業するまぎわである。

雑誌はとっくになくしていて、原稿も手もとにはなかったが、一カ月ほど前、堀晃氏が「珍らしいものを見つけた」といって、古本屋で発掘したものを持ってきてくれた。処女作以前の作ということで、ここにこうして再録してもらう。

手は加えず、一字一句発表当時のままで掲載してもらう。ずいぶん変なところもあるが、当時のぼくの力量は、まあ、こういったところである。気が進まなければ、読んでくださらなくて結構である。

（別冊新評「筒井康隆の世界」'76ＳＵＭＭＥＲ　昭和51年7月10日発行）

荒唐無稽文化財奇ッ怪陋劣ドタバタ劇

# 冠婚葬祭葬儀篇

「葬いのボサノバ」が流れている。

男Ⅰ　死に水が　のどに詰まって
男Ⅱ　ごろごろと　鳴るその音が
男Ⅲ　涼しげに　耳に響くの
男Ⅳ　快く　胸に響くの

男Ⅴ　殺すたび　死んでいくたび
女Ⅰ　生き返るたび　また殺すたび
女Ⅱ　わたしは　愛を感じるの
女Ⅲ　死者たちに　愛を感じるの

蒼白い　その死に化粧
むき出した　その白い眼が
なぜかしら　心乱すの
あたたかく　胸を満たすの

殺すたび　死んでいくたび
生き返るたび　また殺すたび

わたしは　愛を感じるの
死者たちに　愛を感じるの

いつか見た　あの霊柩車
今日も行く　葬いの列
歓びの　あの歌声が
いつまでも　胸に残るの

殺すたび　死んでいくたび
生き返るたび　また殺すたび
わたしは　愛を感じるの
死者たちに　愛を感じるの

暗やみに鐘ひとつ。
朗々たる詩吟の声　〽冠婚葬祭、夜河を渡る。
暁に見る霊柩車、縁起よからず。

**男Ⅰ**　（登場、机に向かい、咳ばらいして水さしの水をコップに注いで飲み、プッと吹き出し）こ、これは酒。誰だ。御神酒とまちがえたな。ま、いいや、飲んじまえ。ええ、今は体育の時間ですが、教室で授業します、びっくりしてますね、体育の時間に校長先生が出て来たから、そうでしょう。無理ありません。これはあの、えと、テストも何もありませんからね。ノート、とらなくてよろしい。えと。あの、性教育、性教育といいますけどですね、動物は、あの、人間以外の動物はですね、ふつうは成熟しさえすれば、つまり、からだが一人前になってしまえばですね、別に性教育を受けなくても、あの、あの、性行為をいとなむことが、あの、まあ、できるんです。ところが人間の場合は、あの、社会の秩序というものがありますから、それを保たなければなりません。そこで、あの、しぜん、あの、あの、性、性生活を、か、か、隠しますね、そうですね。何がおかしいんですか。君、何がおかしいんですか。先生の話、わかりますか。わかりますね。

**女Ｉ**　はい。

**男Ｉ**　そうね。わかりますね。笑わないで、まじめな話ですから。先生もまじめに話しますからね。それでですね、人間というのは、あの、じ、事実、隠しますね。今のあの。

**女II**　性行為。

**男Ｉ**　はあっ。ああ、そうですね。性行為を隠しますから、しぜんこれを、罪深いものと思いこみ勝ちになります。すると、あの、そのために、あの、あの、性欲があの強くあの抑圧、あの押さえつけられて、健全なあの、例のあの性行為がやれなくなる。い、いや、いとなめなくなります。えへん。そこで、健全な知識が必要とされるわけで、皆さんはもう、中学二年生です。中学二年生の女生徒といいますと、昔はまあ、そんなでもありませんでしたが、それでもまあ、中にはありましたが、今の中学二年生の女生徒になってきますと、発育がよくて、からだはまあ、すでにもう、昔とはちがって、あの、ちがうわけです。ですから当然、とっくにあの、たとえばあの、あの生理的にあの、あの生理日の。

**女III**　月経。

**女Ｉ**　メンス。

**男Ｉ**　はい。はい。知っていますね。そうです。そうですね。大きな声出さなくてよろしい。それであの、あの、ない人、まだない人、いますか。いたら手をあげてください。いませんか。正直に。いないようですね。ははあ。するとあれですか、残りの人は、いや、君たちみんな、もうあったわけですね全員。そうですか。ひひひひ。え、えへん、えへん。ああ。のどがかわく。（酒を飲む）ええ、性というものは、性の染色体の組みあわせによって、決まるのです。つまりXの染色体を持っているのが女、XとYの染色体を持っているのが男ということになるのですが、ええと、こういうことはもう、理科の方で教わりましたか。

**女II**　はい。少しだけ。

男ー　ああそう。少しだけですか。まあ、こういったことは、高等学校で詳しく教えてくれますから、まあ、いいでしょう。とにかく性には、男と女があります。男は、皆さんぐらいの年頃になると髭が濃くなり、声変わりがしてきます。骨格が太くなり、筋肉が発達します。では、女性はどうかといいますと、腰はば、つまりこの、ヒップですな、これが大きくなります。脂肪が多くなりますから、そのためにあちこちが、こう、まん丸く、丸味をおびて来て、ヒップもあの、こう、うしろへあの、ぼん、と出ますね。そしてあの、おっぱいも、いや、乳房も、こう、ぼんぼん、となりますね。腰は、つまり今度はこの、ウエスト、ここは逆に、きゅっとこう、しまります。そしてお腹の方は、つまり脂肪の層が厚くなりますからね、このお腹の下の方から、太腿の方へかけてはこの、特に脂肪が厚くて、ひひひ、ぼん、ぼんぼんぼん、と、こうなりますね。そ、それからその。

女Ⅲ　あ、校長先生、よだれ。

男ー　はい、はい。それからその、ここに毛が、ああ、これはあの、男もそうですけど、ここに毛が生えます。あの、あの陰毛ですね。ちりちりとしていて、頭髪は直毛ですけど、これはその、波状毛ですね。見ればわかりますね。集めたりなんかしてる人いますけど、あれ不潔ですね。え、えへん。さて、あの、男と女の肉体的な相違点、これのあの、いちばんその肝心というか、あの、はっきりしている点はあの、もちろん、あの、あの性器ですね。女性のあの、性器、いや、その、生殖器官は、こうなっています。ちょっとその、図を描きましょう。ええ、これはその、断面図ですが、ええ、あの、ここに尿道口がありますね。それから、これの少し下、ここのこれが、あの、膣前庭といって、あの膣のあの、要するにあの、あの入口です。

女ー　あら。少し大きいんじゃないかしら。

男ー　えっ。そうですか。いや。いやいや。これでいいんです。成人すると、こ、これぐらいになるんです。な、なる筈です。な、なると思うんだがなあ。ま、ま、よろしい。(酒を飲む)それから、ええと、ここがちょっとややこしいんだが、ここにこの、い、陰核、それからこの、左右に陰核脚が出ていて、それからこの、これが小陰唇。な、なんですか。何がおかしいんですか。どこかその、おかしいとこ、ありますか。

**女II** 先生。そこはそんなに大きくありません。

**女III** そんなに横に拡がってないわ。

**男I** そうかなあ。そうですか。いや、これでいいんです。成人すると、これぐらいになるんです。

**女I** でも、ちょっと大きすぎるわ。

**女II** そうよ。ねえ。

**男I** 騒がないで、騒がないで。騒いではいけません。そりゃね、あの、君たちのはね、もちろんこんなに大きくはありません。いや、おそらく、大きくはあの、ないでしょう。ない筈です。そうですよね。はは。ははははは。君たち、自分のあの、あの、これを見て大きいといってるんでしょう。はははは、は。

**女III** じゃ、先生は誰のを見たんですか。

**男I** そりゃあ、先生はたくさ、え、えへん、えへん。えへんえへん。えへん。本をその、見てますからね。あの、だからあの、これは子供をいちど産んだ、そうですよ。これはね、子供を産んだ女の人のですよ。さあ。黙って聞きなさい。あまり、わあわあいってはいけません。隣の教室の邪魔になります。いいですね。えと、それから、ここが、えと、こうなって、これが膣腔、それから、えと、これが子宮でと、ここに卵巣がこう。うん。ええ、これが女性の生殖器官の大まかな、な、なんですか。何くすくす笑ってるんですか。何もおかしいことないでしょう。

**女I** 先生。卵巣は前の方です、もっと。

**男I** え、ああ。あそうか。これはあべこべでした。これはあべこべ。こっち側にあるんですよ。こっち側にね。まちがわないようにね。はい。これでよし。これが女性の方。次は男性。ええ、男性の方はですね、つまりその、男性の生殖器官というのは。
**女II** ペニス。
**女III** オー、チンチン。
**女I** 陰茎。
**男I** はい、はい、はい。そうですね。そんな大きな声出さないで。あの、びっくりするからね。先生、最近ちょっとあの血圧がね。あの。えへん。ふう。のどがかわく。(酒を飲む)ま、それでは、図を描きますからね。えと、これが、あの、腹で足でと、それからあの、これがあの、い、陰茎。
**女II** まあ小さい。
**女III** 小さいわあ。
**女I** 小さ過ぎるわあ。
**男I** 騒がないで。騒がないで。これが普通の状態なのです。
**女II** だってえ。
**女III** それじゃ、だって、子供のおちんちんよ。
**女I** そうよ。
**男I** なんですか君たちは。な、何そんなに興奮してるのです。興奮させないようにと思ってわざと小さく描いたのです。(そろそろ、ろれつがまわらない)こ、これがですね、ぼ、ぼ、勃起してない状態の、ごく普通の。
**女II** それにしても小さい。
**女III** そうよ。
**女I** そうだわ。
**男I** 黙りなさい。これでいいのだ。
**女II** 違うのだ。
**男I** なんですか、そのいいかたは。ま、まあいいでしょう。それならま、これぐらいにしましょう。
**女III** それでも小さいんだけどなあ。
**男I** 馬鹿いいなさい。これ以上でかいなんて筈があるもんか。それじゃまるで怪物だ。（酒を飲む）先生のいうことに、まちがいはないんです。さあ次、次、描きます。えと、これが精管で、こうつながって、睾丸、睾上体、えと、そして陰嚢ですね。

鐘がなる。

**男Ⅰ** （はっと顔をあげ）いかん。暮六つだ。寺へ戻らにゃあ。ええ。校長先生はですね、ご存じのようにお寺の住職を兼任していますから、夜はお通夜があります。今日の講義はこれでおしまい。ああ、君と、それから君。あと片づけして下さいね。

女Ⅰ、Ⅱ、Ⅲ、テーブルを片づける。

**男Ⅰ** （水差しをとり）おっと。これは貰って行かにゃあ。

ふたたび鐘。舞台上、正面に仏壇。その前で男Ⅰ、木魚にもたれ酒を飲みはじめる。

**男Ⅰ** さても長閑《のど》けき春宵一刻、昭和元禄泰平の、この世のなさけ身に受けて、坊主住みよい資本主義、老人医学の発達で、葬儀の数は減ったけど、収入《みい》りは減らぬ檀那寺、暖衣飽食できるのも、アメリカさんのおかげです。

（歌う）日本の
　日本のために戦った
アメリカさんのおかげです
アメリカさんよありがとう
ニクソンさんよありがとう

（木魚を叩き、阿呆陀羅経の調子になる）
さてもこの世の不合理は、死人の出るとこ不景気で、景気のいいとこ死人が出ないよ、坊主どこ行く不景気ならば、死人の出るとこお呼びでないない、戦争やり出しゃ坊主男II　（出てきて）あのう、みんな今夜は、藤圭子のファン・クラブの集会へ出かけたんですけど。

男I　（酔眼据えて）お前は誰だ。はははあ。通念だな。

男II　よくぞ憶えていてくださいました。かく申す私、通り相場の通念。心も軽く身も軽く、口が軽くて尻も軽い、それがわたしのセールス・ポイント、これから売り出す成長株、（しなを作り）使ってね先生《せんせ》、ホさないでね。

男I　ちえ。いちばんくだらねえやつが残ってやがったか。まあいい。酒がなくなったから庫裡へ行ってとってこい。

男II　はいっ。では、ご期待に応えて。

男I　何おっ。

男II　ご期待に応えまして、一曲。
（歌う）ズビズバー　パパパヤ
　　やめてけれ　やめてけれ

男I　やめろ。誰が歌を歌えといった。はははあ、も死人だ、金のあるとこ極楽浄土、行きたくないとこソンミにビアフラ、可哀そうだよあそこの人は。
（歌う）赤い血を噴くあの村は
　　ソンミだ　ソンミだ
　　そこは火を吐くライフルの
　　地獄だ　地獄だ
　　腹を減らした餓鬼がいる
　　知らない　知らない
　　食おう　食おう　うまい飯
　　飲もう　飲もう　うまい酒
　　ビアフリ　ビアフラ
　　ビアフリ　ビアフラ
　　可哀そう　ビアフリ　ビアフラ
（徳利が空なのに気がついて）おーい。徳利が空だ。珍念、珍念はいねえか。朴念、観念、通念、無念、一昨年、エピゴーネン、なんで誰もおらへんねん。誰か酒持ってこい。

にわかつんぼで胡麻化そうとするところを見ると、さてはこの野郎、盗み酒して全部飲んじまいやがったな。

**男II**　アレ和尚様。この清廉潔白顔面蒼白、甲論乙駁オツム雑駁なる通念に、身に憶えなきあらぬ疑い、そりゃまた何たることを、あまりといえばあんまりな……。

**男I**　飲まんというのか。

**男II**　飲みました。

**男I**　阿呆。うう……ここな未成年のアル中患者め。ふてえ奴だ。

**男II**　ほめて下さい和尚様。わたしはすなおに白状いたしました。道徳教育復活の折柄、和尚様が尋常小学校の修身でならったことを思い出してください。ほら、リンカーンと桜の木の話を。

**男I**　ワシントンじゃろう。

**男II**　同じ穴のムジナです。

**男I**　白状したなら覚悟はできていような。どうしてくれよう。観念せい。

**男II**　はい。観念しました。今しました。どうにでも、存分になさってください。またこの間のように、わたしの肛門並に直腸、これをお貸ししましょうか。申しておきますがわたしの尻には、蟯虫蛔虫サナダ虫、十二指腸虫はいうに及ばず、水虫までおります。

**男I**　見せるな見せるな。お前の小汚ねえ尻にはもうこりごりだ。どうもあれから下っ腹が搔ゆい搔ゆいと思っていたら、このあいだ小便した時、尿道から蛔虫が出た。（腹を搔き）くそ。また搔ゆくなってきた。（歌う）搔ゆいのよウナ　ウナ。

**男II**　ありがとうございます。おかげでこちらはすっきりさわやか、とうとう便秘がなおりました。

**男I**　ウーム勿体なくもかしこくも、このありがたい名僧智識の逸物大ペニス、未亡人泣いて喜ぶこの太魔羅をば、あろうことかあるまいことか、イチジク浣腸に使いおったな。

男II　おかしな、おかしな味でした。
男I　けしからん奴だ。まあ、飲んだものはしかたがないから、すぐ買いに行ってこい。
男II　はあ。しかし買いに行くためには、墓の中を通って行かなければなりません。
男I　それがどうした。
男II　えへへへへ。どうもしませんが。しかしもう、夜もだいぶ、ふけております。
男I　酒屋を叩きおこせ。
男II　あっ、ねえねえ和尚様。酒なんか飲むより、もっと面白いことがあります。
男I　なんだ。
男II　ボウリングをして遊びましょう。
男I　この寺の中でボウリングができるか。
男II　できます、できます。まずこの位牌をば、ここの所へこう、ずうっとピンの形に並べまして、それからこの木魚をば、こっちから投げまして……えいっ。あっ、ガターでした。
男I　ひでえことしやがる。わしの留守中、いつも暇つぶしにそんなことをして遊んでるんだろう。
男II　はい。それはもう、いろんなことができます。まず本堂の仏さまにボディ・ペインティング。鉦や木魚でニューロック。百目ローソク立ち並びますればすなわち本堂はディスコテックになります。
男I　くだらなーい、くだらなーい。さあ、早く酒を買ってこい。それから、何か食うものを買ってこい。さっきから何もなくて餅ばかり食ってるんだ。
男II　はあ。しかし買いに行くにはお墓の中を……。
男I　あたり前だ。寺てえものはだいたい墓にかこまれとる。それがどうした。
男II　あの、先日土葬にした仏さまがありますね。
男I　うんうん。あれは土地成金の弾五郎。フグ食って死んだ男。
男II　たんまりお布施が入りました。

男Ｉ　盛大な葬儀をしたからな。
男Ⅱ　あの仏さまが、もし生き返っていれば、お布施はもらえませんでした。
男Ｉ　ムッ。
男Ⅱ　お通夜の席で、生き返りそうになりましたな。
男Ｉ　ムッ。
男Ⅱ　遺族の連中誰も気づかず、気づいたのは和尚様、あなたおひとり。
男Ｉ　ムッ。
男Ⅱ　片手で木魚を叩き続け、口に経文唱えながら、こう、そろーりそろりと片手をのばし、仏の首をば、ぐぐ、ぐいーっと……。
男Ｉ　ムヽヽヽヽヽヽ。さてはお前、見たなあ。
男Ⅱ　見、見、見ました。あれを見たからには、生かしちゃおけませんか。
男Ｉ　こら。先に言うな。
男Ⅱ　すみません。
男Ｉ　（だしぬけに笑う）わあっはあっはあっ。
男Ⅱ　（うしろ指ついて）ひいっ。こわい。
男Ｉ　馬鹿者。死にかけているやつを絞め殺して何が悪い。成仏できず迷っている者に引導わたしてやるのがこれすなわち坊主の役目。そのどこが気に食わぬ。さては貴様小坊主の分際でこの和尚を脅すというのか。イヤサ強請《ゆす》るというのか。
男Ⅱ　マヽヽヽヽヽお待ちください。和尚様。ケケ決して決してそのような大それた……ひいっ、恐ろしい。どうぞそのように、パロマ山天体望遠鏡のような凄い眼で睨まないで下さい。ああっ腰が抜けた手足がしびれた小便が洩れた。決して決してこの通念、あれが悪い行為であるとは思いませんし、また口外もいたしません。いいえ、悪いことだから口外しないというのではなく、当然のこと故口外しないのです。
男Ｉ　必ず口外せんと誓うか。
男Ⅱ　（十字を切り）誓います。神に誓います。
男Ｉ　（あきれて）宗教が乱れとる。

男Ⅱ　でも和尚様、ひとつ心配なことが。
男Ⅰ　ム、何が心配だ。
男Ⅱ　莫大な財産に執念を残して死んだあの弾五郎、一度生き返ったくらいですから、またまた生き返るおそれ、なきにしもあらずですよ。
男Ⅰ　ふん。ま、ま、まさか……。
　鐘の音。男Ⅲ、白装束の女（女Ⅱ）を背負って出てくる。
男Ⅲ　和尚……。
男Ⅰ　そら出た。
男Ⅱ　わひーっ。（坊主と抱きあう）
男Ⅰ　なんだ、お前か。おどかすな。やっ。なんじゃそれは。何をかついできた。
男Ⅲ　まあ見てくれ。水死体だ。どうだ。いい娘だろう。（小坊主に）おい。ふとんを敷け。
男Ⅰ　ほほーっ。これはまた美しい娘。いやあ、よく拾ってきてくれた。最近若い女の死体に餓えとったのじゃよ。いったい、どこで拾ってきた。
男Ⅲ　（ふとんに死体を寝かせながら）千鳥ヶ淵に流れついたのを、金田の分家のお咲坊が見つけて、おれに知らせてきた。この娘を知っとるかね。
男Ⅰ　うーむ。最近どこかで見たようじゃが、思い出せんなあ。
男Ⅲ　喜べ和尚。この娘はな、このあいだフグ食ってくたばった、土地成金の弾五郎の娘じゃ。
男Ⅰ　おお思い出したぞ。そうじゃ。たしかにそうじゃ。しめた。親父に続いて今度は娘の葬式。またもやお布施がたんまり……。
男Ⅰ
男Ⅱ　｝すばらしーい。すばらしーい。
男Ⅲ　白装束をしてるから、きっと覚悟しての身投げだろうよ。親の方へは、さっきお咲坊に走ってもらった。

男II　しかしマネージャー、こういう場合は、まず警察へ届けなければいけないのでは……。
男III　いいのいいの。そんなことしてたら時間がかかるし手間がかかる。お布施の貰いも遅れる。こういうことは合理的に、かつスピーディに処理しなきゃいけないの。
男I　しかし、あの駅前の駐在にだけは、マネージャー、あんたからうまく言っといてくれよ。
男III　だいじょうぶ。あんなパーキンソンの法則みたいなシラクモ頭の老いぼれ、言わなくったって、どうってことはない。
男I　だが、手だけは打っておけよ。そういうことを処理させるためにマネージャーを雇ってるんだからな。もし話がこじれたら、ピーターの第一法則によって、お前、責任とってもらうぜ。
男III　心配すんなって。心配した通りのことが起こるのは、マスコミが騒いだ時だけだよ。これは何の法則だっけ。マクルーハンでなし、リースマンでなし、ブーアスティンでなし、ああ、ハイジャックの法則だ。
男II　よろしい。話がそういうことになったのなら。（死体に合掌し）ああ可愛想に可愛想に。生きていたならこの通念と相思相愛、先じゃ夫婦《めおと》になれたかも知れぬという年頃。せめてものことにこの通念が、功徳ほどこして成仏させたげるからねえーっ。（死体を抱く）
男III　こらっ。厚かましいやつだ。その仏の発見者はこのおれだ。一番さきに頂戴するのも、このおれだーっ。（小坊主を死体からひきはなそうとする）
男II　（死体にしがみついたまま、わめきちらす）冗談じゃない。インキン田虫、横根にカンソ、小汚い病気全部背負いこんだあんたみたいな中年男に、この清純無垢の処女の死体を、なんで渡そう抱かさりよか。ここはやはりこの童貞の通念が、まず一番バッターを……。
男III　エエ黙れだまれ。なま身の女にゃ声もかけられねえ蒼白い若僧が何ぬかす。手前は横で眺めながらマスターベーションやってりゃいいんだ。

小坊主（男Ⅱ）とマネージャー（男Ⅲ）、娘の死体を奪いあう。

**男Ⅰ**　喝。お前らあ仏を何と心得とる。だいじなだいじな商売ものを、お前ら如き俗人に傷つけられてたまるか。（仏の顔をのぞきこみ）ふふふふ。いやなるほど。お前らが血に狂うた狼のように迷うて嚙みあうのも無理はない。まるでこの世の、いや、あの世のものとも思えぬ美しさじゃ。よしよし。むろんこの仏に、最初に功徳ほどこしてやるのはこの名僧智識の役目じゃが、お前らにはおさがりをやることにしよう。ホッホッホッホッ。

小坊主（男Ⅱ）、マネージャー（男Ⅲ）、がっくりする。坊主（男Ⅰ）、死体を寝かせたふとんにもぐりこみ娘を抱く。

**男Ⅰ**　ふひょーっ。冷たいつめたい。死体抱くのはいい気持じゃ。だから坊主はやめられない。なま身の女ばかり抱いてる人が馬鹿に見えまーす。ホッホッホッホッ。

**男Ⅱ**　ホッホッホッホッ。

**男Ⅲ**　ホッホッホッホッホッ。

**男Ⅰ**　おおおおおお。死の味がする。死臭がおれをとりまく。観音菩薩と涅槃《ねはん》楽、ままよ後生楽トタンのバラック、大型トラック南京陥落、ぁあ極楽が見えてきた。ああ極楽にやってきた。極楽は冷たいところじゃなあ。極楽は暗いところじゃなあ。

**男Ⅲ**　あたり前よ、極楽なんてところが明るくて暖い筈がねえ。よそよそしい善良なやつばかり。ＰＴＡママとか、マイホーム・パパとかいった連中がわんさといるんだ。それよりは、地獄の熱気の方がどれだけいいかわかりゃしねえ。

男Ⅰ　あっ。あっ。地獄じゃ。地獄が見えてきた。熱い。熱い。焦熱地獄じゃ。おおおおお。血が煮えたぎる。心臓が口からとんで出そうじゃ。さばだばだ、さばだばだ、さばだばだ、だ、だばだば。

男Ⅱ・Ⅲ　さばだばだ、だ、だばだば。

男Ⅰ　さばだばだ、だ、だばだば。

男Ⅱ
男Ⅲ　さばだばだ、だ、だばだば。

男Ⅰ　おおおおお。宇宙だ。ここは真空の大宇宙だ。わしは虚無の海、永劫の大空間に漂うておる。おお、地球は緑だった。太陽は黄色じゃった。さばだばだ、さばだばだ、さばだばだ、だ、だばだば。

男Ⅱ
男Ⅲ　さばだばだ、だ、だばだば。

男Ⅰ　ああ、火花がとび散る。熱風が吹きすさぶ。激情の嵐が舞い狂う。シュトルム・ウント・ドランクの渦がスタミナ・ドリンクとなってわしの盲腸を沸き立たせる。おお、マリワナの炸裂。ＬＳＤの開花。さばだばだ、さばだばだ、さばだばだ、だ、だばだば。

男Ⅱ
男Ⅲ　さばだばだ、だ、だばだば。

男Ⅰ　だ、だ、だ、だー。

男Ⅲ　やってる最中に、ちと口数が多すぎるなあ。和尚。相手に嫌われちまうぜ。

男Ⅰ　なあに。なま身の女は裏切るが、死体は裏切らねえもんな。

男Ⅲ　違えねえ。

男Ⅱ　あ。誰か人がきた。

男Ⅲ　そりゃいかん。ちえっ、いいところで邪魔が……。

母親（女Ⅰ）、息子（男Ⅴ）をつれて登場。マネージャー（男Ⅲ）、応対に出る。

**男III**　どちらさまで。おや、これはこれは、あなたがたでしたか。

**女I**　はい。私どもの親不孝娘が水死体となって、こちらさまにお世話になっていると聞きましたものですから、さっそく通夜の用意をして、やってまいりました。

**男III**　ははあ。これはまたお早いお着きで。とほほほほ。

**女I**　あのう、先日、たくの葬式の時にもお見かけしましたが、いったいあなた様は、どなたでございますか。

**男III**　わたしはこの寺のマネージャーです。最近、専任になりましたので、どうぞよろしく。

---

**男II**　和尚さん。和尚さん。

**男I**　うるさい。あっちへ行け。ああ黒髪よ甘肌よ。流れをとめた静脈よ毛細血管よ。むき出した白眼よ。苦悶の跡あざやかなるゆがんだ蒼き唇よ。俗人の知らぬこの悦楽よ。すばら

**女I**　はあ。あの、お寺様にマネージャーが……。

**男III**　は。お寺の経営こそ、最も近代化に迫られているというのが私の従来の主張でございます。私は八重洲口大学の経営学科を卒業しまして以来、第三次産業たるサービス事業の研究に精を出し、葬儀産業こそはこの情報産業革命の時代の最先端を行くものであるとの結論に達したのでありますが、同時にまた、理論より

---

しーい。すばらしーい。さばだばだ、さばだばだ、さばだばだ、だ、だばだば。さばだばだ、だ、だばだば。

**男II**　和尚さん。来ました。

**男I**　うるさい奴だな。何が来た。

**男II**　遺族です。遺族がお通夜にやってきました。早くやめて、ふとんから出てください。

**男I**　何っ。ウーム残念。たっぷり楽しむつもりだったのに……。

は実行、実行なくして革命はあり得ぬという結論にも到達したのであります。ドラッカーによりますれば、経営の合理化とは単に収入を多くすることではなく、それはむしろ損失の回避により、事業の継続を計るということこそ重大であります。無駄を省くという意味で、最も非近代的なる事業はもちろんお寺様でありまして、私はこのお寺様における無駄の撤廃を完徹せんものと、

**男II**　さあ。早くふとんから出て。

**男I**　出られぬ。こりゃいかん。

**男II**　どうしました。

**男I**　抜けなくなった。

**男II**　エーッそれは大変。

**男I**　ヒーッ。これぞ噂に聞いた仏の巾着。さてこそ屍姦の祟り、スワ一大事。

**男II**　はてさて女の罪深さ。死してなお男を離すまいとするか。

**男I**　はて恐ろしき。

**男I・II**　執念じゃなあ。

ナベプロからもトレードに参っておったのですがそっちのほうはことわりまして、

坊主と小坊主、うろたえて死体をひきはなそうと苦心する。

こちらにご厄介になった次第でありますが、就任後早くも二カ月、さまざまな革新的アイディアによりまして無駄は省かれ、経営は飛躍的に合理化をとげ、この町一番の高額納税寺院となったのであります。それが何よりの証拠には、まずこのわたしが税務署へ行きますと……。よう。姐ちゃん。確定申告にきたぜ。案内してもらおう。

**女III**　（登場）まあ。申告ですって。それはそれは、ようこそいらっしゃいました。税務署の職員一同、どんなに喜ぶことでございましょう。

**男III**　あんたは喜んでくれないのか。

**女III**　もちろん大喜びですわ。ほら。（抱きつき、キスをする）さあ。どうぞ、どうぞこちらへ。

「ビヨンド・ザ・リーフ」が流れる。

**女Ⅲ**　（男Ⅲの首にレイをかけ）税務署へようこそ。

**男Ⅲ**　ふん。なかなかみごとな応対ぶりだな。（二の腕をぐいとつかみ）姐ちゃん。あんたはなかなか綺麗だ。いや。すばらしい美人だ。頬っぺたのキスだけじゃ、もの足りないぜ。（抱きすくめる）

**女Ⅲ**　あら。何をなさいます。

**男Ⅲ**　何をしようといいじゃないか。そうだろ。おれは国民だ。そしてあんたは税務署の職員だ。そうじゃなかったかね。

**女Ⅲ**　それはそうでございますが。でもここはお役所のなか、しかもまっ昼間でございます。

**男Ⅲ**　それがどうした。お役所の職員にとって、国民はだいじな御主人様。何をされようと文句のあろうはずがない。

**女Ⅲ**　でも、でも今、わたしは勤務中なんです。わたしは……あら。いけません。そんなこと、なさらないで。

**男Ⅲ**　ほう。そんなに、このおれが嫌いか。おれは国民なんだぜ。あんたは国民がきらいなのか。

**女Ⅲ**　いえ。あの。そんな。

**男Ⅲ**　国民から抱かれると、ぞっとするのか。身の毛がよだつのかね。虫酸が走るほど、国民がいやなのかね。おれは不潔かね。汚ならしいかね。ほう。そうかい。なるほど。あんたは立派なお役所の職員だ。見あげたものだ。週刊誌に投書してやりたいくらいだよ。国民は人間じゃないのか。そうか。

**女Ⅲ**　そんなこと何も……何もわたしは。

**男Ⅲ**　いいさ。どうせおれは、しがない国民さ。えらいお役所の人たちとは人種が違うのさ。あんたたち税務署の人にくらべたら、おれたち国民はけものさ。うす汚いブタさ。

**女Ⅲ**　そんなことありません。そんな。（服を脱ぎはじめる）わたしたちの使命は、国民のみなさんに奉仕することなのです。あなたのおっしゃることなら何でもしますわ。どんなことでも、おっしゃる通りになりますわ。ほら。ほら、ね。この通り。(裸になる)

**男III** (我慢しきれず、とびかかる)うおっ。

**女III** まあ。嬉しいわ。さあ、こちらへ。(ふとんの方へ案内する)

**男III** 税務署の応接室にふとんが敷いてあるのか。(ふとんをひっぺがすと、中の男Iと女IIがころげだす)誰か先に入ってたぞ。まあいいや。おれを愛してるかね。

**女III** ええ、ええ。愛してますわ。愛してますわ、だってあなたは、国民なんですもの。

**男III** ほんとかね。お役所のお嬢さん。

**女III** ほんとよ。ほんとよ。ああ。ああ。

**男III** すばらしい。あんたはすばらしいよ。お役所のお嬢さん。あんたのからだはすばらしい。お役人はすばらしい。

**女III** ああ。もっと。もっと。

**男III** たいへんだ。こんな馬鹿なことしちゃいられない。(立ちあがる)早く申告をしないと、日が暮れてしまう。

**女III** ひどいわ。そんな……途中で……ああ、お願い。もっと。

**男III** なんだ何だ。そのざまは。おれは申告にきたのだぞ。その応対もせず、もっともっととは何ごとだ。それでもお前は税務署の人間か。税務署ではまっ昼間からストリップをやるのか。仕事もせずに、ただれ切った愛欲の世界に溺れるのか。ふん。こいつはいい新聞ダネだな。

**女III** (おどろいて、とびあがるように立ちあがる)すみません。すぐ担当者を呼んでまいります。(退場)

**男IV** (登場)ようこそおいでくださいました。わたくしは所得税頂戴係長でございます。(深ぶかと一礼)

**男III** なんだ係長か。まあいい。これが申告書だ。

みてくれ。ただし、四の五のと文句をぬかすと、ただはおかんからな。

**男Ⅳ**　文句などと、とんでもない。何をおっしゃいます。めっそうもない。

**男Ⅲ**　まあみてくれ。

**男Ⅳ**　拝見いたします。なるほど。なるほど。これが総収入。これが必要経費の領収書綴り……これだけですと、合計三百二十円にしかなりませんが。

**男Ⅲ**　ああ。そうだよ。

**男Ⅳ**　あの、必要経費が、たったの三百二十円ということはないと思うのですが。

**男Ⅲ**　おれが信用できんというのか。

**男Ⅳ**　いえいえ。そんなことは申しておりません。ただ、常識としましては領収書類の合計が必要経費としての規定のパーセンテージに満たぬ場合、無条件に……。

**男Ⅲ**　そんなことはわかっている。人を馬鹿だと思うのか。一市民だと思って愚弄すると、ただはおかないぞ。

**男Ⅳ**　も、申しわけございません。わたしが悪うございました。とんでもないことを申しました。

**男Ⅲ**　いいか。パーセンテージに満ちようが満ちまいが、おれが昨年度に使った必要経費は、それだけなのだ。三百二十円なんだ。それを信用できないというのか。貴様は国民を信用しないのか。必要経費を規定のパーセンテージに直したりすれば、それだけ納税額が減ることになるのだぞ。納税額が少なくなれば、それだけ政府は貧乏になるのだ。貴様は国家の経済力が危殆に瀕してもよいというのか。おまえはそれでも役人か。この非国民め。木ッ葉公務員め。三下役人め。ああ疲れた。冷たい飲みものを持ってきてくれ。

**男Ⅳ**　かしこまりました。（飲みものを、盆にのせてくる）お待たせいたしました。さあどうぞ。

**男Ⅲ**　（飲み乾して）酒が入っていたようだぞ。

**男Ⅳ**　は。さようでございますか。でもそんなはずは。

男III　ないというのか。

男IV　は。は、はい。

男III　そうだろうとも。国民の血税を、接待用アルコール飲料の購入に使用しているなど、ここの税務署がそんな馬鹿な真似をしているはずはないものな。え。そうだろう。

男IV　さようでございますとも。

男III　もしそんなことをしていることがばれたら、どんなことになるかなあ。さて。どんなことになるかなあ。おもしろいなあ。ケケケケケケケ。

男IV　ご、ご、ご冗談を。

男III　ところで、おれの必要経費は三百二十円。どうだ。それに間違いはないな。

男IV　は。それはもう。その通りでございます。

男III　よろしい。では申告書のつづきにかかれ。

男IV　かしこまりました。ええと。所得金額から基礎控除額を引いてと。その残りからさらに……。おやっ。あのう、うかがいますが、あなたさまの方のお寺では保険には、いっさいお入りになってはおられませんので。

男III　なんだ。その眼つきは。証書がないということは、入ってないということだ。信用できんというのか。

男IV　いえ。そんな。

男III　この税務署は国民の血税でアルコールを……。（牙をむいてにやりと笑う）

男IV　ひい。（眼を覆う）

男III　何をしている。

男IV　わ、わたしは恐ろしゅうございます。ど、どうぞ。どうぞそんなにお睨みにならないで下さい。寿命が縮みます。

男III　おやおや。それは悪いことをしたなあ。なにも、あんたをこわがらせるつもりはなかったんだぜ。そうだろう。おれがあんたを、ひどいめに会わせるはずがないじゃないか。なあ。なにしろあんたは税務署のお役人だ。お役人は国民がみんなで可愛がってやらなきゃいけない。

おれはあんたが好きなんだぜ。そうとも。大好きなんだ。抱きついて頰っぺをぺろぺろ舐めたくなるほど好きなんだ。ヒヒヒヒヒ。

**男Ⅳ** でも、あのう。

**男Ⅲ** どうかしたか。

**男Ⅳ** いえあの。あのう。わたしがこんなこと申しあげると、又お腹立ちでございましょうが。

**男Ⅲ** ふん。何だね。

**男Ⅳ** お怒りになりませんか。

**男Ⅲ** さあね。話によっては怒るかもしれんよ。

**男Ⅳ** それでは困ります。これ以上あなたに怒鳴られると、わたしは心臓麻痺で死んでしまいます。お願いです。どうぞ怒らずに聞いて下さい。

**男Ⅲ** とにかく、いってみろ。

**男Ⅳ** くどいようですが、おたくさまのような大きなお寺が、保険に一つも入っていらっしゃらないというのは……。

**男Ⅲ** でたらめだというのか。

**男Ⅳ** そ、そうは申しません。し、しかし、少なくとも、その、何かのお間違えではないかと。

**男Ⅲ** ふうん、たしかに保険に入っている事を忘れていたようだ。(大声で) しかし腹が立つ。

**男Ⅳ** ふわあ。

**男Ⅲ** 金を払って養ってやっている税務署員に間違いを指摘された。おれは腹が立つ。畜生。畜生。どうしてくれる。主人に忠告する時は、昔から切腹覚悟で忠告したものだ。お前はおれの間違いをみつけ、堂々と口にした。おれはいわば、お前の主人なのだぞ。国民はお前達に金をやって、お前達の生活の面倒をみてやっているのだぞ。さあ。このおとしまえを、どうつけてくれる。

**男Ⅳ** お許しください。このつぐないには、どんなことでもいたします。

**男Ⅲ** おれは傷ついた。保険控除を受けてしまえば、納税分が減ってしまうじゃないか。すると今までのように、お前達役人に対して大きな顔ができなくなる。いばれなくなる。又お前達に、ペコペコしなきゃならなくなってしまった。おれは悲しい。

男Ⅳ　とんでもありません。ご主人様。どうぞ今までのように、いばって下さい。そうしていただければ、私達は嬉しいのです。どうぞ我々役人を、可愛がってやって下さい。

男Ⅲ　可愛がってくれ——と、いうのだな。

男Ⅳ　そうです。わたし達は犬です。犬ころです。

男Ⅲ　そうか。では、こっちへおいで。

男Ⅳ　は。

男Ⅲ　こっちへおいで。

男Ⅳ　何をなさるおつもりです。

男Ⅲ　可愛がってやるのさ。こっちへおいで。

男Ⅲ、係長（男Ⅳ）の片腕を、ぐいと力まかせにねじあげる。

男Ⅳ　ぎゃっ。

男Ⅲ　どうだ。いい気持かい。

男Ⅳ　はいっ。と、と、とてもいい気持でございます。たくさん税金をいただいた上、こんないい気持にさせて下さるなんて、お礼の申しようもございません。

男Ⅲ　そうだろう。そうだろう。もっと可愛がってやろう。えいっ。（さらにねじ上げる）

男Ⅳ　ぎゃっ。

男Ⅲ　ほんとに可愛いやつだ。（一方の手で腹に強烈なパンチをくらわせ、靴の先で向う脛を蹴っとばす）

男Ⅳ　（歓喜の表情を浮かべ、眼に恍惚の光をたたえはじめる）

男Ⅲ　どうだい。国民から可愛がられるのはとてもいいだろう。すばらしいだろう。

男Ⅳ　ああ。もっと。もっと。ああ。ああ。もっと。もっと。

男Ⅲ　だが、そんなにゆっくりしてはいられない。さあ。計算の続きをやってくれ。

男Ⅳ　（虚脱した様な表情のまま、うつろな眼で

天井を見あげ、半開きにした口から、時おりへへへ、へへへというおかしな笑い声を洩らすだけ）

**男III**　と、まあ、こういうわけでありますが、なあに、これは序の口、真の改革はまだまだこれからでありまして、いずれは多角経営によりまして、このお寺のコンツェルン、それはすなわちこのお寺の名を冠しましたスーパー・マーケット、ボウリング場、ゴルフ場、パチンコ店、雀荘、温泉遊園地などの建設を企画しておるのであります。

**女I**　アーラまあ、ほんとにもう頼もしい……。結構なことでございます。あなたさまのような野心的資本主義的肉体的な、すばらしいかたにお目にかかることができましたのも、きっと死んだ娘のひきあわせ、あの親不孝娘の最初で最後の親孝行でございましょう。

**男III**　はあっ。あの、な、何がですか。

**女I**　（身をくねらせ）いえあの、夫亡きあと、どなたか頼りになるたくましい男性はあらわれぬものかと願っていたのでございますが、まあほんとにタイミングのいい。あなたさまのようなかたとお近づきになれて、ほんとにもう嬉しゅうございます。ホッホッホッホッ。

**男III**　ははあっ、あ、そ、そうでしたか。ヘッヘッヘッ。ま、何はともあれ、どうぞこちらへ。まあまあ、どうぞ。どうぞ娘さんとご対面を……。

**女I**　はい。それからこれは、あの、お酒でございますが……。

**男III**　おや。これはまた手まわしのいい、お蔭様で買いに行く手間が省けました。ホッホッホッホッ。

**男III**　おい通念。和尚はどうした。

**男II**　はい、あの、和尚さんはあの、あの、死に

---

**男II**　来たっ。来た来た。和尚さん。来ました。

**男I**　ウームもう間に合わん。おいっ。ふとんをかぶせてくれ。

**男II**　はいっ。（ふとんをかぶせ、坊主の頭をかくしてしまう）

ました。

**男Ⅲ**　馬鹿。あの糞坊主が死んだりするものか。今ここにいただろう。どこへ行った。

**男Ⅱ**　はい。あの、藤圭子のファン・クラブの集会へ。

**男Ⅲ**　いい加減なことをいうな。さあ、早く呼んでこい。

**男Ⅱ**　ええっと、あのう、はばかりです。

**男Ⅲ**　なんだ、トイレか。ああ、和尚はすぐに戻りますから、どうぞしばらくお待ちになってください。さっそく、亡くなった娘さんとご対面になりますか。（ふとんに手をのばす）

**男Ⅱ**　（あわててその手をさえぎり）あ、あーっ。あの、ご対面にならない方がよくはございませんか。

**女Ⅰ**　なぜでございましょう。

**男Ⅱ**　ええ、つまりその、水死した仏さまですからして、顔がこう水ぶくれで、ぶわーっと脹れあがっておりまして、ご覧になりますと、夜、うなされます。あ、あのう、もうしばらくしますと脹れがひきますから。

**男Ⅲ**　おたふく風邪じゃあるまいし。だいいち、さっきは脹れてなんかいなかったぞ。（また、手をのばす）

**男Ⅱ**　うわーっ。

**男Ⅲ**　こいつ。なんてでかい声を出しゃがる……。

**男Ⅴ**　（立ちあがり）うわーっ。安保粉砕。

**男Ⅲ**　（とびあがり）ああ、びっくりした。

**女Ⅰ**　どうぞあの、この子のいるところで大きな声を出さないでください。興奮しますので。東京で学生運動をやっている時、機動隊の人に殴られまして、それから少しおかしくなっているもんですから……。

**男Ⅴ**　殺せーっ。資本主義の飼犬、殺せーっ。おお、風よ吹け。火炎瓶よ燃えあがれ。破壊だ。破壊だ。風が吹けば桶屋が儲かるのだ。モヘンジョ・ダロの突然変異だ。甘いズルチン、サッカリン、チクロは早漏のもとなのだ。北一輝における現実と理想の相剋は愛と真理の自己融資だ。その融資残高はベトコンのステテコ株を暴落させ、生理不順には実母散、天狗十王精は肝臓の機能障害によくきくのである。オワリ。

（ぺたんとすわる）

**男III**　少しおかしいどころじゃない。完全に狂っとる。

**男IV**　（駐在の制服で登場）和尚はいるかね。

**男V**　（激昂して駐在を指さし）敵だ。敵だ。敵がきた。資本家のハウスキーパーがきた。ここな行動派タイプライターめ。ハート美人の避妊薬め。パーツのユニット人間、くたばれ。殺せ。殺せ。おカマ掘ってやるぞ。（追いかける）

**男IV**　（逃げまわりながら）やめろ。やめろ。誰かとめてくれい。（母親に）あんた、この男を外に出しちゃいかんといっただろ。あとで始末書書いてもらうよ。（殴られて）痛いいたい。

**女I**　やめなさい。これ。

駐在（男IV）、息子（男V）に追われて逃げまわり、母親（女I）、男III、男IIは、男Vをとり押さえようとして、さらにそのあとを追う。男IV、逃げる拍子にふとんの上から、男Iの背中を踏んづける。

**男I**　いてててて！

男I、とびあがって走り出す。娘の死体、逆立ちしてふとんから、ごろごろところがり出す。

女I、男III、駐在（男IV）の三人が、男Vにとびかかって押さえつける。男Vはなおもあばれる。

**男II**　あっ。和尚さん。抜けましたか。

**男I**　いやもう脊椎の射精中枢を踏んづけられた途端にオルガスムス、ぴゃーっと出したはずみに反動で抜けおったわ。ホッホッホッホッホッ。

男Ⅱ　ホッホッホッホッ。
男Ⅴ　（あばれながら）頭部打撲デス。急性脳腫瘍デス。痛いデス。あまり痛くて、気が狂いそうデス。
男Ⅳ　こら。おとなしくしろ。
男Ⅲ　こら。おとなしくしろ。
男Ⅳ、警棒で男Ⅴの頭を殴る。男Ⅴ、気絶して動かなくなる。
女Ⅰ　（娘の死体を抱き起し）まあお前はお妙。浅ましや、こんな姿に……。（泣きくずれる）
男Ⅲ　和尚、どこへ行ってたんだ。さあ、お通夜だお通夜だ。お通夜の準備だ。こういうことは迅速にやらにゃいかん。
男Ⅲ、男Ⅱお通夜の準備をする。
男Ⅳ　和尚。さっきボタ山の米軍基地から連絡があってな……。
男Ⅰ　なに、ボタ山の米軍基地。すると弾五郎の売った土地に、もう早、米軍基地が出来とるのか。
男Ⅳ　そうじゃ。あそこには米軍の病院ができて、ベトナム負傷兵を収容しとるのじゃ。そこのMPから電話でな、ベトナムから中共、北朝鮮経由で、今朝がた日本に上陸したベトコンの部隊があるそうじゃ。
男Ⅰ　ははあ。ついに日本にもベトコンが潜入してきおったか。こりゃ面白い。ますます葬式がふえるわ。けけけけけ。
男Ⅳ　で、現在のところじゃな、あちこちの在日米軍基地で飛行機が爆破されたりしておるが、これはみんな、その連中のやったことらしい。MPのいうには、きっとこの村の病院にもベトコンが襲ってくる、つまり病院を爆破するため、このあたりにベトコンが潜入してくるおそれがあるから、くれぐれも気をつけてくれと、こういうことじゃった。で、わしはそのことを村中へふれて歩いとるんじゃが……。

**男Ⅰ** ふうん。そうすると、この寺にも現在、ベトコンが潜伏しとるかもしれんのじゃな。

**男Ⅴ** （息吹き返し）おお、ベトコン万歳。ベトナム戦争賛成。共産主義のインデックス、トロツキストのパラドックス、ピーター・ピーター・クリネックス、浅丘ルリ子のタンパックス、ペンタックス、ペンタックス、ペンタックス……。（とまらなくなる）

男Ⅱ、男Ⅴの口を手で押さえる。

**女Ⅰ** （泣きながら）お妙、どうして身投げなんかしたんだい。そりゃあ、お前のつらさ苦しさはよくわかっていたけど、何も自殺までしなくても、よかったじゃないか。

**男Ⅳ** 何。自殺じゃと。あんた、何の用でこの寺へ来とるのかと思ったら、それじゃこの死体は、あんたの娘か。

**女Ⅰ** はい。左様でございます。

**男Ⅳ** いかんじゃないか。え。変死はあんた、届け出てもらわにゃあ。

**女Ⅰ** でもございましょうが、娘が不憫でございます。一日も早く供養をしてやりたいと思う親の心、お察し下さいませ。

**男Ⅳ** しかし、ひとことといってもらわにゃ困る。

**男Ⅲ** まあまあ、あんた。そんなかたいことは言わんで。届けたりすると、また検死やら解剖やら取調べやらで、手間がかかるからなあ。

**男Ⅳ** ふん。そしてお布施をたんまり、一日も早く貰いたいというわけか。

**男Ⅲ** わかっとるなら話は簡単じゃろが。まあ、目をつぶってもらったお礼はいずれたんまりするから。な。

**男Ⅳ** そりゃあまあ、世間態もあるじゃろうし、わからんことはないよ。しかし、自殺ということが知れわたると、わしの立場が……。

**男Ⅲ**　口どめなら、まかしときな。さあさあ、通夜に加わって一杯やってくれ。

**男Ⅳ**　それじゃまあ、一杯だけ。

**男Ⅰ**　（読経をはじめる）オンアボキャーベーロシャノーマカムダラマニ、アンドマジンバラハラハリタヤウンナボキャーベーロシャノーマカムダラマニ……。（以下繰り返し）

**男Ⅴ**　（読経にWって）チンオモーニワガコーソコーソークニヲハジムルコトコーエンニ、トクヲタツルコトシンコーナリ。ナンジシンミン……。（だんだん声が大きくなる）……ケーテーニユーニ。

**男Ⅰ**　これ。しっ。しっ。

**男Ⅴ**　（叫び出す）夫婦はイワシ。朋友を愛人にし、狂犬おのれを噛み……。

**女Ⅰ**　これ、やめなさいっ。

男Ⅱ、男Ⅴの口を手で押さえる。

**男Ⅲ**　さあさあ、お母さん。あまり悲しんでばかりいないで、まあ一杯やったらどうです。

**女Ⅰ**　はい。ありがとうございます。夫には先立たれ、娘は自殺、残るひとり息子はこのありさま。わたしはこれから先、どうやって生きていったらいいか。

男Ⅰ、ずっと読経を続けていたが、途中で女Ⅱが息を吹き返し、ふらふらと起きあがりそうになるため、うろたえて、口に経文を唱えながら、木魚の枹でひとつ頭をぶんなぐり、眼をまわした女Ⅱの首に、そろりそろりと手をのばし、ぎゅうと絞める。女Ⅱ、ひくひくと四肢を痙攣させ、また、ぐったりとなってしまう。

**男Ⅲ**　なあに、あんたもまだ若いんだし、そんな気ちがい息子にいつまでもかかわりあってないで、どこかの精神病院にでもぶちこんで身軽になり、遊ぶことだね。はははは。さいわい財産は（あたりをうかがって）ご亭主の残した財産は、莫大なもんだそうじゃないか。いい着物を着て、面白おかしく遊び歩く分には、ちっとも困らんでしょ。ホッホッホッホッホッ。さあ、もう一杯。

**女Ⅰ**　アレそんなに頂いては、酔ってしまいます。ホッホッホッホッホッ。

**男Ⅳ**　（立ちあがり）こりゃ、やっぱり報告せにゃいかん。うん。変死は報告に行かなきゃならん。けっ。なんじゃ、べたべたしおって……。

**男Ⅱ**　まあ、まあ。嫉かない嫉かない。なんですか、あんな婆あのひとりやふたり。さあさあ。もう一杯いきましょう。

**男Ⅳ**　ええい、胸糞の悪い。（ぐいと飲み）お前も飲め。

**男Ⅱ**　お相伴を。へっへっへっ。

**男Ⅲ**　駐在の機嫌が悪いですな。あいつ、あんたに惚れとるんじゃないですかな。

**女Ⅰ**　ええ。嫉いてるんですよ。あんな人ほっといて、わたしたちだけでお通夜を楽しみましょう。（抱きつく）

**男Ⅲ**　（抱き返し）そうですとも。この楽しいお通夜を、邪魔されたくはないですからね。いっひっひっひ。（接吻する）

**男Ⅰ**　……ノーマカムダラマニ、ホトケノマエデー、ソンナアホナコート、ヤッテモエエトオモーテルノンカ。エーカゲンニセナ、アカンネンヤデー。

**女Ⅰ**　これは和尚様。気がつきませんで。お経はもうそのくらいで結構でございますから、どうぞお酒を召しあがって、くださいまし。

**男Ⅰ**　わっはっは。左様か。では頂戴しましょう。

　男Ⅳは、男Ⅱを相手に体験談を語る。

**男Ⅳ**　だいたい、マスコミとか一般大衆てえのは、ニュースに餓えとる。だからわれわれが事件をでっちあげたりせにゃならん。なぜかというと、マスコミの関心を警察に向けておかんことには、つまり事件がなかった場合は、こんな泰平の世の中に、警察などは無用の長物だ、国民の税金を食うだけの組織だ、事件がないのだから警察は不要である廃止せよなどと叫び出す。「警察廃止論」が出てくる。そうなってはわれわれ、おまんまの食いあげじゃ。どうなると思う。えらいことになるのじゃ。（立ちあがり、通りがかりの男IIを呼びとめ）旦那。旦那。もし、旦那。

**男II**　（酔っぱらっている）ウーイ。なんだ。旦那たあ、おれのことか。

**男IV**　そうですよ。旦那。

**男II**　うへっ。これは、誰かと思えば、警察の旦那じゃございませんか。わたしゃ何も悪いことは。

**男IV**　いえいえ。旦那。そうじゃございません。ただ、いい女をご紹介しようと思いましてね。

**男II**　ふざけないで下さいよ。警察の旦那。旦那がいつからポン引きになったんです。

**男IV**　へっへっへっ。昨日から。

**男II**　ほんとですかい。女を世話しといて、売春罪でしょっ引こうというんじゃないでしょうね。

**男IV**　とんでもねえ、旦那。へっへっへ。ねえ旦那。いいでしょ。ちょっと遊んで行きませんか。ここで。

**男II**　いやだね。冗談じゃない。ここはだって警察じゃないですか。いったい。女ってのは、どんな女です。

**男IV**　へへへ。旦那。いい女死刑囚がいますよ。

**男II**　げっ。女というのは、それじゃ、囚人。

**男IV**　そうですとも。どうせ死ぬ女ですから、どうされようと勝手です。責めて責めて責め抜きゃあ、死ぬ死ぬといって泣きます。

**男II**　いったい、どうなってるんです。警察が待ち合いになって女は囚人、警官がポン引き……。

**男IV**　婦人警官が遣手婆《やりてばばあ》。

**男II**　さっぱりわけがわからん。わけを聞こうじゃないですか。わけを。

男Ⅳ　（泣きの涙で）わけを申せばここ数年、ひとつも事件がなかったため、給料は出ず、妻子をかかえて食うに困り、ついに始めた警察ぐるみのアルバイト……。さあ。早くお入りなさい。

男Ⅱ　いやだよ。気味の悪い。警察の中で女が抱けるかってんだ。

男Ⅳ　ううむ。どうしてもいやか。

男Ⅱ　いやだね。

男Ⅳ　それなら、しょっぴくぞ。

男Ⅱ　ど、ど、どうして。

男Ⅳ　公務執行妨害だ。

男Ⅱ　そ、そんな馬鹿な。（逃げる）

男Ⅳ　待てっ。逃げると撃つぞ。（拳銃をぶっぱなす）

男Ⅱ　ひ、人殺しい。

男Ⅴ　そうだ。人殺しだ。警官はみんな人殺しだ。人殺しをまだやっていない警官だって、潜在的な人殺しだ。だから警官は全部、逮捕しよう。警官の人はみんな、人殺しの人なのだ。

男Ⅳ　（はげしくかぶりをふり）ち、ちがう。ちがう。

男Ⅴ　合法的殺人こそ、最もタチの悪い人殺しなのだ。合法的結婚こそ、最もタチの悪い強姦だ。合法的金儲けは、すべて泥棒だ。死ねーっ。死ねーっ。みんな死ねーっ。ペンタックス、ペンタックス、ペンタックス……。（男Ⅱに口をふさがれる）

男Ⅰ　（酔っぱらっている）その通りだ。人間を相手にしてやることは、すべて殺人であり、強姦であり、泥棒なのだ。その点わしなどは、死人が相手じゃから、どんな悪いことをしても罪にはならぬ。だいたいこの死体てえやつはな、生きている人間のためにあるので、つまりは生きている者を楽しませる存在、喜ばせる存在なのじゃよ。だからわしは死体が好きなのじゃ。なま身の女などより、ずっとずっと死体が好きなのじゃ。わしゃいつもカラー・テレビを見る時は、人間の顔をみどり色にして見とる。世の中すべて、みどり色の顔をした死人ばかりなら、どんなに楽しいことか。ホッホッホッホッ。

**男V**　おお。みどり色の顔をした人間たちよ。お前らはすべて死体なのか。否。お前らは生きているのだ。お前らこそ、最も人間らしい人間人なのだ。そして、生きている奴らこそ死体の人なのだ。

全員立ちあがって踊り出す。

**男V**　（歌う）死体はみんな　生きている

**全員**　（歌う）生きているから　踊るんだ
ぼくらはみんな　死んでいる
死んでいるから　歌うんだ

男V、ヘルメットをかぶり、ゲバ棒を持ってエプロンへ前進、わめきはじめる。

**男V**　シュプレヒコール。機動隊殺せ。死ね。死ね。お前らへの切りこみを組織し、歴史の変革を行い、反ブレヒト的、似而非前衛的オカマ、同性愛的政治活動を批判するのだ。あら木戸田さん、お今晩は。七〇年代のアジテーターはエンツェンスベルガーのドッペルゲンガーか。絢爛たるバリケードの中の水スマシやゲンゴローか。否。鼠小僧か。外来の政治思想体系か。否。否。イデオローグ死ね。スタニスラフスキー死ね。おれのエレクトした生理的欲求は挫折しないぞ。スペシャルによって立つところの赤まむしドリンクは小市民的イヨネスコ、日常茶飯事ベケット先生。×××さあん。（当日会場へ見に来ている有名人を指して）助けてえ。ジョン・シルバーはヴァンパイヤだ。おわい屋だ。おれはインポだ。包茎だ。しかし生殖能力と創作能力と超能力と権力はあるのだ。肉親に対しては、暴力だってふるうのだ。

男V、ぼんやりと佇んでいる女Ⅱに駈け寄

って叫ぶ。

**男V**　おおっ。お前はお妙。わが妹。ここにいたか。（抱き寄せる）さあさあ。また百億千億の星またたくいつもの夜のように、今宵も近親相姦の罪を楽しく愉快に犯そうではないか。（娘を押し倒し）おお、お前は可愛い。お前は美しい。お前はおれの妹の人なのだ。

**女II**　アレやめてください。お兄さま。いやです。いやです。いや。やめて。やめて。お嫁に行けなくなる。処女でなくなる。あなたに抱かれてわたしはダメになる。

**女I**　（指さして）ホッホッホッホッ。ざまァ見やがれ。お妙。わたしはお前の若さが憎かったんだよ。だから狂った息子をけしかけて、お前を抱かせたのさ。お前は何度も妊娠した。そしてとうとう身投げをした。いい気味だよ。ホッホッホッ。それにさ、お前の父親、つまりわたしの亭主の弾五郎に、毒フグを食わせて殺したのもこのわたしさ。ホッホッホッホッ。

女II立ちあがる。彼女の周囲を残し、舞台暗くなる。女の白い寝着の股のあたりが、血でまっ赤に染まっている。

**女II**　こうして私は、実の兄に犯されたのです。
（歌う）十五　十六　十七と
　わたしの人生　暗かった
　正気なくした　兄のため
　股は夜ひらく
（うつろに笑い）わたしは何度も妊娠いたしました。わたしの可哀想な水子たちは、きっと私を恨んでいることでしょう。だって水子の魂百までというではありませんか。わたしも母を恨みます。お化けになって、出てあげるつもりです。そのためにわたしは、身投げをしたのです。そのためにわたしは、死んだのです。（倒れる）

舞台、明るくなる。
すでに全員酔っぱらい、それぞれ好き勝手なことをしている。母親とマネージャーは、セッセセッセをしている。

**男Ⅰ**　喰い物はねえか。
**男Ⅱ**　庫裡の冷蔵庫に特製レバーがありますが。
**男Ⅰ**　そうだ特製レバーがあった。こういう時の為に、死体のからだから切除したうまそうな部分の肉、臓物、おまけに癌で死んだやつの肉腫迄あるぞ。
**男Ⅳ**　わっ、それを喰おうというのか、それを喰うと癌にはならぬか。
**男Ⅰ**　なるかも知れんが、スリルあってこそのいかもの喰い。喰おう喰おう。
**男Ⅲ**　喰おう喰おう。
**男Ⅱ**　焼いて喰いますか、煮て喰いますか。
**男Ⅰ**　いっそのこと刺身で喰おう。
**男Ⅱ**　とって来ます。（退場）
**女Ⅰ**　いかものぐいといえば、この馬鹿息子。うんこをたべます。
**男Ⅰ**　げっ。
**男Ⅲ**　本当にくうのか。
**男Ⅴ**　（身をのり出し）くうともくうとも、あのぼってりした小憎らしげな黄褐色。それに橙色や緑色が複雑にからみ合い、ところどころ白い蛔虫の卵や紅い血の糸、未消化の食品の様々の色でちりばめられたあの小股のきれあがった美しさよ。こんもりと盛りあがった便の上に鼻をつき出せば、その後頭部まで拡がっていく、ずしんとした甘ったるい匂いよ。スパッとナイフで切ったなら、その切り口のさわやかさ。十二指腸虫が白い首出し、うごめいて、未消化の角切り人参が見せるその正方形の断面よ。そいつを口に投げこめば、おおその感触と歯ごたえよ。ウル餅よりは少し粘り気の少い程度だが、ハンバーグステーキよりはやや水気が多く、ペチャりと歯の裏側や上口蓋にくっついた舌ざわりは、おお、おどり出したいような恍惚感。そして口の中いっぱいに拡がるあの芳香。塩味と甘味が適当に混りあい、特に、プツプツと歯の間にはさまる未消化の食べものの歯ごたえ。酢漬けのクラゲよりもコリコリした、これぞ真の嗜好品。口に大便含んでおいて、あとから小便すすりこみ、口の中でぐちゅぐちゅと……。

男Ⅳ　やや、やめてくれーっ。

男Ⅱ　（大皿に生肉を盛ってきて）へーい持ってきました。わさび醬油もたっぷりと。

男Ⅰ　さあ、あんたも食いなさい。

女Ⅰ　まあ、おいしそうな。これは何。

男Ⅰ　それは、胃癌ですな。

男Ⅲ　おれはその、アカベロベロをもらおう。

男Ⅱ　それは肺癌です。うまいでしょ。

男Ⅰ　アカベロベロ、わしにもよこせ。

男Ⅳ　おおっ。こりゃ、うまい。

女Ⅰ　おいしいわ。おいしいわ。

男Ⅳ　この丸いのは何じゃ。

男Ⅰ　それは、ガンはガンでも、六歳の小児の睾丸じゃ。

男Ⅱ　はい。これは十九歳の美少女の盲腸。

男Ⅲ　よこせ。

男Ⅳ　いやあ。これはまったく、人体の珍味じゃ。（むさぼり喰う）

男Ⅴ　（おどりあがって指さし）死体を食ってる。死体を食ってる。人殺しが死体を食ってる。警官が死体を食ってる。

男Ⅳ　（はっと気がついて、箸を投げ出し、わーっと泣き出す）

男Ⅴ　人殺し。人喰い。警官はみんな、人殺しで人喰いだ。

男Ⅳ　（泣きながら）いつも、人殺しといわれ、嫌われるのは、わしらだ。いつもいつも、いちばん傷つくのは警官なのだ。

男Ⅴ　専門バカは傷つかない。だからバカなのだ。パーキンソンの法則は、専門バカの世界にだけあてはまることであって、死人や気ちがいには通用しないのだ。死人における個体発生は系統発生をくりかえす。ルリ子ちゃーん。

**女Ｉ**　（ハミングで歌い出す）

**男Ｖ**　（ハミングにのせて）

悲しみの心が
地上によみがえり
柳の下のドジョーを驚かせた時
人はそれを
幽霊と呼ぶのでしょうか
青い火の玉が軒下をつたい
わたしの肉体が半透明になった時
人はそれを
幽霊と呼ぶのでしょうか
ねえお願い　教えて　あなた
幽霊って　幽霊って
化けることとなの

**女Ｉ**　（歌い終り）まったくわたしって、歌がうまいねえ。未亡人ばっかりでコーラス・グループ作ろうかしら。ミストレス・ディアマンテスとか何とかって。

**男Ⅳ**　（泣き続けながら）職務に忠実であればあるほど、皆に嫌われるのだ。だけど、警官がいなければ、世の中どうなるっていうんだ。

**男Ｖ**　警官がいなければパトカーの衝突がなくなるのだ。学生がいなくなれば、ジャンボ・ジェット機がよく売れるのだ。百姓がいなくなれば、古米がなくなるのだ。カラー・テレビがなくなれば、色がなくなるのだ。気ちがいがいなくなれば、みんな自分を気ちがいだと思うようになるのだ。父親しかいなければ、父親しかいなければ……。（歌い出す）逃げた女房にゃ　未練はないが。

**全員**　（歌う）お乳ほしがるこの子が可愛い……

全員、ワン・コーラス歌い終り、間奏をスキャット。

男Ⅳ　（歌にのせて）
そりゃあ無学な
このおれだが
今まで忠実にやってきた　それが
なぜいけないんだ
警官を嫌うやつに限って
何かあるとすぐオマワリサーン
……って駈けてきやがるじゃねえか
なぜわしがイヌなんだ
わしゃイヌじゃあねえ
イヌじゃあねえよ（泣き続ける）
男Ⅰ　泣くな泣くな。あんたを嫌っとる者など、誰もいやあせん。あんたがいるからこそ、この村の治安も維持されとるんじゃ。あんたは、えらいやつじゃ。
男Ⅱ　えらいやつじゃ。
男Ⅰ　えらいやっちゃ。
男Ⅱ　えらいやっちゃ。
全員　えらいやっちゃ、えらいやっちゃ、よいよいよいよい。

全員阿波踊りを踊りはじめる。男Ⅱ、踊っている途中で癌をのどにつめて苦しみはじめる。

男Ⅲ　おかしな踊りかたをしとるぞ。
男Ⅰ　ははあ。癌をのどにつめおったな。
男Ⅲ　とってやれ。（小坊主の口に腕をつっこむ）えいっ。ふう。やっととれたぞ。やっ、何じゃこれは。
男Ⅰ　あっ、こ、これは舌。
男Ⅲ　しまった。舌を抜いた。

男Ⅱ、のたうちまわって苦しむ。全員、あわてる。
男Ⅱ、動かなくなっている。

男Ⅲ　死んだらしい。やれ可哀想に。

男Ｉ　さあさあ、それじゃ合同で通夜をしてやろう。

一同、男Ⅱを、女Ⅱといっしょのふとんに寝かせる。

男Ｉ　しかし今夜は、ころころとよく人が死ぬな。

（歌う）　一コロ　ニコロ

三コロ　四コロ

おたく　何ころ？

男Ｖ　おれ、ミンコロ。

男Ⅲ　しあわせなやつだ。こんな美人といっしょに寝られるとはな。

女Ⅱ、ふとんから抜け出して、エプロンへ逃げる。

男Ⅱ、あとを追う。

女Ⅱ　いやよっ。あんたなんかと一緒に寝かされるの。

男Ⅱ　どうしてそんなに、おれを嫌うんだよう。死体が逃げちゃ、変だよう。

女Ⅱ　あんたこそ、舌がない癖に、どうして口がきけるの。

男Ⅱ　霊魂だから、舌がなくったって口がきけるんだ。ねえ、お妙ちゃん。頼むよ。君に甘いことばをたったひとこと、かけてもらうだけで、ぼくはいかに生き甲斐を、いや、死に甲斐を感じることでしょう。

女Ⅱ　いや。いやよっ。そばへ寄らないで。

男Ⅱ　だって、いっしょのふとんに寝かされてるんだもの、しかたないじゃないか。

女Ⅱ　逃げ出してやるわ。

男Ⅱ　逃げられないよ。おれたちは死体だぜ。どうやって逃げるんだい。

女Ⅱ　生き返ってやるのさ。わたしだけ。（ふとんに戻る）

男Ⅱ　どうしておれ、こんなに嫌われるんだよう。

おれのどこが悪いってんだよう。清潔じゃないっていうのかよう。口臭がひどいからかよう。背が低いからかよう。鼻が曲ってるからかよう。芝居が下手だからかよう。

客席より「手前でわかってるんじゃねえか」の野次。

**男Ⅱ**　それとも、根性がひねくれてるっていうのかよう。ちょいちょい、臭いおならをするからかよう。

**女Ⅱ**　（怒って）また、やったわね。臭いわ。

**男Ⅲ**　おや。何か、匂いますな。

**男Ⅴ**　（歌う）空気を充分　とり入れて
　ガスは正しく　使いましょう

男Ⅱ、口から血を流した凄い顔で客席へおりてきて、女性に訴えかける。

**男Ⅱ**　だれか、ひとりぐらい、おいらと寝てくれたっていいじゃないか。あんた、厭かい。あんたも厭かい。（泣き出して）おれ、死ぬまで童貞だったんだよ。可哀想だと思ってくれよ。ああ。あんたは。それじゃ、あんたは。みんな、だめかい。（しょんぼりして、歌いながらふとんに戻る）
　いつでも　どこでも
　誰にでも　嫌われて
　死んでも　変らない
　マイ・ファミリィ　味の素

**女Ⅱ**　（生き返って起きあがり、女Ⅰに近づいて恨めしげに）おかあさま……。

**女Ⅰ**　（腰を抜かす）あーあーあーあー。

**ターザン**　（縄にぶらさがって、とんで出てくる）あーアあアあアあーあ。アあアあ。（下手に駈けこむ）

**女Ⅱ**　お母さま、よくもわたしを、いじめたわね。

**女Ⅰ**　許しておくれ……許しておくれ。

**女Ⅱ**　和尚さん。よくもわたしのからだを汚したわね。
**男Ⅰ**　か、勘弁してくれ。勘弁してくれっ。
**女Ⅱ**　許すものですか。わたしは復讐のために生き返ったのよ。
**男Ⅴ**　ちょっと待てよ。お前は復讐のために死んだんじゃなかったのか。
**女Ⅱ**　わたし、死んでから人生観が変ったの。あら、兄さん。まともなこと言わないで。あんた、気ちがいなのよ。
**男Ⅴ**　（気がついて）おお安息日の水素原子よ。お前は一白水星一陽来復、多額納税者の鎮痛剤は十二指腸のハイジャック。おれはこの寺を乗っ取ったあ。ペンタックス。ペンタックス。ペンタックス……。（口を押さえる者がないままに、いつまでも続けている）

　　ＳＥ　上手で、ライフルの銃声。

**ベトコン**　（上手より駈け出てくる）ソンミ。
**米兵**　（ベトコンを追う）ビアフラ。

　　二人、下手へ駈けこむ。男Ⅴ、巻きこまれて米兵のあとを追う。

**男Ⅴ**　ペンタックス、ペンタックス、ペンタックス……。（下手へ）
**女Ⅱ**　（目を丸くして）なあに、あれ。
**男Ⅰ**　（女Ⅱにとびかかり、首を絞める）ふん。幽霊でないなら、怖くはないぞ。
**女Ⅰ**　（あばれる女Ⅱの手足を押さえながら）そうさ。生き返らせてなるもんかね。駐在さん。あんたも、ぼんやり見てないで手伝っておくれよ。
**男Ⅳ**　（手伝いながら）また、貸しの上乗せじゃな。
**男Ⅲ**　わかっとる。わかっとる。
**女Ⅱ**　（断末魔）あーあーあーあー。

**ターザン** （縄にぶらさがってとんで出てくる）あーアあアあアあーあ、アあアあ。（上手に駈けこむ）

　男Ⅱの死体から、火の玉がとび出し、ゆらゆらとマネージャーに近づく。四人に絞められて、女Ⅱはぐったりし、息絶える。

**女Ⅰ** やれやれ。わが子ながら世話の焼ける娘……。

**男Ⅰ** しかし、もう安心じゃ。これだけ絞めりゃ、生き返ることはあるまい。

　男Ⅱ、男Ⅲの背後へ、幽霊となって出現。ドロドロの鳴り物。

**男Ⅱ** あう……あう。

**男Ⅲ** ひやあっ。こいつ、生意気にも化けて出やがったな。やいやい。幽霊なら幽霊らしく、恨めしやとかなんとか、言ったらどうなんだ。

**男Ⅱ** あう、あう、あう。（と、口を指しながら、男Ⅲを追いまわす）

　女Ⅱの死体より、火の玉がとび出してあたりをさまよう。

**男Ⅳ** お、お、恐ろしやおそろしや。もう、こんなところにゃ居られない。（這いながら逃げ出そうとする）わしゃもう帰る。帰って寝る。このことは、すべて報告せにゃならん。もうもう、わしの手にはおえん。

**男Ⅰ** 報告されてたまるか。

　男Ⅰ、女Ⅰ、男Ⅲは、男Ⅳを引き戻そうとする。ドロドロの鳴り物とともに、女Ⅱが幽霊となって出現する。

男Ⅱ　（喜んで、女Ⅱを追う）あう……あう。
女Ⅱ　（逃げまわる）いやっ。やめてっ。あんたって、いやらしい人ね。ポパーイ。

SE　下手で、ライフルの銃声。

ベトコン　（上手より駈け出てくる）ソンミ。
米兵　（ベトコンを追って）ビアフラ。
男Ⅴ　（米兵を追って）ペンタックス、ペンタックス、ペンタックス。

女Ⅱと男Ⅱ、これに巻きこまれる。一同上手へ。

男Ⅰ　どうしても報告するというなら、生かしちゃおけねえ。（木魚をふりあげ、男Ⅳの頭を叩き割る）
男Ⅳ　（断末魔）あーあーあーあー。
ターザン　（上手より）あーアあアあアあーあ、アあアあ。（下手に駈けこむ）
男Ⅰ　またひとり、引導を渡してやったぞ。むひひひひひひ。

SE　上手で、ライフルの銃声。

ベトコン　（上手より駈け出てくる）ソンミ。
米兵　（ベトコンを追って）ビアフラ。
男Ⅴ　（米兵を追って）ペンタックス、ペンタックス、ペンタックス……。
女Ⅱ　（男Ⅴを追って走る）
男Ⅱ　（女Ⅱを追って走る）

いちばん最後に、演出家も駈け出てくる。全員、下手に駈け込む。

男Ⅰ　生きてるやつが三人、生き返ったやつが一人、幽霊が二人、走って行きおったぞ。いちばん最後に、誰か走ったな。

**女Ⅰ**　演出家だったわ。

**男Ⅲ**　演出家まで、まきこまれたか。

**男Ⅰ**　（手を眺めて）この手も多くの善男善女の血にまみれた。見ろ、この手の中。わが掌の表面には、血の池地獄が見えるわい。

**男Ⅲ**　（同じく手を眺めて）ふん。地獄や極楽、神や仏なんぞは、どうせこの世の人間の、でっちあげたたわごと。札束のへばりつくのは常に血塗られ、赤黒く彩られた手。手を汚さずして、なんで金がつかめるものか。はっはっはっはっはっ。

**女Ⅰ**　お葬式のたんびに、わたしの財産がふえていく。人を殺せば殺すほど、わたしのお金はふえていく。亭主を殺し、娘を自殺に追いこみ、生き返ってくればまた殺し、そして息子は禁治産者。楽しようと思えば、やっぱりお葬式をたくさんやらなきゃねえ。

M　「葬いのボサノバ」前奏始まる。

SE　下手で、ライフルの銃声。

**ベトコン**　（上手より駈け出てくる）ソンミ。

**米兵**　（ベトコンを追って）ビアフラ。

**男Ⅴ**　（米兵を追って）ペンタックス、ペンタックス、ペンタックス……。

**女Ⅱ**　（男Ⅴを追って走る）

**男Ⅱ**　（女Ⅱを追って走る）

**演出家**　（男Ⅱを追って走る）

いちばん最後に、作者も駈け出てくる。全員、上手に駈けこむ。

**男Ⅰ**　また、何か走ったぞ。

**男Ⅲ**　あれは作者だ。

**女Ⅰ**　（歌う）死に水が　のどに詰まって

ごろごろと　鳴るその音が

涼しげに　耳に響くの

快く　胸に響くの

三人　（合唱）殺すたび　死んでいくたび
　　　　　　生き返るたび　また殺すたび
　　　　　　わたしは　愛を感じるの
　　　　　　死者たちに　愛を感じるの

SE　上手で、ライフルの銃声。

ベトコン、駈け出てきて、仏壇のうしろに隠れる。

米兵、やってきて、あたりを捜しまわる。

男Ⅴ、女Ⅱ、男Ⅱ、演出家、作者登場し、舞台いっぱいに拡がって乱闘騒ぎとなる。

男Ⅲ　（歌う）蒼白い　その死に化粧
　　　　　　むき出した　その白い眼が
　　　　　　なぜかしら　心乱すの
　　　　　　あたたかく　胸を満たすの

三人　（合唱）殺すたび　死んで行くたび
　　　　　　生き返るたび　また殺すたび
　　　　　　わたしは　愛を感じるの
　　　　　　死者たちに　愛を感じるの

全員大乱闘となる。

男Ⅰ　（歌う）いつか見た　あの霊柩車
　　　　　　今日も行く　葬いの列
　　　　　　歓びの　あの歌声が
　　　　　　いつまでも　胸に残るの

全員　（乱闘しながら合唱）
　　　　　　殺すたび　死んで行くたび
　　　　　　生き返るたび　また殺すたび
　　　　　　わたしは　愛を感じるの
　　　　　　死者たちに　愛を感じるの

仏壇のうしろから、ベトコン、顔を出す。

米兵　（指さして）ヘイ、ルック。

一同、ベトコンを見る。ベトコン、不気味に笑い、ぽいと手榴弾を投げる。

**男III**　わっ。手榴弾だ。

一同、逃げようとする。

手榴弾、炸裂し、全員吹きとばされて倒れる。舞台一面、もうもうたる白煙。

やがて白煙の中から、いずれも血みどろの全員、ゆっくり起きあがり、並ぶ。

**作者**　とうとう全部死んじまったな。これで芝居も終りだ。

**演出家**　いや、まだ生きてる奴らがいる。

**作者**　どこに。

演出家、観客席を指さす。全員、一瞬じっと観客席を凝視する。

やがて、一斉にわあーっと叫んで、観客席へ入っていく。

**ターザン**　あーアあアあアあーあ、アあアあ。

（以下、ターザンずっと舞台を左へ右へ飛びまわっている）

全員、観客席に散らばり、観客をさんざん脅しつけて、全部劇場から追い出してしまう。

（「東京25時」一九七〇年九月号）

# 感《あな》不《ふ》思《し》議《ぎ》阿《あ》呆《ぼ》露《ろ》往《おう》来《らい》

ジョンソン大統領辞任演説のフィルム。

**ジョンソン**（吹き替え）おれがよ、シンジケート握ってる間によ、子分ども月へやりたかったんだけどよ、あのプエブロん時の喧嘩《でいり》以来、雲行きがおかしくなってきやがったんで、おりゃあこの辺で身をひくぜ。あばよ。

ニクソン大統領就任演説のフィルム。

**ニクソン**（吹き替え）野郎ども。おれがシンジケートの新らしいボスだあ。耳かっぽじってよく聞きな。目ん玉こすってよく見ときゃあがれ。この面あ忘れんなよ。おりゃあな、おれがボスでいる間にきっと、子分乗せた宇宙船を、あのなまっ白え猥褻な、月の野郎のどてっ腹に一発ぶちかまして、ソ連の奴らあっといわしてやるからな。まあ見てな。

アポロ11号、打ち上げのフィルム。

**管制官**　5、4、3、2、1、ファイア。

噴煙と共に上昇するアポロ11号。

S・E　轟音にWって読経の声、木魚の音、次第に高くなる。

タイトル、Wって。

**感不思議阿呆羅往来**

S・E　読経、木魚にC・Fして。

M　ボサ・ノバで Fly me to the moon

軌跡を描き虚空へ去るアポロ11号。

Wって、スタッフ・キャストの字幕。

M　――F・O

月着陸船の模型の前へあぐらをかいた筒井康隆。バックは月の沙漠。

**筒井**　（カメラに）筒井康隆です。わたしの作る三十分、今日はぼくが貰いました。ぼくが作る限り、まじめなものになる筈がありません。まじめにやる気もありません。めちゃくちゃをやります。途中で腹を立てるかたもおられると思いますので、最初におことわりをしておきます。

ウサギが数匹出てきて、筒井の周囲をうろうろし、はねまわる。

**筒井**　テーマはアポロです。例によって人類や科学文明を謳歌したアポロ番組かと思われるでしょうが、今日のは少し違います。ＳＦ作家必ずしも科学を信じているわけではありません。

ウサギに混じって、ネコが一匹いる。

**筒井**　（ウサギを一匹つかみあげながら）むしろぼくなどは、科学に疑問を持っています。その立場から、あのアポロ月着陸について、もういちど考えてみたいと思うのです。ではまず最初に、今日お招きしたお客様に、アポロ問題について、ご感想をうかがって見ましょう。

小川、露木、松村各アナ、並んで腰かけている。

**筒井**　今日ぼくがお招きしたのは、小川宏ショーでおなじみの三人のかたです。まず、小川さんに伺ってみましょう。（小川の鼻さきへマイクをつきつける）小川さん。あなた、アポロ月着陸をどうお思いですか。

**小川**　（いやな顔をして）そうですね。わたしは、あまりにも予定通り、簡単に月着陸が行われましたから、ほんとに着陸したのかどうか、むしろ疑問に感じています。

**筒井**　なるほど。では露木さん、あなたはいかがです。（マイクを向ける）

**露木**　わたしも、あの時のマスコミの大騒ぎを見ているうち、これは実はすべてマスコミの創作であって、月に着陸したというのはフィクションではないかと思いはじめました。

**筒井**　では最後に松村さん。あなた、いかがです。

**松村**　飛行機でさえ、ちょいちょい墜落するのに、あんな宇宙船なんて大きなものが、空気のないところを飛んでですよ、しかもあんなに遠い月へ行ったなんて、とても信じられませんわ。

**筒井**　ありがとうございました。（カメラに）今日のお客さまは三人とも、アポロ11号はほんとに月へ着陸したのかという大きな、疑いを持っていられます。お話を伺っているうちにぼくも、じつはアポロは、月へ行かなかったのではないかという気がしてきました。もし月へ行かなかったのだとすると、あれはいったい、どこへ行ってきたのでしょう。ではもういちど、当時のフィルムをよく見て、推理してみましょう。わたしたちは、だまされているのかもしれないのです。

宇宙をとぶアポロ11号（アニメーション・フィルム）。

M——〽アームストロングの場合は

あまりにもお馬鹿さん

アームストロングの場合は

あまりにも悲しい

七月十六日の水曜日

月を目指し飛んだ命三つ

——F・O

アポロ11号の船内のフィルム。

**アームストロング**（吹き替え）ようう。ヒューストンよう。受信状態どうだよう。

**ヒューストンの声**　ああ。最高だよう。

**アームストロング**　なあおい。お前さんからも、ボスにあやまってもらえねえかよう。おれたちやよう、この物騒な役目を、もうおろしてもらいてえなあ。いくらおれたちが出来の悪い子分だっていったってよう、こんな生きるか死ぬかのヤバいゴトに使われるなあ、もうまっぴらだあ。

**ヒューストンの声**　何ぬかしやがる。ガタガタいうねえ抜け作ども。お前ら喧嘩《でいり》にゃてんで役に立たねえ。お前らがボスのご機嫌をよくしようとすりゃ、捨て身でお月さまのどてっ腹へつっこむことしかねえんだ。不平そうな面するねえ。堅気の衆が皆さんテレビで見てなさるんだ。びくついてることがバれるじゃねえか。もっと景気のいい顔をしろ。

**アームストロング**　なあに、どうせおれたちゃ専門用語で喋ってるんだ。堅気の衆にゃあ、わかんねえよ。

宇宙をとぶアポロ11号（アニメーション・フィルム）

M――〽ほんとのことをいったら
英雄になれない
ほんとのことをいったら
あまりにも淋しい
七月十六日の水曜日
月を目指し飛んだ命三つ

――F・O

アポロ11号の船内のフィルム。アームストロングが無重力の中で、横になったり、逆さになったりしている。

**コリンズ**　（吹き替え）無重力状態だからよ、宇宙船をよく操作できねえんだけどよ、パラボラ・アンテナの調子が悪いんだ。スピードのズれを教えてくんねえか。

**ヒューストンの声**　知るもんか。そっちで調べな。

**コリンズ**　さっきエンジン点火したけど、おれたち月への軌道に乗ってるんだろうな。

**ヒューストンの声**　さあね。地球軌道には乗ってねえようだから、おそらくそうなんだろうよ。

**コリンズ**　軌道がズれてたら修正しなきゃならねえ。

**ヒューストンの声**　ゴールドストーンのアンテナが砂あらしで故障した。こっちからは何もわからねえよ。

**コリンズ**　じゃあ、どこへ飛んでっちまうかわからねえじゃねえかよう。

**ヒューストンの声**　おたおたするねえ。まあどうにかならあ。

宇宙をとぶアポロ11号（アニメーション・フィルム）。森進一の歌がバックに流れる。

M——　〽咲いて流れて散っていく
今じゃわたしも涙の花よ
どこにこぼしたまことの涙
さがしたいのよ銀座赤坂六本木

——F・O

むしろの上にすわり、お月見している浴衣姿の内田栄一と青江三奈。

**筒井**　おかしなことになってきましたが、このままだと、アポロは月へ到着しそうにない様子です。作家の内田栄一さんに、ちょっとうかがって見ましょう。内田さんは、アポロ11号はほんとに月へ到着したと思いますか。

**内田**　（ぜんぜん関係のない、反体制的なむづかしいことを、約二、三十行分喋りまくる）

**筒井**　（毒気を抜かれて）は、はあはあ、そうですか。よくわかりました。では次に、歌手の青江三奈さんにうかがいましょう。アポロ11号が、もし月へ到着しなかったのだとすれば、いったいどこへ行ってきたんでしょう。あなたどう思いますか。

**青江**　月より遠くへ行ったたってことは、まあ、ないでしょうね。だから、月よりも近くにあるところへ行ったんじゃないですか。

**筒井**　ははあ。しかし地球からいちばん近いのは月なんですがね。

**青江**　だから、地球のどこかへ降りたんじゃありませんか。たとえば、アラビヤの砂漠とか……。

**筒井**　なるほど。では、アラビヤの砂漠へ降りたということで、話を続けましょう。

地図。アラビヤの砂漠が、次第に近づいてくる。

以下、ヒューストンとイーグルの声のみ。

（この部分は着陸当時の交信のオーディオを使い、全部英語。画面下にスーパーが入る）

**ヒューストン**　あと六十秒。

**イーグル**　電気がついた。降下七メートル半。進む、進む。いいぜ。高度十二メートル、降下率七メートル半。ほこりが舞いあがった。九〇センチ。降下率七メートル半。かげがかすかに見える。一・二メートル進む。右に少しそれた。

**ヒューストン**　三十秒。

**イーグル**　進む。右にそれた。着地ライトついた。OK、エンジン・ストップ。スイッチを自動へ。

月面に立つイーグル（フィルム）。

**ヒューストン**　（スーパー）了解、イーグル。

**イーグル**　（スーパー）ヒューストン、こちらは静かの海。イーグルは着陸した。

**ヒューストン**　静かの海、了解。着陸確認。まっ青になりゃがった奴もいたが、おれたちゃ、また息吹き返したぜ。ありがとよ。

着陸船から月面におりようとしているアームストロング（フィルム）。

**ヒューストンの声**　（吹き替え）よう。アームストロングよう。お前さんがハシゴを降りてくるのが見えるぜ。

**アームストロング**　(吹き替え)ハシゴのいちばん下まできたぜ。着陸船の足が砂ん中へめりこんでやがらあ。地球の砂漠と、あまり変りはねえようだな。

**ヒューストンの声**　まあ、そういわねえで、地面についたら何か気のきいた、堅気の衆が涙流して喜ぶようなことをいってくんな。

**アームストロング**　こいつあ、野郎一匹にして見りゃあ小せえ一歩だけどよう、人間さま全体《ぜんてえ》からすりゃ、どでかい一足跳びだあ。

**ヒューストンの声**　まあよかろう。お前にしちゃ上出来だ。

　着陸船の前のオルドリンとアームストロング(フィルム)。

**オルドリン**　(吹き替え)よう兄哥。ここはほんとに月なんだろうなあ。

**アームストロング**　(吹き替え)よくはわからねえが、とにかく堅気の衆がテレビ見てらっしゃるんだ。何かやらなきゃいけねえ。

**オルドリン**　じゃ、カンガルーとびでも、やるか。

　カンガルーとびをする二人。(フィルム)

　バックに船頭小唄が流れる。

M——〽おれは河原の枯れすすき
　同じお前も枯れすすき
　どうせ二人はこの世では
　花の咲かない枯れすすき

〽死ぬも生きるもねえお前
　水の流れになに変ろ
　おれもお前も利根川の
　船の船頭で暮すのよ　——F・O

月着陸船の模型。砂漠のセット。アームス

トロングとオルドリン。

**アームストロング**　さあ旗を立てようぜ。お前も手つだえ。

**オルドリン**　よしきた。

○二人、米国旗を持ち、砂の上に突き刺す。砂から、水が噴出する。

**アームストロング**　なんだ。これは。

**オルドリン**　石油らしいぜ。兄哥。

**アームストロング**　月に石油があるとは思わなかったな。

ウサギが数匹出てきて、二人の周圍をうろうろし、はねまわる。

**アームストロング**　まあ、月にウサギがいるのは不思議はねえが。

アラブ人の扮装をした内田栄一と筒井康隆。だんびらで斬りあいながら出てきて、画面外へ去る。

**オルドリン**　あれは何だ。

**アームストロング**　月人らしいな。

青江三奈、かぐや姫の扮装で出てきて歌う。「新宿サタデー・ナイト」(一番のみ)

静かの海に国旗を立てた二人、カメラの方を向いている。(ニクソンの挨拶を聞いている時のフィルム)

**ヒューストンの声**　やいやいお前ら、これからボスのお話がある。よく聞くんだぞ。

**ニクソンの声**　手前ら、またヘマやりやがったな。そこは月なんかじゃねえや。アラビヤの砂漠だ。とんでもねえことしやがって。堅気の衆をごまかすのに、どれだけ苦労したと思う。とっとと帰ってきやがれ。お仕置きしてやるからな。
**アームストロング**　すまねえボス。勘辯しておくんなさい。すぐ帰りますよ。

月着陸船の模型。砂漠のセット。アームストロングとオルドリン。それに青江三奈。アラブ人ふたり、また出てきて、だんびらで三人を追いかける。どたばた、しばらく続く。バックにボサ・ノバの Fly me to the moon が流れる。
宇宙をとぶアポロ11号（アニメーション・フィルム）。「山谷ブルース」が流れる。
M――〽今日の仕事はつらかった
　あとは焼酎をあおるだけ
　どうせどうせ山谷のドヤ住い
　ほかにやることありゃしねえ
隔離室内の三飛行と話すニクソン。（フィルム）

**ニクソン**　（吹き替え）お前らまたドジ踏みやがったな。しばらくその中で臭い飯を食ってろ。当然の報いだ。口封じに消されねえだけでも、ありがたく思いな。

（「デマ」三号　一九八六年十二月二十五日）

鬼才・筒井康隆処女監督作品企画書

# 映画「ジャズ犬たち」

タイトル　ジャズ犬たち
方　式　カラー・ヴィスタヴィジョン
脚本・監督　筒井　康隆
助監督　川和　孝
音　楽　山下　洋輔
出演者　タモリ・山下洋輔・筒井康隆・坂田明・中村誠一・奥村公延
納谷六朗・福田公子・他筒井康隆大一座総出演
上演時間　九十五分
製作期間　昭和五十七年九月より一年十カ月
製作完了　昭和五十九年六月末
製作総予算　約二億円

# 製作意図

近年の映画は製作予算の減少からただ安易に流れ大人の、映画好きの観賞に耐えぬ作品、また逆に徒らに大作主義となりただ長尺であるというだけの大味な作品ばかりになっております。この映画はそうした風潮に流されることのない、ドラマ構成のがっちりした気品のある娯楽作品を創造しようという意図の下に企画したものです。この意図によって方式もヴィスタヴィジヨンとし、製作期間、予算共に充分な余裕を持ち、編集期間も充分とってどこへ出しても恥かしくない完璧さを持った、珠玉の娯楽作品を作りあげます。

また脚本と監督には、出演者であるタモリ及びジャズ・ミュージシャンたちの持ち味を誰よりも熟知し、その才能を最大限にまで引き出し得ると自負する筒井康隆があたります。他の助演者も、すでに「ジーザス・クライスト・トリックスター」で旗上げ公演を大好評、大盛況裡に終らせた実績を持つ筒井康隆大一座の座員が総出演し、チームワークのがっちりした群衆演技を見せます。初のシナリオ、初演出の筒井康隆は、この映画の構想を数年前より持ち、小説、戯曲、また劇団の座長、主演といった実績を生かして、その名に恥じぬ作品を完成させ、また興行的にも成功させようと意図し、時期を待ち構想を練りあげた末の、今回の企画書提出に及んだ本人であります。映画未経験の筒井を助けて、助監督には、「ジーザス・クライスト・トリックスター」その他筒井作品のほとんどを演出しそのすべてを成功させた実績を持つと同時に、過去に於て多くの映画作品の助監督もつとめ、「撮影所」という著書もある川和孝があたります。

尚フィルム編集には筒井があたり、音楽を担当する山下洋輔との協力によって特異な映像美を持つミュージカル・シーンを創造します。このミュージカル・シーンは作品中の多くの場面を占める関係上、完全なサウンド効果を必要としますので、多数の一流ジャズ・プレイヤーによる協力を求めます。録音にも時間をかけ、ジャズ愛好者が十二分に満足できる音響を生み出します。

小粒な作品ながら、いつまでも誰の記憶にも残っている、忘れ難いプログラム・ピクチュア、そんな作品を作り出すことが企画者の意図であります。

## 梗概

郊外の住宅地、早朝である。四つ辻に近い道路ぎわにはゴミのポリ袋がたくさん出ている。このポリ袋をひっくり返し、あたりをゴミだらけにして食物の残りをあさっているのは三匹の野良犬。ソニー（山下洋輔）と吾郎（坂田明）とシュガー（中村誠一）である。

（註・犬の役をする俳優には特に犬の扮装や犬らしい動作をさせることなく、人間の服装のままで演技させる。観客は犬の役と人間の役の区別が最初のうちはつかない。ストーリイの展開と共に自然に区別がついていくのである。あとで猫が出てくるが、これも同じ）

ソニーは近所の野良犬のリーダー役。吾郎は獰猛に見え、近所の主婦からは最も兇暴な野犬として恐れられているが、実は気が優しい。シュガーは白いむく犬である。

ゴミを出しに来た柴田夫人がこの有様を見て驚き、三匹を追いはらう。彼女が当番なのだ。ぶつくさ言いながら掃除していると、ピーター（筒井康隆）をつれた和田夫人がやってくる。柴田夫人と和田夫人は野犬の増化を嘆き、保健所の怠慢だと話しあう。

（註・犬と人間とは会話でコミュニケートすることはない。これは飼い主と飼い犬の間でも同じである。ただ犬が、人間のことばをどうにか理解できる程度である）

和田夫人の娘の陽子は評判の美人で、近くの短大に通っている。その短大に勤めるフランス語の助教授佐伯静夫はまだ若く、陽子と仲が良い。家も近所である。いつも駅前の喫茶店で待ちあわせ、一緒に帰ったりしている。道路ぎわにうずくまり、この仲の良いふたりが帰っていくのをしきりに犬語で冷やかしたり茶化したりしているのは例の三匹である。だいたいこの三匹は常に、人間を見るたびに批評したり笑ったりする癖があり、人間には犬語はわからぬものの、なんとなくいやな犬どもだと思われている。

この住宅地には野良猫もふえ続けている。三匹が公園にいると一匹の野良猫がやってくる。（註・映画の進行と共に、野良犬はすべてジャズマンが扮し、野良猫にはすべて若い娘が扮していることを、観客は次第に悟りはじめる）「見なれない野良猫が来たぞ」と、三匹。「いたぶってやろうか」「よせよせ、まだ仔猫だ」仔猫は腹が減っているのだ。身もだえし、「お腹がすいたよう」と泣き出す。

佐々木家のジャック（タモリ）は片眼で家人から疎んじられている。結構いろいろな芸ができるのだが理解されず、食べものもろくにあたえられていない。

陽子の縁談が決まりそうになる。佐伯との結婚はとても許してもらえそうにない。二人は悩む。犬や猫のように貰われて行くのはいやだ、と陽子は言う。家出をしてくれ、と頼む陽子。佐伯は決断を迫られる。

和田家の主人は鬚面の大男で、ピーターが大型犬なのをいいことに、暇があると相撲をとる。ピーターはいつも投げとばされて悲鳴をあげる。ピーターは、もうあまり若くはないのだ。

公園にお嬢さんがやってくる。お嬢さんは五才。シュガーの、もとのご主人さまだ。「おい、お嬢さんが来たぜ。シュガー」「行ってやれよ」お嬢さんはシュガーに抱きついて泣く。「ご免なさいねシュガー。今日はこんな固いパンしか持ってきてあげられなかったの。だって、ママに見つかったら叱られるんだもの」お嬢さんのママは継母で、犬嫌いである。パパが再婚し、シュガーは追い出されたのだ。波川夫人はお嬢さんが家に戻ると頰をぶって怒鳴る。「またシュガーに会ってきたんでしょう」

広場の中央にグランド・ピアノがぽつんと一台置いてある。ソニーがやってきて、最初の一音を出す。ジャズ犬の出した最初の一音だ。ソニーはバラードを弾く。いつの間にか野良猫が二匹やってきて聞いている。

駅前の広場。荷物を持った佐伯と陽子がやってくる。家出をして来たのだ。和田夫人が走ってきてふたりを呼びとめ、三人、何事か言い争いになる。これを遠くから見ている三匹の野良犬。さまざまに評をする。「そら。おっ母さん頑張れ」「おいおい二枚目。そんなにペコペコあやまっては駄目だ」「おやおや。娘が怒っちゃったぜ」「男が弱腰だからだよ」「おやおや。娘が帰っていく」「あれえ。男の方を振り返りもしないぜ」「おっ母さんが追いかけた。あっ。転んだ」結局佐伯と陽子は喧嘩わかれである。

広場。野良犬三匹がジャズ演奏をしている。見物の野良猫は十匹ほどに増えている。演奏が終わるとシュガーがソニーに言う。「五丁目の方に一匹、凄いやつがいるんだがね」「じゃ、そいつも呼ぼう」

屋根の上で話しあっているシロ、タマ、クロ、ミケの四匹の野良猫。「あたしはソニーが好き」「あたしも」「あたしはシュガー」「あなたは」と聞かれてシロ、恥かしそうに「あたしは吾郎」あんな怖い犬、と笑う三匹にシロは言う。「あら。本当はやさしいのよ」

道路を歩いていく吾郎。見えがくれについていくシロ。吾郎、振り返って言う。「ついてくるんじゃないよ。犬と猫じゃ、どうにもなりゃしねえんだから」

広場で演奏するジャズ犬たち。ドラムのマックス（小山彰太）とテナー・サックスのグスタフ（武田和命）が加わり、野良猫の聴衆も数十匹に増えている。

佐々木家の庭ではこの音を聞いてジャックが浮かれ出し、トランペットを吹きはじめる。「うるさいわねえ」と、佐々木夫人が怒鳴る。「やりたきゃ、外でやっといで」ジャックは大喜びでとび出して行く。

広場へやってきたジャックは野良犬たちに迎えられ、トランペットで演奏に加わる。

この広場の地主は広場のすぐ横の家に住む大塚氏である。大塚氏はあまりの騒がしさにたまりかね、広場へ出て行って「うるさい」と一喝。一瞬、ジャズ犬たちはその声に驚き、とびあがってひっくり返る。（註・もちろん人間たちにとっては、ジャズ犬たちがただ吠えたり唸ったりしているとしか見えないのである。ジャズ犬たちがひっくり返る瞬間に彼らの音楽は消え失せている）犬も猫も大あわてで逃げ去るが、吾郎のみは大塚氏を睨みつけ、「なんだこの野郎」と唸ってにじり寄って行く。たじろぐ大塚氏。

今日は雨が降っている。濡れそぼって軒下にうづくまり、恨めしげに空を見上げたりしている野良犬三匹。

快晴。公園にやってきた陽子は佐伯と出会う。陽子はいよいよ結婚させられるのだ。愁嘆場。その周囲にいる野良犬や野良猫がふたりをさまざまに批判する。（註・秘めごとたるべき濡れ場の周囲に人間の恰好をした犬や猫が群れている情景の可笑しさをご想像あれ）

和田家の庭。ピーターがクラリネットを吹いていると、すぐ近くで突然テナー・サックスが高鳴り、合奏となる。垣根越しにシュガーがピーターと話す。「この先の空地で、いつも集ってやっているんですよ。来ませんか」「さぁ。出られるかなぁ」

広場。ピーターも加わり、ジャズ犬たちの大合奏。猫は百匹ほどに増えている。大塚氏はたまりかねて区役所に電話するが、音にかき消されて聞こえない。棚から食器や本などが落ちる。やはり区役所に電話をかけている佐々木夫人。同じく波川夫人。波川夫人の家では部屋が揺れている。

大塚氏、佐々木夫人、波川夫人が区役所に陳情に来る。野犬の大がかりな一斉捕獲作戦が決定する。

　大塚氏が道路で和田夫人に会い、捕獲作戦のことを話す。「まぁ大変。ピーターを出さないようにしなくちゃ」

　捕獲当日。広場にはまだ誰も来ていない。やがて三三五五、野良猫たちがやってくる。ジャックがトランペットを持って家を出ようとする。佐々木夫人がジャックの首を鎖でつないでしまう。「出ちゃだめだよ。野犬と間違えられてつれていかれるからね。今日はだめ」「今日はだめ？」ジャックは不満である。しきりに鎖をちぎろうとする。

　広場。ジャズ犬たちがやってくる。猫たちの喚声。ジャズが始まる。

　出ようとするピーターを、和田夫人がとめる。「いけません。家にいなさい」門を閉めてしまう。「どうして？」だがピーターは従順である。おとなしく家にいる。

　広場でのセッションは最高に盛りあがっている。ジャズ犬も増え、猫の聴衆は数百匹となって大騒ぎである。ここへジャックがあらわれ、喚声で迎えられる。ジャズ及び大合唱が始まる。

　大塚氏の家。家全体が揺れ、大塚氏が耳を押さえている。

　広場の三方に捕獲員の車が到着。逃げ散る猫たち。捕獲員と犬たちの追いかけが始まる。

（註・この追いかけシーンの秀逸なスラプスティック・ギャグの連続こそ見せ場であり最も期待されて然るべきものである）

　保健所。捕えられて、ひとつの大きな檻の中に収容されているソニー、吾郎、シュガー、ジャック。「くそ、からだがしびれてきやがったぜ」「さっき飯の中に、何か入ってたんだ」「おれは眠くなってきた」「眠り薬だよ。そうに違いない」この檻に、捕獲員と獣医が入ってくる。

「兇暴なんだろ」「なぁに。薬がきいているから大丈夫ですよ」獣医は犬たちに薬殺用の注射をする。彼はジャックを見て言う。「おい。こいつは鑑札をつけてるぞ。飼い犬じゃないのか」「飼い主に通知が行っている筈です。こいつは逃げ出してきて野犬の仲間入りをしやがったんでしょう」犬たちは、からだがしびれているので抵抗できない。ぐったりとしたままで彼らは会話をする。「おれたち、また、どこかで会えるだろうな」「五万年位先でなら、会えるかもしれない」「その時には、犬じゃないかもしれねぇな」

　翌日。広場にはシロがいるだけ。クラリネットを持ったピーターがやってくる。「みんなは、今日は来ないのかい」とピーター。「みんな、昨日、つかまっちゃったよ」とシロ。ピーター茫然とする。やがてピーターの手から、クラリネットがぽとりと地面に落ちる。

　夜。和田家の茶の間。「ピーター、最近元気がないな。どうした」と和田氏。「友達がいなくなって淋しいんでしょう」と和田夫人。「もう一匹、元気のいい犬を飼うか」「ピーターはどうするの？」「あいつは飼い殺しだな」

　和田家の庭。新しく飼われる犬がピーターに挨拶する。ピーター、溜息をつく。「おれもそろそろ、家出しようかなぁ」

　そして、誰もいない広場。突如、どこからともなくジャズが聞こえてくる。だが、やはり広場には誰もいない。

（「デマ」三号　一九八六年十二月二十五日）

筒井が来たりて笛をふく

「スタア」公開記念イヴェント
於・東京●新宿筒井康隆劇場
昭和六十一年三月二十一日午後零時
構成　筒井康隆

オープニング

12・00

〝活動写真〟

舞台、セッティングのみで無人のまま。

中村誠一（TS）ひとりで登場。マイクの前で「活動写真」を、スロー・バラードでソロ。

八小節目くらいで山下洋輔（P）登場。演奏に加わる。

次の八小節の間に小山（D）、杉本（G）、吉野（B）、次つぎと演奏に加わる。

一コーラス終ったあと、山下の合図でディキシーとなり、四小節のイントロ。

筒井、登場。CLソロを一コーラス。

間奏四小節。

筒井・中村のデュエットで二コーラス目。

三コーラス目、全員。

坂田明（AS）とタモリ（T）演奏しながら登場。

四コーラス目。全員。盛りあがる。

俳優たち登場。並んでサイン・ボールを投げる。

１２・１０
ＭＣ挨拶

１２・２０
出演者紹介

四小節のエンディング。

糸井重里（ＭＣ）登場。

ＭＣ　糸井氏独特のフリートークのうちに、今の曲の紹介、映画のこと、劇場のことなど、自己紹介も含め、自由自在に語る。

ＭＣの語りのうちに、全員いったん退場のこと。

ＭＣ　出演者を次つぎに紹介。

水沢アキ
原田大二郎
峰岸徹
中村れい子
……

12・35
筒井紹介
山下紹介
坂田・中村紹介
タモリ紹介

という順に、配役序列《ビリング》に従って紹介。(但し、前記演奏者は省くこと)紹介した俳優にいったん退場させるか、そのまま次の話に加わらせるかはMCの判断による。
その際、原田大二郎の饒舌(MCを食う恐れあり)と、水沢・中村両嬢の Bad Terms に注意の事。

出演者たち退場。

MC　筒井を呼び出す。対話。
MC　山下を呼び出す。筒井を加え、三人で会話。
MC　坂田と中村(誠)を呼び出す。会話。
MC　タモリを呼び出す。全員で会話。
以前TV「素晴らしき仲間」に出た顔ぶれなので、あの時の曲をやろうということになる。

12・45
小山・杉本・吉野・紹介
〝アイ・サレンダー・ディア〟

---

MC、退場。

山下、本日応援に駈けつけてくれたミュージシャン、小山、杉本、吉野を呼び出し、紹介。

〝I Surrender Dear〟演奏。

筒井ソロ　一コーラス
坂田ソロ　一コーラス
山下ソロ　一コーラス
筒井ソロ　一コーラス

演奏終る。MC登場。

MC　主題曲のいきさつを山下にインタビュー。歌手、水沢アキを呼び出し、対話。退場。

〃銀色の真昼〃

1・10
坂田登場

〃弾き語り〃

1・20

---

〃銀色の真昼〃演奏。
　　唄　水沢アキ

全曲歌っていただくため、歌詞の暗記をアキゃんに確認の事。

演奏終る。

ここで全員いったん退場。

しばらく、舞台は無人。

突如、ＭＣなしで坂田登場。当然茲に於て万雷の拍手有る可し。

坂田　やくざの役をやらされた感想などを、ピアノ弾きつつ語り、歌い、あるいは角栄となり、「共産党の世の中でこんなバカな映画が作れますか」とわめく。

サカタ歌舞伎

タモリ登場

1・30
坂田ソロ〝枯葉〟

〝フルート吹き語り〟

1・55
来賓紹介

---

やがてサカタ歌舞伎となる。

タモリ登場。これにからむ。

最後は「うふ」「うふ」「うふふ」「うふふ」「うははは」「うははは」「うはははははは」で両人笑い、「は」で終る。

坂田、すぐＡＳで〝枯葉〟を吹き始め、小山、吉野、杉本、山下、中村登場、演奏に加わる。

タモリはフルートでソロをとりはじめ、吹き語りとなる。

吹き語り終ればふたたび演奏。

演奏終る。ＭＣ登場。

ＭＣ登場。

この間10分以上に
及ばぬ事

MC　本日の来賓を次つぎと呼びあげ、舞台へあげる。ひとりひとりと会話はせず、ひたすら名を呼んで舞台をいっぱいにすること。来賓はオモテ方よりMCに連絡しておくこと。MCは登壇したがらぬ人にはあまりこだわらぬこと。

主な出席予定の来賓は、山口昌男、星新一、松田政男、岡田真澄、大原まり子（このあたりまでは、是が非でも登壇させること）、森下一仁、色川武大、石川喬司、石堂淑郎、井上好子、小中陽太郎、高平哲郎、南山宏（森優）、森卓也、岡留安則、荒木経惟、田中光二、横田順彌、加藤直之、高千穂遙、川又千秋。

MC　親しい人、面白そうな人と話す。全員と話す必要なし。くれぐれも筒井は呼び出さぬよう。全員と話さなければならなくなり、ダれる恐れあり。

この間、P．G．D．Bは静かな曲を演奏し続け、次の拍手で演奏を終えること。

## 2・10
## 〃ペニス・ゴリラ〃
## ——犬神権太左衛門の冒険——

MC　拍手を求め、来賓に降壇を乞う。

拍手。来賓降壇。

MC　ペニス・ゴリラの解説。

解説の中ほどより、バックで演奏が小さく始まる。

解説終り、MCも含め、全員がパーカッションを持つか、あるいは歌で登場。

パーカッションの鳴らしかた、あるいはバック・コーラス「ペニスゴリーラー」の歌いかた、前もって指導のこと。あまり騒がしくさせぬよう。

最後に、中村誠一登場。

中村　わしがのう、先年アフリカへ行った時のことじゃがのう。

2・20
〃ジャズ大名〃

2・30
オークション

筒井の合図で〃ジャズ大名〃の演奏。

合奏1コーラス。

筒井ソロ2コーラス。

合奏1コーラス。

中村ソロ2コーラス。

…

の順に各パートのソロを全員がとる。最後、山下ソロが終ったあとは全員がパーカッションで参加。約五〜七コーラスをフリーの如き合奏となり、最後はきちんと二コーラス半演奏して終る。

盛りあげること。ここが前半のヤマ場である。

盛りあがっているうちに、スタッフは次の〃オークション〃の準備のこと。

演奏終了。全員退場。

MC　オークションの説明。

水沢アキ、原田大二郎をメインに、オークション開始。
バックに〃銀色の真昼〃のテープ、うるさくない程度に流すこと。
提供者は袖にて待機。呼び出されたら登場の事。
MCも協力の事。
オークション終了。
「ありがとうございました」
全員退場。MCのみ残る。

2・35
内藤誠紹介

MC　内藤監督を呼び出す。
MCと内藤の対話。
当日来ているスタッフを、来賓の時と同じ要領で呼び出し、壇上に並べる。
全員一礼。MC、拍手を求める事。
スタッフ降壇。
内藤誠退場。

3・10

ＭＣ　「虚航船団（日比谷野音における「太陽風交点」と同じ内容）を紹介する。

ＭＣの紹介のうちにジャズマン登場、位置につく。

ＭＣ、退場。

全員、バックで不気味な音を出す。

パイロット＝タモリ
ヒューストンからの声＝坂田
コンピューターの声＝筒井

パイロットが船の故障をヒューストンに訴えるが、ヒューストンはどうにもならないので、「恥ずかしくない死に方を」だの、「幸運を祈る」だの、無責任なことばかり言う。コンピューターは時々刻々、最後の迫ることを告げる。ついにヒューストンは交信を打ち切る。（打ち切ったあと、ヒューストンは最後まで無言のこと）

パイロットは狂いはじめ、さまざまに歌い、わめく。

ラストは、コンピューターが、「バ・ク・ハ・ツ・マ・デ・ア・ト・イ・チ・ビョ・ウ」と言い、合図によって爆発の大音響。

3・20
演奏（四曲）

3・50
山下洋輔ソロ

---

「虚航船団」終了。
筒井　次の曲を紹介し、退場。

タモリをフィーチャーした曲。
中村をフィーチャーした曲。
坂田をフィーチャーした曲。
全員がソロをとれる曲。
最後の曲では、ソロをとった者から順に退場。
山下のみ残る。

山下　ピアノ・ソロ一曲。

3・55
筒井挨拶

4・00
「ソバヤ」

4・10
アンコール

ソロ終り、山下退場。

筒井登場、挨拶。

筒井　では最後に、久し振りで、「ソバヤ」をやりましょう。

合図と共に、パーカッションを鳴らし、まだバテないで残っている者、全員登場。

ソバヤ大合唱。

坂田の指折りで、ソバヤ終了。

拍手の中を、全員退場。

拍手鳴りやまぬ場合のアンコール。

筒井、山下のみで静かに。

「Smoke Rings」

演奏終了。

二十分間休憩。

4・05　映画「スタア」上映。

5・48　映画終了、五時四十八分。

全プログラム終了

（「デマ」四号）

# 後記

本巻に収録されている「12人の浮かれる男」は、「スタア」の成功で気を良くし、自信満満で書き、自信満満で発表した戯曲である。戯曲としては発表する舞台がないので、最初は小説の形で書いて雑誌で連載したものの、勿論、首尾一貫して戯曲のつもりで書いている。小説として書いた方は、「筒井康隆コレクション」第五巻に収録していただいた。一幕ものとして書いたのだが、舞台化された時は途中で一回の休憩を挟んでいる。演出家の川和孝の知恵によるものだが、なるほどぶっ続けにやれば役者たちがへとへとになっただろう。この作品を小生の最良の戯曲とする評論家もいた。

「スタア」は劇団・欅によって上演された。稽古のとき、喜劇だと思って道化た演技をする俳優たちに、演出の福田恆存が「君たち、筒井君の芝居をなめているんじゃないかね」と言ったところ、次の日は全員がシェークスピア的な演技になってしまったという話を、演出助手の樋口昌宏から聞かされた。公演初日、小生と並んで観劇した別役実は「筒井さんがあんなに芝居をわかっている人とは思わなかった」と言ってくれた。

「冠婚葬祭葬儀篇」は発見の会の瓜生良介に頼まれて書いたもので、「あなたの短篇の面白いところを全部ぶち込んでください」と言われ、一コマ漫画集として書いた同名の漫画をもとに、「泣き語り性教育」だの「わが愛の税務署」だの、あちこちから引っ張ってきた寄せ集め作品。あいにくアングラ演劇の衰退期に入っていて、上演はされなかったものの、詩人の奥成達が気に入ってくれて、彼が編集をしている「東京25時」に掲載された。

「ジャズ犬たち」は映画の企画書として徳間大映に渡したものの、制作費二億は高すぎると言われて没になったものである。

今回、この「全戯曲」を企画・編集・製作してくれた復刊ドットコムの澤田勝弘氏、評論家の日下三蔵氏に厚くお礼を申し上げます。

筒井 康隆

# 編者解説

日下三蔵

ＳＦ作家の中で筒井康隆ほど多くの戯曲を書いている作家はいない。何しろ長篇二作、戯曲集三作、歌舞伎台本集が一作もあるのだ。これは、筒井康隆が作家としてデビュー以前は劇団に所属する俳優であったことと無縁ではないだろう。

八〇年代に筒井康隆大一座を結成して自作を上演したのみならず、九三年の断筆宣言以降はホリプロに所属して俳優としても活動している。小説家・筒井康隆の背後には常に演技者・筒井康隆がいた、といってもいい。

これまでに単行本化された戯曲の一覧は、以下のとおり。

1　スタア　73年10月　新潮社（書下ろし新潮劇場）※2にも収録
2　筒井康隆劇場　12人の浮かれる男　79年2月　新潮社
3　筒井康隆劇場　ジーザス・クライスト・トリックスター　82年9月　新潮社
4　筒井歌舞伎　影武者騒動　86年7月　角川書店
5　筒井康隆劇場　スイート・ホームズ探偵　89年1月　新潮社

6　大魔神　01年5月　徳間書店

1と6が長篇作品（1は2に収録されている）、2〜5は新潮文庫版もあるが、現在はいずれも新刊書店で買うことはできない。

この〈筒井康隆全戯曲〉シリーズは以上の全作品に加えて関連するエッセイ、資料、さらには単行本未収録のシナリオ作品を可能な限り集めて再編集するものである。現在、出版芸術社から刊行中の〈筒井康隆コレクション〉シリーズと編集方針は同じ。というか、分量が多過ぎてコレクションから外さざるを得なかった戯曲作品を、今回、復刊ドットコムでまとめる機会を得たわけだ。

第一巻には第一戯曲集『筒井康隆劇場　12人の浮かれる男』（79年2月／新潮社）を中心に、関連エッセイと単行本未収録シナリオを加えて構成した。

第一部に収めた『筒井康隆劇場　12人の浮かれる男』は七九年二月に新潮社から刊行され、八五年十月に新潮文庫に収録された。単行本、文庫ともに二葉ずつの舞台写真が口絵として付されていた。一葉は共通だからあわせて三葉ということになる。書籍からの再録ではあるが、本書にもこの三葉はすべて収めた。

各篇のデータは以下のとおり。

『12 人の浮かれる男』（新潮社）

『12 人の浮かれる男』（新潮文庫）

**12人の浮かれる男**

当初は小説として小学館の男性誌「GORO」の七五年七月二十七日号から十月二十三日号にかけて七回にわたって連載された。翌年に戯曲化されてパルコ出版の演劇雑誌「劇場」に連載。十四号（76年11月）、十五号（77年1月）、十六号（77年2月）、十八号（77年4月）と四回が掲載されたところで「劇場」が休刊となり、後半部分は戯曲集『筒井康隆劇場　12人の浮かれる男』が刊行された際に書き下ろしで収録された。

小説版は〈筒井康隆全集〉第十九巻『12人の浮かれる男 エディプスの恋人』（84年10月／新潮社）に収録されたのみで、通常の単行本や文庫には入っていなかったが、本書と前後して出版芸術社から刊行される〈筒井康隆コレクション〉第五巻に収録しておいたので、ぜひ両者を読み比べてみていただきたい。

**情報**

小説「その情報は暗号」として文藝春秋の月刊誌「オール讀物」七四年四月号に発表後、戯曲化して「劇場」七号（76年2月）に掲載。

**改札口**

小説「乗越駅の刑罰」として講談社の月刊誌「小説現代」七二年七月号に発表後、戯曲化して「劇場」八号（76年3月）および九号（76年4月）に掲載。

**将軍が目醒めた時**

同題の小説として「小説現代」七一年十二月号に発表後、戯曲化して「劇場」十号（76年7月）から十三号（76年9月）まで四回にわたって掲載。七六年七月には「劇場」が二号（10号と11号）発行されている。

**スタア**

現代作家による新作戯曲の叢書〈書下ろし新潮劇場〉の一冊として七三年十月に新潮社から刊行。作家デビュー以前の作品「会長夫人萬歳」を別にすると著者の初めての戯曲作品である。〈書下ろし新潮劇場〉が叢書ごと絶版となったため、『筒井康隆劇場　12人の浮かれる男』にも収録された。

内藤誠監督によって映画化され、八六年三月二十一日に公開された。配役は杉梢に水沢アキ、黒木マネージャーに峰岸徹、美智代に中村れい子、島本匠太郎に原田大二郎、政子に松金よね子、唐木に北村総一朗という布陣であった。筒井康隆自身も犬神博士役で出演しているほか、山下洋輔が都留、坂田明が坂口、中村誠一が三河屋と筒井氏と親交のあったミュージシャンも多数出演。

映画の公開時、新潮文庫版『筒井康隆劇場　12人の浮かれる男』はタイトルを『スタア』とし、カバーに映画スチールを使用したバージョンも出ている。

『スタア』（新潮文庫 映画スチール版）

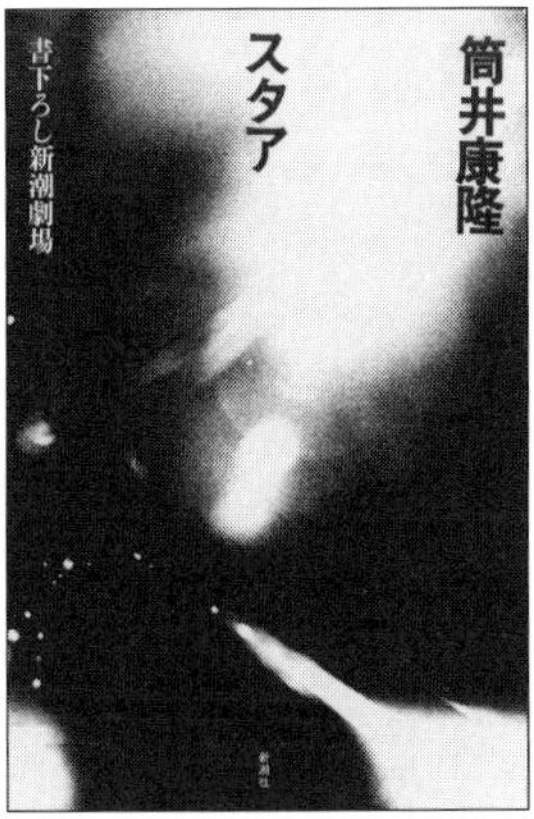


『スタア』（新潮社 書き下ろし新潮劇場）

第二部に収めた関連エッセイの初出は、以下のとおり。

・「スタア」〈Q&A〉著者との一問一答　「プレイボーイ」73年11月27日号
・対談　枠をはずして　「現代演劇協会機関紙59号」75年11月
・「スタア」公演に寄せて　「『スタア』パンフレット」77年8月12日
・まわり道　「「12人の浮かれる男」公演パンフレット」78年9年8日…A
・作家・自作を語る『筒井康隆劇場　12人の浮かれる男』　「ホンキイ・トンク」第4号（79年5月10日）
・芝居の楽しみ　「中日新聞」79年7月14日…A
・漸新　「「将軍が目醒めた時」パンフレット」79年12月…A
・作者の心配　「「12人の浮かれる男」公演プログラム」80年7月17日
・三人の男とひとりの女
「「ウィークエンド・シャッフル、将軍が目醒めた時」パンフレット」82年7月…A
・稽古場日記　「「スタア」パンフレット」85年7月13日…B
・乞うご期待「スタア」　「小説現代」85年8月号
・戯曲「スタア」上演法　「映画「スタア」パンフレット」86年3月21日
・「スタア」が上演されると聞くと　「「スタア」パンフレット」87年9月18日…B
・筒井康隆さん　新神戸オリエンタル劇場2周年記念公演「スタア」を作・演出・出演する
「KOBE G-TIME」90年9月号
・「スタア」公演に際して　「「スタア」公演チラシ」90年10月5日…C

・可能的自己の殺人　「「スタア」パンフレット」90年10月5日…C
・「葦原将軍」を書いた頃　「青年劇場公演「将軍が目醒めた時」パンフレット」93年9月…C
・「スタア」再演に思う　「「スタア」パンフレット」10年6月25日

Aは『言語姦覚』(83年3月／中央公論社→86年5月／中公文庫)、Bは『ダンヌンツィオに夢中』(89年7月／中央公論社→96年4月／中公文庫)、C『悪と異端者』(95年10月／中央公論社→98年10月／中公文庫)に収録。それ以外は単行本未収録である。

このパートは当初、作品ごとにまとめるつもりだったが、複数の作品に言及しているエッセイもあるのでかえって分かり難くなると思い、すべて発表順に並べることにした。初演、再演、映画化などの話題が混在しているが、時系列になっているので混乱することはないと思う。

「〈Q&A〉著者との一問一答」は『スタア』が〈書下ろし新潮劇場〉で刊行された際のインタビュー。七九年に刊行されることになる問題作『大いなる助走』の構想を既に語っているのが面白い。

飯沢匡氏との対談「枠をはずして…」が掲載された「現代演劇協会機関紙59号」は「スタア」が七五年八月に神戸で開催された第十四回日本SF大会(SHINCON)における特別公演を経て、同年十一月に劇団欅によって三百人劇場で上演された際のパンフレット。

七八年の「まわり道」は同じく三百人劇場での「12人の浮かれる男」初演のパンフレットに寄せられたエッセイ。従来、「東の仲代達矢、西の筒井康隆」という記事が新聞に載った、とされていたが、今回、筒井さんのチェックによって、これは「東の仲谷昇」の間違いだったことが判明した。

「作家・自作を語る」は「新潮社のテレホン・サービス」（79年2月）の文字起こし。所定の番号に電話をかけると作家が自ら新刊の内容を紹介するテープの音声を聴くことが出来た。「ホンキイ・トンク」はファンクラブ「筒井倶楽部」の会誌である。

インタビュー「筒井康隆さん　新神戸オリエンタル劇場2周年記念公演「スタア」を作・演出・出演する」が掲載された「KOBE G-TIME」は神戸で発行されているフリーペーパー。その性格上、公共図書館などへの所蔵がなく収録はあきらめかけていたが、編集部に問い合わせたところ該当号のコピーを提供していただくことができた。ありがとうございました。

第三部には筒井康隆の戯曲集に収められたことのない作品を集めた。一篇をのぞいて単行本に収められること自体が初めての珍しい作品ばかりである。

**会長夫人萬歳**

大阪で二四会シナリオ新人編集室の発行した同人誌「シナリオ新人」第一号（57年2月1日）に掲載された。作家デビュー以前に発表された唯一の戯曲である。のちに「別冊新評 筒井康隆の世界」（七六年夏号）に再録された。その際にエッセイ「会長夫人萬歳について」が付されているので、本書にもこれを収めた。また、初出時の著者自筆のカットも収録。さらに「シナリオ新人」に三点のカットを載せているので、ここに再録した。

『シナリオ新人 表紙』とカットイラスト

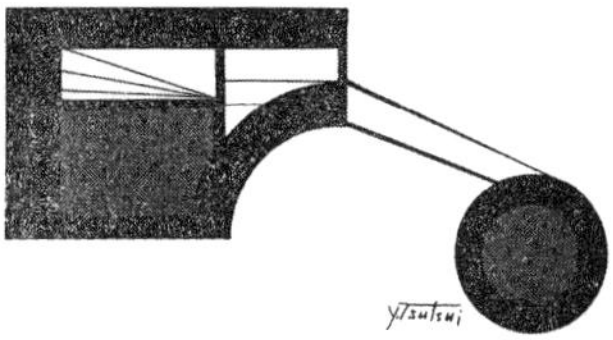

**荒唐無稽文化財奇ッ怪陋劣ドタバタ劇　冠婚葬祭葬儀編**

アングラ劇団「発見の会」を主宰する瓜生良介の依頼で書き上げたものの、結局、上演はされず、アグレマン社の月刊誌「東京25時」の七〇年九月号に掲載された。短篇、エッセイ、ショートショート、講談、座談会などを収録した変則的な短篇集『発作的作品群』（71年7月／徳間書店）に収録され、同書を復刊した出版芸術社の〈筒井康隆コレクション〉第三巻『欠陥大百科』（15年10月）に再録された。

〈筒井康隆コレクション〉と〈筒井康隆全戯曲〉を両方とも買ってくださった方には、作品が重複して収録されていて申し訳ないが、これは〈全戯曲〉の企画が持ち上がったのが〈コレクション〉第三巻の編集作業が終った後だったためである。〈全戯曲〉の方は「シナリオ作品をすべて収める」というコンセプトから、〈コレクション〉に入っているので重複を避けて落とす、という対応が出来なかった。今後は作品の重複が生じることのないように気をつけますので、この作品についてはお許しください。

**感不思議阿呆露往来**（あなふしぎあぽろおうらい）

ファンクラブ「日本筒井党」の会誌「デマ」第三号（86年12月25日）に掲載。内容からアポロ11号が月面に着陸した六九年七月前後に書かれたものと推測される。小川宏ショーの出演者だった小川宏、露木茂、松村満美子アナの三氏が登場しているので、小川宏ショーの企画として書かれたものだろうか。

**ジャズ犬たち**

同じく「デマ」第三号に掲載。筒井康隆大一座が旗揚げされた八二年に書かれたと推測される映画企画書である。今回、筒井さんにいただいた「後記」によれば、「徳間大映に渡したものの、制作費二億は高すぎると言われて没になったもの」とのこと。後に同タイトルで小説化され、新潮社の月刊誌「新潮」二〇〇〇年一月号に発表、『魚籃観音記』（00年9月／新潮社↓03年6月／新潮文庫）に収録された。

**筒井が来たりて笛をふく**

「デマ」第四号（87年7月1日）に掲載。八六年三月二十一日に新宿筒井康隆劇場（パルコ劇場）で開催された映画「スタア」の公開イベントの自筆構成台本。

本書の編集に当たっては、尾川健、平石滋、高井信の各氏から貴重な資料と情報の提供をいただきました。特に記して感謝いたします。

**著者プロフィール**

**筒井康隆**（つつい やすたか）

1934年、大阪生まれ。
同志社大学文学部卒。
乃村工藝社勤務を経て、デザインスタジオ〈ヌル〉を設立。
60年、SF同人誌「NULL」を発刊、
同誌1号に発表の処女作「お助け」が江戸川乱歩に認められ、
「宝石」8月号に転載された。
65年、上京し専業作家となる。
以後、ナンセンスなスラップスティックを中心として、
精力的にSF作品を発表。
81年、「虚人たち」で第9回泉鏡花賞、
87年、「夢の木坂分岐点」で第23回谷崎潤一郎賞、
89年、「ヨッパ谷への降下」で第16回川端康成賞、
92年、「朝のガスパール」で第12回日本SF大賞、
2000年、「わたしのグランパ」で第51回読売文学賞を、それぞれ受賞。
02年、紫綬褒章受章。
10年、第58回菊池寛賞受賞。
他に「時をかける少女」、「七瀬」シリーズ三部作、
「虚航船団」、「文学部唯野教授」など傑作多数。
現在はホリプロに所属し、俳優としても活躍している。

# 筒井康隆全戯曲1

## 12人の浮かれる男

2016年5月30日　初版発行

著者　筒井康隆
編者　日下三蔵
発行者　左田野渉
発行所　株式会社復刊ドットコム
〒105-0012
東京都港区芝大門2-2-1　ユニゾ芝大門二丁目ビル
電話03-6800-4460(代)　http://www.fukkan.com

装丁　谷口博俊(next door design)
印刷　株式会社暁印刷

JASRAC 出 1603860-601
©Yasutaka Tsutsui ISBN978-4-8354-5349-1 C0095 Printed in Japan